Keiden Son 케이든선

Keiden Son 케이든선

태상호·정명섭 장편소설

네오픽션

차례

오퍼레이션 서치라이트 _ 9

회사원 _ 31

모란봉 작전 _ 61

역 모란봉 작전 _ 115

이방인 _ 181

케이든 선 _ 213

크루세이더 _ 247

사냥 _ 263

천사의 품 안으로 _ 295

숨은 신 _ 311

필요악 _ 377

작가의 말 _ 386

"The battlefield is a scene of constant chaos.
The winner will be the one who controls that chaos,
both his own and the enemies."

-Napoleon Bonaparte

"전장은 혼돈의 연속이다.
전장에서의 승자는 그 자신과 적의 혼돈을 지배하는 자이다."

- 보나파르트 나폴레옹

오퍼레이션 서치라이트

 편대를 갖춘 세 대의 헬기가 멀리 해안선이 보이는 강원도 동쪽 하늘로 천천히 북상했다. 두 대의 블랙호크 헬기보다 약 2킬로미터 앞에 위치한 롱보우 아파치 헬기는 먹잇감을 노리는 매처럼 기수에 달린 센서를 좌우로 흔들면서 비행했다. 이들 모두 지상에서는 헬기의 소음을 듣지 못할 정도의 높이로 날고 있었다. 하지만 롱보우 아파치의 열 영상장비는 달이 뜨지 않은 밤에도 지상에 있는 생물체를 찾는 데 별 어려움을 겪지 않았다. 앞장서 비행하던 롱보우 아파치 헬기에서 뒤따르던 블랙호크 헬기 중 한 대를 호출했다.
 "여기는 바이퍼 1. 캣피쉬 6, 잘 들리나?"
 "캣피쉬 6다. 통신은 매우 잘 들린다. 말하라."

"아래 한국군 방어선이 보인다. 여기를 지나면 바로 수색을 시작하겠다."

"바이퍼 1, 우리도 잘 보인다. 피아 식별에 유의하고 길 안내를 잘 해주길 부탁한다."

"캣피쉬 6, 잘 알았다. 일본에서 바로 날아와서 피곤할 텐데 우리가 목표를 발견하기 전까지 눈 좀 붙이기 바란다."

"바이퍼 1, 내가 눈 감으면 내 화물 넷이 천국 군대로 파견 가고 네 명의 즐거운 과부들이 생긴다. 농담 그만하고 파티를 시작하자."

"라저, 내 뒤를 잘 따라와라."

"바이퍼 1, 카피."

'바이퍼 1'이라는 호출부호를 가진 롱보우 아파치 헬기와 통신을 마친 블랙호크 헬기의 기장 월로드 소령이 부기장인 데이비드 준위에게 물었다.

"저 뒤에 터뷸런스* 자리에 앉아 있는 친구 이름이 뭐라고 했지?"

"누구 말입니까, 소령님?"

"CAG**들 말고 저 한국군."

"그 친구요? 잠깐만요. 짐 원사, 터뷸런스에 있는 한국군 이름이 뭔가?"

헤드셋으로 뒤에 타고 있던 특수부대원과 대화를 나눈 데이비드 준위가 월로드 소령에게 대답했다.

---

* 헬기의 맨 뒤 오른쪽 자리를 가리킨다.
** 미 육군 특수부대 델타Delta의 최신 명칭Combat Application Group이다.

"선^{Sun}이랍니다."

"다행이군. 그래도 '청'이나 '콱'보다는 부르기 쉬운 이름이네. 이제 얘기를 좀 나눠볼까? 젠텍스 통신망을 개방한다."

데이비드 준위가 준비됐다는 손짓을 하자 월로드 소령이 마이크를 고쳐 잡고 말했다.

"반갑네, 순 중위. 캣피쉬 6의 기장 월로드 소령일세."

"소령님, 선 중위입니다."

"어, 선 중위 미안하네. 내가 이름을 외우는 능력이 좀 모자라서 말이야. 하지만 헬기는 잘 모니까 걱정하지 말게나. 근데 자네 소속은 어딘가?"

"예, 한미연합사 소속입니다."

선 중위는 영어로 대답했다.

"어이 친구들, 선 중위와 인사하게."

통신시스템에서는 별말이 오가지 않았다. 대신 그들이 흔드는 손을 희미하게 볼 수 있었다. 말 없는 환영을 받은 선 중위가 이를 살짝 드러내며 웃었다. 도어에서 미니건을 잡고 있던 도어거너*들이 이 장면을 보고 웃었다. 젠텍스 통신시스템을 전체망에서 살짝 승무원망으로 돌린 월로드 소령은 부기장과 도어거너들에게 넌지시 얘기했다.

"역시 델타식 환영이군. 재미없는 친구들이야."

---

* Door Gunner, 헬기에 탑승하는 기관총 사수를 일컫는다.

오퍼레이션 서치라이트

부기장과 도어거너들이 웃음을 터트렸지만 헬기 소음과 그들의 얼굴을 가린 바이저 때문에 다른 대원들은 어떤 상황인지 알 수 없었다. 다시 월로드 소령이 젠텍스 통신망을 전체망으로 개방했다.

"오케이, 제군들. 작전에 대한 사항은 나보다 자네들이 더 잘 알고 있을 테니까 내가 걱정할 건 비행뿐이라고 생각하네. 잘 모셔줄 테니까 내릴 때 팁 잊지 말게나. 짐, 선 중위와 인사하고 마지막으로 작전에 대해 상의하도록 하게."

월로드 소령과의 통신이 끝나자 앞자리에 앉아 있던 짐 원사가 뒤를 돌아봤다.

"선 중위님, 저는 짐 원사입니다. 오늘 작전은 북한 공작원의 포획이 목적입니다. 우리 팀은 일본에 주둔하고 있는 제1특수전 그룹입니다. 따라서 한국에 대한 기본적인 이해가 있지만 세세한 부분은 선 중위님이 책임져야 합니다. 특히 특전사 작전팀의 이동 경로를 우리에게 실시간으로 전송해주셔야 합니다. 그래야 아군끼리 교전하거나 잘못된 표적을 추적하지 않게 될 테니까요."

짐의 목소리는 깊고 파장이 없었다. 경험 많은 군인에게서 들을 수 있는 목소리였다. 고개를 돌린 선 중위는 알아들었다는 듯 엄지 손가락을 치켜들었다.

"짐 원사, 잘 알겠습니다."

선 중위가 짐 원사에게 대답을 할 무렵 바이퍼 1의 무전이 들어왔다.

"바이퍼 1에서 캣피쉬 6에게, 전방 능선 500미터 아래쪽에 표적이 감지됐다. 다시 선회하면서 확인 작업에 들어가겠다. 현 위치에서 대기하라."

"캣피쉬 6, 라저 댓."

월로드 소령의 블랙호크 헬기가 호버링을 시작하자 '캣피쉬 7'이라는 호출부호로 불리는 다른 헬기도 나란히 멈춰 섰다. 월로드 소령이 선 중위에게 말했다.

"선 중위, 한국군 위치를 파악해주게. 특히 특전사 작전팀과 HID 팀의 위치도 확인해줘야 하네."

"예, 알겠습니다."

선 중위는 월로드 소령이 어떻게 HID팀이 투입되었다는 사실을 알게 되었는지 궁금했지만 굳이 묻지 않았다. 이륙 전에 확인한 바로는 이 지역에서 작전하는 한국군은 없었다. 문제는 특전사와 HID 작전팀의 현 위치였다. 정확한 비교 검증을 위해서는 지금 바이퍼 1이 파악한 물체에 대한 정보가 더 필요했다. 선 중위는 마이크를 잡고 말했다.

"월로드 소령님, 더 많은 정보가 필요합니다. 열 영상에 잡힌 사람이 몇 명인지 확인해주시기 바랍니다."

"오케이. 바이퍼 1, 여기는 캣피쉬 6다. 더 많은 정보가 필요하다. 반복한다. 현재 파악한 것보다 더 많은 정보를 요구한다."

"바이퍼 1이 캣피쉬 6에게, 대기하라. 현재 교차 검증 중이다."

월로드 소령은 바이퍼 1으로부터 추가 정보가 오기를 기다리는 동안 부기장에게 말했다.

"바이퍼 1은 냄새를 놓친 적이 없어. 저 친구는 내가 잘 알고 있거든. 육군 비행학교 때부터 두각을 나타낸 친구지. 슬슬 손님들에게 쇼타임을 준비하라고 해야 할 거 같아."

미 육군 특수전 부대에서 다시 비행단으로 그리고 '나이트 스토커'라고 불리는 160th*까지 갈아타면서 경험을 쌓은 월로드 소령은 여유만만한 표정으로 마이크에 대고 얘기했다.

"짐, 슬슬 쇼타임을 즐길 준비를 하는 게 좋을 거 같아. 이륙 전 작전 회의에서 들은 것처럼 이번 작전은 포획 미션이고 조용하고 빠르게 해결해야 해. 미국과 한국 정부 관계자 몇 명만 이 작전에 대해 알고 있다네. 이 얘긴 독립기념일 같은 불꽃놀이는 필요 없다는 말이야."

"잘 알고 있습니다. 우린 네이비 실처럼 요란법석 떨지 않습니다. 아, 개인감정은 없습니다."

짐 원사의 농담을 듣고 키득거리고 있을 때 바이퍼 1에서 무전이 들어왔다.

"능선 아래 계곡 쪽으로 천천히 이동하는 표적 확인. 인간이 확실하고 숫자는 세 명, 한국군인지 확인 바란다."

"오케이. 선 중위, 이젠 자네 차례야. 밥값을 하는지 좀 보여줘."

월로드 소령의 얘기를 들은 선 중위는 한국군 통합작전본부로 연

---

* 정식 명칭은 제160 특수작전 비행연대160th Special Operations Aviation Regiment로 나이트 스토커Night Stalkers라는 별명을 가지고 있다. 주 임무는 미군 특수부대를 작전지까지 이동시키는 것이다.

락을 했다. 본부는 작전 지역 내에는 특전사 1개 지역대가 야간 정찰 활동을 하고 있다고 답변했다. HID팀 역시 작전 구역에서 몇 명이 활동을 하고 있다고 확인해줬다. 하지만 숫자와 위치를 확인해달라는 선 중위의 요청에 대해서는 도청을 우려해선지 답변하지 않았다. 세 명이라면 일단 특전사는 아니라고 생각한 그는 현재 이동 중인 병력들을 모두 제자리에 정지하라는 명령을 내려달라고 요청했다. 통합작전본부에서 주저하자 선 중위는 회선을 바꿔서 상부에 상황을 보고했다. 잠시 후 통합작전본부에서 3분 후에 정지 명령을 내리겠다는 답변을 보내왔다. 무전을 마친 선 중위는 월로드 소령을 호출했다.

"월로드 소령님, 확인 결과 현재 이 지역에서 세 명의 규모로 활동하는 한국군은 없는 걸로 보입니다. 혹시 모를 상황에 대비해 일단 본부에서 3분 후에 모든 한국군 부대에게 정지 명령을 내릴 겁니다. 3분 후에도 그들이 계속 이동한다면 북한군 작전조원들일 가능성이 높습니다."

"고맙네, 선 중위. 바이퍼 1, 표적들이 3분 후에도 계속 이동 중인지 확인 바란다."

"잘 알았다. 현재 확인 중. 준비 잘하고 있도록."

까마득한 침묵이 흘렀다. 잠시 후 바이퍼 1에서 무전이 날아왔다.

"캣피쉬 6, 표적들이 이동을 멈췄다."

우연의 일치인지 아니면 통신이 샌 것인지 모르겠지만, 표적들이 때맞춰 이동을 멈췄기 때문에 HID 소속 작전팀인지 북한군 작전조원들인지 헷갈리기 시작했다.

월로드 소령은 점점 떨어지는 연료 게이지 바늘을 바라보면서 혀를 찼다.

"짐, 오늘 밤은 좋은 날이 아닌 거 같군. 이제 상공에 머무를 수 있는 시간은 30분이야. 더 오래 있으려면 공중급유를 받아야 해."

"공중급유기가 여기로 오면 우리 작전 내용 자체가 드러날 텐데요."

월로드 소령과 짐 원사 간의 통신을 듣던 선 중위는 짐에게 얘기했다.

"짐 원사, 본부와 연락해서 10분간 더 정지하라고 하겠습니다. 그 상태에서 우리가 표적 위를 비행하는 겁니다. 표적이 한국군이라면 본부에게 연락을 할 겁니다. 만약 아무 연락이 없거나 이동을 하면 적으로 봐도 무방하지 않을까요?"

짐이 좋은 아이디어라며 고개를 끄덕거리고는 월로드 소령과 얘기를 나눴다. 선 중위는 다시 본부에 무전을 날렸고, 월로드 소령이 바이퍼 1에게 내용을 전파했다. 영원히 계속될 것 같은 침묵 끝에 기다리던 무전이 날아왔다.

"캣피쉬 6, 여기는 바이퍼 1이다. 표적들이 이동하기 시작했다."

"바이퍼 1, 잘 들었다."

통신을 끝낸 월로드 소령이 고개를 돌려 뒤를 쳐다봤다.

"선 중위는 실전이 처음이지?"

"네."

"짐이 도와줄 걸세. 준비됐나?"

짐 원사는 대원들을 둘러보고 엄지손가락을 들어 보였다. 모든 대원들이 천천히 그를 따라 엄지손가락을 들어 보였다. 짐 원사가 마이크에 대고 속삭였다.

"월로드 소령님 준비됐습니다. 선 중위님 준비되셨습니까?"

"예."

선 중위는 긴장감에 바짝 마른 갈라지는 목소리로 답을 했다. 짐은 그런 선 중위를 쳐다봤다. 아무리 훈련을 잘 받은 군인이라고 해도 뚜껑을 열기 전에는 겁쟁이인지 사자인지 알 도리가 없었다. 잠시 후 월로드 소령이 통신망에 대고 소리쳤다.

"텔리호!"*

두 대의 블랙호크 헬기는 텔리호라는 구호를 되풀이하면서 전술 비행으로 표적이 있는 지점으로 접근했다. 헬기에 탑승한 병력은 모두 야시경과 IR 피아 식별기를 개방했다. 그러고는 헬기 헤드셋을 벗고 지상용 통신 헤드셋을 착용했다. 선 중위도 눈치껏 장비들을 착용했다. 한국군으로서는 꿈도 못 꿀 장비들이었지만 미군과 작전을 하려면 필요한 장비들이었다.

캣피쉬 6와 7이 랜딩 존**인 7부 능선에 착륙해 병력을 투입시키고

---

* Tallyho, 원래는 여우 사냥을 할 때 쓰는 구호였지만 지금은 영국 공군 조종사들이 목표물을 발견하고 공격할 때 외치는, 공군 조종사들의 공격 개시 구호로 쓰이고 있다.
** Landing Zone, 이착륙 지점을 일컫는다.

이륙할 때까지 짐 원사는 부하들에게 수레바퀴 모양의 경계선을 유지시켰다. 헬기가 이륙하자 짐 원사는 이동을 시작했다. 상공에서는 바이퍼 1이 계속 표적들의 동태에 대해 알려왔다.

"대거 6, 여기는 바이퍼 1."

"바이퍼 1, 깨끗하게 잘 들린다."

"현재 대거 6와 표적과의 거리는 남동쪽으로 1.2킬로미터 정도이다. 표적은 이동을 멈춘 상태이고 현재 두 명의 위치는 파악되지만 한 명은 위치 미상이다. 캣피쉬 6와 7의 로터 소리를 듣고 엄폐하고 있는 모양이다. 지형에 유념해서 잘 접근하길 바란다. 행운을 빈다."

"바이퍼 1, 잘 들었다."

통신을 마친 짐 원사는 경계 중인 부하들에게 헤드셋으로 명령을 내렸다.

"이동한다."

선 중위 눈에 야시경을 낀 그들의 모습은 녹색 눈을 번뜩이는 사냥꾼 같았다. 아직 절기상으로 가을이지만 해가 진 강원도 산악 지역에는 칼날 같은 추위가 찾아들었다. 그와 미군들이 쫓고 있는 표적은 지난 9월 18일 새벽에 강릉 앞바다에 좌초한 상어급 잠수함의 승조원들과 작전조원들이다. 그들은 인민무력부 정찰국 해상처 제22전대 소속이지만 확인되지 않은 정보에 의하면 그중 노동당 서열 상위에 속하는 손님 한 명이 포함되었다. 선 중위와 미군의 임무는 그를 포획하는 것이었다. 상륙 직후 승조원들은 한 명을 제외하고는 작전조원들 손에 모두 처형당했다. 작전조원들 역시 한국군 손에 거의 대부분 사살되었다.

미군의 단안식 야시경은 한국군이 쓰는 양안식 야시경보다 훨씬 밝고 깨끗했다. 아직 적응이 되지 않아 거리감이 없어 가끔 발을 헛디뎠지만 크게 문제가 되지 않았다. 대거 6라는 암호명으로 불린 짐 원사의 팀은 천천히 이동했다. 달빛조차 없어서 사방이 어두웠지만 야시경과 피아 식별장치가 있어 문제될 게 없었다. 주변에 한국군 부대가 없어서 아군 간의 교전이 벌어질 확률도 낮았다. 선두에 선 포인트맨이 제자리에 정지하며 스르륵 땅으로 스며들었다. 짐이 앞쪽으로 이동해 포인트맨의 옆으로 갔다. 짐은 들고 있는 총에 부착된 주야간 겸용 PVS 조준경으로 포인트맨이 가리킨 표적을 살피고는 선 중위에게 손짓을 했다. 무릎을 펴고 일어난 그가 다가가자 짐이 총을 건네줬다. 선 중위는 짐의 총에 부착된 조준경을 통해 표적을 살폈다. 작업복 상의에 한국군과 비슷한 얼룩무늬 하복을 입은 두 명이 바위틈에서 서로의 등을 기댄 채 사방을 주시하는 중이었다. 입고 있는 옷은 오랜 도피 생활의 흔적인 듯 여러 군데가 찢어져 있었다. 수염이 길게 자란 얼굴 역시 핼쑥해 보였다. 북한이 1개 사단과도 안 바꾼다는 정예 작전조원보다는 며칠 동안 경찰에 쫓겨 숲으로 들어가 운신하는 지명수배자처럼 보였다. 짐은 선 중위를 쳐다봤다. 그는 짐에게 북한군 작전조원이 확실하다는 손짓을 보냈다. 이제 사라진 한 명만 찾으면 되었다. 하지만 5분이 지나도록 남은 한 명의 모습은 보이지 않았다. 짐이 그에게 시작하겠다는 손짓을 했다. 그러고는 헤드셋으로 상공에 떠 있는 캣피쉬 6과 통신을 나눴다.

"캣피쉬 6, 여기는 대거 6. 지금부터 작전에 돌입한다."

"대거 6, 무운을 빈다."

짐이 선 중위에게 작게 속삭였다.

"선 중위님, 저기 바위 보이십니까? 대원 한 명과 함께 거기로 이동해서 육성으로 항복 권고를 해주십시오."

그리고 연달아 옆에 있는 흑인 대원에게 명령했다.

"게리, 자네는 선 중위와 함께 이동해서 최종 확인 후에 바로 보고하도록 해. 궁지에 몰린 만큼 저항이 심할 수 있으니 작전 중에도 적의 동태를 잘 살피는 거 잊지 말고."

선 중위와 게리가 천천히 이동을 시작했다. 작전조원들과의 거리가 겨우 200미터라서 한 발 한 발 조심해서 이동해야만 했다. 차가운 땀이 등을 타고 흐를 때마다 몸이 서늘해졌다. 북한군 작전조원들이 두 사람이 이동하는 소리를 못 들을 리 없겠지만 마지막 순간을 준비하는 것 같았다. 훈련을 잘 받았는지 그다지 동요하는 모습은 아니었다. 거리는 80미터까지 줄어들었다. 선 중위는 게리와 함께 바위 뒤에 자리를 잡고 항복 권고를 시작할 준비를 했지만 계속 동태가 파악되지 않는 한 명의 위치가 마음에 걸렸다. 게리는 헤드셋 통신기로 짐에게 이동을 완료했다고 보고했다. 짐은 준비가 되는 대로 최종 확인 작업을 시작하라고 했다.

선 중위는 이미 마음속으로 천여 번은 준비했던 항복 권고 멘트를 날렸다. 바람 소리만 들리는 강원도의 산골에 선 중위의 마른 목소리가 메아리쳤다.

"우린 한국군이다. 이미 너희를 사방에서 포위하고 있다. 저항을 포기하고 투항하라!"

다행히 말을 하자마자 총알 세례가 쏟아지지는 않았다. 두 명은 절망스러운 눈초리로 서로를 바라보며 무슨 말을 속삭이는 중이었다. 옆에 위치한 게리는 음성증폭기로 그들의 이야기를 들었다. 게리는 간단한 한국어를 하지만 그들이 나누는 얘기는 못 알아듣겠다는 듯 곤란한 표정을 지었다. 게리는 오른쪽 귀의 리시버를 빼 그에게 넘겼다. 지향성 음성증폭기는 안기부나 기무사 등에서도 간단한 소개와 실습만 했을 뿐 이렇게 실전에서 사용하는 것은 처음이었다. 그들은 별다른 말이 없었다. 대신 "경애하는 수령 동지 만세"라는 이야기가 증폭기를 통해 들려왔다.

"선 중위, 적의 동태는?"

헤드셋으로 짐의 목소리가 들려오자마자 선 중위와 게리가 있는 곳으로 사격이 집중되었다. 달이 없는 밤중에 이쪽 이동 상황을 완전히 파악하지 못했을 텐데도 정확하게 사격이 집중된다는 게 신기했다. 앞에 있는 바위에 맞은 탄들이 불꽃을 번쩍거리다 사라졌다. 불과 몇십 센티미터 사이를 두고 죽음이 찾아왔다가 멀어져간 것이다. 게리가 그의 머리를 잡고 바닥에 눌렀다. 머리 위로 지나가는 7.62mm 탄이 공기층을 찢는 소리가 마치 귀신의 울음소리처럼 들렸다. 짐 원사 쪽에서 대응사격을 시작했다. 고개를 든 선 중위는 야시경의 녹색 톤을 통해 양쪽의 교전 장면이 지켜봤다. IR 레이저를 이용한 미군의 정확한 사격은 두 명의 작전조원들을 단번에 제압했다. 두 명의 몸은 총알을 맞을 때마다 춤을 추는 것처럼 꿈틀거렸다. 몸에 난 구멍에선 검녹색 핏물이 흘러나왔지만 이 와중에도 그들은 오랜 훈련을 통해 얻은 본능대로 총을 놓지 않고 방아쇠를 당겼다. 눈이 터널비전*에서 풀려나면서 서서히 후각이 정상으로 돌아왔다. 어느 틈에 사격을 했는지 게리가 쏜 총에서도 화약 냄새가 났다. 골짜기를 타고 바람이 불어오자 이젠 피비린내가 풍기기 시작했다.

"사격 중지! 사격 중지!"

짐의 냉정한 목소리가 헤드셋을 통해 들어왔다. 처음 실전을 겪은 선 중위의 가슴은 아직도 쿵쿵거렸다.

"게리, 우리가 이동하면 접근하도록."

짐의 목소리는 이전과 변함이 없었다. 선 중위는 이 작전에 참가한 단 한 명의 한국군 장교라는 점에서 짐과 그의 부하들 앞에서 당당하고 싶었다. 하지만 심장이 뛰는 소리가 귀에 들릴 지경이었다. 다리 역시 힘이 풀린 것 같았다. 47 국가 대테러교장과 진해 UDT 교장에서 받았던 훈련들, 그리고 속초에서 받았던 그 모든 훈련들이 머릿속을 스쳐 지나갔지만 지금은 아무런 도움도 되지 않았다. 선 중위는 최대한 평정을 찾으려고 애쓰면서 천천히 걸음을 옮겼다. 게리의 총에 부착된 소음기는 아직도 희미한 빨간빛을 내며 이글거렸다. 작전조원들은 그 자리에 포개져 있었다. 죽은 것처럼 위장해 있

---

* Tunnel vision, 갑작스러운 교전이 벌어질 때 증폭되는 아드레날린 분비로 인해 갑자기 시야가 극도로 좁아지거나 흐려지는 현상을 말한다.

다가 자폭할 위험이 있기 때문에 신중하게 접근했다. 한 명은 아직 숨이 붙어 있는 듯 거친 숨을 몰아쉬었다. 폐를 관통당했는지 입에선 검은 선지 같은 피가 꾸역꾸역 흘러내렸다. 짐이 그를 조심스럽게 밀치자 아래에 깔려 있는 다른 작전조원은 미동조차 없었다. 가까이서 살펴보니 총알이 뚫고 지나간 뒤통수에서 뇌수와 함께 미세한 김이 피어났다. 그들의 총과 탄창은 이미 짐의 부하들이 한쪽에 모아둔 상태였다. AK 소총 하나는 몸통에 총격을 받았는지 나무로 된 총열 커버가 날아가서 가스 활대가 드러났다.

"유리, 네 명 데리고 외곽에 방어선을 쳐. 혹시 부비트랩을 설치했을지도 모르니까 조심들 하고 마지막 한 명을 찾을 때까지 계속 긴장을 풀지 마."

부하들에게 명령한 짐은 헤드셋 통신기로 상공에 떠 있는 롱보우 아파치를 호출했다.

"바이퍼 1, 여긴 대거 6. 현재 둘은 잡았고 한 명은 행방을 찾고 있다. 잡은 둘 중에 한 명은 전사, 다른 한 명은 중상이다. 주변에 대한 자세한 수색을 부탁한다. 아마 지금 찾고 있는 그가 손님인 거 같다."

"라저."

바이퍼 1과 무전을 끝낸 짐이 그를 쳐다봤다.

"선 중위님, 사람을 쏴본 적이 있습니까?"

"아뇨, 표적만 쏴봤습니다."

"군 생활은 그다지 많이 하지 않았죠?"

"당신보다 많이 하지 않은 건 확실하죠."

"이게 우리가 먹고사는 일입니다. 그리고 앞으로 중위님의 일이 되기도 할 겁니다. 어쨌든 수고했습니다. 이제 이들 신분을 확인해 주시기 바랍니다."

"알겠습니다."

선 중위는 고개를 끄덕거렸다. 짐 원사는 작전조원들을 살펴보던 부하에게 말했다.

"어이 닥*, 저기 폐에 구멍 난 친구에게 몇 가지 물어볼 수 있게 솜씨 좀 보여줘."

닥이라고 불리는 건장한 푸에르토리코 출신 미군은 피가 흘러나오는 몸통을 뒤집어 보고는 고개를 저었다.

"짐, 다음에는 급소 대신 맞아도 안 죽을 데를 쏘고 저한테 그런 명령을 내리시죠. 제가 죽은 사람을 부활시키는 예수님인 줄 아십니까? 이 친구 아직 숨이 붙어 있는 것만도 다행입니다. 조만간 폐에 공기가 차면 하늘나라로 갈 거 같습니다. 일단 진통제를 놔줄 테니까 물어볼 게 있으면 지금 물어보세요."

닥의 말이 끝나자 짐이 그에게 말했다.

"선 중위님, 제가 물어보는 말을 통역해주시겠습니까?"

그러고는 그가 대답을 하기도 전에 질문을 쏟아냈다.

"당신의 소속과 계급은? 다른 한 명은 어디 있지?"

작전조원은 흐릿한 눈으로 미군들과 선 중위를 쳐다봤다. 꺼져가

---

* DOC, 병사들이 '18 Delta'라고 부르는 특수전 부대 소속 의무 담당관이나 일반 부대 의무병을 부르는 애칭이다.

는 의식을 겨우 잡고 있는 것 같았다. 선 중위는 조용히 짐의 말을 통역했지만 아무 대답도 들을 수 없었다. 짐은 다시 호통을 쳤다.

"정신 차려! 내 질문에 대답해! 소속과 계급, 그리고 다른 한 명은 어디 있어?"

작전조원은 대답 대신 희미하게 웃었다. 선 중위는 짐의 질문을 몇 번이고 되풀이해서 통역했지만 웃음뿐이었다. 그러고는 작게 입술을 움직였다. 이야기를 듣기 위해 그의 입가에 얼굴을 들이대자 충격으로 엉망이 된 내장에서 올라오는 악취가 풍겼다. 작전조원은 조용히 말했다.

"려경원."

그러고는 선 중위의 K1을 힘없이 움켜잡더니 자신의 머리를 향하게 했다. 멜빵으로 결속된 K1이 숨이 넘어가기 일보 직전인 그에게 끌려갈 리는 없지만 원하는 게 뭔지 느끼기에는 부족함이 없었다.

"선 중위님, 이 친구가 뭐라고 했습니까?"

"려경원. 아마 고향에 두고 온 부인 이름 같습니다."

"선 중위님, 우리 작전은 한미 양국 간의 일급비밀입니다. 그러므로 우린 교전을 한 적도 없고 따라서 누구를 만난 적도, 누구를 죽인 적도 없습니다. 이해하시겠습니까?"

"충분히."

"만약 중위님이 원한다면 제 총을 빌려주겠습니다."

선 중위가 뜻밖의 제안에 머뭇거리자 옆에 있던 닥이 거들었다.

"지금 저 친구는 진통제와 지혈 덕분에 살아 있는 겁니다. 그게 아니었으면 벌써 쇼크로 죽었겠죠. 죽을 만큼의 고통을 끝내주는 것도 군인으로서 예의라고 생각합니다."

짐이 자신의 권총에 소음기를 장착해 선 중위에게 넘겼다.

"우린 잠시 저쪽에 가 있겠습니다."

선 중위는 빨리 아무 데나 쏴버리고 이 순간을 모면하고 싶었지만 그럴 수도 없었다. 고통을 멈춰주기 위해서는 한 발에 정확히 끝내야 했다. 숨통을 끊어야 하는 대상이 바라보는 가운데 총기의 상태를 체크하는 건 곤욕이었다. 슬라이드를 살짝 젖혀서 탄이 약실에 들어갔는지 확인했다. 어두워서 정확하게 보이자 않자 손가락을 탄피 배출구 사이로 집어넣어 탄이 약실에 물려 있는 것을 확인했다. 인디케이터* 역시 튀어나와 있어 약실의 총알은 이제 떠날 준비가 되었음을 알렸다. 아무리 소음기가 달렸다고 하지만 권총은 너무나 무거웠다. 방아쇠에 손가락을 건 선 중위는 개발단에서 교육받을 때 총기를 너무 상대에게 가깝게 대고 쏘면 오히려 탄이 비켜갈 수 있다고 주의를 받았던 것을 떠올렸다. 하지만 아군의 9mm K5 권총보다 훨씬 묵직한 45구경의 총알은 두개골을 비켜갈 염려를 하지 않아도 되었다. 정수리에 총구를 올리자 작전조원이 그의 눈을 쳐다봤다. 작전조원의 퀭한 눈이 선 중위의 눈으로 들어왔다. 방아쇠에 걸린 손가락에 힘을 주자 묵직한 총성과 함께 슬라이드가 거칠게 튕겨 나왔다가 제자리를 찾아갔다. 작전조원은 입을 벌린 채 그대로 굳어졌다. 선 중

---

* Indicator, 총기의 약실 내부에 총알이 들어 있는지를 알려주는 장치다.

위는 처음 사람을 죽였다는 생각에 숨을 제대로 쉴 수 없었다.

짐이 다가와서 어깨를 잡고 총과 함께 그의 손을 잡았다. 선 중위는 그때까지 자신이 심하게 떨고 있다는 사실을 알지 못했다. 짐이 어깨를 두들기고 말없이 팀원들을 향해 돌아섰다. 짐은 부하들에게 두 작전조원의 시신을 평지에 바로 눕혀서 무기류와 소지품을 수거하고 촬영을 할 것을 지시했다. 작전조원들의 몸에서는 옥수수 말린 것과 같은 빈약한 먹을거리와 수첩이 나왔다. 수첩은 대부분 이미 찢어진 상태여서 정보로 쓸 만한 것은 없었지만 나중을 위해 수거했다. 선 중위는 자신이 사살한 작전조원의 상의에 있던 이중 포켓에서 여자 사진을 찾았다. 그녀가 아마 려경원일 것이다. 짐은 모든 장비와 소지품을 한데 모아놓고 사진을 촬영한 다음 사진을 그에게 넘겼다. 사진 속 여인은 아무것도 모른 채 웃고 있었다.

바이퍼 1은 결국 나머지 한 명을 찾아내지 못했다. 짐과 그의 팀원은 금속 탐지기까지 동원해 그 지역에서 두 시간 정도를 더 수색을 했지만 결국 손님을 찾을 수 없었다. 군견을 동원한 대규모 수색 병력을 투입하면 찾을 수 있겠지만 한미 양국은 최대한 이번 작전을 비밀리에 끝내고자 했기 때문에 다른 병력의 접근을 허가하지 않은 상태였다.

작전조원의 시체들은 무게를 줄이기 위해 피가 완전히 뽑힌 상태로 시체 처리용 백에 실려 동해에 떠 있는 미 해군 소속 정보선으로 옮겨져 처리되었다. 선 중위는 나중에 혹시 이들의 시체를 보고 다른 소리가 나올지 몰라 폐기물 용기에 실린 채 처리되었다는 소식을 언뜻 들었다. 선 중위는 본부에 복귀한 후 보고서를 작성했다. 보고서에는 해당 지역의 한국군 부대 정지 명령이 떨어지자 그들도 멈췄다는 사실에 대해 상세하게 썼다. 하지만 왠지 보이지 않는 손에 의해 'Code 1'에 닿기 전에 없어질 것 같은 예감이 들었다. 선 중위는 짐과 함께 오키나와로 갔다. 그에게 주어진 정식 명령은 한미 특수전 부대 컨퍼런스 참가였다. 오키나와에서 만난 제1특수전 그룹 사람들은 짐을 알아보지 못했다. 선 중위는 짐이 그쪽 소속이 아닐 거라고 예상했지만 티를 내지 않았다. 선 중위 역시 한미연합사 소속이 아니었다. 이쪽 계통에 있는 사람들끼리 소속을 까발려서 좋은 건 없었다. 짐은 어느 날 팀원들과 함께 사라졌고 선 중위는 귀국 비행기에 올랐다. 일본에서 이동할 때마다 내무성 정보과 소속 요원들이 따라붙었다. 전쟁도 하지 않는 나라가 정보에 대해선 철저했다. 일본에 있는 내내 손에서 화약 냄새가 지워지지 않았다. 그는 돌아오는 비행기 안에서 내내 악몽을 꿨다. 잠을 쫓으려고 펼쳐든 영자 신문에는 그가 겪은 일들이 짤막한 기사로 담겨져 있었다.

한국 정부는 공식 발표를 통해 1996년 9월 18일 새벽 강원도 강릉시 강동면 안인진리 해안으로 북한 상어급 잠수함 한 척이 침투했다고 밝혔다. 이에 49일간의 대간첩 작전을 실시해 1명을 생포하고 13명을 사살했다고 소식통이 전했다. 또한 정찰조원들에 의해 사살된 11명의 승조원들 시체를 발견했으며 대전차 로켓포를 비롯해 4,000점의 유류품을 노획했다. 침투한 인원 중 1명에 대해선 행방이 밝혀지지 않았고 한국군 역시 11명이 전사하고 민간인 4명이 피살당했으며 다수가 전상戰傷을 입었다.

회사원

　김유선은 비행기가 김포 비행장에 부드럽게 착륙하면서 잠에서 깼다. 복잡한 머릿속에는 자꾸만 이게 우리가 먹고사는 방법이고 당신이 앞으로 먹고살 방법이라는 짐 원사의 얘기가 떠올랐다. 승객들은 분주히 짐을 챙겨서 나가기 시작했다. 그는 승객들이 거의 다 빠져나간 뒤 천천히 짐을 챙겼다. 비행기 출입구를 나와 트랩을 내려오자마자 양복을 입은 두 남자가 그에게 다가왔다.
　"김유선 중위님 맞습니까?"
　"예."
　"기다리고 있었습니다. 저를 따라오시죠."
　말을 건 남자는 남산에서 일하는 것 같았고, 그 옆에 선 대머리는 공항에서 근무하는 분실 직원 같았다. 그는 두 사람을 따라서 이 계통에 있는 사람들이 권력의 문이라고 부르는 통로를 통해 입국장을 통과했다. 앞장선 대머리는 대기하고 있던 세피아의 문을 열어줬다. 두 사람이 타는 걸 확인하고는 돌아서서 휴대전화를 들었다. 아마도 유선의 도착을 남산에 알리는 전화를 하는 것 같았다. 왜 남산에서 자신을 픽업하는지 궁금했지만 대답해줄 리가 없다는 걸 잘 알고 있는 그는 입을 다문 채 창밖을 응시했다. 안경을 쓴 남자 역시 그에게 말을 걸지 않았다. 세피아 내부는 별다른 특색이 없었다. 작전용 차량이 아니라 사찰이나 잠복 같은 임무에 사용하는 '비마'라고 부르는 일반 차량 같았다.

"하긴 나를 공항에서 픽업해오는 게 작전이 될 리는 없잖아."

슬쩍 중얼거린 그는 시트에 머리를 대고 눈을 감았다.

눈을 감긴 했지만 중간 중간 실눈을 떠서 위치를 파악했다. 그를 태운 세피아는 올림픽대로를 타고 강남으로 갔다. 강남역의 번화가를 지나 약간 한적한 골목길로 들어간 세피아는 '오케이 로직스'라는 영문 간판이 걸려 있는 6층짜리 건물의 지하 주차장으로 들어갔다. 1층에 자리 잡고 있는 식당은 시간이 일러서인지 불이 꺼진 상태였다. 건물 지하 주차장으로 들어가던 차가 잠깐 멈췄다. 살짝 눈을 뜬 그의 눈에 운전수가 목에 걸고 있던 패스를 찍는 모습이 보였다. 일반 건물치고는 경비가 너무 삼엄했다. 차가 지하 주차장에 정차한 후 운전석에 타고 있던 직원이 그를 엘리베이터 앞까지 인도했다. 엘리베이터가 열리자 그 안엔 다른 직원이 기다렸다. 그를 안내

한 직원은 엘리베이터 앞에서 꾸벅 인사를 하고 다시 차로 향했다. 엘리베이터에 탄 직원은 4층을 누르는 것 외에는 아무것도 하지 않았다. 그는 문을 바라보고 섰다. 엘리베이터에는 지하 1층과 지상 4층 말고는 다른 층으로 내릴 수 있는 버튼이 없었다. 4층 역시 키를 돌려야 누를 수 있는 방식이었다. 곁눈질로 살펴본 직원의 오른쪽 옆구리가 불쑥해 보였다. 귀에 꽂은 리시버 역시 눈에 띄었다. 국내에서 총을 평소에도 소지하는 곳이 어딜까? 잠시 생각을 하는 찰나 문이 열렸다. 내부는 일반 회사와 마찬가지였지만 엘리베이터 앞에 또 다른 문이 있어서 카드를 찍어야만 들어갈 수 있었다. 출입구 위에는 라스베이거스 카지노처럼 CCTV가 달려 있어서 드나드는 사람들을 감시했다. 내부는 일반 회사 같은 분위기였다. 예전에는 분실과 안가를 중심으로 휴민트* 작업이 이뤄졌다면 이런 회사를 이용하는 것이 최신 트렌드라고 얼핏 들었던 기억을 떠올렸다. 문 왼편에는 경리나 비서처럼 보이는 여직원이 있었고, 오른쪽에는 남자 직원이 자리 잡았다. 모서리 창가 쪽에도 남자 직원의 뒷모습이 보였다. 왼쪽 모서리에는 방이 하나 따로 있었고, 방문에는 부사장실이라는 명패가 달려 있었다.

유선을 데리고 온 직원이 소파에 앉을 것을 권했다. 제일 안쪽에 앉아 있던 더벅머리의 중년 남자가 여직원에게 말했다.

"야, 김 대리. 손님이 왔으면 좀 커피라도 권해봐. 그렇게 쌀쌀해

---

* HUMINT, 'Human Intelligence'의 약자로 정보원이나 망명자들을 통해 얻은 인적 정보를 뜻한다.

서 어디 시집이라도 가겠어? 아님 내가 타리?"

김 대리라고 불리는 여직원이 눈을 들어 그를 쌀쌀맞게 쳐다보면서 한마디 했다.

"제가 커피 타러 여기 온 줄 아세요?"

"그럼 나보다 일찍 들어오지 그랬어?"

볼펜을 탁 소리 나게 내려놓은 여직원이 자리에서 일어났다. 힐끔 보니까 투피스 바지 정장 차림이었다. 약간 튀어나온 광대뼈에 작지만 맵시 있는 눈이 무협 영화에 나오는 호위 무사 같았다. 운동을 해서 위로 바짝 달라붙은 엉덩이와 허리선에 자꾸 눈이 갔지만 애써 눈을 돌렸다.

김 대리가 커피포트가 있는 구석으로 가는 사이, 더벅머리의 중년 남자가 그에게 말했다.

"지금 부사장님이 좀 바빠서 그러니까 커피 드시면서 잠깐만 기다리세요. 오실 때 힘들지는 않았습니까?"

부드러운 표정에 충청도 억양이 섞인 어눌한 말투였지만 눈빛은 날카로웠다.

"예, 차를 보내주신 덕분에 쉽게 왔습니다."

일반 회사 같은 자연스러운 분위기에 한층 마음이 놓였지만 지금 어디에 와 있는지 모른다는 생각 탓에 긴장감은 사라지지 않았다. 그는 훈련받은 대로 출입구와 직원의 숫자, 비상사태 발생 시 누구를 먼저 제압할지를 머릿속으로 그려나갔다. 그러면서 사무실도 천천히 살펴봤다. 가장 눈에 띄는 건 퇴출용 로프 설치대가 유리창 내부에 설치되어 있고 유리 파쇄용 해머가 그 옆에 설치되어 있다는 점이다. 그가 들어온 출입구 쪽 벽면에 설치된 금고는 보통 것과는 달리 긴 편이었다. 미국 윈체스터사의 총기 금고와 비슷했지만 국내에서 제작한 것 같았다. 커피를 다 마실 즈음 부사장실 문이 열리고 짧은 곱슬머리의 중년 신사가 문 사이로 머리를 내밀며 말했다.

"김유선 씨 왔지?"

그는 다른 직원들이 대답하기 전에 벌떡 일어났다.

"예, 제가 김유선입니다."

"역시 소문대로 씩씩하군요. 기다리게 해서 미안합니다. 이리로 들어오세요."

부사장실 안에도 작은 소파와 테이블이 있었다. 먼저 자리에 앉은 부사장이 그에게 말했다.

"반갑습니다. 저는 여기 책임자로 있는 최형근이라고 합니다. 우리 회사는 처음이시죠?"

"네."

"우리 회사는 안기부와 정보사, 기무사의 통합 분실이라고 보시면 됩니다. 최근 북쪽의 움직임이 심상치 않아 이런 형태의 분실들이 많아졌습니다."

"얘기는 들었습니다."

"지난번 출장에서 일을 잘 처리하셨다고 위쪽에서 칭찬이 자자합니다. 출장 때 많이 힘드셨을 텐데 바로 호출해서 죄송하지만, 우리 하는 일을 잘 아실 테니까 이해해주시리라 믿습니다."

그는 최형근 부사장의 말을 듣고 대략 감이 잡혔다. 일본에 있는 동안 여기로 팔려온 것이다. 아니면 팔리기 직전이거나.

"그럼 먼저 빨리 일을 끝내고 쉴 수 있도록 해드리겠습니다. 확인 절차를 거쳐야죠?"

자리로 돌아간 최 부사장은 먼저 그의 윗선에게 전화를 걸었다. 직접 확인하지 않으면 입을 열지 않는다는 게 그가 속한 곳의 불문율이었다. 전화를 받은 그의 상관은 최 부사장의 신분을 확인해줬다. 그리고 필요하다면 작전 내용에 대해 입을 열어도 된다고 첨언했다.

최 부사장은 지난번 작전에서 미군 쪽 움직임, 그리고 일본 내에서의 일들에 대해 자세히 물어봤다. 유선은 약 3시간 동안 대답을 하면서 상대방을 관찰했다. 얇은 입술과 찢어진 눈매가 정보 계통에서 일하기 적합해 보였다. 왜소해 보이지만 다부진 어깨는 예전에 군 경험이 있거나 특수한 훈련을 받았던 경험이 있음을 보여주었다. 그리고 그는 자주 웃었다. 아니 웃으려고 했다.

"이 정도면 된 것 같군요. 말하지 않아도 잘 아시겠지만 이번 출장에 대해선 절대 보안을 지켜주세요. 우리가 이번 출장에 대해서 말하는 것도 아마 오늘이 마지막일 겁니다."

"그러겠습니다."

"이번에 대위 진급자 명단에 오르셨던데, 축하드립니다. 이제 돌아가서 푹 쉬십시오."

최 부사장은 잠깐 눈치를 살피고는 말을 이었다.

"며칠 동안 쉬고 계시면 사람을 보내겠습니다. 윗분하고는 이미 이야기가 되어 있는 상태이니 원 소속 부대 말고 우리 쪽에서 드리는 매뉴얼대로 행동해주시면 좋겠습니다."

말을 마친 최 부사장이 자리에서 일어나 악수를 청했다. 그 역시 엉거주춤 일어나 악수를 나눴다. 악수를 나누는 와중에 최 부사장이 물었다.

"미군 애들이 선 중위라고 불러서 선씨인 줄 알았습니다."

"맨 끝 자를 성씨로 생각해서 그렇게 부른 것 같습니다. 김 중위라고 얘기해도 자꾸 그렇게 불러서 그냥 놔뒀습니다."

부사장은 책상 위에 놓인 종이봉투를 건넸다. 1층 음식점 이름이 적힌 종이봉투였다.

"그 안에 휴대전화와 통화 가능한 번호가 적혀 있습니다. 전화를 하시면, 아, 그쪽에서 이미 누군지 아시니 걱정하실 필요는 없고, 용건만 말씀하시면 됩니다. 전화는 현재 배터리가 분리된 상태니까 우리 직원이 말할 때 결합해주시고 다른 건 건드리지 마세요. 안에 들어 있는 열쇠는 앞으로 임시로 묵으실 곳의 열쇠입니다. 안에 든 매뉴얼은 숙지하시고 처리하시면 됩니다."

"알겠습니다."

"조만간 또 뵙도록 하지요. 안녕히 가십시오."

그는 부사장이 열어주는 문을 통해 밖으로 나왔다. 사무실 직원들은 처음 도착했을 때와 같이 모두 자신들의 일에 열중하고 있었다.

그와 비슷한 종류의 손님들이 많이 찾는 사무실인 것 같았다. 엘리베이터에서 차까지 아까 그 직원이 다시 호송을 해줬다. 주차장에는 다른 차가 기다리고 있었다. 차를 타고 이동하는 도중에 조수석에 타고 있던 직원이 전화를 바꿔줬다.

"김유선 중위입니다."

"나, 박일세."

박지명 소장은 그가 속한 부서 총책임자이자 군 정보 계통의 핵심 인물이었다. 대간첩 작전 및 손님맞이 작전을 여러 차례 성공적으로 수행했고 정보사를 거쳐 기무사의 참모장도 역임한 인물이었다. 지켜보고 있는 직원 때문에 어떻게 대답해야 할지 몰라 머뭇거리고 있는데 박 소장의 목소리가 먼저 들려왔다.

"미리 약속을 잡지 않아서 미안하지만 지금 잠깐 나랑 만나야겠네. 직원들이 내가 있는 곳으로 자네를 데리고 올 거야. 여종업원에게 이형구라는 이름으로 예약되어 있다고 하게."

그는 박지명 소장과 독대를 해본 적이 없었다. 그의 주변에는 항상 정보에 목말라하는 별 셋이나 별 넷, 그리고 정치권의 사람들이 우글거린다고 들었다. 그를 태운 차는 사무실에서 약 20분 거리에 있는 대형 일식집 앞에서 멈췄다. 차에서 내려 현관으로 들어가니 카운터의 여종업원이 고개를 숙여 인사했다. 그녀에게 전화로 들었던 이름을 말하니 엘리베이터로 안내하며 3층을 눌렀다. 엘리베이터가 3층에서 열리자 다른 여종업원이 살짝 고개를 숙이고 안내를 했다.

"매화실에 계십니다. 오른쪽 복도 끝으로 가시면 됩니다."

고개를 끄덕거린 그는 복도를 따라 걸었다. 미닫이문을 열자 앉아 있는 박지명 소장의 옆모습이 보였다. 박 소장은 경례를 한 유선에게 들어오라고 손짓을 했다. 군복 대신 양복바지에 체크무늬 남방을 입고 있었지만 짧은 머리카락 때문에 군인 티가 확 났다. 박 소장은 그에게 앉으라고 손짓했다. 박 소장은 서류 가방에서 파일을 꺼내 식탁에 올려놓았다. 일급기밀 스탬프가 찍힌 파일 안에 뭐가 들어 있을지는 대강 짐작이 갔다.

"자네에 대해 궁금해서 평가서를 좀 살펴봤네. 이번 임무를 맡기 전까진 그다지 특별한 경력은 없더군. 이번이 첫번째 현장 업무지?"

"네, 첫번째 작전이었습니다."

"좋아, 난 백지에 그림 그리는 걸 좋아하는 편이야."

무슨 뜻인지 이해하지 못한 유선은 침묵을 지켰다.

파일을 편 박 소장이 서류를 들여다보면서 덧붙였다.

"뜬구름 잡는 얘기처럼 들리지? 자네도 내 나이가 되면 불필요한 단계는 생략하고 싶은 욕구가 생길 거야. 일종의 게으름이야. 자네가 작성한 보고서를 읽어봤네. 그 상황에서 임기응변을 발휘한 게 흥미롭더군. 우린 그냥 자네가 영어를 좀 해서 붙여줬는데 말이야."

"과찬이십니다."

"농담이 아닐세. 다른 중위였다면 아무것도 못했을 거야."

"감사합니다."

"덕분에 자네에 대한 호기심이 생겼지. 그럼 자네 경력을 살펴볼까. 중학교 때 아버지를 따라 미국으로 이민을 갔군. 그러다가 고등학교 2학년 때 다시 귀국해서 졸업 후에 육군사관학교에 입교."

서류 한 장이 차르륵 넘어갔다.

"육군사관학교에선 그냥 평범했고 정보 병과로 임관해서 5사단을 거쳐 정보사 대외공작단을 통해 최근 우리 쪽으로 왔군."

그는 자신에 관한 얘기를 다른 사람 입을 통해 듣는 건 마치 라면이 끓는 것을 기다리면서 이미 수백 번 이상 해봤던 라면 끓이는 법에 대한 얘기를 듣는 느낌이라고 속으로 생각했다.

파일을 덮은 박 소장이 그를 똑바로 쳐다봤다. 차갑고 깊은 바다 같은 박 소장의 눈은 쳐다보고 있는 것만으로도 주눅이 들었다.

"자네 성적이면 다른 원하는 병과를 갈 수도 있었을 텐데 왜 정보 병과를 선택했지? 혹시 '007'이 되고 싶었나?"

박 소장의 눈웃음을 지으며 물었다. 도무지 빈틈이 없는 예리한 웃음이었다. 그는 잔뜩 긴장한 목소리로 대답했다.

"아닙니다."

"보통은 보병이 진정한 군인이라고 하지. 포병이나 기갑 같은 병과도 있지만 아직도 보병이 진급이 잘되는 게 사실이야. 자넨 진급에 그다지 마음이 없나? 자네 나이에는 야망이 피의 90퍼센트를 차지해야 할 텐데 말일세."

정보 병과를 지원한 이후 수없이 받은 질문이었지만 어떤 대답을 해도 질문했던 사람은 수긍하지 않았다. 그 역시 자신이 어떤 길을 가게 되고 그게 어떤 결과를 가져올지 몰랐다. 정보사로 들어간다는 것을 알게 된 동기들은 우려의 뜻을 나타냈지만 심히 만류하지는 않았다. 직업의 특성상 동기가 나중엔 경쟁자가 된다는 점을 잘 알고 있기 때문이다. 그다지 친하지도 않고 나중에 성가시게 될지도 모를 동기 놈 하나 보내는 게 오히려 그들에게는 편했을지도 몰랐다. 그가 한참 동안 입을 다물고 있자 박 소장이 먼저 입을 열었다.

"자네는 말이 적은 편인가?"

"아버지께서 대답할 말이 생각나지 않으면 차라리 말을 아끼라는 조언을 하셨습니다."

"좋은 가르침이군."

"아버지는 KLO 부대 출신이셨습니다."

그는 천천히 입을 열었다.

"정확하게는 맥아더 장군의 미 제8군 소속의 8240부대 소속이셨죠."

"이런, 나라를 위해 헌신을 하셨군. 그때 일은 자주 얘기하시던가?"

"아뇨, 중학교 땐가 술에 취하셔서 얘기를 하셨던 게 전부였습니다. 이민을 가기로 결심하신 것도 그 일 때문이었죠."

그는 아버지가 늘 미행이나 도청을 당하고 있다고 신경을 곤두세웠다는 얘기는 하지 않았다. 서류를 덮은 박지명 소장이 물었다.

"아버지가 고통을 겪는 걸 보고도 굳이 정보 병과를 택한 이유가 뭔가?"

"궁금해서입니다. 도대체 어떤 게 아버지의 인생을 그렇게 바꿔버렸는지 말입니다. 사실 아버지는 그 일을 잊으려고 애쓰셨던 동시에 자랑스러워하셨습니다."

"정보 계통에서 일하는 사람들의 공통점이지."

"어릴 때 심심하면 아버지가 다락방에 숨겨둔 라면 박스를 열어봤습니다. 그 안에는 KLO 부대 시절 찍은 사진이나 휘장 들이 들어 있었죠. 그러다가 서해안의 어느 섬에서 부대원들과 찍은 단체 사진을 봤는데 그 아래 자랑스럽고 행복한 시절이었다고 쓴 걸 본 적이 있습니다. 그래서 아버지한테 물어봤습니다. 그 시절이 어땠느냐고 말이죠."

"뭐라고 대답하시던가?"

"어깨를 으쓱하시고는 입을 다무셨죠. 하지만 분명 그리워하시는 눈치셨습니다."

"돈이나 명예가 아니라 호기심이라……. 자네도 이 바닥을 떠나기 힘들겠군. 아버님 심정은 대충 이해가 가네. 정보란 말이야, 남들이 모르고 있는 것을 아는 그런 차원이 아닐세. 그걸 알아내는 과정, 그리고 빼내는 순간들이 매혹적이지. 정보 쪽 일을 한다고 했을 때 아버님이 반대하시지는 않았나?"

"난생처음 손찌검을 하셨습니다."

"그런데도 포기하지 않았군."

"고집은 아버지를 그대로 이어받았거든요."

"그래, 작전을 뛰어보니까 해볼 만하던가?"

앞뒤 다 자르고 정확하게 핵심만 파고들었다. 그는 짧게 헛기침을 하고는 대답했다.

"적응할 만했습니다."

"그럼 계속 그런 일을 할 생각은 있고?"

역시 숨 돌릴 틈 없이 핵심을 파고들었다. 비행장에서 차에 타는 그 순간부터 그는 내내 스스로에게 그 질문을 던지고 대답을 했다. 하지만 역시 결정의 순간에는 머뭇거릴 수밖에 없었다.

"자네는 신중한 사람이지만 나는 확실한 걸 원하네. 내 질문이 쉽게 답할 수 있는 부류는 아니지. 생각할 시간이 필요할 거야."

박 소장은 그의 정보가 담긴 서류 파일을 덮었다.

"사흘 후에 우리 쪽 사람이 아까 받은 휴대전화로 전화를 할 걸세. 그에게 '예'나 '아니오'로 답을 하면 되네. 만약 자네가 '예'라고 답을 한다면 임무에 맞는 새로운 교육을 받게 될 걸세. 만약 '아니오'라고 한다면 반짝이는 대위 계급장을 달고 정보사령부로 전출을 가게 될 거야. 거기에서 근무하면 앞으로 5년간 전역이나 보직 변경이 힘들 테고 우린 자네에게 보험을 들 거야."

물론 진짜 보험이 아니라 도청이나 미행을 의미했다. 그의 얼굴이 살짝 굳어지자 박 소장이 희미하게 웃었다.

"아, 자네에게 해가 되지는 않으니까 너무 염려하지는 말게. 5년 뒤에는 전역을 하든지, 자네가 가고 싶은 부대로 전출을 가게 될 테니까 말이야. 소령 계급장을 달고 말이야. 고과평가서는 내가 사인할 거니까 믿어도 되네. 이해하겠나?"

"네."

"그럼 무거운 이야기는 여기서 끝내고 우리 식사나 하지. 생선이랑 정보는 역시 신선한 게 최고야."

박 소장이 말을 끝내고 초인종을 누르자 좀 전에 그를 방으로 안내했던 그 여자 종업원의 모습이 보였다. 박 소장은 그녀에게 식사를 들이라고 했다. 물론 그에게 어떤 것을 먹을지는 물어보지 않았다. 음식들을 먹는 시간은 오래 걸리지 않았다. 박 소장은 음식을 많이 먹지 않았고, 그 역시 편한 자리가 아닌지라 음식이 잘 넘어가지 않았다. 식사를 마치고 녹차가 나올 무렵 박 소장이 서류 가방을 챙겼다.

"오늘 즐거웠네. 대충 짐작했겠지만 오늘 이 자리는 예정에 잡히지 않은 일정이었네. 자네와 나는 앞으로 정식으로 만날 때까지 초면일세. 먼저 일어날 테니 자넨 천천히 나오게. 사무실에서 받은 휴대전화는 결합해도 되네."

방문이 닫히고 그가 멀어지는 걸음 소리가 들렸다. 일행이 있었는지 박 소장의 걸음에 맞춰서 또각거리는 하이힐 소리가 따라갔다. 혼자 남은 그는 김이 모락모락 피어나는 녹차의 진한 향기를 느끼며 눈을 감았다. GOP에서 근무를 끝내고 막사로 돌아오면 상황병이 타주던 따뜻한 인스턴트커피가 생각났다.

박지명 소장은 안기부에서 파견 나온 여직원과 같이 일식집을 나왔다. 일식집 여종업원 복장을 하고 있던 직원은 평복으로 갈아입고 밖에서 대기했다. 나이가 한 스물다섯 살이나 되었을까? 첫눈에 봐도 이런 임무에 적합해 보이진 않았다. 그녀가 뒤를 따라오면서 대리석 바닥에 닿는 하이힐 굽 소리가 복도에 울려 퍼졌다. 위험한 임무는 아니었지만 이런 사소한 것을 신경 쓰지 못한다는 점에서 더 실망스러웠다. 차는 음식점 주차장에 아직 대기 중이었다. 기사가 그에게 인사를 하며 차량 문을 열어주었다. 그녀도 박 소장의 옆자리에 탑승했다.

자리에 앉은 박 소장은 기사에게 말했다.

"남산으로 가지."

"차가 좀 막힐 것 같습니다. 2번 루트를 이용하겠습니다."

"알겠네."

박 소장의 머릿속은 앞으로 한반도와 주변국에서 벌어질 일들과 저 김유선이라는 장기판의 말을 어떻게 써야 할지 등에 대한 생각으로 가득했다. 옆자리에 탄 여직원이 휴대전화의 버튼을 누르는 소리가 들렸다. 박 소장은 그녀의 통화를 막았다. 그는 차 안에서 자신 이외에 다른 사람이 통화하는 것을 좋아하지 않았다. 차 안은 이동량이 많은 그가 사무실만큼이나 자신의 공간으로 생각하는 곳이었다. 그런 공간에 애송이 요원이 자신이 한 일을 엄마에게 쪼르륵 달려가 이야기하듯 본부에 전화하는 것을 용납하기 싫었다. 여러모로 마음에 들지 않는 요원이라고 생각하며 눈을 감았다.

김유선은 방에서 휴대전화 본체에 배터리를 끼우고 열쇠를 바지 주머니에 넣었다. 손바닥 크기의 매뉴얼을 천천히 읽고 테이블 위에 있던 재떨이에 올려놓고 라이터로 불을 붙였다. 재로 변한 매뉴얼을 먹다 남은 된장국에 쓸어 넣고는 방을 나섰다. 주차장에는 그가 타고 온 차가 보이지 않았다. 큰길로 나온 그는 택시를 잡아타고 매뉴얼에 적혀 있던 주소로 갔다. 회사가 정해준 숙소는 강남 지역에 있는 한적한 오피스텔이었다. 6층 6014호 문을 열고 안을 들여다봤다. 한동안 인적이 없었는지 방 안에는 차가운 기운이 감돌았다. 일반적인 작은 오피스텔로 침대와 TV, 간단한 취사도구와 소파가 보였다. 비행기 화물칸에 실었던 짐은 다 옮겨져 있는 상태였다. 유선은 창문을 열고 짐을 정리했다. 대강 치우고 침대에 누웠다. 불을 끄고 잠을 자고 싶었지만 강원도 작전 이후부터 자려고 누우면 천장에서 눈동자가 내려다보고 있는 것 같았다. 이틀간의 시간이 너무 쉽게 지나갔다. 주로 잠을 잤고 가끔 강남역에 가서 사람들을 구경하며 하염없이 걸어 다녔다. 사흘째 되던 날 정오에 전화가 왔다.

"김유선 씨, 결정을 하셨습니까?"

"예, 그쪽 일을 하겠습니다."

이미 돌아가기엔 너무 먼 길을 왔다. 무엇보다도 문서와 상관들로 넘쳐나는 사령부 같은 곳은 절대 가고 싶지 않았다.

"좋습니다. 오후 3시까지 역삼역 3번 출구로 나오세요."

"알겠습니다."

그는 역삼역 3번 출구로 약속 시간 10분 전에 도착했다. 3번 출구 앞에는 조그마한 리어카에 꽃을 갖다 놓고 파는 노인이 보였다. 수북하게 쌓인 소국 앞에 매직으로 한 다발에 2천 원이라고 쓴 가격표가 놓여 있었다. 리어카 구석에 실린 라디오에서는 뽕짝이 신나게 흘러나왔다. 약속 시간 1분 전, 그의 앞으로 차가 한 대 멈춰 섰다. 차창이 열리고 지난번에 갔던 오케이 로직스의 직원 얼굴이 보였다. 그는 말없이 차에 탔다. 그를 태운 차는 오케이 로직스로 향했다. 출입 절차는 전과 같았다. 문이 열리고 지난번에 본 여직원이 다시 그 소파로 안내했다. 이번엔 누가 말하기 전에 커피를 먼저 타주었다. 다른 직원들은 보이지 않았다. 잠시 후 최 부사장이 사무실 문을 열고 나타났다.

"잘 생각하셨습니다. 이리 들어오세요."

그를 따라 방 안으로 들어갔다. 이전과 똑같은 소파의 같은 자리에 앉았다. 그가 서류를 들고 김유선 앞으로 와서 앉았다.

"이제 같이 일하게 될 거니까 말을 편하게 하도록 하지. 괜찮지?"

"네, 편하신 대로 해주십시오."

"지난번에 여기서 나간 다음에 자네 지휘관과 미팅이 있었다고 알고 있네. 자네 대답은 그분께 전달됐고 오케이를 한 상태야."

부사장이 책상 위에 놓인 서류들을 건네줬다.

"이제 이 서류들을 검토하고 사인만 하면 우리 소속으로 일하게 되네. 소속은 현재 부대에서 타 부대로 파견 가는 형태를 띠지만 서류상일 뿐이야. 앞으로는 중위나 대위라는 계급으로는 불릴 일이 없을 거야. 하지만 호봉이나 진급에는 아무런 지장이 없을 테니까 걱정 말게."

"그런 건 상관없습니다만 제가 여기서 하게 되는 일이 어떤 일들인지 여쭤봐도 되겠습니까?"

그의 질문에 부사장이 고개를 갸웃거리며 입을 열었다.

"간단히 설명하기가 힘들군. 그래, 이런 식으로 설명을 해보지. 지금까지 자네가 한 임무들은 단편적인 일들이야. 우리는 그런 일들을 종합적으로 하지. 본사는 주문을 하고 우리는 그걸 실행해. 혹은 우리가 프로젝트 자체를 만들 수도 있지. 해외 출장이 많을 수도 있고 위쪽 동네 움직임이 심상치 않으면 야근이나 밤샘은 기본이야."

"그렇습니까?"

"좋은 점은 비교적 독립적으로 일을 할 수 있고 어느 정도 융통성 있게 일할 수 있어. 많은 것을 할 수 있는 만큼 책임이 따르지만 일이 터지면 내 모가지부터 날아가니 자네는 크게 걱정할 필요 없어. 대신 자네가 내 모가지가 날아갈 일을 하면 나 역시 자네를 계속 사랑할 수는 없겠지?"

재미없는 농담이었지만 분위기상 억지로 웃을 수밖에 없었다.

"사무실에서 본 직원들이 이제부터 자네와 함께 일하게 될 대원들이네. 회사 조직인 만큼 계급이 아닌 직급으로 부르게 될 거야. 이래 봬도 우린 실적도 있는 괜찮은 회사거든."

"알겠습니다."

"그럼 서류부터 처리하지. 아까 얘기한 것처럼 자네 소속은 그런 식으로 처리될 거고, 숙소는 지금 있는 곳을 그냥 쓰게. 그리고 자네 은행거래 기록, 의료 기록, 학적부, 자동차등록 기록, 보험 기록 들은 군에 관련된 것 말고는 모두 세탁을 할 거야. 군대 복무 기록밖에 없게 되는 거지. 무슨 얘긴 줄 알겠나?"

"네."

"어차피 군대 관련 기록도 그야말로 형식적으로만 기록되어 있고 자세한 건 몇몇 사람들만 볼 수 있네. 이 얘기는 경찰 정보과에서 자네에 대해서 조사를 하려고 해도 종적이나 연관을 찾기 힘든 반투명인간이 된다는 뜻이야. 그럼 이 서류들을 둘러보고 혹시 빠지거나 틀린 점이 있으면 얘기해주게."

말을 마친 최 부사장이 그에게 서류 뭉치를 건네주고 책상으로 돌아갔다. 그는 천천히 서류를 넘겼다. 검토가 끝나자 내일 준비할 서류에 필요하다며 증명사진과 여권 사진을 찍었다. 사무실 한쪽 벽은 이런 용도로 사용하기 위해서인지 아예 흰색으로 칠해져 있었고 간이 조명도 설치되었다. 사진 촬영이 끝나자 최 부사장이 자동차 키를 건네줬다.

"수고했고, 내일 아침 8시까지 여기로 출근하게. 지하 주차장으로 내려가면 파란색 소나타 2가 있을 거야."

"옷차림은 어떻게 합니까?"

"회사니까 회사원답게 차려입고 오게. 그럼 내일 8시에 보자고. 교육받으러 가기 전에 우리 팀원들에게 정식으로 인사를 시켜주지."

"그럼 내일 뵙겠습니다."

그는 밖으로 나오면서 여직원에게 인사를 했다. 여직원은 흘끔 쳐다보고는 다시 자기가 하던 일로 돌아갔다.

유선은 다음 날 아침 7시 51분에 지하 주차장에 차를 세웠다. 문을 닫고 내리는데 엘리베이터가 내려오는 게 보였다. 아마 주차장에 설치된 CCTV를 통해 보고 있었던 것 같았다. 엘리베이터가 열리고 지난번 그를 태워줬던 직원이 어서 타라고 손짓을 했다. 회사에는 직원들이 모두 출근한 상태였다. 최형근 부사장이 그를 직원들에게 소개시켜줬다. 지난번에 여직원을 구박했던 더벅머리의 중년 남자는 이선진 팀장이었다. 정보사 대북공작관으로 통통한 몸매에 웃는 인상이지만 얇은 입술과 두툼한 귀를 가진 사람이었다. 그는 자신의 귀가 유도와 레슬링을 하면서 생긴 영광의 상처라고 너스레를 떨었다. 두번째로 소개된 고태식 과장 역시 사십 대로 보였다. 안기부 해외공작실인 203호실 소속으로 사무실의 해외 작전을 주도하고 있다고 자신을 소개했다. 주로 러시아, 태국, 중국 쪽으로 출장을 자주 다녀 얼굴을 보기 힘들 것이라며 악수를 청했다. 그가 첫 면접을 본 날 들어왔다가 내일모레 다시 러시아로 출국할 계획이라고 덧붙였다. 아직 군인 티가 역력한 스물다섯 살의 서호진 대리는 특전사 특임대에 중사로 있다가 안기부 대공수사관으로 특채된 후 이곳으로 파견 나온 상태였다. 사무실에 힘을 쓰는 일을 도맡아 해서 '돌쇠'라고 불린다며 친해지면 별명을 불러도 좋다고 했다. 유일한 여직원인 김형선 대리는 나이는 안 밝혔지만 이십 대 중후반으로 보였다. 하사관 학교를 졸업하고 임관한 뒤 기무사로 넘어왔다고 얘기했다. 몸매를 보고 짐작했던 대로 태권도 국가대표 출신이었다. 최형근 부사장은 자신이 안기부 소속으로 외국에서 뛰었다고 얘기했다. 아마 고태식 과장처럼 해외 공작을 담당하는 203호실 출신일 것 같았다. 소개를 끝낸 최형근 부사장이 호탕하게 웃으며 말했다.
"내 별명이 뭔 줄 알아? 오락부장이야. 그러니까 자네도 나처럼 신변잡기와 유흥에 능해야 하네."

소개가 끝난 뒤 다시 부사장실로 들어가 어제 검토했던 서류에 대한 마무리를 끝냈다. 이제 서류상 그는 국적과 군적을 제외하면 아무런 기록이 없는 사람이 되었다. 병원, 보험, 자동차 그 어디에도 그에 대한 개인 기록이 남아 있지 않았다. 최형근 부사장은 그에게 종이봉투 하나를 넘겨줬다. 거기에는 새로운 이름의 명함, 여권, 주민등록증 등이 들어 있었다. 이제 정보사령부에서 행정 업무를 맡았던 김유선 대위에게 강남 한가운데에서 실제적인 정보 업무를 하는 김도형이라는 분신이 생긴 것이다. 소개가 끝나고 최 부사장이 그에게 말했다.

"이제 정식으로 우리 식구가 된 걸 축하하네. 원래는 훈련을 완전히 통과해야 우리 식구라고 하지만 자네야 뭐, 사관학교에 정보관 출신이니 무사히 통과할 거라고 믿네."

"감사합니다."

"참고로 말하자면 우리 회사 입사자 중에는 서류 전형에 붙고 실기에서 떨어진 사람은 없어. 아마 내일쯤 연수원으로 갈 거야. 장소는 따로 알려줄 거고 준비할 건 없어. 뭐, 사관학교에 다시 입교한다고 생각해. 아, 그렇다고 머리를 짧게 자를 필요는 없네."

최형근 부사장의 재미없는 농담에 사무실 직원들도 시큰둥하게 웃었다.

"새로운 식구도 왔고 고태식 과장도 오랜만에 귀국했으니 오늘은 회식이나 하지. 이따가 업무 끝나면 다들 튀지 말고 기다려. 특히 너 호진이, 저번처럼 튀면 죽는다."

유선은 그날 오후 내내 마치 처음 부대 배정을 받은 병사처럼 사무실 소파에서 이들이 일하는 것을 봤다. 전체적인 느낌은 일반 사무실과 같았다. 딱딱한 군대식 용어도 없었고 서류와 컴퓨터 작업에 열중했다. 작전도도 현황판도 안 보였다. 일반 사무실과 다른 점이라곤 사무실 한쪽을 지키고 있는 긴 금고와 창문가에 놓여 있는 장비들이었다. 술자리도 일반 직장인들처럼 신변잡기나 잘나가는 탤런트나 영화배우에 관한 가십성 얘기들이 전부였다. 그는 다음 날 오피스텔에서 다시 짐을 정리했다. 회식 때 마신 술 때문에 생긴 숙취가 하루 종일 떠나지 않았지만 새로운 이름과 주민등록증, 운전면허증을 외웠다. 오후 3시경 전화를 받고 오피스텔 주차장에 기다리고 있던 차에 올라탔다. 연수원은 뜻밖에도 시내에 위치했다. 서울 안에 훈련 시설이 있을 것이라고는 생각지도 못했던 그는 약간 당황했다. 내부는 높은 벽에 가려 보이지 않았다. 차에서 내려 초인종을 누르니 인터폰으로 누구냐는 물음이 흘러나왔다. 김도형이라는 이름을 대니까 찌잉 하는 소리와 함께 육중한 철문이 열렸다. 철문 앞에는 인솔자가 미리 대기 중이었다. 그가 몰고 온 카트에 동승해 연수원 본관에 도착한 유선은 3층 강당으로 올라갔다. 인솔자가 강당 맨 앞 의자에 앉아 있기를 권하고는 사라졌다. 잠시 후 두 명의 교관이 들어왔다. 오른쪽에 선 좀더 까만 교관이 입을 열었다.

"김도형?"

"네."

"자네가 최 부사장과 같이 일하기로 한 신입 맞지."

"맞습니다."

"앞으로 교육이 끝날 때까지 자네는 44번이다."

"알겠습니다."

"이곳에선 개인 이름은 통용되지 않아. 나는 앞으로 12주간 자네 교육을 책임질 선임교관 진 선생이라고 한다. 앞으로 여기서 통합 정보공작 교육 및 대테러 교육을 받게 될 거다. 이미 대테러 교육과 정보 교육을 받았겠지만 그건 잊어라. 여기선 자네를 새로운 임무에 맞는 새로운 인재로 양성할 것이다. 알고 있던 건 잊어버리고 스펀지처럼 교육을 흡수해라. 아니면 네 생애에서 가장 힘든 시간이 될 것이다. 알겠나, 44번."

"네."

연수원 교육은 미국 OSS 교육에서 연장된 미국 CIA 교육 커리큘럼에서 많은 부분을 가져온 것 같았다. 정보사의 정보공작 교육이 북한에 특화된 교육이라면 이곳에서의 교육은 북한은 물론 해외 파트에서도 사용할 수 있었다. 체력에 대한 교육은 따로 실시되지 않았지만 하루 일과를 시작하기 전에 필히 연수원에서 정한 코스 다섯 바퀴를 돌아야 했다. 연수원 모든 곳에는 CCTV가 설치되어 있기 때문에 중간에 농땡이를 피운다는 것은 생각할 수도 없었다. 심리학에 대한 교육도 있었다. 단 심리학은 일반 심리학이 아니라 외국어로 진행되는 심리학이었다. 강의를 끝내고 국내 외국 커뮤니티에 실습을 나가기도 했다. 상대의 몸짓과 눈, 그리고 입을 보고 대강 어떤 이야기를 나눴는지를 복귀 후에 적어 내야 했다. 신체적으로 힘든 일은 그다지 없었지만 교육 내내 긴장의 끈을 놓지 못한다는 게 고통스러웠다. 특별한 제재가 있진 않았지만 교육 일정은 24시에 취침을 하고 4시 30분에 기상을 하도록 맞춰졌다. 4주차부터는 총기 및 화기 교육도 실시되었다. 국내에서 사용되는 화기는 물론 북한제 소총과 권총, 그리고 북한 정찰국과 보위부에서 제한적으로 사용되는 화기에 대해서도 철저한 교육이 실시되었다. 군에서 배운 총기 교육이 총기 자체에 대한 교육과 사격이 주류를 이뤘다면 연수원에서는 총기에 대한 기본적인 이해를 중요시했다. 탄도학과 탄의 종류는 물론 총기의 작동 방식과 어떤 부품이 없으면 어떤 문제가 일어나는지 등에 대한 교육이 대부분이었다. 그 외에도 소음기, 소음기 대용품 사용법 등에 대한 실습도 이어졌다. 사격 교관은 진 선생과 함께 들어왔던 또 다른 남자였다. '미스터 김'이라고 불린 그는 해외에서 오랫동안 생활했는지 간간이 영어를 섞어서 설명을 했다.

"총은 도구야. 잘 맞고 멀리 나간다고 해도 결국은 조준하고 트리거를 당기는 건 사람이다. 총을 지니는 순간부터 항상 최악의 상황에 대비해야 한다는 걸 명심해라."

2주일간의 이론 교육과 총기 분해·결합 훈련이 끝나고 후반기 6주차부터는 요인 경호 및 근접 사격술, 전반적인 사격술에 대한 실습을 받았다. 짐작한 대로 군에서 배운 대테러 사격과 미스터 김의 사격은 많은 차이가 있었다. 그의 사격술은 깔끔하고 군더더기가 없었다. 사격 훈련 첫날 미스터 김은 아무 말 없이 그에게 사격을 해보라고 했다. 유선은 사대에 놓인 글락^{Glock} 19 권총을 들고 사격을 했다. 첫번째 탄창을 비우고 두번째 탄창으로 교환해서 마저 사격을 끝내자 그가 입을 열었다.

"44번, 사격 솜씨 자체는 문제가 없다. 하지만 주변 스캔을 하지 않은 실수를 저질렀다. 앞으로 44번이 사격을 한다면 그건 아군 지역이 아닌 곳일 확률이 많다. 그건 아군보다 적군이 많을 거라는 것이고, 한 번의 사격으로 상황이 종료된다는 뜻이 아니라는 것이다. 알겠나?"

미스터 김은 주변을 돌아보고 주시하라는 손짓을 했다.

"즉, 총을 최대한 쏘지 말아야 하지만, 일단 사격을 한다면 최소의 발사로 표적을 무력화시키고 그 자리를 퇴출해야 한다. 정확한 사격이 신속한 사격보다 중요한 이유는 바로 이거다."

저격 교육은 포항에 있는 해병대 전차 사격장에서 실시했다. 그곳에 갈 때는 군복을 갈아입고 갔다. 긴 머리에 계급이 붙어 있지 않은 군복을 입은 그의 모습이 마치 예비군 같았기 때문에 마주치는 해병대 대원들은 의아하게 쳐다봤지만 접촉은 금지였다. 저격수 교육은 전차포 사격과 일정을 맞췄다. 그의 저격 위치 100미터 옆에서 전차들이 기동을 하고 사격을 했다. 그때마다 창자까지 전차의 육중한 진동이 느껴졌다. 처음에는 전차포 사격 때마다 놀랐지만 나중엔 익숙해졌다. 귀마개 속에 꽂은 리시버를 통해 들리는 발사 명령에 따라 사격을 했다. 저격 훈련은 영국 AI사의 AW.308 저격총으로 900미터 거리의 인체 상반신 크기 표적에 100퍼센트 명중이 가능하도록 훈련을 받았다. 50구경 저격총은 1,400미터까지 저격이 가능했지만 전용탄이 도입되지 않은 상태였다. 할 수 없이 국산 50구경 탄으로 사격 훈련을 했지만 명중률은 형편없었다. 3주간의 저격 교육이 끝날 때쯤 미국제 바렛 반자동 50구경 저격총과 영국제 50구경 전용 저격탄이 들어오면서 비로소 제대로 훈련을 했다. 저격 교육이 끝나고 전술운전 교육도 받았다. 도심지 전술운전 교육은 대통령 경호실의 위탁 교육을 받았다. 정보 수집을 위한 장비 및 사진 촬영 기술 교육이 그다음이었다. 며칠간 이론 교육을 받고 서울 시내 대학 시위 현장에 투입되었다. 일종에 실습이었던 셈이다. 사람들의 이목을 끌지 않으면서 데모대에 섞여 있다가 옷을 바꿔 입고 기자 완장을 차고 전경 뒤에서 사진 촬영을 했다. 시위 현장은 정보 수집과 기만술 실습을 하기에는 최적의 장소였고 교육 효과도 최고였다.

10주차가 되면서 본격적인 실습에 들어갔다. 실습은 산간 지역 침투 및 퇴출, 공항 및 항만 정찰, 군 비행장 정찰 및 사진 촬영, 군부대 인근 탐문 정보 수집, 청와대 침투 및 공격 계획 작성, VIP 호위 시 공격 및 방어, 요인 암살 및 납치, 요인 경호 등으로 이뤄졌다. 그렇게 12주간의 모든 교육이 끝나고 처음 온 그 자리에 다시 앉았다. 진 선생은 그동안의 교육 내용에 대해 다시 평가했다. 진 선생이 평가서를 덮으며 얘기했다.

"44번, 자네는 교육을 우수하게 이수했다. 이제 자네가 우수하다는 걸 인정해주는 건 점수나 평가 따위가 아니야. 부디 임무를 완수하고 살아남게."

살아남으라는 격려사뿐인 우울한 수료식이었다. 하지만 진 선생이 그에게 얘기해주고 싶은 깊은 뜻은 충분히 이해했다. 수료식이 끝나고 연수원 본관 국기 앞에서 증명사진을 찍었다. 그는 웃으려고 했지만 사진사는 웃지 말라고 했다. 영문을 몰랐던 그는 사진사의 표정을 보고 비로소 이게 영정 사진으로 쓰일 것이라는 사실을 눈치챘다. 연수원 문을 나선 그는 휴대전화 전원을 켰다. 기다렸다는 듯 최형근 부사장에게 전화가 왔다.

"우리 막둥이 수고했으니까 오늘은 제대로 한번 뭉쳐야지? 오늘은 날도 날이니까 우리끼리 한번 마시자고. 자네랑 나만, 오케이?"

"예, 그럼 제가 사무실로 가겠습니다."

"아니, 그러지 마. 일단 집에 가서 짐도 풀고 좀 쉬고 있어. 내가 일찍 끝내고 그쪽으로 갈게. 아, 저녁은 먹지 말라고. 내가 소개시켜주고 싶은 친구도 있고 데려갈 데도 있으니까 말일세."

최형근 부사장은 오후 4시쯤 오피스텔로 왔다. 주차장에 내려가 그의 차를 타니 청와대 쪽으로 향했다. 청와대 정문 분수대 앞에 있는 연무관 옆 주차장에 차를 세웠다. 인가가 나지 않은 차량이기 때문에 경계 병력이 제지하려고 했지만 그가 신분증을 보여주자 경례를 하고 물러섰다. 경호실 인원들이 운동을 하는 연무관에는 몇몇 경호관들이 운동을 하는 중이었다. 전형적인 3대7 가르마에 무표정한 그들은 엘리트라는 자신감이 온몸에 흘러넘쳐 보였다. 최형근 부사장은 그중 같은 연배로 보이는 사내를 보고 소리쳤다.

"어이, 이 과장!"

"선배님 오셨습니까?"

대답한 사내가 이쪽으로 왔다. 오면서 웃는 얼굴로 최 부사장과 그를 번갈아 쳐다봤다.

"이 친구가 선배님이 말씀하셨던 바로 그 친구입니까?"

"응, 그 친구야. 유선, 아니 도형 씨 인사하게. 내 후배 이 과장이야."

"처음 뵙겠습니다. 김도형이라고 합니다."

"이정섭이라고 하네. 선배님이 웬만하면 사람을 잘 데려오지 않는데 자네를 끔찍이 아끼시나 보네. 근데 선배님 가까이하면 술 때문에 간이 썩어 문드러질 거야. 하하하하."

이 과장이 호탕하게 웃는 사이, 최 부사장이 끼어들었다.

"내 친한 군대 후배고 지금은 경호실 수행부에 있어. 경호실장님 오른팔이기도 하고 말이야. 서로 잘 사귀면 나중에 좋을 거야."

"바로 옷 갈아입고 모시겠습니다."

잠시 후 이 과장은 TV에서 자주 볼 수 있는 대통령 경호원의 단정한 모습으로 나타났다. 그의 차는 연풍문을 통해 경호실 본관으로 들어갔다. 경비단 요원들이 탑승 인원에 대해 물었지만 수행부 과장과 안기부 고위자의 신분증이 대답을 대신했다. 주차장에 차를 세우고 유선을 맨 위층까지 데리고 갔다. 거기서 최 부사장이 인왕산을 보며 그에게 말을 했다.

"저기 저 산이 인왕산이야. 잘 보면 왕이 누워 있는 모습이지?"
최 부사장이 손을 들어서 설명했다.
"저기가 코고 저기가 배, 그리고 저기가 바로 신발이지. 내가 수경사에 처음 발령받았을 때 내 지휘관이 본부 건물 옥상으로 데리고 가더니 이쪽을 가리키고 이런 설명을 해주고는 충성 맹세를 하게 했지. 그땐 국가에 대한 맹세가 아닌 각하에 대한 맹세였어. 수경사는 수도를 경비하는 임무를 가지고 있었지만 사실 수도 경비보다는 각하를 지키는 친위병력이었지. 수경사를 수도 경비를 하는 부대로만 알던 나로서는 만감이 교차하더군. 난 자네에게 각하를 보위하라고 하지 않겠네. 대신 이 나라를 지키는 사람이 되어달라고 부탁하고 싶네."
오락부장이라는 별명에 어울리지 않는 속 깊은 말이었다.
"최선을 다하겠습니다."
"선배, 나 들으라고 하는 소립니까? 이거 참."
뒤에 서 있던 이 과장이 장난스럽게 끼어들었다.
"아이구, 당장 기조실로 달려가서 일러바칠 기세네. 저 입에 내가 오늘 약을 쳐야지. 안 그럼 내 책상이 없어지겠어."

이틀간의 휴가는 달콤했다. 영화를 보고 강남역에 나가 사람을 구경했다. 휴가를 끝내고 회사에 출근한 유선은 김형선 대리 옆자리를 배정받았다. 그가 맡은 업무는 항공수출이었다. 실제로 오케이 로직스에서는 화물 거래를 했고 국내 대기업 한 곳과 작은 수입 업체들의 화물을 담당했다. 물론 주로 거래하는 물품은 기관에서 보내는 화물들과 북한에서 제3국을 경유해 들어오는 화물과 손님들이었다. 자리를 배정받고 사무실 내의 물품과 장비에 대한 설명을 들었다. 각자의 자리에는 퇴출 가방이 하나씩 있었다. 서호진 대리가 퇴출 가방을 챙기는 시범을 보였다. 김형선 대리의 책상 뒤쪽 창문으로 보이는 2층짜리 가정집은 안기부에서 운영하는 안가였다. 주변 다른 집보다 담이 약간 높다는 점을 제외하면 그다지 눈에 띄지 않았다. 하지만 담 바로 아래에는 원형 철조망이 쳐져 있었고 기무사령부와 같은 수준의 보안 조치가 되어 있었다. 주변에는 2층 이상의 집들이 없어서 안가 내부를 자세히 볼 수 없다는 것도 장점이었다. 그리고 드디어 금고 내부를 볼 수 있었다. 금고 내부에는 MP5 5정, 글락 19 권총 5정, 스미스 앤 웨슨 38구경 리볼버 권총 5정, 레밍턴 870 샷건 2정, AI사의 AW.308 저격총 1정이 있었다. 야시경도 5개가 들어 있었지만 한 번도 사용한 적이 없어 보였다. 금고 제일 위쪽 칸에는 탄약과 섬광탄이 가지런히 놓여 있었다.

모란봉 작전

  훈련을 마친 유선은 사무실에서 일을 배우느라 연말이 훌쩍 지나가버리는지도 몰랐다. 사무실에서 그가 맡은 업무는 미주와 유럽 쪽 운송 업무와 북쪽 동향 파악에 대한 정보 분류였다. 점심시간이나 저녁 시간에는 가끔 업계 용어로 '일반 고객'이라고 부르는 탈북자나 북쪽 정보를 가졌을 가능성이 있는 사람들을 만나서 상대방의 말을 듣고 빠짐없이 보고했다. 사소한 내용에서 가끔 잭팟이 터질 때가 있으니까 언제나 주의를 하고 반드시 수첩에 메모하고 녹음도 하라고 최 부사장이 말했다.
  "호환 마마보다 무서운 게 바로 일반 고객이라고."
  그가 수집하고 분류한 정보는 안기부 종합정보센터의 교차 검증을 통해 쓸 만한 정보로 재탄생했다. 그날도 일반 고객을 만나서 점심을 먹고 사무실로 돌아오자 최형근 부사장이 회의를 소집했다. 회의실에 모두 모이자 커튼을 치고 도청 방지 장치로 내부를 점검한 후 자리에 앉았다. 최 부사장이 심각한 표정으로 입을 열었다.

"내일까지 각자 하고 있는 업무를 마무리하고 특별 프로젝트에 돌입한다. 일반 업무는 이 프로젝트가 끝날 때까지 맡지 않는다. 지금 북쪽에서 중요한 인물이 서울로 오고 싶어 한다. 고태식 과장은 이미 거기에 가 있고 우린 이 프로젝트를 지원하는 임무를 맡는다."

"중요한 인물이라면 북쪽에서 서열이 수준이 어떻게 됩니까?"

이선진 팀장의 물음에 최 부사장은 한 손을 세 번 폈다 접어 보였다. 노동당 서열 15위 안에 들 정도의 거물이라는 뜻이다. 유선은 온몸에 소름이 돋았다. 그런 인물이 왜 망명을 하려는 것일까?

"현재까지 내가 말해줄 수 있는 건 이 정도야. 내일까지 모든 업무 마무리하고 모두들 출장 갈 준비해. 출장지는 일본이니까 그 정도로 알고 필요한 장비들 잘 챙겨."

"무기도 챙길까요?"

서호진 대리가 무거워진 분위기를 풀려는지 농담을 했고 최 부사장이 맞받아쳤다.

"현지 사무실 도움을 받을 거니까 너무 많은 걸 챙길 필요는 없어. 그리고 인간 병기 서호진! 네가 특별 장비잖아. 안 그래?"

역시 안기부 오락부장이라고 불릴 만했다. 회의는 그것으로 끝났다. 다들 자리로 돌아가 업무를 정리하느라 정신이 없었다. 유선도 일반 고객들에게 회사 이전상 앞으로 몇 개월간 직거래가 어렵다는 통보를 하고 다른 연락처를 알려줬다. 회사 직원들 모두 밤샘 근무를 하고 다음 날 새벽 5시에 짐을 챙기기 위해 회사를 나왔다. 숙소로 돌아와 짐을 챙기자 7시가 조금 넘었다. 한숨 돌린 유선은 잠깐 눈을 붙이기 위해 침대에 누워 눈을 감았지만 잠이 오지 않았다. 감긴 눈꺼풀 위로 죽은 북한 작전조원의 검은 눈동자가 떠올랐다. 눈을 감았다 뜨면서 그 모습을 지우려 했지만 좀처럼 그의 뇌리에서 떠나지 않았다. 결국 잠을 포기한 유선은 8시 정각 집을 나섰다. 사무실에 다시 모인 팀원들은 하나같이 초췌하고 피곤해 보였지만 살짝 흥분한 모습들이었다. 다시 회의가 소집되었고 최 부사장이 배경 설명을 했다.

"모란봉이라는 암호명으로 불리는 북쪽 고위층 인사는 몇 년 전에 이미 망명 의사를 내비쳤네. 하지만 그의 망명 의사가 진정으로 원하는 망명인지 아니면 우리 정보망을 혼란케 하고자 하는 북한 측의 공작인지 확신이 없었지."

"그럼 회사에서 추진한 게 아니었습니까?"

서호진 대리의 질문에 최 부사장이 고개를 끄덕거렸다.

"미주 지역 경제인들이랑 청와대 인척이 주도하는 대북 비선들이야. 거기에 안기부 대북 담당실도 모란봉의 망명 의도가 사실일 거라고 믿고 작전을 진행한 거지."

"일반인들이 끼어들었다면 북한 쪽에서도 몰랐을 리가 없을 텐데요? 걔들은 낌새만 이상해도 철직*시키고 조사부터 하고 보잖아요."

이선진 팀장이 미심쩍다는 표정으로 물었다.

"물론 북쪽 역시 이런 움직임을 포착했지만 모란봉은 김정일을 제외하고는 쉽게 건드릴 수 없는 위치의 인물이기 때문에 계속 지켜보고 있는 것 같아."

"그런데도 외유를 허락했다는 겁니까?"

잠자코 듣고 있던 유선도 한마디 던졌다. 담배를 재떨이에 비벼 끈 최 부사장이 대답했다.

"요즘 북한 사정 알잖아. 외교 행낭에 위조 달러나 마약을 넣어서 밀수하다가 걸려서 쫓겨난 영사가 한둘이야? 덕분에 돈이 될 만한 사업이라면 혁명 1세대건 공화국 영웅이건 팔을 걷어붙이게 된 거지. 덕분에 모란봉도 밖으로 나올 수 있었고 말이야."

설명을 끝낸 최형근 부사장은 업무 분담을 했다.

"김형선 대리는 사무실을 지키고 서호진 대리는 오늘 바로 일본으로 출국해서 고태식 과장이랑 합류하고 앞으로 있을 작전을 준비한다. 이선진 팀장은 내일 정보사로 들어가 박 소장에게 공작 보고를 하고 일본으로 출발해. 김도형 대리는 나랑 같이 움직이고."

회의가 끝날 무렵 처음으로 김형선 대리가 자발적으로 커피를 타 줬다.

"최후의 만찬이 아니라 최후의 커피야?"

이선진 팀장이 놀리자 김형선 대리는 별다른 말 없이 쏘아보기만

---

* 撤職, 어떤 대상을 일정한 직책이나 직위에서 물러나게 하는 것을 일컫는다.

했다. 비장한 분위기가 사무실을 맴돌았다. 김형선 대리는 하루 종일 라디오를 켜지 않았고, 무슨 일만 있으면 회식을 하자던 최 부사장 역시 아무 말이 없었다.

다음 날 이선진 팀장은 정보사령부로 들어갔고 유선은 최형근 부사장과 함께 궁정동으로 향했다. 안기부 조기 축구회가 열리는 날이었기 때문에 아침 일찍 움직였다. 최형근 부사장은 차 안에서 축구화를 갈아 신었다. 운동장에 도착할 무렵에는 벌써 축구 한 게임을 가볍게 뛴 것 같았다. 참가한 인원들만 털어도 고급 정보가 엄청 나올 것 같았다. 주차장에는 유선과 같은 일을 하는 운전기사 아닌 운전기사들이 보였다. 이미 여러 차례 이 행사에 참가해 안면이 있는 사람들은 삼삼오오 모여 수다를 떠는 중이었다. 최형근 부사장은 10분 정도 축구를 하고 벤치에 앉아서 숨을 골랐다. 잠시 후 누군가 다가와 귓속말을 하자 최 부사장은 그를 따라 운동장 반대편에 세워진 검정색 에스페로에 탔다. 차창이 어두워서 안에 누가 타고 있는지 알 수가 없었다. 최 부사장을 지켜보던 유선은 에스페로 차량을 관찰하는 또 다른 시선들을 느꼈다. 한 명은 정자에 앉아 신문을 읽는 중이었고, 다른 한 명은 정자 옆에 주차된 회색 아벨라의 조수석에 기댄 채 과자를 먹고 있었다. 둘 다 딴짓을 하고 있지만 시선만큼은 에스페로에 고정된 상태였다. 운전석 쪽 문이 조금 열린 것으로 봐서 차 안에도 누가 있는 것 같았다. 인원들이 차량 밖으로 나와 있는 것으로 봐서 암살이나 사보타주*를 시도할 것 같지는 않았다. 다만 아벨라 창문이 살짝 열려 있는 걸로 봐서는 지난 강원도 작전처럼 음성증폭기로 도청을 하고 있는 것처럼 보였다.

　중요한 작전을 앞두고 있던 마음이 긴장감으로 바짝 조여졌다. 우리 쪽일까? 북한이라고 하기엔 너무 깊숙이 들어와 있고 느슨해 보였다. 일본이나 혹시 미국? 일단 지켜보기로 했다. 최 부사장을 데리고 간 사람 역시 평범해 보이지 않았다. 삼십 대 후반에 트레이닝복 차림이었지만 일반적인 운전사나 경호 병력은 아닌 것 같았다. 그는 최 부사장이 에스페로 안으로 들어가자 차 밖에서 축구 경기를 구경하면서 주변을 관찰하는 것 같았다. 아마 그 역시 건너편의 움직임을 아는 것 같았지만 크게 신경 쓰지 않는 눈치였다. 경기가 끝나갈 무렵 최 부사장이 차량에서 내려 운동장으로 향했다. 손에는 아까 보지 못했던 물병이 들려 있었다. 최 부사장이 움직이자 운동장 건너편에서 관찰하던 아벨라의 창문이 더 내려갔다. 음성증폭기를 내려놓고 사진을 찍고 있는 것 같았다. 유선 역시 그들의 모습을 차량 내에 비치되어 있던 카메라로 담았다. 차량 내부가 어두워 좋은 사진을 건지기 힘들 것 같았지만 얼굴 실루엣은 충분히 잡아낼 수 있을 것이다. 시합이 끝나고 조기 축구회 회원들과 인사를 나눈 최 부사장이 돌아왔다. 시동을 걸고 운동장을 빠져나온 유선은 종로에 있는 해장국집 골목으로 들어섰다. 차를 주차시키고 최 부사장과 함께 식당 창가 쪽에 자리를 잡았다. 좁은 골목 안은 밤새 술을 마신 직장

---

* Sabotage, 본래 노동쟁의 과정에서 노동자들이 벌이는 태업행위를 일컫는다.

인들과 아침을 먹으려는 노인들로 가득했다. 주문한 해장국이 막 나오려는 찰나, 아침에 운동장 건너편에 있던 자들의 모습이 길 건너편 간판 사이로 보였다. 옷을 갈아입었지만 그들이 분명했다. 유선은 숟가락으로 해장국 국물을 휘저으면서 말했다.

"부사장님 꼬리가 붙었습니다."

"응, 알고 있어."

대수롭지 않게 대답한 최 부사장이 숟가락으로 선지를 떠먹었다.

"여기 해장국이 보기보단 맛있어. 혹시 먹어봤나, 이 집 거?"

"예, 예전에 아버지를 따라서 몇 번 맛을 봤습니다."

"자네 아버님은 입맛도 그렇고 나랑 비슷한 점이 많으신 거 같아. 김치랑 깍두기도 우거지랑 같이 뱃속에 팍팍 집어넣으라고. 내일부터 출장 나가면 당분간 이런 거 구경하기 힘들 거야. 밖에 있는 저 친구는 식사나 했는지 모르겠네. 아줌마, 여기 소주 한 병!"

유선은 최 부사장이 내민 소주잔을 정중히 거절했다. 식사를 끝낼 무렵까지 밖에 있던 자는 자리를 지켰다. 보통 사람이었다면 미행을 당했는지도 모를 정도로 자연스러운 움직임이었다. 밥을 다 먹고 일어날 때쯤 그자가 위치에서 사라졌다. 차에 타고 이동을 하자 다시 꼬리가 붙었다. 뒤쫓아 온 차는 중간에 택시를 두고 간격을 유지하면서 미행했다. 이번에는 아벨라가 아니라 세피아였다.

"부사장님 떨어뜨릴까요?"

최 부사장은 창밖의 다른 곳을 보며 조용히 말했다.

"강남 구경이나 가지."

차가 강남의 번화가로 향하자 꼬리가 알아서 떨어졌다. 놓친 게 아니라 어디를 갈지 알고 있는 것 같았다. 최 부사장은 그에게 넌지시 물었다.

"자네 혹시 사우나 좋아하나?"

"예, 가시면 따라가겠습니다."

최 부사장은 유선을 데리고 회사에서 멀지 않은 작은 동네 사우나로 들어갔다. 시간대가 어중간했기 때문인지 사우나 안의 손님은 술 냄새를 피우며 자고 있는 취객 한 명과 손주와 함께 온 노인 한 명뿐이었다. 유선은 샤워를 하고 최 부사장을 따라 습식 사우나로 들어갔다. 동네에서 흔히 볼 수 있는 허름한 사우나여서 그런지 습식 사우나도 작아서 최 부사장과 그가 들어가니까 꽉 차 보였다. 수건을 머리에 뒤집어쓴 최 부사장이 입을 열었다.

"사우나는 비밀 대화를 하기 정말 좋은 곳이야. 외부와 단절되어 있고 옷 속에 뭘 숨기지도 못하고. 특히 이런 습식 사우나는 구조상 도청도 힘들거든. 나중에 정말 중요한 얘기를 나누고 싶으면 이런 데를 이용하라고. 참, 오늘 붙은 꼬리는 미국 쪽 사람들이야."

"미국이라고요?"

"그래, 그쪽이 부장님에게 관심이 많아. 우리 일의 특성상 아무리 동맹이라고 하더라도 모든 걸 보여주고 말할 수가 없잖아. 특히 이번 일은 너무 많은 사람들이 관련되면 어디서든 새어 나가게 되어 있단 말이야."

그가 부장님이라고 부를 사람은 단 한 명, 현 안기부장뿐이다. 육사 출신으로 장군을 역임한 그는 국방부 장관을 거쳐 안기부장에 이르기까지 10년에 걸쳐 국가의 굵직한 무기 도입 사업 및 특수 정보 사업을 관장한 인물이다. 군 내부에서는 안기부장이 국방부 장관이고 국방부 장관은 그의 비서라는 자조적인 말이 나왔을 정도로 절대적인 권력을 휘둘렀다.

"앞으로 일 년 동안 우리 팀은 정말 바쁠 거야. 이번 건은 성공이나 실패 여부와 상관없이 후폭풍이 상당할 테고 말이야."

"명심하겠습니다."

"외환위기에 무기 도입 문제 같은 내부 문제도 산재해 있는데 이런 것까지 겹치니 정말 정신 차리기 힘들군."

푸념 아닌 푸념을 늘어놓은 최 부사장이 싱긋 웃었다.

"그래도 이 같은 역사적인 일에 우리 팀이 참여한다는 건 영광이잖아. 안 그래? 하긴 역사는 우리 이름 같은 건 알지도 못하겠지만 말이야."

다음 날 둘은 일본으로 향했다. 일본 나리타 공항으로 마중 나온 고태식 과장과 함께 도쿄 총영사관 인근의 안가로 향했다. 먼저 와 있던 이선진 팀장과 서호진 대리가 두 사람을 맞았다. 안가 내부는 이미 도청 탐지 장치로 검사를 마쳤고 유리창은 코팅을 해서 음성증폭기로의 도청을 힘들게 했다. 고태식 과장이 응접실의 테이블에 놓여 있는 슬라이드를 켜면서 회의를 진행했다.

"이번에 우리가 맞아야 하는 손님은 노동당 중앙위원이자 노동당 비서국 국제담당 비서, 조평통 부위원장, 최고인민회의 대의원 겸

외교 위원장인 노동당 서열 15위 황장엽 비서와 그의 최측근인 조선려광무역연합총회사 총사장인 김덕홍 씨입니다."

슬라이드에 비춰진 화면을 가리킨 고태식 과장의 말이 끝나자 참석자들 사이로 싸늘한 기운이 감돌았다.

"잘 알겠지만 황장엽 비서는 김정일을 가르친 스승이자 주체사상의 전도사로 알려진 북한 사상의 아버지입니다. 그의 망명은 북한을 떠받치는 주체사상의 죽음을 의미하는 상징적인 사건이 될 겁니다. 작전명은 모란봉. 황 비서의 암호명 역시 모란봉입니다. 김덕홍 씨의 암호명은 자강도입니다."

최형근 부사장을 제외하고는 처음 듣는 사실인지 다들 충격에 빠진 모습이었다. 무거운 침묵이 이어지는 가운데 고태식 과장이 계속 설명해나갔다.

"임무의 중요성은 다시 말을 하지 않아도 다 아시리라 생각하고 이제부터 우리 팀의 임무에 대해 설명드리겠습니다. 우리 팀의 암호명은 '들개'입니다. 부사장님은 '아버지', 이선진 팀장님은 '들개 1', 저는 '들개 2', 서호진 대리는 '들개 3', 김도형 대리는 '들개 4'로 호명하면 됩니다. 앞으로 일본에서는 본명을 쓰거나 한국에서 쓰던 가명을 쓰면 안 됩니다. 이제부터 작전에서 서로 호칭할 때는 들개 몇 번이라는 식으로 호칭하시기 바랍니다. 장비는 일본 현지 요원이 다른 안가에 준비를 해놓았습니다. 일본은 다 아시다시피 외국인의 무기 소지를 엄격하게 금지하고 있습니다. 부득이하게 총기를 사용했다면 그 팀원은 해당 작전에서 퇴출하고 연결선을 끊습니다.

"총기 사용이 아닌 무력 사용의 경우는?"

이선진 팀장의 질문에 고태식 과장이 최 부사장을 슬쩍 쳐다보고는 대답했다.

"아버지에게 보고하고 조치하면 됩니다. 실제 작전에 나가면 안기부 소속이지만 영사관 소속 요원 한 명이 배속될 겁니다. 문제의 소지가 될 만한 무기는 그가 관리할 겁니다. 그쪽은 최악의 경우에 체포당해도 추방 정도로 무마할 수 있기 때문이죠."

"만약 우리가 일본 쪽에 체포되면?"

"정부와 회사는 우리의 존재를 부인할 겁니다. 옷은 가장 일반적으로 보이는 것으로 선택해주시고 검정 양복이나 공무원 냄새가 나는 의류들은 착용 금지입니다. 조총련계와의 불필요한 접촉이나 마찰은 최대한 삼가라는 본사의 지시가 내려왔습니다. 그럼 각 팀원별로 임무를 배당하겠습니다. 먼저 아버지는 이미 얼굴이 잘 알려져 있기 때문에 일본 측 공안청 관계자들의 이목을 다른 데로 돌리는 역할을 해주시기 바랍니다. 실질적인 아버지 역할은 제가 맡습니다. 비공식적인 제 암호명은 어머니입니다."

팀원들이 키득거렸지만 고태식 과장은 개의치 않고 설명을 이어갔다.

"이선진 팀장님은 현장 관리자로 현장에서 벌어지는 작전에 대한 전반적인 오퍼레이팅을 담당해주십시오. 서호진 대리랑 김도형 대리는 실질적인 들개 역할로 무력 사용이나 경호, 교란 임무를 담당한다."

"우리 팀 임무는 뭡니까?"

유선의 질문에 고태식 과장이 기다렸다는 듯 대답했다.

"우리 팀 임무는 황장엽 비서의 동선에 대한 사전 답사 및 망명에 대비한 퇴출로 확보, 그리고 신변보호다. 서울 본사에서 조총련에 심어 넣은 블랙 요원*이 보내온 정보에 의하면 황장엽 비서의 일본 내 경호는 북쪽에서 오는 경호총국 병력 5명과 조총련과 일본 내 북한 공작원 10명 등 총 15명이 근접 경호를 하는 것으로 알려져 있다. 특히 경호총국 병력 5명의 경우 김정일 위원장이 총애하는 자들로 선별해 자신과 같은 사로射路에서 총을 쏠 정도로 수족처럼 아끼는 자들이라는 정보다."

인민군 열병식 장면으로 넘어간 슬라이드 안에서 김 위원장을 뒤따르는 경호총국 병력들이 흐릿하게 보였다. 다음 슬라이드는 북경 중남해로 보이는 곳에서 김 위원장 옆을 지키는 남자의 모습을 잡았다. 멀리서 잡은 듯 겨우 윤곽을 알아볼 정도였지만 얼음처럼 차가운 눈동자가 인상 깊었다.

"특히 김희지라는 인물은 중국 '중남해포교'**에서 경호 교육을 받았고 김 위원장의 해외 방문 시 안전 및 보안을 담당하는 인물이다. 이번 모란봉의 일본 방문에서는 조총련계와 현지 요원들이 황 비서의 사전 동선에 대해서 조사를 하고, 경호총국 요원들이 근접 호위

---

* 정보 관련 업계에서 쓰는 용어로 화이트 요원은 공식적인 활동을 하는 정규직 요원을 의미하고, 블랙 요원은 비정규직 요원을 뜻한다.
** 중국의 총리를 비롯한 고위 관리들을 경호하는 경호기관을 말한다.

를 담당할 것으로 보인다. 북측 요원들은 너무 쉽게 무력을 쓴다는 단점이 있지만 경호 능력만큼은 세계 톱클래스에 속한다는 점을 잊지 말도록. 일단 오늘은 쉬고 내일부터 사전 답사에 나선다."

"어떤 식으로 목표를 이동시킬 계획이지?"

이선진 팀장의 질문에 고태식 과장이 눈살을 찌푸렸다.

"재미 교포 사업가 신분으로 황 비서와 접촉하고 있는 우리 쪽 정보원의 정보는 접근성이 떨어지는 편이라 정확한 동선 파악이 쉽지 않습니다."

"민간인 정보를 믿고 움직여야 하다니, 심히 걱정되는데."

"게다가 여기는 일본이라서 잘못해서 납치라는 얘기가 나오기라도 한다면 공작이 물거품이 되고 맙니다. 따라서 차량 이동 중 기습이나 숙소에 대한 진입 작전은 고려 대상에서 제외했습니다. 일단 망명자들이 자력으로 접선 장소까지 이동을 하고 거기서부터 우리 쪽 영사관이나 대사관으로 호위해야만 합니다."

"두 사람 다 환갑을 넘었는데 제대로 움직일 수 있을까요? 거기다 북한 쪽에서 낌새를 채면 아예 두 사람을 죽이려고 들 텐데요."

서호진 대리의 질문에 고태식 과장이 어쩔 수 없다는 표정을 지어 보였다.

"우리 말고도 현장에 투입될 팀이 두 팀이나 더 들어와 있어. 모든 게 손쉬우면 이렇게 대규모 작전이 펼쳐질 이유도 없지. 두 노인네들 경험을 믿어봐야지."

"사전 동선 파악 작업은 어떻게 하지?"

이선진 팀장이 질문을 던지자 고태식 과장이 슬라이드를 몇 개 넘겼다. 가까이서 찍은 호텔 모습들이 보였다.

"내일부터 팀을 나눠서 예비 동선에 대한 사전 답사를 할 계획입니다. 도쿄 시내 호텔 중에 여기 세 곳이 유력한 후보지로 뽑혔습니다."

"소스는 믿을 만해?"

"이 정보는 조총련계 내부에서 나온 정보로 정보의 접근성은 좋은 편입니다. 하지만 도박 빚 때문에 내부 정보를 파는 정보원의 말을 100퍼센트 신뢰할 수는 없습니다. 일단 조총련계 요원들 중 사전 답사팀을 미행해서 동선을 파악해야 합니다. 이 친구들이 우리가 맡을 팀입니다."

고태식 과장이 넘긴 슬라이드에 짧게 자른 머리에 콧수염을 기른 전형적인 야쿠자의 모습이 클로즈업됐다.

"재일 교포 3세로 노부히로라는 자입니다. 야쿠자 조직원이자 조총련계 요원으로 일본에서 북측에 보낼 물품을 구매하는 일도 겸하고 있습니다. 돈이 될 만하면 무슨 일이든 하지만 특이하게 북에 대한 충성심만은 높습니다. 집에 인공기를 걸어놓고 민단 소속 청년들과 싸움에서는 늘 앞장서는 편이죠."

"애국심 넘치는 깡패라니 특이하군."

이선진 팀장이 노부히로의 얼굴을 바라보며 중얼거렸다. 슬라이드를 끈 고태식 과장이 헛기침을 하고는 회의를 마무리 지었다.

"그리고 이 사업은 이미 우리가 몇 년 전부터 준비한 사업입니다.

그러니까 총력을 기울여주시기 바랍니다. 아버지, 더 하실 말씀 있으십니까?"

슬라이드를 끈 고태식 과장의 말에 최 부사장이 짧게 입을 열었다.

"특별한 말을 할 건 없네. 우리 팀에 주어진 첫번째 중요한 임무이자 한반도의 운명을 바꿀 사업이니 모두들 최선을 다해주길 바라네. 이상."

유선은 서호진 대리와 함께 다음 날부터 노부히로에 대한 감시에 나섰다. 그의 일과는 평범했다. 낮에는 파친코에서 대부분의 시간을 허비하고 밤에는 맡고 있는 업소에서 술을 마시며 접대부들과 노닥거리는 게 다였다. 허름한 아파트에는 유흥업소에 나가는 것으로 보이는 동거녀의 모습이 보였다. 감시 사흘째 되는 날 집을 나서는 그의 복장이 좀 달라졌다. 잘 입지 않는 얌전한 양복에 머리도 단정하게 한 것이다. 그러고는 집 앞 세븐일레븐에서 기다리고 있던 두 명의 부하들과 함께 나카지마 호텔로 이동했다. 조총련계 정보원이 고태식 과장에게 제공한 세 곳의 호텔 중 한 곳이었다. 노부히로는 호텔 18층에 있는 스위트룸을 집중적으로 살펴보고는 돌아갔다. 유선과 서호진 대리는 사진을 찍고 아버지에게 상황을 보고했다. 안가로 복귀하라는 명령이 떨어졌다. 이동 중 미행은 없었다. 아마 일본 정부 측 미행은 아버지에게 붙은 것 같았다. 고태식 과장이 가끔 영사관으로 들어가서 아버지에게 직접 구두로 작전 지시를 받아왔다. 예상 퇴출로를 확인하는 작업을 끝내고 이번 작전에 투입된 다른 두 팀을 만나기 위해 이동했다. 접선지를 알려주는 장소는 평범한 반찬

가게였지만 김치 종류가 많았다. 미리 정해진 반찬을 사면 그 안에 다른 장소로 이동하라는 지령이 적힌 영수증을 넣어주는 방식이다. 주인은 겨울에는 동치미가 최고라고 떠들면서 비닐봉지 안에 은근슬쩍 영수증을 넣어주었다.

영수증에 적힌 주소는 시즈오카의 주택가에 위치한 평범한 가정집이었다. 처음으로 작전에 참가하는 세 팀이 모두 모인 것이다. 좁은 집 안이 묘한 긴장감으로 가득 찼다. 잠시 후 도착한 고태식 과장이 최종 작전 브리핑을 시작했다.

"이틀 뒤인 1월 30일, 모란봉이 주체사상 세미나 참석차 도쿄에 도착합니다. 이곳에서 첫번째 모란봉 작전을 실시합니다. 현재 여기에 세 개 팀이 대기 중이고 본사에서 정보팀을 가동 중에 있습니다. 모란봉과의 접선 확률이 가장 높은 곳은 들개팀이 확보하고 있는 나카지마 호텔입니다."

고태식 과장이 유선과 서호진 대리가 찍어온 사진의 복사본을 돌렸다.

"이번 작전은 일단 들개팀이 계속 모란봉 작전을 진행하는 걸로 하겠습니다. 다른 팀들은 일부 인원을 차출해 기동팀을 구성해 들개팀을 지원합니다. 기동팀은 들개팀의 작전을 지원하는 임무이기 때문에 현 시간부로 들개팀 팀장의 지휘를 따릅니다. 현장 작전은 들개팀의 들개 4가 통제합니다. 들개 4, 일어나주시기 바랍니다."

들개 4는 모란봉 작전에서 유선의 코드명이었다. 이선진 팀장은 의아한 눈으로 그를 돌아봤다. 유선 역시 그가 현장 작전을 통제할 거라고 생각했었다. 하지만 이런 임무에서 못한다고 빼는 것은 있을 수 없는 일이다. 그는 짧은 헛기침을 하고는 곧장 브리핑에 들어갔다.

"이번 모란봉 작전에서 현장 작전을 담당하게 된 들개 4입니다. 현재 작전지의 지형적 세부 사항에 대해선 들개 2가 별도 자료를 드릴 겁니다. 모란봉 작전 때 사용하게 될 루트는 호텔 후문과 호텔 1층 좌측 직원 출입구입니다. 하지만 직원 출입구의 경우 조총련계 북측 요원들이 경계를 설 것으로 예상되므로 제외하겠습니다."

"확실한 정보입니까?"

번쩍 손을 든 요원 한 명이 유선에게 물었다.

"사전 답사를 한 조총련계 요원들이 어제부터 웨이터로 변장해서 그곳을 감시 중입니다. 아무래도 직원들이 드나드니까 일본어를 할 줄 아는 그들을 배치한 것 같습니다."

"저쪽 투입 인원은 얼마나 될까요?"

오른쪽 끝자리에 앉아 있던 다른 요원이 질문했다.

"차량 경호 요원으로 5명 정도가 차출된다면 그쪽 경비 인원은 4명에서 5명 정도로 예상합니다. 비록 야쿠자이기는 하지만 이들 중 일부는 북측으로부터 전문 교육을 받은 것으로 보이며 현지 지리와 인적 사항에 밝으므로 주의해야 합니다. 무장 상태에 대해선 확실히 확인된 바는 없지만 검은별 권총이라고 부르는 중국제 토카레프 8연발 반자동 권총으로 무장했을 가능성이 높습니다. 저쪽에서도 총기를 쉽게 발사하지는 못할 것이라고 생각되지만 충분히 주의해주시기 바랍니다."

"이동 계획은 어떻게 됩니까?"

첫번째로 질문을 던진 요원이 다시 질문을 던졌다.

"세미나가 끝나고 모란봉은 재미 사업가에게 외화를 받아오겠다는 핑계로 경호원들을 따돌리고 2지점까지 이동을 할 겁니다. 들개팀과 기동팀은 1지점에서 2지점까지 모란봉을 경호하고 2지점에서 대기 중인 이송팀이 모란봉을 종착지까지 이동하는 걸 보호하는 게 임무입니다. 이송팀은 일본 택시나 택배 트럭과 같은 차량을 비마로 이용하게 될 것입니다. 만약 추격을 받게 된다면 들개팀과 지원팀에서 이를 처리해야 합니다. 모란봉을 포함한 이송팀의 안전을 확보하는 게 최우선 과제입니다. 그리고 일본 측 도로 사정을 고려해 2인 1조 오토바이로 구성된 QRF*팀도 두 개 정도 운영할 것을 건의합니다."

브리핑이 끝나자 황소팀으로 알려진 '제2팀'의 팀장이 조용히 입을 열었다.

"북쪽 경호총국 인원들의 무장 상태와 인원에 대해선 더 들어온 정보가 있습니까?"

이 점은 그가 쉽게 대답할 수 있는 사안이 아니었다. 유선이 고태식 과장을 쳐다봤다. 자리에서 일어난 고태식 과장이 대답했다.

"북쪽 병력들의 경우 아마도 스콜피온 기관권총을 소지할 확률이

---

* 정식 명칭은 'Quick Response Force'로서 신속 대응팀을 뜻한다.

큽니다. 이들은 우리와 달리 모두 외교관 관용여권으로 입국할 예정입니다. 따라서 정부 간 외교 문제 역시 계산에 넣지 않을 것이기 때문에 필요하다면 주저하지 않고 사용할 것입니다. 본사의 예상으로는 모란봉의 망명을 알게 되면 북측은 체포 및 송환을 강행할 것이고 최악의 경우 사살할 가능성도 높습니다. 이 점에 다들 대비해주시기 바랍니다."

모두 예상은 하고 있었지만 고태식 과장의 얘기로 인해 실내 공기는 더 무거워졌다. 이선진 팀장이 장비를 최종 점검하고 연락망을 확인하라고 얘기하는 것으로 회의를 끝냈다. 아울러 깨끗하게 세탁된 새 휴대전화를 대원들에게 지급하면서 현재 가지고 있는 전화는 모두 수거했다. 브리핑이 끝나고 팀별 회의가 시작될 무렵 고태식 과장이 유선에게 잠시 이야기를 하자고 하며 옆방으로 데리고 갔다. 문을 닫은 고태식 과장은 브리핑을 잘 진행했다고 칭찬하고는 아버지의 선물이라고 상자 하나를 건넸다. 상자 안에는 업계에서 '007 총'이라고 잘 알려진 월터 PPK의 중국 카피판인 PPN이 들어 있었다. 380 ACP탄 8발이 장전되는 이 총은 더블/싱글액션이지만 원판인 월터 PPK보다 방아쇠가 무거웠다. 중국제 총기는 원본을 그대로 베끼면서 새로운 단점들을 창조해내기 때문에 격발해보기 전에는 어떤 문제가 있을지 예상할 수 없었다. 그가 총을 잡고 슬라이드를 열자 고태식 과장이 말했다.

"이번 작전에서 총기는 팀장급에만 지급해. 하지만 총기가 주어진다는 거 자체가 책임을 동반한다는 거니까 명심해. 거듭 얘기하지만 한국 정부는 어떤 요원도 이번 작전에 참가시킨 적이 없고 당연히 무기도 준 적이 없어."

상자에는 총번이 지워진 총과 탄창 세 개가 있었다. 중국계 불법 무기 상인에게 구입한 것 같았다. 상자를 챙긴 유선은 고 과장과 들개팀과 함께 안가로 돌아왔다. 유선은 팀원들 앞에서 상자를 열고 총기를 테이블 위에 올려놨다. 서호진 대리는 경력 특채답게 총을 잘 쐈지만 총기 종류를 많이 알지는 못했다. 이선진 팀장은 대북공작관이면서 동시에 중국 쪽도 담당한 적이 있어서 PPN을 잘 알고 있었다. 고태식 과장은 관심도 없었다. 유선은 팀원들에게 총에 대해서 설명했다. PPN이나 대우 DH380 모두 월터 PPK를 카피한 총기이니 세 가지 중에 하나라도 만져본 적이 있는 사람들은 쉽게 사용이 가능했다.

"PPN은 월터를 거의 그대로 카피했기 때문에 잘못 잡으면 슬라이드가 후퇴하면서 엄지와 검지 사이의 살을 씹을 확률이 높습니다. 그리고 탄창 멈치 부분이 다릅니다. 가장 큰 문제는 가늠쇠와 가늠자의 조준선이 짧아서 정밀 조준이 불가능하다는 점이죠. 하지만 이번 임무의 특성상 정밀한 제거 사격이 아닌 방어 사격을 할 가능성이 높기 때문에 크게 문제가 되진 않을 겁니다."

일단 총기의 제원과 작동 방식을 간단히 설명하자 총기에 대한 이해가 있는 대원들인지라 쉽게 이해했다. 장소가 장소이니만큼 실탄 사격은 못 해보고 신속하게 탄창 교환하는 법과 격발하는 법을 빈총을 가지고 돌아가며 연습했다.

"신병 때도 아니고 빈총 가지고 연습하니까 애매하네요."

서호진 대리가 뒤통수를 긁으며 유선에게 말했다.

"한국이라면 방음실에서 실탄사격을 해봤겠지만 어쩔 수 없잖아. 대신 소음기로 사격 테스트해볼까?"

"소음기요? 그건 안 챙겨왔잖아요."

"만들면 되지. 방에 가서 드라이기 좀 가져올래?"

유선은 부엌으로 가서 반쯤 남은 생수병 두 개와 덕트^{Duct} 테이프, 가위 등을 가져왔다. 그리고 생수병의 주둥이를 헤어드라이기로 데워서 말랑말랑하게 만든 후 PPN의 총구를 쑤셔 넣었다. 열기 때문에 팽창되었던 주둥이가 쪼그라들면서 총구에 딱 들어맞게 변했다.

하품을 하며 구경하던 고태식 과장의 눈이 휘둥그레졌다.

"이게 뭔가?"

"미군 애들한테 배운 땜빵 소음기입니다. 볼품없긴 하지만 소음기 대용으로는 그럭저럭 쓸 만하죠."

유선은 PPN에 탄창을 삽입하고 슬라이드를 잡아당겨 삽탄까지 완료한 다음 생수병 소음기에 물을 조금 집어넣고 총구를 끼운 채 테이프로 감았다. 동료들이 알아서 커튼을 닫고 옆으로 물러섰다. 소파에 쿠션을 기대고 그 앞에 생수병을 세우고는 뒷걸음질로 물러났다. 5미터쯤 떨어진 거리에서 심호흡을 하면서 천천히 방아쇠를 당겼다. 퍽 하는 소리와 함께 생수병의 옆구리가 터지면서 물이 줄줄 새어 나왔다. 생각했던 것보다는 소리가 적게 들렸다. 짐 원사의 말대로 물을 조금 넣은 것이 효과를 본 것 같았다. 귀를 막은 동료들도 놀란 눈치였다. 의자에 앉은 그는 PPN을 살펴봤다. 역시 덕트 테이프로는 완전히 잡아주는 게 무리였는지 슬라이드가 약하게 후퇴하면서 탄피가 배출구에 절반쯤 끼었다.

"그렇게 슬라이드를 고정시키고 쏘면 잼이 걸리지 않습니까?"

서호진 대리가 호기심 넘치는 목소리로 물었다.

"맞아, 테이프를 얼마나 감느냐에 따라 아예 탄피 배출이 되지 않든지 아님 배출구에 탄이 끼지. 하지만 탄피를 배출하고 다시 슬라이드를 당겨서 장전한 다음에 페트병을 끼우고 테이프를 감으면 발사는 가능해. 하지만 슬라이드가 테이프 때문에 움직이지 않아서 탄피 배출이 되지 않으면서 잼에 걸리는 거지."

"그러니까 한 발밖에는 못 쏜다는 얘기군요."

"이걸 쓰는 상황에서 재차 발사를 하는 거 자체가 실패라는 의미 아니겠어?"

"페트병에 물을 넣는 이유는 소리 때문입니까?"

"그것도 있고, 냄새도 좀 잡아주는 역할을 해. 거기다 총구 화염 때문에 생수병에 불이 붙는 걸 막아주기도 하고."

설명을 마친 유선은 의자에 앉아 덕트 테이프를 뜯어내고 탄창을 뽑았다. 그리고 슬라이드를 열어 탄피를 제거하고 약실을 살펴봤다. 총기 자체에 문제가 없어 보였다. 유선은 팀원들이 모두 방으로 돌아간 뒤에도 혼자 거실에 남아서 고무장갑을 끼고 총을 분해해서 알코올과 세제를 이용해 닦아냈다. 내친김에 탄창까지 꼼꼼히 분해해 청소했다. 권총 손잡이에는 검정색 전기 테이프를 둘둘 감았다. 사용 후에 테이프를 떼어내면 지문을 남기지 않고 총을 폐기할 수 있기 때문이다. 나름대로 개조한 총을 보면서 차분해지려고 노력했지만 긴장감 탓에 위산이 과다 분비되는지 자꾸만 헛구역질이 나왔다.

다음 날 유선은 팀원들과 함께 안가 밖으로 나왔다. 검정색 오리털 파카에 요미우리 자이언츠 야구 모자를 푹 눌러쓰고 가방을 둘러멨다. 물론 이중 구조로 된 가방 안에는 새로 만든 생수병 소음기와 덕트 테이프, 분해한 PPN과 탄창, 그리고 다른 장비들이 숨겨져 있었다. 날씨가 꽤 쌀쌀했지만 긴장 탓인지 추위가 느껴지지 않았다. 호텔에는 이미 노부히로가 이끄는 팀이 정문과 로비에 진을 친 상태였다. 내일 있을 세미나를 대비해 예행연습 중인 것 같았다. 노부히로는 현관과 로비를 계속 왕복하면서 이것저것 지시를 내렸다. 아마 황 비서 역할을 하고 있는 것 같았다. 그들과 약간 거리를 두고 들개 팀 역시 준비한 차량을 대기시키고 마지막 예행연습에 나섰다. 기동팀은 길 건너편에서 대기했다. 이런 일에 경험이 부족한 서호진 대리는 유독 긴장을 많이 하는 눈치였다. 보다 못한 유선이 다가가 그의 어깨를 쳤다.

"리시버를 너무 부자연스럽게 끼웠잖아."

"아, 죄송합니다."

"아이와 이어폰을 개조한 리시버라서 일반인이 보면 음악을 듣는다고 생각하겠지만 주의해. 누가 지켜보고 있을지 모른단 말이야."

"네, 알겠습니다."

예행연습을 끝낸 유선은 팀을 나눠 한 팀은 노부히로의 행동을 감시하고 다른 팀은 동선을 확인하고 통로를 확보하는 훈련에 들어갔다. 잠시 후 로비를 왔다 갔다 하던 노부히로가 자신의 팀원들을 놓아두고는 정문 밖으로 나가더니 잠시 후 낯익은 얼굴의 남자와 함께 돌아왔다. 김희지였다. 고태식 과장이 보여준 슬라이드에서 본 대로 차분하면서도 냉혹한 눈빛을 가졌다. 훈련 중인 팀원들에게 이동 지시를 내린 유선은 이선진 팀장과 함께 로비의 커피숍에 자리를 잡았다. 김희지는 역시 노부히로와는 차원이 달랐다. 못마땅한 눈길로 이런저런 지시를 내리는 그의 왼쪽 가슴이 두툼해 보였다.

"권총을 소지하고 있어."

이선진 팀장이 커피를 홀짝거리며 속삭였다.

김희지는 한 시간 정도 호텔을 둘러보고 떠났다. 유선은 내내 그를 주시했다. 만약 총을 쏴야 한다면 가장 먼저 무력화시켜야 할 상대였기 때문이다. 들개팀도 예행연습을 끝내고 안가로 돌아왔다. 새로 배속된 황소팀 소속 대원 4명도 합류했다. 저녁 시간에 안가 인근의 허름한 이자카야에서 간단한 술자리를 했다. 모두 긴장했는지 음식도 맥주 한 잔도 시원하게 마시지 못하고 말수도 별로 없었다. 분위기 메이커 서호진 대리 역시 그다지 말이 없었다. 황소팀의 유도 선수 출신 김철홍만 따끈한 어묵을 우걱우걱 씹어 먹었다. 유선은 뚝뚝 끊어지는 대화를 나누다 잠시 화장실을 가기 위해 일어섰다. 화장실에 들어가는데 누군가 뒤따라 들어왔다. 흠칫 놀란 그에게 상대방은 하던 일을 하라는 눈짓을 했다. 소변기 앞에 서서 일을 보는 척하자 상대방 역시 옆의 소변기에서 일을 보는 척했다. 그러고는 잽싸게 귓속말을 던졌다.

"내일 잘해주게."

아버지 최형근은 유선의 주머니에 쪽지를 넣고 화장실 밖으로 나갔다. 쪽지는 내일을 위한 격려와 지시였다. 그는 자리로 돌아와 대원들에게 쪽지를 돌려보게 하고 태웠다. 그리고 맥주잔을 들고 건배를 했다. 식사를 마치고 안가로 돌아온 유선은 생수병으로 소음기를 몇 개 더 만들었다. 팀장들에게 총기 사용 시 주의 사항에 대해서도 알려줬다.

"생수병 소음기는 만약에 있을지도 모를 사건에 대비하는 겁니다. 만약 내일 총격전이 벌어진다면 소음기를 조립할 시간이 없이 바로 사격을 하게 될 테니까 마음의 준비를 단단히 해주세요. 그리고 조준할 때 약간 위쪽을 조준하시기 바랍니다."

"아래를 겨냥하는 게 아니고요? 권총은 원래 하탄*이 잘 나서 그러나요?"

황소팀의 김철홍이 물었다.

"가까운 거리면 괜찮지만 나 말고 다른 팀원이 이 총을 들고 사격을 하는 상황이라면 내가 쓰러지고 상대방과의 간격이 어느 정도 벌어진 상태일 겁니다. 탄환이 약하기 때문에 하체에 명중시켜서는 무력화시키지 못합니다. 차라리 빗나가더라도 위쪽을 겨냥하는 게 효과적입니다."

---

* 조준선을 정렬한 상태에서 발사한 탄환이 조준점보다 아랫부분에 맞는 현상을 '하탄'이라고 한다. 그리고 이와 반대되는 현상을 '상탄'이라고 한다.

그리고 작전 종료 후 행동 계획에 대해서도 지시를 내렸다.

"작전이 계획대로 성공하면 대사관에 재집결하면 됩니다. 중간에 돌발 상황이 생기면 시나리오대로 두번째와 세번째 접선 장소에서 퇴출을 시도합니다."

자정쯤 영사관 직원이 와서 유선과 팀원들이 챙겨놓은 짐을 가지고 떠났다. 이제 남은 건 작전에 필요한 장비들이 담긴 퇴출 가방들뿐이었다. 아침이 되자 유선과 들개팀은 나카지마 호텔 인근에서 대기했다. 호텔에는 이미 일본 공안청 요원들과 경찰 병력이 경계를 삼엄하게 펼쳤다. 기자들도 진작부터 도착해서 진을 친 상태였다. 공항에 있는 다른 팀으로부터 연락이 왔다.

"백곰팀이다. 모란봉 도착. 지금 1번 루트로 이동 중. 모든 것이 정상."

유선은 팀원들에게 준비하라는 신호를 보냈다. 얼마 후 다시 전화가 왔다.

"여긴 백곰. 1번 루트로 계속 이동 중. 40분 뒤 행사장 도착 예정. 칼날을 세울 것. 이상"

고태식 과장이 그를 바라봤다. 침을 꿀꺽 삼킨 유선은 지시를 내렸다.

"각자 무전기 개방하고 위치로 이동 후 보고 바람."

뿔뿔이 흩어진 팀원들에게서 차례대로 무전 연락이 왔다.

"들개 2, 위치 확보."

"들개 3, 위치 확보."

"들개 1, 위치 확보."

"기동팀, 위치 확보."

주변을 둘러본 유선이 무전기를 잡았다.

"주변 경계 철저히 하고, 모란봉과 접촉하면 위치 보고 요망. 무전을 최소화할 것, 이상."

"여기는 기동팀. 모란봉을 태운 의전 차량 호텔 정문으로 접근 중. 세 대의 벤츠 중 가운데 차량에 모란봉의 모습이 보임."

"들개 1이다. 모란봉 도착. 축제 시작, 축제 시작."

모란봉이 도착했는지 정문에서 플래시 터지는 소리가 요란했다. 팀원들의 위치를 확인한 유선은 바지 안쪽에 장전된 PPN 권총을 만져봤다. 차가운 감촉이 안정감을 찾아줬다. 대기 위치인 커피숍에서 모란봉과 함께 온 북쪽 측근인 김덕홍의 접선을 기다렸다. 잠시 후 그의 모습이 보였다. 일어서려는 유선의 눈에 김덕홍의 뒤에 따라붙은 노부히로의 모습이 보였다. 의자에 도로 앉은 유선은 위험 신호로 신문을 펼쳐 보였다. 주춤거린 김덕홍은 유선을 지나쳐 라운지에서 커피를 주문했다. 노부히로는 그를 뒤따라가면서 신문을 펼쳐 보인 유선을 뚫어지게 쳐다봤다. 계속 있을 수가 없었다. 조금 남아 있던 커피를 비운 유선은 휴대전화를 받는 척하고 자리를 떠나면서 무전을 날렸다.

"들개 4, 위험인물과 접촉해서 위치를 이동한다. 2차 접촉 위치로 이동한다."

첫번째 접촉에 실패한 유선은 2번 대기 위치로 이동했다. 노부히로는 피 냄새를 맡은 사냥개처럼 로비를 휘저었고, 김희지를 비롯한 경호총국 요원들은 모란봉의 주변을 떠나지 않았다. 황 비서의 측근인 김덕홍 역시 요주의 대상이 되었는지 일거수일투족을 감시당했다. 그들의 눈에 띄지 않게 접촉을 시도하는 건 불가능했다. 로비에서 짧은 기자회견을 마친 모란봉은 곧장 18층으로 올라갔다. 유선은 일단 정문 밖으로 철수했다. 이선진 팀장이 따라붙었다. 나란히 걷는 척하면서 얘기를 나눴다.

"모란봉의 망명 정보가 이미 새 나간 거 같습니다."

"나도 봤어. 경호총국 애들은 경호가 아닌 감시를 하는 거 같던데. 자강도도 감시당하고 있는 것 같고 말이야."

"지금 작전을 벌이면 성공한다고 해도 황장엽 비서가 납치당했다고 할 게 틀림없습니다. 일단 아버지한테 보고하고 지시를 기다려봐야죠."

"저쪽 공중전화 부스로 가. 주변은 내가 감시할게."

이선진 팀장이 주변을 살펴보는 가운데 휴대전화로 아버지에게 현 상황을 보고했다. 대기하라고 지시한 아버지는 잠시 후 다시 전화를 걸어왔다.

"아버지다. 본사에서 대기 명령이 내려왔다."

"전면 취소입니까?"

"본사에서 로즈를 긴급 투입시키기로 했다. 들개팀은 일단 현 지점에서 대기하고, 들개 4는 로즈와 모란봉의 대화를 감청한다."

통화를 마친 유선은 팀원들에게 대기 명령을 내리고 호텔로 들어섰다. 잠시 후 그가 앉아 있던 커피숍으로 로즈라는 암호명의 재미 교포 비선 요원과 황장엽 비서가 만났다. 물론 주변에는 김희지를 비롯한 경호총국 요원들이 빈틈없이 둘러싼 상태였다. 노부히로와 부하들은 커피숍 밖을 지켰다. 반대편 로비의 의자에 앉은 유선은 가방 안에 든 소형 음성증폭기를 작동시켰다. 지퍼를 열어둔 쪽을 커피숍으로 향하게 한 후 느긋하게 신문을 읽는 척하면서 리시버에서 들려오는 얘기에 귀를 기울였다. 로즈라는 암호명의 재미 교포 비선 요원은 북한에 거액을 투자해서 국수공장을 차리기로 한 부유한 재미 교포 사업가로 위장했다. 로즈는 황장엽 비서에게 공화국에 투자할 자금을 미국 은행에서 찾아야 하는데 북한에 직접 투자하는 것은 미국 법에 저촉되므로 돈을 은행에서 빼내 믿을 만한 인편으로 전달해야 한다고 말했다. 그리고 일본은 미국 쪽 첩자와 한국 쪽 앞잡이가 많아 걱정되니 공화국에 가기 전에 중국에 가시면 그쪽에서 전달을 하는 방향으로 일을 진행하자고 했다. 황장엽 비서는 흡족한 웃음 끝에 '우리 공화국에 귀하게 쓰일 돈이니 내 꼭 직접 받아서 수령님께 드리겠다.' 하고 대답했다. 아버지의 설명은 없었지만 일본에서는 북측 요원들 감시가 심해 모란봉 작전지를 중국으로 변경한다는 메시지가 분명했다. 날씨 얘기와 덕담이 더 오고 간 후 두 사람 모두 자리에서 일어났다. 무전으로 작전 취소와 이동 명령을 내린 유선은 고태식 과장과 함께 안가로 이동했다. 택시를 타고 미행을 확인하는데 낡은 도요타 크라운 차량이 따라붙는 게 보였다.

"과장님, 꼬리가 붙은 것 같습니다. 저기 편의점 앞에 잠깐만 세워주십쇼."

　차에서 내린 유선은 세븐일레븐에서 마일드 세븐과 라이터를 사서 돌아왔다.

　"어떻습니까?"

　"길 건너편에서 기다리고 있어."

　고태식 과장이 백미러를 보면서 대답했다. 유선은 도요타 크라운에서 내려서 세븐일레븐 안으로 걸어 들어가는 노부히로의 모습을 보면서 아버지에게 전화를 걸었다. 미행을 당하고 있는 게 확실해진 이상 평문을 쓰는 건 곤란했다.

　"손님을 맞이해야 해서 좀 늦을 거 같습니다. 오늘은 친구 집에서 자고 가야 할지도 모릅니다. 선물은 가지고 있는데 오늘 줘야 될지도 모르겠습니다."

　아버지는 조용한 목소리로 대답했다.

　"며칠 있으면 큰손님이 오시니까 오늘은 너무 무리하지 말고 선물을 싫어하시면 드리지 않아도 될 거 같다."

　아버지는 무력을 사용할 경우 앞으로 있을 황장엽 비서의 망명 작전에 문제가 생길 수도 있다는 걱정을 하고 있었고 이 점은 그도 마찬가지였다. 그나마 다행인 점은 노부히로 혼자 왔다는 것이다. 그 역시 냄새만 맡았을 뿐 아직 이쪽의 존재에 대해 확신하지 못하는 것 같았다.

　"과장님은 안가로 먼저 돌아가세요. 일 좀 처리하고 돌아가겠습니다."

"조심해."

차에서 내린 유선은 방금 산 담배를 피우는 척하면서 길을 걸어갔다. 노부히로가 냄새를 맡은 이상 경호총국이 눈치를 채는 건 시간문제였다. 그들 역시 모란봉의 망명을 어느 정도 염두에 두고 있었다. 하지만 한국 정부가 구체적인 작전 계획을 가지고 있다는 사실을 눈치채면 상황은 복잡해지고 만다. 해결 방법은 노부히로가 경호총국 요원들에게 알리기 전에 제거하는 것뿐이었다. 문제는 낯선 도쿄 한복판에서 다른 사람 눈에 띄지 않고 처리할 방법이 떠오르지 않는다는 것이다. 고민하던 유선은 아버지에게 전화를 걸었다.

"아까 얘기한 선물은 집에 갖다 주고 올게요."

"직접 배달하게? 무리하는 거 아니야?"

"귀중품이라서 택배로 맡기기 좀 애매해서요."

"알았다. 확실하게 건네주도록 해."

다행스럽게도 노부히로는 고태식 과장 대신 그를 미행하는 쪽을 택했다. 유선은 지하철을 타고 노부히로의 집으로 향했다. 지하철역에서 내려서는 곧장 택시를 탔다. 조금 늦게 역을 빠져나온 노부히로는 택시가 가는 방향을 보고는 놀란 눈치였다. 정보가 맞는다면 노부히로의 동거녀는 유흥업소에 나가는 삼십 대 후반의 여성이다. 한국에서도 그렇지만 그 정도 나이는 그쪽 업계에서 퇴물 취급을 받는다. 노부히로는 연상인 그녀와 몇 년째 동거중이다. 택시에서 내리면서 장갑을 낀 그는 곧장 아파트 입구로 들어갔다. 엘리베이터에서 내려서 통로식으로 된 아파트의 복도를 걸어가는데 노부히로가

모란봉 작전

택시에서 내리는 모습이 보였다. 그와 눈이 마주친 노부히로는 다급한 표정으로 휴대전화를 꺼냈다. 문 앞에 도착한 유선은 초인종을 눌렀다. 치안 상태가 괜찮은 탓인지 동거녀는 별다른 의심 없이 문을 열었다. 이제 막 잠에서 깼는지 부스스한 얼굴의 그녀가 물었다.

"도나타데스카?"

아마도 누구냐는 물음 같았다. 유선은 대답 대신 담배와 함께 산 라이터를 움켜쥔 주먹으로 얼굴을 후려쳤다. 갑작스러운 기습에 동거녀는 별다른 저항도 하지 못하고 바닥에 쓰러졌다. 집 안으로 그녀를 끌고 들어간 유선은 거실 한쪽에 그녀를 내팽개치고 재빨리 집 안 내부 구조를 살폈다. 거실의 텔레비전 옆에 놓인 휴대전화가 울렸다. 노부히로에게서 온 전화인지 노부군信君이라는 발신자 이름이 액정에 비췄다. 부엌에 있는 비닐봉지를 신발에 씌운 유선은 현관문 옆 화장실에 몸을 숨겼다. 전화가 계속 울리는 가운데 다급한 발소리가 들렸다. 잠시 후 반쯤 열린 문틈 사이로 노부히로의 권총이 보였다. 잠깐 집 안을 살피던 노부히로는 거실에 쓰러져 있는 동거녀에게 다가갔다. 조용히 화장실 밖으로 나온 유선은 동거녀를 흔들어 깨우려는 노부히로에게 권총을 겨누며 말했다.

"움직이지 마."

움찔한 노부히로가 유선을 쏘아봤다. 한 손에 쥐고 있는 토카레프를 믿는 눈치였다. 유선은 쓰러져 있는 동거녀를 겨냥하며 쐐기를 박았다.

"움직이면 저 여자도 죽는다. 총이랑 휴대전화를 나한테 넘겨."

체념한 노부히로는 순순히 토카레프를 그에게 넘겨줬다. 토카레프를 왼손에 든 유선은 그에게 의자에 앉으라고 했다. 노부히로는 구석에 놓인 의자를 끌어다 놓고 앉았다.

"한국 정부에서 보낸 사람인가?"

자세를 가다듬은 그가 어색한 한국어로 물었다. 유선은 대답하지 않았다. 뒷걸음질로 현관문을 닫은 유선이 다가오자 노부히로가 일본어로 다시 물었다.

"주체사상 세미나에 테러를 저지르려고 한 거야?"

그는 일본어로 다시 물어보았다. 집 안을 둘러보던 유선은 한국어로 대답했다.

"너희들이 하는 게 테러고, 우리가 하는 건 애국이지."

"역시 남조선에서 왔군."

노부히로가 당장이라도 의자를 박차고 일어날 것처럼 꿈틀거렸지만 여자 때문인지 행동에 나서지는 않았다. 집 여기저기에 축구 유니폼을 입고 찍은 사진들이 보였다. 그중에는 효창운동장에서 경기를 마치고 찍은 단체 사진도 있었다.

"차라리 축구나 더 하지 그랬어."

노부히로는 코웃음을 쳤다.

"그러려고 했지. 전국체전 때 재일 대표 축구 선수로 남조선에 갔다가 반쪽발이라는 말을 듣기 전까지는 말이야. 북조선이 일본 내 동포를 위해 많은 돈과 지원을 할 동안 남조선은 일본과 친선을 맺고 우리는 안중에도 없었지"

"70년대 북한이 잘나갈 때 말하는 건가? 요즘 어떻게 변했는지 신문이라도 보지 그랬어."

유선은 노부히로와 대화를 하며 토카레프를 살펴봤다. 총기 소제를 제대로 안 한 듯 손잡이와 총구 부분이 녹슬었다. 탄창이 끼워진 상태에서 약실에는 탄이 한 발 물려 있었다. 방아쇠만 당기면 나갈 준비가 끝난 상태였다. 어떻게 할지 결정한 유선은 거실을 어지럽혔다. 미심쩍은 눈으로 바라보던 노부히로가 말했다.

"찾는 게 뭔지 모르겠지만 여긴 없다."

유선은 노부히로의 말을 무시하고 의자 앞 테이블에 있는 TV 리모컨을 던졌다.

"켜."

노부히로는 영문을 모르겠다는 듯 눈썹을 찌푸리면서 TV를 켰다. TV에서는 동물에 관한 다큐멘터리가 나왔다. 유선은 TV쪽으로 가서 볼륨을 높이고는 앉아 있는 노부히로의 뒤에 가서 자리를 잡았다. TV 소리에 의식을 잃었던 노부히로의 동거녀가 부스스 눈을 떴다. 노부히로가 유선에게 소리쳤다.

"저 여자는 죄가 없으니 살려줘라."

유선은 머릿속으로 계산했다. 총을 쏘고 집에서 나가 엘리베이터까지 가는 데 약 15초. 그리고 엘리베이터 대신 계단을 이용해서 아파트를 나가는 데 1분. 밖으로 나가서 현장을 빠져나가는 데 다시 3분. 낡은 아파트라서 방음이 잘될 것 같지 않다는 게 마음에 걸리긴 했지만 모험을 해보기로 했다. 정신을 차린 동거녀가 눈앞의 광경을 보고는 비명을 지르려고 했다. 유선은 쥐고 있던 토카레프로 노부히로의 오른쪽 관자놀이를 쐈다. 뒤쪽의 커튼과 벽에 피가 튀었다. 일어나려는 것처럼 펄쩍거린 노부히로의 몸은 의자 아래로 주르륵 미끄러졌다. 그 광경을 지켜본 동거녀가 비명을 질렀다. 유선은 그녀의 심장을 겨냥해서 다시 한 발을 발사했다. 튕겨 나간 탄피가 다다미 바닥을 굴러갔다. 정확하게 심장을 관통당한 동거녀는 외마디 비명과 함께 눈을 감았다. TV에서는 암사자가 가젤을 쫓는 중이었다. 유선은 노부히로와 동거녀의 휴대전화의 마지막 통화 내역을 지운 후 바닥에 놓고 힘껏 밟아서 박살 냈다. 그러고는 쓰러진 노부히로의 손에 토카레프를 쥐여주고 손가락을 방아쇠에 걸었다. 집 안을 다시 살펴본 유선은 방 안에 널려진 핏자국을 피해 조심스럽게 방문을 열고 나갔다. 다행히 복도에는 인적이 없었다. 엘리베이터까지 뛰어간 유선은 계단 중간에서 신발에 씌웠던 봉지를 벗겨 주머니에 넣었다.

노부히로를 제거한 유선은 퇴출 신호를 보내고 바로 한국행 비행기를 탔다. 본사에 호출된 유선은 사흘 내내 강도 높은 심문을 받았다. 조사가 끝난 후에는 본사 인근 호텔에 귀국한 다른 팀 대원들과 함께 격리되었다. 유선은 심문을 받는 내내 일본 경찰 측에서 냄새를 맡지 않을까 걱정이 됐다. 격리 이튿날 본사 직원이 재일 교포 출신의 야쿠자가 동거 중인 여인을 권총으로 사살하고 자신도 같은 총으로 자살했다는 뉴스가 NHK에서 방송되었다고 귀띔해줬다.

살인 사건 결과를 너무 빨리 발표해서 이상했지만 본사 직원은 일본 내에서도 야쿠자 관련 사건들은 빨리 정리하려는 관행이 있다고 설명해줬다. 거기다 피해자 역시 유흥업소에서 일했기 때문에 그냥 넘어간 것 같다고 말했다. 본사 직원이 돌아가고 얼마 후 아버지가 들어왔다.

"상황이 어려웠는데 잘 처리했다."

"저 때문에 작전에 큰 피해가 간 건 아닌지 모르겠습니다."

"어차피 일본 내에서의 작전은 접었으니까 걱정하지 말고 푹 자. 모란봉 작전은 조만간 중국에서 재개될 예정이야."

이제 그에게 남은 걱정거리는 한 가지뿐이었다. 다행히 노부히로는 그날 밤 꿈에 나타나지 않았다. 다만 노부히로의 동거녀가 새벽녘에 찾아와 억울함이 가득 담긴 눈초리로 한참 쳐다보다가 사라졌다. 잠에서 깬 유선은 불을 켜고 다시 잠을 청했다. 유선은 격리 조치가 해제된 후 들개팀을 비롯해 일본에 투입되었던 팀과 함께 홍콩행 비행기를 탔다. 선전을 통해 중국으로 입국한 그들은 현지 요원에게 새로운 여권을 받고 중국 민항기를 타고 베이징으로 향했다. 베이징 공항에 내린 유선과 팀원들은 고태식 과장이 보낸 현지 요원의 차량에 탑승해 베이징 교외의 안가에 도착했다. 먼저 출발해서 루트와 안가를 점검한 고태식 과장이 피곤한 얼굴로 맞이했다. 짐을 풀 사이도 없이 바로 회의에 들어갔다.

"방금 모란봉의 일정을 확인했습니다. 여기에서 며칠 머물면서 중국 관리들을 만나고 2월 10일 오후 5시 38분에 출발하는 고려항공편을 이용해 북한으로 돌아갑니다."

"그 전에 작전을 끝내야겠네요."

유선의 말에 고태식 과장이 고개를 끄덕거렸다.

"일본에서의 경호 체계는 보호라기보다는 감시에 가까웠어. 이번에 북한으로 들어가면 언제 다시 나올지 모르니까 가급적 여기서 끝내야 해."

이선진 팀장이 생각만 해도 머리가 아프다는 듯 손으로 이마를 누르면서 말했다.

"일본이 그래도 아군 지역이라면 여긴 개네들 영역이나 다름없어. 더군다나 중국은 인적 정보 분야에서는 미국이 울고 갈 정도의 선진국이야. 나름 조심하긴 했지만 국가안전국^{MSS} 제8국의 반탐팀이 우리를 추격하고 있을 거야. 이거 북한 쪽보다는 중국 애들이 더 큰 걸림돌이 될 수도 있겠는걸."

고태식 과장이 희망을 불어넣으려는 듯 낙관적인 말을 했다.

"그게 꼭 나쁜 것만은 아닙니다. 베이징에 도착하고 나서부터 경호가 많이 느슨해졌습니다. 모란봉이 중국 쪽에서 나름 높이 평가받고 있는 인물이라서 북한 경호총국도 일본에서처럼 타이트하게 경호하지는 못하고 있습니다."

"경호 인력은 그대론가?"

"네, 김희지를 비롯한 다섯 명 그대로입니다. 중국 측도 경호 인력을 파견하긴 했는데 통상적인 수준입니다."

유선이 두 사람 사이의 대화에 끼어들었다.

"이동할 때에는 어떻습니까?"

"역시 일본과 비슷해. 벤츠 두 대에 모란봉과 경호총국 요원들이 탑승하고, 중국 쪽 경호 인력이 탄 차가 선도하는 방식이야."

유선에게 설명한 고태식 과장이 덧붙였다.

"적진 한복판이나 다름없는 곳에서 경호총국 요원들을 무력으로 진압하고 황 비서를 망명시키는 것은 불가능합니다. 특히 중국 정부를 필요 이상으로 자극하면 좋을 게 없습니다. 일본에서처럼 자진 망명 형태를 고수해야 합니다."

"맞는 말이야."

이선진 팀장이 맞장구를 쳤다. 고태식 과장은 팀원들에게 계속 얘기했다.

"중국에서는 유선전화는 기본이고 무전이나 휴대전화까지 도청을 당하고 있다는 전제 조건하에 행동해야 해. 특히 조선족 요원들도 많기 때문에 한국어 대화는 모두 감시당하는 중이다. 작전 장비는 중국제 위주로 준비했고 대포폰도 여유 있게 챙겨놨으니까 최소한 하루에 한 번씩 바꾸도록 해. 물론 작전 중에는 통신 보안 따위는 필요 없으니까 그때까지 참으라고."

"이번에도 무기는 팀장들만 줍니까?"

서호진 대리의 말에 고태식 과장은 따라오라는 손짓을 했다. 구슬 달린 커튼이 쳐진 부엌 안, 테이블 위에는 음식 대신 권총들이 놓여 있었다. 서호진 대리가 어린애처럼 좋아했다.

"체코제 CZ-75를 카피한 중국제 Type NZ-75 권총이네요."

"잘 아는 장비야?"

유선의 질문에 서호진 대리가 대뜸 대답했다.

"네, 특전사에서 적 장비 특성화 교육 때 이 총을 카피한 북한제 백두산 권총을 만졌거든요. 9mm에 더블액션까지 똑같아서 이건 제 분신처럼 다룰 수 있습니다."

"그만 떠들고, 주목. 회사 업무에 쓰기로는 좀 크지만 어차피 여기서 이걸 쓰면 화력으로 승부를 본다는 얘기니까 별문제 없을 거야. 그리고 총기번호를 지우긴 했지만 중국에서 불법 총기 휴대 및 사용은 사형에 해당하는 중범죄야. 이건 면책특권이 없는 우리 같은 외국인들에게 해당되니까 신중하게 결정하고 사용해."

고태식 과장이 엄한 표정으로 얘기를 계속했다.

"오늘 밤 우리 쪽 블랙과 황장엽 비서의 대표부 비서관과 시장통에서 접촉할 예정이다. 김 대리랑 서 대리가 근접 감시하도록 해."

그날 밤 늦게 유선 측 블랙과 황 비서 측의 대표부 비서관이 중국 시장통에서 접촉을 가졌다. 원래 접선 장소인 금성 백화점은 중국 정부가 운영하는 곳이라서 CCTV에 흔적이 남을 수 있기 때문에 부득이 접선 장소를 근처 시장으로 변경한 것이다. 유선과 서호진 대리는 대표부 비서관이 블랙에게 건네준 쪽지를 넘겨받았다. 쪽지에는 망명 예정일과 방법, 그리고 준비 사항이 꼼꼼하게 적혀 있었다. 고태식 과장은 쪽지의 내용대로 재미 교포 요원으로 하여금 다시 황 비서 측과 연락하도록 했다. 그가 일본에서 미국으로 돌아갔기 때문에 다시 불러들이면 북측 경호 요원들의 의심을 사게 될 가능성이 높았다. 때문에 친분이 있는 중국 측 사업가를 대리인으로 내세웠다.

"진 사장도 제 고향이 원산이신 거 아시죠? 제가 미국에서 모은 돈을 제 고향을 위해 쓰고 싶은데 문제는 한국 정부와 미국 정부가 북한에 기부금을 내는 거 자체를 불법으로 규정하고 있어요. 내 돈을 고향을 위해 자유롭게 쓰지도 못하네요. 그런데 마침 황 비서님이 북경에 오셔서 그분께 인편으로 돈을 전달하고 싶은데요. 진 선생이 수고해주실 수 있으신가요? 만약 해주신다면 제가 부족하나마 수고비 조로 5천 불 정도 더 송금해드리겠습니다. 일단 돈을 10만 5천 불 정도 송금하겠습니다. 네, 네, 감사합니다."

조선족 출신인 진 사장은 친구사이에 그 정도는 들어줘야 하지 않겠느냐며 흔쾌히 승낙했다. 감청을 하던 고태식 과장은 일이 잘 풀렸다는 듯 휘파람을 불었다.

"역시 돈 앞에서는 장사 없다니까."

"이 진 사장이라는 사람도 우리 측 요원입니까?"

유선의 물음에 헤드폰을 벗은 고태식 과장이 고개를 저었다.

"아니, 재미 교포랑 같이 사업을 하는 사이야. 5천 불의 수고비를 받고 자기도 모르게 이 작전에 가담하게 된 거야."

작은 사자 두 마리가 놓여 있는 커다란 책상에는 보이차가 구수한 냄새를 뿜어냈다. 창가를 등지고 앉아 있는 국가안전국 소속의 평 상교는 방금 비서인 왕칭이 가져온 보고서를 읽는 중이다. 1979

년 열일곱 살의 나이에 중월전쟁에 참가했다가 입은 부상으로 아직도 한쪽 다리에 파편이 박혀 있는 이 노련한 정보 사냥꾼은 한참 읽어 내려가던 보고서를 덮었다. 오랜 경험은 뭔가 있다는 신호를 계속 보내는 중이었다. 제8국 감청팀이 도청한 미국의 한국인 사업가와 조선족 사업가 간의 대화 내용이 기재된 극히 평범한 보고서였다. 하지만 그 한국인 사업가는 남한 공안을 위해 일하고 있는 중이었다.

"남한 공안들의 입국이 늘어났고, 그쪽을 위해 일하는 사업가가 송금을 보냈다. 냄새가 나는데."

보이차를 마시며 혼잣말을 중얼거린 그는 차를 다 마시고 비서인 왕칭을 호출하기로 결심했다.

고태식 과장이 회의를 소집한 것은 자정을 넘긴 시간이었다.

"이번 작전은 모란봉 망명 작전의 일환입니다. 다만 팀 이름들을 들개는 백곰으로, 황소는 독사로 변경합니다. 중국 공안 측의 도청을 감안해서 외부에서의 대화는 음어 대신 평어를 사용하시고, 통화 시 가급적 한국어를 삼가주시기 바랍니다. 그럼 내일 작전 계획을 말씀드리겠습니다."

슬라이드 대신 큰 달력 뒷장에 손으로 쓴 계획서를 탁자에 펼쳤다.

"디데이는 내일입니다. 내일 약속된 시간에 모란봉과 자강도가 차를 타고 호텔을 나와 베이징 주재 우리 총영사관으로 향할 겁니다. 이 과정에서 북측과 중국 공안의 추격을 막는 게 우리 임무입니다. 백곰 3와 백곰 4가 탄 경호 1팀 차량이 호텔 앞 사거리에서 대기하다가 모란봉이 나오면 따라붙으면서 경호를 합니다. 이때 운전자는 헤드라이트를 두 차례 깜빡거려서 신호를 보내면 됩니다."

운전을 맡을 서호진 대리가 고개를 끄덕거렸다. 고태식 과장은 물을 한 잔 마시고 계속 설명했다.

"그리고 백곰 5와 6가 탄 경호 2팀 차량은 앞의 차들과 거리를 두고 차량을 뒤따라갑니다. QRF팀은 중국 쪽 블랙 요원이 모는 택시에 동승했다가 추격을 막는 임무를 담당합니다."

"우리 팀은 무장을 합니까?"

QRF팀을 지휘하게 될 독사팀 팀장이 손을 번쩍 들고 물었다. 고태식 과장은 고개를 저었다.

"QRF팀은 자체 무장을 하지 않습니다. 사고 후 공안과 접촉이 불가피할 것이기 때문에 문제의 소지가 될 모든 물품은 전혀 소지하지 않아야 합니다. 모란봉이 탄 차가 총영사관 안으로 들어가면 이선진 팀장님이 대기하고 있다가 두 사람을 건물 안으로 이동시킵니다. 모란봉이 건물로 들어가면 경호 1팀은 모란봉을 에스코트하고, 2팀은 차량을 입구에 정차해 바리게이트로 삼아 북측의 도발을 저지합니다. 경호 1팀과 2팀은 무장을 지급하겠지만 가급적 사용을 자제하시기 바랍니다."

다음 날 오후 황장엽 비서의 호텔방 전화가 울렸다. 책상에 앉아서 주체사상 세미나 보고서를 작성 중이던 황장엽 비서는 미동도 하지 않았다. 결국 같은 방에 있던 김희지가 전화를 받았다. 전화기 너머에서 기름기 잔뜩 낀 중국어 같은 조선말이 들려왔다. 진 사장 같았다. 어제도 진 사장에게 전화를 받은 적이 있던 그는 수화기를 막고 황장엽 비서에게 소리쳤다.

"비서 동지, 전화 왔습니다."

한참 글을 적고 있던 황장엽 비서는 그의 말을 듣고도 한참 동안 글을 쓰다가 만년필을 닫았다.

"누구야?"

"진 사장 같습니다."

"그래? 스피커폰으로 연결해."

황장엽 비서의 얼굴에는 귀찮은 표정이 잔뜩 서렸다. 김정일 위원장에게 신임을 받는 김희지였지만 주체사상의 완성자이자 김 위원장의 스승인 이 노인은 언제나 껄끄러웠다. 스피커폰을 통해 진 사장의 목소리가 들렸다. 그는 황장엽 비서에게 용건을 이야기하며 호탕한 웃음을 날렸다. 그가 막 액수를 말하려는 찰나 황장엽 비서가 그의 말을 막더니 스피커폰을 껐다. 김희지는 내심 웃음이 났다. 노동당 최상위 서열인 그도 사리사욕 앞에서는 다른 사람들과 다를 바가 없었다. 황장엽 비서는 김희지를 슬쩍 쳐다보고는 얘기를 몇 마디 더 나누고 전화를 끊었다. 그리고 보고서를 덮으며 중얼거렸다.

"이건 돌아와서 끝내야겠군."

전화기를 든 황장엽 비서는 옆방에 머물고 있는 여광무역의 김덕홍 사장을 호출했다.

"어, 아우. 내가 공화국에서 긴히 쓰일 물건을 좀 받으러 가는데 좀 데려다주면 좋겠어. 지금 내 방으로 와. 차 키를 가지고 말이야."

황장엽 비서가 전화를 끊자 기다리고 있던 김희지가 말했다.

"제가 모시겠습니다."

황장엽 비서는 그를 날카로운 눈길로 쳐다봤다. 그러고는 얇은 입술로 칼날 같은 말들을 쏟아냈다.

"왜, 내가 이 베이징에서 길을 잃을 거 같냐, 아니면 돈 욕심이 나서 중간에 삥땅을 칠 거 같냐?"

그의 목소리는 노여움이 적잖게 섞였다.

"그런 뜻은 아닙니다, 비서 동무."

"나 황장엽이야! 1센트도 안 틀리고 가져올 테니 걱정하지 말고 방이나 잘 지키고 있으라우. 진 사장의 사무실은 여기서 10분만 가면 있는 화진 종합상가야. 자네도 거긴 잘 알지 않아?"

잠시 전에 그가 머릿속에 떠올린 생각을 읽은 듯한 눈초리와 목소리였다.

"죄송합니다. 그럼 잘 다녀오십시오."

이때 문이 열리고 김 사장이 들어왔다.

"어디를 가신다는 겁니까, 형님?"

"아, 내가 전에 이야기했던 그 물건 받으러 가네. 준비됐으면 따라오게."

같은 시각, 펑 상교는 감청팀이 도청한 통화 내용을 왕칭에게 보고받으며 생각에 잠겼다.

"황 비서에게 북한에 투자할 돈을 전달한다."

"네, 일본에서는 미국의 감시 때문에 우리나라에 있는 지인을 이용한다고 했습니다."

어제 집중 감청 지시를 받은 이후 하루 종일 진 사장의 사무실 전화와 휴대전화를 감청한 왕칭이 부동자세로 대답했다.

"말이 되기는 하지만 왠지 불길해. 며칠 전에 선전으로 들어온 남한 공안들은 지금 어디에 있지?"

"베이징 외곽의 자기들 안가에 머물고 있습니다."

"어제저녁까지 감시하고 철수했지? 언제 다시 감시가 붙었지?"

"아침부터입니다."

"평계를 대고 안으로 진입해서 직접 확인해보라고 해. 뭔가 있어."

움직이기로 결심한 펑 상교는 전화기를 들었다.

"화 과장, 지금 요원이랑 차 준비시켜. 참, 황 비서 쪽에 나가 있는 애들 있지?"

"네, 지금 두 명이 나가 있습니다."

"그 친구들에게 내가 황 비서 쪽으로 출발한다고 전해."

"알겠습니다."

화 과장은 긴장한 목소리로 대답하고는 곧장 비상대기팀에게 출동 명령을 내렸다.

김희지는 황장엽 비서를 호텔 정문까지 호위하고 내려갔다. 냉랭한 표정의 황장엽 비서는 아무 말도 하지 않고 차를 기다렸다. 잠시 후 김덕홍 사장의 벤츠가 호텔 정문에 멈춰 섰다. 차에서 내린 그가 뒷문을 열어줬다. 황장엽 비서를 태운 벤츠가 호텔을 빠져나가는 모습을 지켜보던 김희지는 왠지 모를 불안감 때문에 눈을 떼지 못했다. 한편 모란봉을 태운 벤츠가 호텔에서 나오는 것을 지켜본 유선은 서호진 대리에게 짧게 말했다.

"출발해."

모란봉이 출발하는 것과 동시에 작전이 개시되었다. 조수석에 앉은 유선의 머릿속에 총영사관까지의 거리가 그려졌다. 도로를 이용하는 루트 1은 25분, 시장통으로 돌아가는 루트 2를 이용하면 35분 정도가 소요된다. 길지도 짧지도 않은 시간이지만, 지난 1년간의 공작이 성공할지 이 시간 안에 결판나게 된다. 유선은 긴장하고 있는 서호진 대리에게 농담을 던졌다.

"이 작전명 말이야, '쿼터백 작전'이라고 했으면 더 어울리지 않았을까?"

"왜요?"

"작전 자체가 미식축구와 같잖아. 무슨 수를 써서라도 모란봉이 터치다운을 해야 끝나니까 말이야."

서호진 대리가 딱딱한 웃음을 지어 보였다.

"그러게요. 디펜스를 잘해줘야 할 텐데 말이죠."

신호등이 있는 사거리를 지나자 대기하던 경호 2팀 차량이 따라붙었다. QRF팀에게서 준비되었다는 연락이 왔다.

황장엽 비서가 탄 벤츠가 호텔을 떠난 직후 두 대의 벤츠가 호텔로 들어섰다. 차에서 내린 펑 상교와 화진옥 과장은 정문에서 기다리고 있던 공안 요원들에게 물었다.

"황 비서는 어디 있지?"

"방금 김 사장이 모는 차를 타고 외출했습니다."

"호위는?"

공안 요원들은 대답 대신 정문에서 서성대는 김희지를 쳐다봤다.

"이런 바보들 같으니라고! 화 과장, 차 돌려!"

아차 싶은 평 상교가 다그쳤다. 불안감을 느끼고 있던 김희지 역시 상황이 이상하게 돌아간다는 것을 느꼈다. 바로 김 사장의 휴대전화에 전화를 했지만 받지 않았다. 그는 방에 머물고 있는 부하들에게 전화를 걸었다.

"지금 빨리 내려와. 황 비서가 튄 거 같다. 내가 먼저 출발할 테니까 아이들 무장시키고 따라붙어."

통화를 끝낸 그는 로비에 대기하고 있던 경호총국 요원이 끌고 온 차량에 탑승했다.

"중국 애들 차를 쫓아가. 날래날래 움직여."

유선은 속도를 높인 황장엽 비서의 벤츠 뒤로 따라붙어서 헤드라이트를 두 번 깜빡거렸다. 뒷좌석에 타고 있던 황장엽 비서가 고개를 돌려서 이쪽을 쳐다보는 것이 보였다. 안심하라는 듯 고개를 살짝 끄덕거린 유선은 무전기로 다급하게 들려오는 목소리를 들었다.

"백곰 5입니다. 꼬리가 붙었습니다."

"북한 측인가?"

"그건 아닌 것 같고, 중국 공안 같습니다. 검은색 벤츠 두 대입니다."

"알겠다. 아버지, 듣고 계십니까?"

"지원이 필요한가?"

"루트 2로 가겠습니다. QRF팀에 지원을 요청하겠습니다."

"알았다."

"QRF팀은 루트 2에서 대기한다. 반복한다, 루트 2에서 대기한다."

"준비하겠다, 오버."

"시간은 얼마나 소요되겠나?"

"6분이다."

유선은 손목시계를 쳐다봤다. 머릿속에는 루트 2의 지도와 시계가 함께 펼쳐졌다.

"서 대리, 있는 대로 밟아!"

"앞차는요?"

"경적 울려!"

서호진 대리가 손바닥으로 클랙슨을 눌렀다. 그러자 앞에 가던 벤츠는 오히려 속도를 줄였다. 놀란 서호진 대리가 브레이크를 밟으려는 찰나 유선이 액셀에 올려진 그의 발을 눌렀다. 쭉 나간 차가 벤츠의 범퍼에 부딪쳤다. 벤츠가 기우뚱하면서 운전석의 김덕홍 사장이 사이드미러로 뒤쪽을 쳐다봤다. 유선은 빨리 가라는 손짓을 했고, 다행히 알아들었는지 그가 속도를 높였다. 유선은 무전기에 대고 소리쳤다.

"QRF! 여긴 경호 1팀이다. 8분 후에 대기 장소를 지나갈 것 같다. 반복한다, 8분이다!"

조수석에 앉은 평 상교는 아직도 머릿속이 확실히 정리되지 않았다. 황 비서와 그의 심복인 김 사장이 타고 있는 벤츠는 시속 100킬로미터가 넘는 속도로 질주하는 중이고, 뒤따르던 두 차량은 마치 호위를 하는 것처럼 뒤를 따랐다. 차에 설치된 무전기를 든 평 상교가 황 비서가 탄 벤츠가 가는 쪽에 어떤 시설이 있는지 물었다. 잠시 후 본부에서 각국 대사관들이 있는 거리가 있고, 한국 총영사관도 그곳에 있다는 답변이 돌아왔다. 상황을 파악한 평 상교가 말했다.

"북한 쪽 요원들은 뒤를 따르고 있는 중이니까 저 앞차들은 남한 쪽 공안들이겠군. 황 비서가 망명하려고 시도하는 거야."

"남쪽 공안들이 납치하는 게 아닐까요? 황 비서면 북한 쪽 서열이……."

운전대를 잡고 있던 요원이 반문했다.

"아니, 호텔에서 나갈 때 두 사람만 타고 있었다면 자발적인 의지로 봐야지."

"그럼 어떻게 합니까?"

"이게 만약 황 비서 개인 의사에 따른 망명이라면 우리가 끼어들 필요는 없지. 하지만 우리 땅에서 남쪽에 망명시킬 수는 없는 노릇이잖아. 앞차를 밀어내고 황 비서가 탄 차를 세워."

"네."

우렁차게 대답한 요원이 액셀을 힘껏 밟았다. 앞차들도 따라서 속도를 높이는 게 보였다. 다행히 시장 근처의 2차선 도로라 곧 속도를 줄여야만 할 것이다. 길 양쪽은 벽돌담으로 막혀 있으니 뛰어봤자 벼룩이다.

유선은 속으로 숫자를 세면서 백미러를 쳐다봤다. 군데군데 눈이 쌓인 도로를 질주하는 황 비서의 벤츠가 대기 지점을 넘어섰고, 유선이 탄 차와 경호 2팀 차량까지 지나갔다.
"4, 3, 2, 1"
그의 카운트에 맞춰 샛길에서 튀어나온 택시가 뒤를 쫓던 검은색 벤츠의 보닛을 들이받았다. 옆으로 미끄러진 검은색 벤츠는 벽돌담을 들이받고 멈췄다. 두 대가 엉켜버리자 길은 완전히 막혀버렸다. 택시에 탄 QRF팀 요원들과 현지 요원이 차에서 내려 도망치는 모습이 보였다. 뒤따르던 다른 검은색 벤츠는 추격을 포기하고 앞차의 인원들을 구조했다.
"작전 성공입니다!"
서호진 대리가 활짝 웃었다. 그 역시 큰 고비를 넘겼다는 생각에 한숨을 내쉬었다.

김희지는 이를 박박 갈며 애꿎은 부하에게 빨리 달리라고 재촉했다. 중국 공안들이 탄 차가 앞서 가다가 갑자기 튀어나온 택시와 충돌하는 모습을 본 그는 가슴이 철렁 내려앉았다. 남한 측에서 얼마나 치밀하게 이번 작전을 준비했는지 눈에 보였다.

"길이 막혔습니다. 어떡합니까, 동무?"

"막히면 뚫으라우. 수용소에 끌려가고 싶지 않으면 말이야."

부하가 핸들을 확 꺾더니 인도를 타 넘어서 차들이 뒤엉킨 도로를 빠져나갔다. 벽돌담과 다른 차에 부딪치면서 범퍼가 날아가고 앞유리창에 금이 갔지만 달리는 데는 지장이 없었다. 김희지는 계속 밟으라고 외쳤다. 황 비서의 망명을 막지 못하면 자신은 물론 가족들까지 수용소로 끌려가고 만다. 대시보드를 주먹으로 내려친 그가 소리쳤다.

"이럴 수는 없지. 내가 이룩한 모든 게 저 여우 같은 늙은이 때문에 한순간에 허물어질 수는 없어!"

다급한 마음에 팔꿈치로 조수석 유리창을 깬 그는 스콜피온 기관권총의 안전장치를 해제했다. 조수석 밖으로 몸을 내민 그의 눈에 한국 총영사관이 있는 방향이라는 도로 표지판이 보였다. 이제 몇 분 내에 운명이 결정될 것이다. 김희지는 뒤따르는 차에 한국 총영사관 앞을 막으라는 손짓을 했다. 방향을 튼 후속 차량이 지나가는 개를 짓밟으며 한국 총영사관으로 가는 지름길로 사라졌다. 앞차와의 거리는 이제 20미터 이내로 줄었다. 김희지는 자세를 잡고 스콜피온 기관권총을 겨냥했다. 길가에서 놀던 아이들이 놀란 눈으로 이쪽을 쳐다봤다. 황 비서의 벤츠가 좁은 2차선 도로를 거의 벗어날 무렵 밀려서 지름길로 돌아온 후속 차량의 모습이 보였다.

"꽉 들이받으라우!"

총을 쏘는 것도 잊은 그가 고래고래 소리를 질렀다. 하지만 황 비서를 뒤따르던 남조선 요원들의 차량들 중 한 대가 속도를 높여서 앞을 가로막았다. 두 차가 충돌을 하는 사이 황 비서의 벤츠가 아슬아슬하게 좁은 도로를 벗어났다. 이제 교차로를 지나면 바로 총영사관이었다. 김희지는 분에 못 이겨 소리를 질렀다.

"이 바보들아! 총을 쏘란 말이야, 총을!"

그는 앞서 달리는 남한 측 차를 향해 스콜피온 기관권총을 쏘기 시작했다. 하지만 사정거리가 짧은 근거리 교전용 스콜피온은 고속으로 질주하는 차량에게 효과를 내기 힘들었다. 탄창 하나를 다 비웠지만 앞선 차량은 여전히 질주했다. 깨진 뒷좌석 유리창을 통해 이쪽을 겨눈 남조선 요원의 총구가 보였다. 하지만 그는 방아쇠를 당기는 대신 작별 인사의 뜻으로 손을 흔들었다. 두번째 탄창을 끼운 김희지가 방아쇠를 당겼다. 그렇지만 이미 황 비서의 벤츠는 총영사관 정문을 통과했다. 오히려 총성에 놀란 중국 공안들이 김희지가 탄 차량을 향해 권총을 겨눴다. 그사이 총격을 당한 남한 측 차량이 총영사관 정문을 마치 바리케이드처럼 막아섰다. 차에서 내린 김희지는 그들을 향해 고래고래 소리쳤다.

"이 머저리들아! 우리가 아니야! 저 남반부 반동들이 황 비서를 납치했단 말이다!"

김희지의 말을 알아들을 리 없는 중국 공안들은 김희지의 손에 들려 있는 스콜피온 기관권총을 보고는 그를 향해 조준했다. 운전석에서 나온 부하가 신분증을 높이 치켜들고 공안들을 진정시켰다. 김희지는 남측 요원들에게 둘러싸여 건물 안으로 사라지는 황장엽의 뒷모습을 노려봤다.

"게임 끝이구만."

힘없이 총을 내린 그는 캄보디아로 파견 나갔을 때 잠깐 봤던 할리우드 영화 속 주인공처럼 중얼거렸다. 게임은 끝났다. 이제 그가 할 수 있는 일은 없었다. 그는 다리가 후들거리는 것이 느껴졌다. 수용소 간부로 있던 때가 떠올랐다. 시체 같은 죄수들을 쳐다보며 '저쳐 죽일 반동들은 개, 돼지보다 못한 공화국의 수치'라고 떠들고 다녔었다. 이제 자신과 아내, 막 피어나는 꽃봉오리 같은 열네 살 난 딸이 그곳에 들어가게 될 것이다. 망연자실한 그를 북측 요원들이 차에 태워 떠났다.

황장엽 비서를 태운 벤츠는 이선진 팀장의 안내에 따라 총영사관 뒤쪽 주차장에 세워졌다. 유선과 서호진 대리는 코트로 황장엽 비서와 김덕홍 사장을 가린 채 영사관 건물로 들어갔다. 영사관 2층에는 이미 종이로 창문을 완전히 가린 방이 준비되어 있었다. 황 비서는 생각보다 담담해 보였지만 운전을 한 김덕홍 사장은 아직도 흥분을 가라앉히지 못했다. 최형근 부사장이 그를 다른 방으로 옮겨서 진정시키라고 서호진 대리에게 지시했다. 방에 준비된 의자에 앉은 황장엽 비서는 유선에게 말했다.

"수고했네."

그러고는 다시 눈을 감았다. 영사관 직원들이 들어오는 것을 본 유선은 백곰팀을 위해 따로 준비된 방으로 이동했다. 다들 상기된 표정으로 기쁨을 감추지 못했다. 고태식 과장과 이선진 팀장, 그리고 최형근 부사장이 들어왔다. 최형근 부사장은 팀원들 한 명 한 명을 포옹했다.

"오늘 자네들이 모시고 온 분은 한 명의 노인이 아니라 북한의 주체사상 그 자체야. 우리의 작전이나 자네들 이름이 역사에 남지는 않겠지만 충분히 자랑스러워하게. 돌아가면 내가 강남에서 크게 한턱 쓰지. 집에서 쫓겨나는 한이 있더라도 말이야."

역 모란봉 작전

 시계가 12시를 가리킬 무렵 평양 주석궁의 호위총국 내에 있는 서기실의 전화통에 불이 났다. 길게 하품을 하던 서기실장 조봉혁은 보고서를 정리하던 제2비서에게 소리쳤다.
 "전화 안 받네?"
 "죄송합니다, 서기실장 동무."
 조봉혁은 그녀가 허둥지둥 전화를 받는 모양을 보면서 혀를 끌끌 찼다. 어젯밤은 정말 일이 나도 크게 나는 줄 알았다. 김정일 위원장의 망나니 큰아들이 술에 만취한 채 초병의 총을 뺏어들고는 김 위원장의 방까지 간 것이다. 다행히 총은 호위총국 경호원들이 안전하게 회수했다. 어릴 때부터 누군가 자신을 암살할 것이라는 피해

의식에 젖어 있는, 실제로 몇 번의 암살과 쿠데타 기도를 경험했던 김 위원장 앞에서 허락 없이 총을 보였다는 것 자체가 총살감이다. 그는 총을 뺏기고도 술과 마약에 취해 고래고래 소리를 지르고 있는 아들에게 다가갔다. 그러고는 옆에 서 있는 호위총국 경호원에게 허리띠를 내놓으라고 했다. 금속 버클이 달린 가죽 허리띠를 건네받은 김 위원장은 호위총국 요원들에게 아들을 양쪽에서 잡으라고 명령한 뒤 사정없이 내리쳤다. 뒤늦게 정신을 차린 아들이 비명을 질렀지만 그는 계속 내리쳤다. 한참 동안 매질을 하다가 뒤통수를 부여잡은 김 위원장은 의식을 잃은 큰아들을 치워버리라고 명령했다. 호위총국 경호원들이 큰아들을 질질 끌고 나가자 소파에 앉아 혈압약과 함께 브랜디를 마셨다. 그의 왼쪽 눈 아래에 경련이 일어나는 것을 본 비서가 전화로 주치의를 불렀다. 한걸음에 달려온 주치의가 안정제를 투여했지만 여전히 울적했던 그는 기쁨조를 호출했다. 새벽까지 이어진 광란의 파티는 해가 뜬 뒤에야 겨우 끝났다. 일이 벌어지는 내내 비상대기를 했던 조봉혁은 어서 인수인계를 하고 쉬고 싶은 생각뿐이었다. 입맛을 쩝쩝 다시던 조봉혁은 전화를 받은 서기실 제2비서의 표정이 굳어지는 것을 봤다. 그녀는 믿겨지지 않는다는 표정으로 사실이냐는 말을 반복했다. 그러고는 조봉혁을 쳐다봤다. 뜬눈으로 밤을 지새우느라 피곤에 지친 그는 짜증 섞인 목소리로 물었다.

"어딘데 그래?"

"베이징 대사관입네다."

전화기를 넘겨받은 그는 짧게 말했다.

"서기실장이다."

피곤한 상태였지만 전화기 너머에서 들려오는 목소리가 뭘 의미하는지 알아차리는 데는 10초도 걸리지 않았다. 처음에는 잘못 들은 줄 알았다. 그다음에는 뭔가 착오가 있는 게 분명하다고 믿고 싶었다. 그는 전화를 받았던 제2비서를 쳐다봤다. 그녀 역시 안절부절 못하는 표정으로 조봉혁을 바라봤다. 뒤늦게 정신을 차리고 전화로 들은 내용을 황급히 메모한 조봉혁은 베이징 대사관에 팩스로 보고서를 보내라고 하고는 전화를 끊었다.

"아, 이거 왜 하필이면 지금이네."

떨리는 손으로 담배를 꺼내 한 개피를 다 피울 무렵 팩스가 이번 일에 대해서 간단명료하게 정리한 보고서를 뱉어냈다. 조봉혁은 보고서를 읽어본 다음에 제2비서에게 건네줬다.

"빨리 보고서 만들라우. 원문은 카피를 떠서 보고서에 첨부하고."

"원본은 어찌합니까?"

"당연히 비문함에 보관해야지."

조봉혁이 버럭 소리를 지르자 찔끔한 그녀가 자리로 돌아갔다. 다시 담배를 꺼낸 그는 제2비서가 보고서를 만드는 내내 중얼거렸다.

"이걸 어떻게 보고해야 하지?"

한참 동안 그렇게 서 있던 조봉혁에게 제2비서가 떨리는 목소리로 말을 걸었다.

"서기실장 동무, 보고서가 완성됐습니다."

"이리 줘보라."

그는 담배를 끄고 보고서를 받아 넘겼다. 하지만 보고서의 글씨가 눈에 들어오지 않았다. 대신 흰자위를 보이며 미쳐 날뛰는 김 위원장의 얼굴과 그 앞에서 떨고 있는 자신의 모습이 보일 뿐이었다.

"다행인지 불행인지 모르갔구만."

"네? 무슨 말입니까, 서기실장 동무?"

당장 울 것 같은 표정의 제2비서가 물었다. 그는 보고서를 옆구리에 끼우며 대답했다.

"오늘은 기침이 늦으셔서 평소에 지니고 다니던 권총을 챙길 시간이 없어. 그 얘긴 내가 총에 맞을 확률이 적을 거란 얘기고, 불행은 아침에 기침도 하기 전에 깨워서 이런 비상사태를 알려야 하는 게 나란 거야."

서기실을 나서려는 조봉혁에게 제2비서가 김 위원장이 그동안 관심을 가지고 기다렸던 '호화 요트 획득 사업'의 성공적 성과를 알리는 보고서를 같이 넘겨주었다. 그는 제2비서를 쳐다봤다. 이 젊은 처자의 할아버지가 혁명 1세대가 아니었으면 서기실 발령은 꿈도 꾸지 못했을 것이다. 그는 호화 요트 획득 사업에 대한 보고서를 다시 그녀의 책상에 던지며 말했다.

"전임 서기실장 동무가 이런 짓을 하다가 목이 날아갔지. 오늘 우리가 죽을지 살지 결정하는 날이 될지도 몰라. 정신 똑바로 차리라."

그녀는 결국 울음을 터트렸다. 조봉혁은 뒤에서 터져 나오는 제2비서의 울음소리를 들으며 서기실 문을 꽝 닫았다.

주석궁의 침소로 가는 조봉혁의 발걸음은 무겁기만 했다. 평소에는 멀게 느껴지던 길이 오늘따라 단숨이었다. 침소 앞에는 호위총국의 호위군관이 위압적인 자세로 지키고 서 있었다. 그는 조봉혁에게 구호를 생략하고 경례를 했다. 조봉혁이 그에게 다가가 조용한 목소리로 물었다.

"지도자 동지 기침하셨네?"

"아닙니다. 꿈자리가 편찮으신지 계속 뒤척이시다가 얼마 전 잠에 드셨습니다."

개성 출신의 이 허우대 좋은 호위군관은 사람이라기보다는 독일 셰퍼드를 연상케 했다. 사실 호위군관들은 사람이 아니라 김 위원장의 한마디에 어떤 일이라도 할 수 있는 로봇이자 살인 기계였다.

"긴히 보고할 내용이 있으니 들어가 지도자 동지에게 보고하라."

조봉혁의 말에 호위군관은 눈을 동그랗게 뜨고 바라봤다. 그의 눈은, 당신 지금 나보고 죽으라는 거냐, 하고 말하는 것만 같았다. 조봉혁은 한숨을 크게 내쉬고 말했다.

"비키라. 내 직접 보고를 드리갔어."

호위군관이 옆으로 비켜섰다. 조봉혁은 문을 열고 침소에 들어갔다. 창문이 모두 커튼으로 가려져서 침소 안은 칠흑같이 어두웠다. 침대 옆에는 한 쌍의 푸른 삼각형 눈이 조봉혁을 쏘아봤다. 김 위원장의 침소 경호용 풍산개였다. 그는 헛기침을 했다. 김 위원장는 잠귀가 밝은 편이었다.

"거기 누구야?"

짜증과 잠이 섞인 목소리였다. 조봉혁은 바로 대답하려고 했지만 긴장으로 목소리가 잘 나오지 않았다. 침을 꿀꺽 삼키고 겨우 입을 열었다.

"서기실장입니다, 지도자 동지."

"서기실장? 지금 몇 시야?"

"정오가 조금 넘었습니다."

"그래, 무슨 일이야?"

"급히 보고드릴 일이 있어서 왔습니다."

잠시 후 방에 불이 켜졌다. 김 위원장은 침대에 걸터앉은 채 그를 노려보고 있었다. 가까이에 뒀는지 이미 안경은 쓴 상태였다. 방 안을 천천히 살펴보던 조봉혁은 침대 오른쪽 테이블에 김 위원장이 항상 휴대하는 은제 PPK를 보고는 침을 꿀꺽 삼켰다. 장승처럼 서 있는 조봉혁에게 김 위원장이 입을 열었다.

"무슨 일인지 보고하라."

"황장엽 비서 동무의 일입니다."

조봉혁은 가지고 온 보고서를 그에게 넘겨줬다. 보고서를 넘겨받은 그는 보고서 커버를 넘기기 전에 조봉혁을 보며 물었다.

"왜, 그 영감쟁이가 객사라도 했나?"

조봉혁이 우물쭈물하자 인상을 구긴 그는 보고서 커버를 넘기고 내용을 읽었다. 조봉혁은 눈을 감고 속으로 숫자를 셌다. 다섯쯤 셀 때 김 위원장은 고함 소리와 함께 침대에서 벌떡 일어났다. 그는 보고서를 단숨에 읽어버리고는 방 안을 배회했다. 풍산개도 그의 뒤를 따라 빙빙 돌았다.

"남반부 괴뢰 아새끼들한테 납치당한 거니, 아님 자기 스스로 반동이 된 거니?"

"베이징 대사관 보고에 의하면 황 비서가 자신의 뜻으로 괴뢰 총영사관으로 갔다고 되어 있습니다."

조봉혁은 그 순간 김 위원장의 눈에서 푸른 살기가 번쩍거리는 것을 보았다.

"거기 경호 책임자가 누구니?"

"경호총국 김희지 동무입니다."

"김희지?"

김 위원장은 그의 이름이 나오자 폭발했다. 자신이 믿던 두 사람에게 배신을 당했다고 생각하는 것 같았다. 조봉혁은 김 위원장이 몸을 부르르 떨며 흰자위를 드러내는 걸 보면서 침대 옆 테이블 위의 PPK를 응시했다. 침대에 주저앉아 짐승 같은 신음 소리를 내던 그는 뒤통수를 부여잡고는 테이블 위의 권총을 움켜잡았다. 조봉혁은 몸에 힘을 줬다. 다행스럽게도 총구는 그에게 향하지 않았다. 김 위원장은 권총을 휘두르며 소리쳤다.

"김희지를 연결하라. 내 이 간나새끼를 가만 놔두지 않겠어."

베이징의 대사관 내에 머무르고 있는 김희지의 주변에는 아무도 얼씬거리지 않았다. 남한 총영사관 입구에서 황 비서를 놓쳤으니 이제 죽은 목숨이나 다름없었다. 바늘로 찔러도 피 한 방울 나오지 않을 것 같은 당당한 혁명 전사의 모습은 온데간데없이 사라졌다. 이제는 죽음을 눈앞에 둔 패배자의 모습 그 이상도 이하도 아니었다. 그는 자살을 할까 생각도 했지만 자신이 죽는 것보다 북에 있는 자신의 가족들이 어떤 대우를 받게 될지 그게 더 걱정되었다. 그들을 남겨두고 자신만 쉽게 죽어버리는 길을 선택할 수가 없었다. 그런 그에게 대사관 직원이 차갑게 말했다.

"김희지 동무, 전화받으시오. 평양이오."

짧게 말을 끝낸 직원은 마치 병균이 옮을지 모른다는 듯 급하게 자리를 떴다. 전화기가 있는 곳으로 겨우 움직인 그는 힘겹게 수화기를 들어 귀에 댔다.

"김희지입니다."

"김희지 동무? 나 서기실장이야. 지금 최고 지도자 동지 바꿔드릴 테니 방음실로 이동하라."

"네."

그는 올 게 왔다고 느꼈다. 대사관 지하에 마련된 방음실로 이동해 문을 닫고 이동 완료 보고를 했다. 잠시 후 김 위원장의 음성이 수화기 너머로 들렸다.

"나다. 보고서는 봤는데, 어찌 된 건지 직접 설명을 듣고 싶다. 날래 설명하라우."

살아 있는 저승사자의 음성이었다. 그는 일어난 모든 일들에 대해 간단히 설명했다. 약 10분간 전화 브리핑을 듣고 있던 김 위원장은 한 번도 말을 끊지 않았다. 이야기를 들으며 보고서의 내용과 맞춰

보는 것 같았다. 김희지가 보고를 마치고도 한동안 수화기 너머에선 반응이 없었다. 그렇다고 지금 분위기에서 그가 먼저 입을 열 수도 없었다.

"그래, 그럼 확실한 망명이란 말이지?"

침묵을 깨고 김 위원장이 입을 열었다.

"예, 맞습니다."

"알았소. 동무는 평양으로 향하는 첫번째 교통편으로 복귀하시오."

"예, 알겠습니다."

통화를 끝낸 김희지는 이제 자신의 죽음이 눈앞에 왔음을 느꼈다. 그나마 김 위원장이 현지 총살형을 명령하지 않은 게 다행이라고 안도했다.

한편 김희지와 전화를 끊은 김 위원장은 화를 못 참았다. 그는 전화기를 집어 던지며 고함을 치기 시작했다. 조봉혁은 최대한 태연한 눈으로 그를 쳐다봤다.

"이 개만도 못한 반동 늙은이! 내가 지난 모스크바 주체사상 세미나 망언 때도 살려줬는데. 평생 먹물이나 빨아 먹던 부르주아 놈을 스승이라고 그리 대접을 해줬건만 조국을 배신해? 야, 서기실장! 당장 그 반동의 가족들을 붙잡아."

"네, 알겠습니다."

"그리고 김희지 그 간나도 돌아오면 가족들이랑 바로 수용소로 보내."

조봉혁은 잽싸게 명령을 받아 적었다. 그런데 김 위원장이 다시 말했다.

"아니, 일단 내 앞으로 데려와. 내가 직접 보고 다시 명령을 내리 갔어."

"네, 지도자 동지."

조봉혁이 방을 빠져나오자마자 방에서 집기들이 부서지는 소리가 들렸다. 문 앞에 서 있는 호위군관의 얼굴에서 난감함을 읽었다. 하지만 지금 남의 걱정을 할 여유가 없었다. 김희지를 황 비서의 경호 책임자로 추천한 게 자신이었기 때문에 최대한 불똥이 튀지 않게 해야 했다. 한걸음에 서기실로 달려온 조봉혁은 안절부절못하며 기다리고 있던 제2비서에게 소리쳤다.

"석 달 치 명령일지 다 가져오라우. 날래날래 움직여."

책상에 앉은 그는 명령일지를 꼼꼼히 살펴보면서 자신이 책잡힐 곳이 있는지 꼼꼼히 살펴봤다.

다음 날 김희지가 타고 있는 고려항공 소속 국적기가 평양에서 북서쪽으로 약 22킬로미터 떨어진 평양 공항에 착륙했다. 그는 천천히 비행기에서 나와 플랩의 손잡이를 잡았다. 평양 공항 정면에 붙어 있는 김 위원장의 사진이 눈에 들어왔다. 플랩 아래엔 이미 그의 도착을 기다리는 호위총국 소속 군관들이 보였다. 원래 임무에 실패한 자나 반역자들은 호위총국이 아닌 국가안전보위부에서 맡았지만 사안이 사안인지라 직접 나온 것 같았다. 그들 모두 김희지의 하급자였지만 아무도 경례를 하지 않았다. 김희지가 그들 앞에 서자 제일 앞에 선 군관이 턱으로 활주로 구석에 서 있는 차를 가리

컸다. 김희지가 뒷좌석에 탑승하자 그들이 양옆에 앉았다. 차는 한적한 4차선 도로를 따라 평양 주석궁으로 향했다. 가는 내내 김희지의 마음은 막막하기만 했다. '금릉터널'이라는 글씨가 크게 박혀 있는 금릉동굴로 차가 들어가자 가슴이 터질 듯이 뛰었다. 차가 어둠에서 빠져나와 평양 시내로 들어오자 주석궁의 모습이 보였다. 주석궁에 도착한 김희지는 양측에 선 호위총국 군관들의 감시를 받으며 주석궁 3호 입구로 향했다. 주석궁 3호 입구는 일반에게 공개되지 않은 곳으로 주로 호위총국 병력의 교대나 이동 시 쓰이는 곳이다. 입구에서 몸수색을 받은 김희지는 주석 집무실로 죄인처럼 끌려갔다. 집무실 안으로 들어선 김희지는 김 위원장의 눈빛 앞에 얼어붙었다. 그는 김희지를 끌고 온 호위총국 군관들에게 나가라는 손짓을 했다. 남아 있는 호위총국 군관들 사이로 걸어 나온 그는 김희지에게 말했다.

"내 앞에서 다시 상황들을 쭉 설명해보라우. 하나도 빼먹지 말고."

김희지는 일본에서 있었던 일부터 중국에서의 망명까지 모든 일을 설명했다. 설명을 듣고 있던 김 위원장의 왼쪽 눈 밑에서 자주 경련이 일어났다. 약 한 시간에 걸쳐 모든 경과를 설명하자 김 위원장이 그를 쳐다봤다. 한동안 그를 노려보던 김 위원장은 자리에서 일어나 창밖을 보며 말을 했다.

"동무, 난 동무의 충성심을 의심해본 적이 없어. 하지만 우리 공화국 혁명 전사들에게 실패는 용납되지 않아. 이번에 동무는 나를 매우 실망시켰어."

김희지는 쏟아지는 눈물을 참으려고 애썼다. 그렇게 한참 침묵이 흐른 뒤 김정일이 입을 열었다.

"동무에게 두번째 기회를 주겠어. 이번 일을 꾸민 남조선 정보부 반동들과 늙은 개를 처단해서 당을 배신하면 어케 되는지 보여주길 바라오. 이번 임무의 성패에 따라 동무는 물론 동무의 가족들 운명이 결정될 것이오."

김희지는 자신의 귀를 믿지 못했다. 눈에서 뜨거운 눈물이 흘러나왔다. 가족들이 살아난 것에 대한 기쁨의 눈물이었다. 그는 주먹을 쥐고 울면서 겨우 말했다.

"지도자 동지, 감사합니다. 감사합니다."

김 위원장이 그를 데리고 나가라고 손짓했고, 같은 호위총국의 2년 후배인 박성철이 그를 집무실 밖으로 데리고 나갔다. 그를 밖으로 데리고 나온 박성철이 담배를 권했다. 담배를 피우자 마음이 좀 가라앉았다. 그리고 자기를 이런 구렁텅에 몰아넣은 인간들에 대한 분노가 치솟았다.

"남조선 정보부 반동들이랑 갈아 마셔도 시원치 않을 늙은 개를 당장이라도 단매에 때려잡고 말겠어."

"호위총국 작전소로 가시죠. 도와줄 동무들이 기다리고 있습네다."

"참, 가족들은?"

"평양 평천 구역 보안소에 있습네다."

작전소에는 노동당 대남사업 담당 비서는 물론 외교부, 통일전선부, 작전부, 사회문화부^{현 대외연락부}, 대외정보조사부^{현 35호실}, 국가안전보위부, 정찰국, 313 연락소의 해외작전 담당과 대남작전 담당들이 다 집합한 상태였다. 그들은 김희지에게 조소를 보냈다. 평소 같았으면 달려들어서 싸움을 벌였겠지만 지금은 그들과 싸울 수 없는 형편이었다. 깡마른 얼굴의 대남사업 담당 비서가 헛기침과 함께 김 위원장의 지시 사항을 읽었다.

하나, 황 비서의 남한행을 결사저지하고 불가능할 시 제거할 것.
하나, 당과 인민에게 굴욕을 안겨준 이번 음모를 수행한 남조선 정보부 반동들에게 백배 보복할 것.
하나, 황 비서와 그의 망명 동지의 가족은 물론 친구들까지 당의 심판을 받게 할 것.
하나, 황 비서와 맞먹는 남조선 인사의 납치 작전을 실시할 것.

"이상이 최고 지도자 동지의 지시 사항이오. 남조선 정보부에서는 이번 작전을 모란봉 작전이라고 칭했소. 따라서 우리도 이번 작전을 '역 모란봉 작전'이라고 부르겠소. 우선 경호총국의 김희지, 박성철 중좌, 정찰국 소속의 강혁진 소좌, 보위부 소속의 전영옥 중좌는 베이징으로 돌아가서 남조선 정보부 작전팀의 일거수일투족을 감시하시오. 외교부와 통일전선부는 조총련계는 물론 가용한 모든 정보 자산을 이용해서 작전팀의 정보를 모으도록 하시오."

공화국에서는 김 위원장의 말이 모든 것의 앞에 있다. 평소에는 못 잡아먹어서 으르렁거리던 부서들이 일사불란하게 각자 임무를 맡았다.

"황 비서가 베이징에 머무르고 있는 한 남측 모란봉 작전팀도 잔류하고 있을 것이오. 그곳에서 놈들에게 본때를 보여주는 거요."

"네, 비서 동무!"

작전소에 모인 요원들이 합창하듯 소리쳤다.

같은 시각 베이징의 국가안전국으로 돌아온 펑 상교는 지난 추격전에서 다친 무릎에 침 치료를 받으며 왕칭 비서가 가져온 보고서를 읽었다. 항조전쟁에 참가했다는 팽 노인은 옷 위로 침을 놨다. 먼저 아픈 부분을 물어보고 그가 직접 손으로 그 부분을 짚어가면서 통증을 준다. 환자가 통증을 호소하는 부위에 여러 가지 침으로 시술을 하고, 침을 빼낸 후 다시 그 부분을 짚어 상태를 물어봤다. 펑 상교는 베이징 대학을 나온 젊은 중의들이 흉내 낼 수 없는 팽 노인의 이런 시술 방법이 좋았다. 펑 상교는 침놓는 것을 끝내고 가방을 챙기는 그에게 언제까지 침을 맞아야 하는지 물었다. 낡은 침 가방을 챙기던 노인은 펑 상교를 쳐다보며 말했다.

"전쟁에 몸을 혹사해서 다 닳아 없어진 부분을 내가 무슨 수로 생기게 하나? 화타가 돌아와도 자네 무릎은 완치 못 시키니까 좀 아껴 쓰면서 바둑이나 둬."

말을 마친 팽 노인은 뒤도 돌아보지 않고 나갔다. 펑 상교는 침을 맞고 한결 부드러워진 무릎을 접었다 폈다 하면서 보고서를 마저 읽으며 왕칭에게 물었다.

"지금 상황은?"

"북조선 공안들이 남조선 총영사관 주변을 빈틈없이 에워싸고 있습니다."

"물고기는 잡아서 망에 넣어놨는데 물에서 꺼내기가 힘들게 됐군. 물고기를 꺼내면 주변의 새들이 먹을 기세고, 망도 다 뜯어버릴 기세니 말이야."

보고서를 책상에 던진 펑 상교는 뚜껑이 덮여 있던 찻잔에서 차를 한 모금 마셨다.

"일단 지시하신 대로 북조선 측에 베이징에서는 어떠한 무력 충돌도 안 된다고 통보했습니다만 쉽사리 들을 기세가 아닙니다."

"재미있겠어. 우린 그 와중에 두 나라의 작전 정보를 수집할 수 있을 테고 말이야. 바둑도 훈수가 재미있지."

"일단 지켜볼까요?"

왕칭이 눈치 빠르게 물었다.

"양쪽 외교 문제에 우리가 끼어들 이유가 없잖아."

베이징 주재 대한민국 총영사관 2층 회의실에서 최형근 부사장과 들개팀의 미팅이 진행됐다.

"일단 작전에 참가했던 팀들은 가급적 빨리 영사관을 빠져나간다. 너희들이 계속 잔류하면 북한 정보팀의 감시가 심해져서 여기 대사관의 정보활동 자체가 불가능해진다. 유일하게 노출되지 않은 부엉이팀의 신분 노출 문제도 있고 말이야."

"황장엽 비서의 신변 보호는 어떻게 합니까?"

고태식 과장의 질문에 최 부사장이 황소팀 팀장을 가리켰다.

"근접 신변 경호는 독사팀이 맡기로 했다."

유선을 비롯한 팀원들은 고개를 끄덕거렸다. 황 비서가 망명을 하자마자 총영사관 앞에는 북한 대사관 번호판을 단 차량들이 운집했다. 도심 한복판에서 총격을 동반한 추격전이 있었지만 중국 공안은 북한 정보원들을 체포하지 않았다. 다만 영사관 측의 요청을 받아들여 경비를 강화시켜줬다.

"관용여권들 지급받았지? 24시 30분에 출발하는 영사관 직원들의 퇴근 차량에 따로따로 동승해서 퇴출한다. 여기서 대기하고 있다가 회의실 밖에서 영사관에서 준비한 퇴출 가방을 지급받고 이동한다. 옷은 모두 갈아입고 변장을 해서 밖에서 대기하고 있는 북한 요원들의 눈에 띄지 않도록 주의해라."

"네."

"나는 여기 남아서 황 비서를 한국까지 경호하는 임무를 마무리하기로 했다. 서울에서 보자."

최형근 부사장이 나가고 유선은 서호진 대리와 잡담을 하면서 시간을 보내다가 서류 가방처럼 생긴 퇴출 가방을 챙겨 들고 밖으로 나왔다. 가방 안에는 다용도 밧줄, 생수 한 통과 정체불명의 비상식량, 중국제 Type NZ-75 권총과 탄창 3개, 탄 50발, 양말, 전술라이트, 단안식 야시경 1세트, GPS, 캐미라이트, 전술나이프, 위성 전화기 등이 들어 있었다. 옷을 갈아입고 수염을 붙이는 등 간단한 변장을 하고 로비에서 기다리고 있던 영사관 직원들과 조를 이뤘다. 탈출을 도와줄 영사관 직원들은 전문교육을 받은 적이 없어 두려움에 떨었다. 안면을 익히며 간단히 인사를 주고받는데 앞쪽에서 고성이 터져 나왔다. 서호진 대리가 자신과 같은 조가 된 영사관 직원과 싸움이 붙은 것이다.

창백한 얼굴의 영사관 직원이 투덜거렸다.

"당신들 때문에 나까지 위험해진 건 사실이잖아요. 내가 없는 말 했어요?"

"니들은 대한민국 공무원들 아냐? 누군 북한 놈들이랑 총질하고 싶어서 하는 줄 알아!"

유선은 서호진 대리를 잡아끌었다. 군 생활의 대부분을 팀과 함께 죽고 팀과 함께 사는 대테러팀 생활을 했던 서호진 대리는 두려움에 아무 말이나 내뱉는 일반 직원이 이해되지 않는 모양이었다. 서호진 대리에게 진정하라는 손짓을 한 유선은 돌아서서 영사관 직원에게 말했다.

"북한 놈들이 아무리 맛이 갔다고 해도 베이징에서 난리를 피우지는 못할 겁니다. 목적지까지만 동승하면 우린 조용히 사라질 겁니다. 당신들에게는 아무런 피해도 없을 테니까 염려 말아요."

영사관 직원이 마지못해 고개를 끄덕거렸다. 서호진 대리를 현관 쪽으로 끌고 간 유선이 다독거렸다.

"우린 육식동물이고, 쟤들은 초식동물이니까 겁을 먹는 건 당연

하잖아. 빨리 끝내고 서울로 돌아가자."

"죄송합니다."

그렇게 유선이 서호진 대리를 진정시키는 사이 고태식 과장이 소리쳤다.

"10분 후에 퇴출이니까 다들 장비 점검하고 차량에 탑승한다."

유선은 퇴출 가방에서 권총을 꺼내 실탄을 장전했다. 아무 일 없을 거라고 장담하긴 했지만 흥분한 북쪽 요원들이 총기를 사용할 가능성을 배제할 수 없었다. 준비를 마친 유선은 영사관에 잔류하기로 한 최형근 부사장과 악수를 나눴다. 최형근 부사장은 허리춤에 차고 있던 리볼버 권총을 꺼내 보이며 말했다.

"지금은 한물갔지만 내가 예전엔 백발백중 명사수였어. 안기부 최고의 포수, 최 포수였다니까. 근데 나이가 드니까 구멍에 끼는 거랑 넣는 거 모두 다 힘들더군."

유선은 긴장을 풀어주려는 그의 농담에 웃음이 났다.

"팀장님, 그리고 부사장님. 서울에서 뵙겠습니다."

최형근 부사장은 유선을 끌어안으며 말했다.

"그래, 서울에서 보자고. 몸조심해."

작전팀을 퇴출시킬 대사관 직원들은 평소에 타고 다니던 차량 대신 관용차로 퇴근하기로 했다. 요원들을 태운 차량들이 동시에 나가 각자 방향으로 흩어지기로 했다. 영사관 정문이 열리자 주변에 있던 북한 요원들이 서둘러 차에 타고 시동을 걸었다. 유선은 맨 마지막 차량에, 서호진 대리는 세번째 차량에 탑승했다. 두 사람을 태운

영사관 직원들의 아파트가 서로 마주 보고 있었기 때문이다. 영사관에서 차량들이 나오자 대기하고 있던 북한 요원들도 따라서 움직였다. 그들은 1번 차량부터 차례대로 바짝 붙어서 운전자와 동승한 사람들을 살폈다. 유선이 탄 차량 옆에도 북한 요원들이 탄 차들이 따라붙었다. 제일 마지막에 나오는 차량에 황 비서가 타고 있을지 모른다고 생각했는지 두 대가 좌우로 따라붙었다. 유선은 양쪽에 붙은 북한 요원들의 차량 내부를 살펴봤지만 짙게 선팅 된 창문 때문에 내부가 보이지 않았다. 새벽 1시가 가까워진 탓에 거리는 텅 비었다. 유선과 동승한 영사관 직원은 능숙한 솜씨로 운전했다. 겁을 먹은 눈치긴 했지만 침착해지려고 애쓰는 눈치였다. 유선은 호주머니에 넣어둔 껌을 권하면서 말을 붙였다.

"운전 솜씨를 보니까 서울에서 운전깨나 했나 봐요."
"여자애들 후리고 다닐 때는 이거만 한 게 없었거든요."
"어디서 왔어요?"
"서울요. 아저씨는요?"
"나도 서울요. 근데 서울 어디예요?"
"압구정동 도산공원 근처에 살아요."
"오, 어쩐지. 그럼 후진 주차는 잘하시겠구만."

유선이 감탄사를 날리자 그도 씩 웃었다.

"눈 감고도 하죠. 지금은 이렇지만 원조 '야타족'이었거든요."

그러고 보니 액셀을 밟고 있는 그의 발에는 페라가모 신발이 신겨 있었다.

역 모란봉 작전 *133*

"아저씨는 서울 어디예요?"

"강남 쪽요."

"아이고, 이거 우리 이웃사촌이네. 이 똥파리들 다 없어지면 나중에 우리 족보나 따져봅시다. 내가 지금 이 거지들하고 스트리트 레이싱을 할 군번이 아닌데 말이에요. 야이, 씹새들아! 죽을래!"

한결 여유를 찾았는지, 그는 옆에서 위협적으로 운전하는 북측 차들에게 욕설을 날렸다. 유선이 탄 쪽에 붙은 북측 차의 뒷좌석 창문이 열렸다. 검은 양복을 입은 북측 요원이 이쪽을 쳐다봤다. 창문을 조금 연 유선은 허리에 찬 권총을 꺼내 약실을 확인했다. 총은 방아쇠만 당기면 나갈 수 있는 상태였다. 바짝 긴장한 영사관 직원이 중얼거렸다.

"어, 저 망할 놈들 왜 저래요? 진짜 총을 쏘는 건 아니겠죠?"

"여기에 황 비서가 있다는 걸 확인하지 못하는 한 함부로 총을 쏘진 못할 겁니다."

말은 그렇게 했지만 유선도 불안하긴 마찬가지였다. 아마도 유선이 탄 차를 세우고 차 안쪽을 살펴보고 싶은 모양이었다. 뒷좌석 탑승자가 스콜피온 기관권총의 개머리판을 펴는 것이 유선의 눈에 잡혔다. 그는 권총을 손에 움켜쥐며 영사관 직원에게 말했다.

"그쪽 창문도 조금 열어놔요."

"왜요? 난 총이 없다고요."

"그게 아니라 밀폐된 차 안에서 사격을 하면 고막이 나갈 수 있거든요. 조금만 열어놔요."

유선은 사격하기 편하게 고쳐 앉으며 머릿속으로 시뮬레이션을 해봤다. 한쪽에서 사격을 하면 반대편도 사격할 것이 뻔했다. 일단 좌측 차량을 무력화시키고 우측 차량에 총격을 가해야만 했다. 우측 차량이 총을 쏘면 좌측 차량도 총을 쏠 것은 자명했다. 우측 사수와 운전자를 순간적으로 무력화시키고 좌측 차량에도 총격을 가하려면 두 개의 타깃에 대해 5초 내로 사격을 해야 했다. 이쪽이 숫자도 적고 화력도 약했기 때문에 선제공격을 하지 않으면 이길 방법이 없었다. 웃음기가 사라진 영사관 직원이 유선에게 물었다.

"아저씨, 이런 상황에 대비하는 연습 얼마나 했어요?"

"수없이 많이요."

연수원에 있을 때 이런 상황에 대처하는 훈련을 받긴 했지만 실전은 처음이었다.

"총질하면 우리가 이길 수 있어요?"

"놈들 차는 방탄 처리가 안 된 것 같아요. 이 권총의 9mm 탄이면 문짝은 쉽게 뚫을 수 있어요."

"이 차도 방탄은 아닌데요."

"내가 더 빨리 쏠 수 있으니까 걱정 말아요. 우리 회사에서 내가 제일 빨리 쏘거든요. 김 포수라는 얘기 못 들어봤어요?"

최형근 부사장에게 배운 농담을 써먹은 유선은 권총을 꺼내서 상대방이 잘 보이도록 들어 보였다. 그리고 손만 뻗으면 닿을 만한 거리까지 붙은 우측 차를 운전하는 북한 요원을 쳐다봤다. 무슨 일이 터지면 네가 첫번째라는 눈빛을 던졌다. 유선이 무장하고 있다는 사실을 확인한 북한 요원들이 조금 뒤로 빠졌다. 조수석 유리창을 완전히 내린 유선은 상체를 밖으로 내밀고는 뒤쫓아 오는 북한 요원들의 차량을 노려봤다. 간간이 지나가는 흐린 가로등 불빛이 핸들을 잡은 북한 요원의 무표정한 얼굴을 비췄다. 영사관 직원의 아파트 주차장까지 그런 식의 대치가 이어졌다. 시동을 끈 영사관 직원이 문을 닫으며 투덜거렸다.

"에이 씨, 내일 차에다 폭탄 설치하는 건 아니겠죠?"

"차 부서지면 안기부에 신청해요. 새 차로 뽑아줄게요."

유선은 차 문을 닫으며 농담을 던졌다. 씩 웃던 영사관 직원은 아파트 주차장 입구로 들어서는 북한 요원들 차를 보고는 굳어버렸다. 그는 영사관 직원에게 앞서 가라고 하고는 천천히 뒷걸음질 쳤다. 뒷좌석의 북한 요원이 스콜피온 기관권총을 겨누며 눈을 부라렸다. 유선 역시 지지 않고 쏘아보면서 아파트 안으로 들어섰다.

"몇 층이에요?"

"4층이에요."

"엘리베이터 말고 계단으로 올라가요."

엘리베이터 앞에 서 있던 영사관 직원이 투덜대면서 계단으로 올라갔다. 유선은 몇 발자국 떨어진 뒤에서 따라 올라갔다. 다행히 북한 요원들은 차에서 내리지 않았다. 집으로 들어간 영사관 직원에게 커튼을 치라고 하고는 자물쇠를 잠갔다. 넥타이도 풀지 못한 영사관 직원이 커튼 사이로 주차장을 내려다보면서 유선에게 말했다.

"한 대는 갔고 남은 한 대는 계속 저기 있는데, 공안에 신고할까요?"

"아니요. 일이 더 커질 수 있으니까 일단 지켜보죠."

사실 공안이 오면 서호진 대리와 그의 퇴출이 어려울 것 같다는 말은 차마 꺼내지 못했다. 그렇게 지루한 대치 상태가 흘러갈 즈음 초인종이 울렸다. 유선이 최대한 몸을 벽 쪽으로 밀착하고 감시창으로 밖을 보자 서호진 대리가 서 있는 게 보였다. 문을 열고 안으로 들어오게 했다.

"에이씨, 차라리 시원하게 총이나 쐈으면 좋겠어요."

"미행은?"

"두 대 따라왔다가 돌아가는 거 보고 나왔어요."

많이 긴장했는지 서호진 대리는 한참을 떠벌렸다. 얘기를 들으며 커튼 사이로 아래층 주차장을 보니 북한 요원이 탄 차가 보이지 않았다. 뒤에서 까치발로 내려다보던 영사관 직원이 호기심 어린 목소리로 물었다.

"간 겁니까?"

"황 비서가 여기 없는 걸 알고 다른 쪽으로 지원을 갔을 수도 있고, 숨어서 여길 감시하고 있을지도 모르죠. 일단 두세 시간 정도 기다려보죠."

영사관 직원의 아파트에서 두 시간을 더 보내고 새벽이 되자 밖으로 나와서 미리 지정된 안가로 향했다. 아파트 바로 앞에서 대중교통을 이용하면 위치가 쉽게 추적될 염려가 있어서 한 시간 가까이 도보로 이동하면서 추적을 따돌리는 작업을 한 후 택시를 탔다. 안가 근처에서 택시를 세우고 미행을 확인한 다음에 다시 안가로 향했다. 안가에는 고태식 과장이 기다리고 있는 중이었다. 유선은 반가워하는 고태식 과장에게 물었다.

"이선진 팀장님은요?"

"현지 요원이랑 단둥으로 갔어."

"단둥요?"

"우리 팀 임무도 하면서 정보사 대북공작도 같이 했거든. 이번 일이 끝났으니까 원래 임무로 복귀한 거야."

"아무래도 불안하지 않을까요? 북한 애들이 잔뜩 독이 올랐던데요."

"이 기회에 자기 자리를 다지려고 드는 것 같아."

고태식 과장도 불안한 얼굴로 대답했다.

"아버지는요?"

"아버지도 모란봉 작전에 투입된 요원들은 다 퇴출하는 게 좋겠다고 했는데도 요지부동이야. 일단 우리만 먼저 퇴출하라는 지시야."

"언제 퇴출입니까?"

"사흘 후. 공안 쪽 블랙이 접선해오면 해당 루트로 퇴출할 거야."

"서 대리랑 퇴출 루트를 점검해보겠습니다."

"영사관 쪽도 같이 점검해. 비상사태가 생기면 그쪽으로 다시 가야 하니까."

사흘 동안 베이징에서는 많은 일들이 벌어졌다. 황 비서가 영사관으로 들어온 그날부터 북한 측 차량이 영사관을 포위하는 바람에 직원들은 출퇴근도 하기 힘들었다. 그때쯤 북한 보위부 내부에 있는 블랙 요원에게서 '역 모란봉 공작'이라는 작전명이 들려왔다. 일부러 작전명과 계획을 알려서 보복 공작에 들어간다는 것을 만천하에 알리고 싶어 하는 것 같았다. 신빙성은 떨어지지만 역 모란봉 공작을 위해 200명의 공작 요원과 10여 명의 특수 암살 훈련을 받은 암살조가 중국으로 입국했다는 정보도 들어왔다. 영사관과 담이 붙어 있는 다른 영사관 건물을 통해 침입할 수 있기 때문에 경비원들은 야시경을 끼고 불침번을 섰다. 영사관 직원들 역시 사무실에 골프채와 야구방망이 들을 가져다 두었다. 황 비서의 한국행을 두고 양쪽의 힘겨루기가 계속되었다. 북측은 한국행을 결사반대했고, 대안으로 중국이나 제3국행을 제시했다. 북측의 조건을 전달받은 중국 공안이 황 비서에게 이 제안을 직접 전달했지만 단번에 거절당했다. 아버지의 말에 따르면 황장엽 비서는 이렇게 말했다고 한다.

"스탈린에게 쫓겨난 트로츠키같이 정처 없이 유랑하다가 암살당하란 말이오?"

사흘 후 이선진 팀장을 제외한 백곰팀은 예정대로 접선한 블랙이 지정해준 루트를 따라 귀국했다. 공항에 도착해 본사에서 작전 보고를 하고 일주일간 휴가를 받았다. 본사 직원이 이번 일로 북한이 큰 충격을 받은 것 같다고 귀띔했다. 북한에서는 남한 쪽 방송을 청취할 수 있는 개성이나 옹진반도에 방해전파를 전보다 몇 배나 높게 내보내서 정보를 차단하려고 애쓰는 중이라고 했다. 휴가 마지막 날

황 비서의 필리핀행이 결정되었다. 황 비서는 특별기 편으로 필리핀으로 향했고 그를 태운 비행기는 중국 국경을 넘어갈 때까지 중국 공군기의 호위를 받았다. 사무실로 복귀한 유선은 서호진 대리와 하이파이브를 하면서 귀환을 축하했다. 하지만 이선진 팀장의 빈자리가 자꾸만 신경 쓰였다.

주석궁에서 황장엽 비서가 필리핀에 도착했다는 보고를 받은 김정일 위원장은 격양된 목소리로 말했다.
"늙은 개가 은혜를 모르고 집 밖으로 나가 집안을 망신 주고 다녀? 필리핀에서 없애버려."
"그게, 현지 영사관 보고로는 남조선 정부는 물론 미국중앙정보국 요원들까지 가담했답니다."
서기실장 조봉혁은 흡사 자기 잘못인 것처럼 비굴한 표정으로 대답했다.
"그게 안 되면 고기값도 못하는 개를 더러운 달러로 오염시킨 남조선 괴뢰 분자들이라도 처단해!"
"네, 지도자 동지."
참았던 숨을 내쉬며 서기실로 돌아온 조봉혁은 제2비서에게 화풀이를 했다.
"지금 전통 날려. 남조선 괴뢰 분자들을 처단하라고 말이야."

평 상교는 흡족한 표정으로 보고서를 읽었다. 발등에 불이 떨어진 북조선이 드디어 단둥과 연변 일대에서 활동하는 자국 첩보 요원들의 인적 정보를 제공했다. 똑똑 소리와 함께 문이 열리고 화 과장이 들어왔다.

"부르셨습니까?"

"북조선에서 남조선 쪽을 강하게 압박할 모양이야."

"현장에서 양쪽이 충돌하고 있다는 보고는 받았습니다."

"원하는 걸 얻었으니까 혈맹의 편의를 봐줘야지."

"공안에도 알려야 합니까?"

"그냥 적당히 귀뜸을 해줘. 알아들을 수 있을 정도로 말이야."

"그럼 우리가 어느 정도까지 편의를 봐줘야 하는 겁니까?"

화 과장의 물음에 그는 씩 웃었다.

"우리에게 문제가 생기지 않는 한 아무것도 못 본 거다. 단 베이징에서는 일을 벌이지 말라고 해."

화 과장이 고개를 끄덕거렸다.

이선진 팀장은 단둥에서 국군 포로에 대한 공작을 진행 중이었다. 그의 파트너는 조선족 출신으로 4년간 손발을 맞췄다. 둘이 일하는 사무실은 밖에서 보기에는 소규모 무역회사였다. 이선진 팀장은 중국 물건들을 북으로 보내고 북에서 받아온 농산물을 한국과 제3국에 수출하는 업무를 해왔다. 실제로 몇몇 제품으로 제법 짭짤한 재미도 봤다. 한국에서 사업을 하다가 부도가 나서 건너왔다는 얘기가 먹힐 정도로 사업가답게 생긴 외모와 풍채가 지금까지 주변의 의심을 피하는 데 결정적인 역할을 했다. 거래 업체들에게 한국에 잘 들어갔다 왔다는 통화를 하자 금방 점심시간이었다.

이 팀장과 그의 파트너가 막 점심 식사를 끝내고 사무실로 들어가는 것을 바라보는 눈들이 먹잇감을 앞에 둔 맹수처럼 번뜩였다. 김희지는 점심 식사를 하고 웃으며 사무실로 들어가는 이 팀장의 모습을 보니 분노가 치솟았다. 망명한 황 비서보다 자신의 추적을 따돌리고 망명시킨 저놈들이 더 죽일 놈들이라는 생각이 뇌리를 떠나지 않았다. 그는 쌀쌀한 날씨 탓에 털모자까지 푹 눌러쓴 정찰국의 리철희 대좌에게 말했다.

"저 반동 새끼 때문에 가족들까지 지옥으로 떨어질 뻔했다는 것을 생각하니 찢어 죽여도 모자랄 것 같습니다."

"진짜 남조선 정보 요원이 확실하오?"

"네, 남조선 정보사 소속으로 대북공작팀에 속해 있습니다. 이번 모란봉 작전에서 백곰팀이라는 현지 작전팀에 가담했습니다."

그는 코트 속에 있는 백두산 권총을 만지작거리며 대답했다. 지금까지 살아 있는 사람을 총으로 쏴본 건 경호총국 테스트 후 한 번도 없었다. 하지만 저 남조선 정보 요원을 죽이는 데 고민 같은 것은 하지 않았다. 자신이 남조선 반동들을 더 많이 죽일수록 가족이 살아남고 충성심을 인정받을 것이기 때문이다.

"당장 칠까요?"

"진정하기요. 일단 사무실로 돌아가서 자료를 확인해보고 평양에 보고하는 게 우선이오."

"하지만 대좌 동무, 최고 지도자 동지께서는 남반부 괴뢰들에게 직접적인 타격을 주라는 훈시를 하셨습니다."

격하게 말한 김희지는 당장이라도 문을 열고 자동차 밖으로 뛰쳐나가려고 했다. 하지만 리철희 대좌는 단호하게 고개를 저었다. 혁명 주체 가문의 장남이자 소련의 프룬제 군사학교에서 교육을 받은 그는 정찰국 소속으로 몇 번의 대남공작을 성공적으로 수행했다. 소문에는 그가 쏴 죽인 국방군의 숫자도 제법 된다고 했다. 현재 정찰국 지형학 교관으로 근무하고 있지만 이번 작전을 위해 특별히 차출되었다. 김희지는 만류하는 리철희 대좌를 쳐다보고는 아랫입술을 깨물었다. 리철희 대좌는 이해한다는 표정으로 말했다.

"동무 심정은 이해하지만 급하게 굴지 말기요. 잡은 물고기가 어디 아니 가지비."

"대좌 동무, 당장 쳐들어가서 쏴버리면 1분도 안 걸립니다."

"남조선 정보사 요원 한 명을 죽인다고 황 비서가 망명한 일에 대한 보복이 제대로 된다고 보오? 안기부 자체를 흔들 정도로 타격을 줘야만 하오. 내 말 이해하겠소?"

김희지는 분하지만 고개를 끄덕거리는 수밖에 없었다. 어차피 현지 작전 책임자는 리철희 대좌였다. 사무실을 한참 동안 바라보던 그가 부하들에게 말했다.

"감시조만 남겨놓고 철수한다."

단동 시내의 연락소로 돌아오는 동안 리철희 대좌는 김희지에게 자신이 구상한 작전을 설명했다. 연락소에서 이선진 팀장의 신분을 최종적으로 확인한 그들은 다음 날 다시 돌아왔다. 이번에는 숨어서 미행하거나 감시하는 따위의 행동은 없었다. 일찍 퇴근하려고 준비하던 이선진 팀장은 갑자기 들이닥친 정체불명의 사내들을 보고는 눈앞이 캄캄해졌다. 괴한들은 스콜피온 기관권총과 백두산 권총으로 그와 조선족 파트너를 벽 쪽으로 몰아세웠다. 비상 신호를 보내거나 금고 안의 총기를 꺼낼 틈이 없었다. 눈치 빠른 조선족 파트너가 더듬거리며 말했다.

"서, 선생님. 저는 여기서 그냥 일하는 직원입니다. 정말 아무것도 모릅니다."

하지만 상대방이 무반응으로 일관하자 무릎을 꿇고 빌었다.

"공안에 신고 안 할 테니까 제발 봐주세요."

리철희 대좌는 비굴한 표정의 조선족을 내려다보다가 김희지를 쳐다봤다. 고개를 끄덕거린 김희지가 들고 있던 백두산 권총에 소음기를 조립했다. 이선진 팀장과 그의 조선족 파트너는 서로를 쳐다봤다. 이제 끝이라고 느낀 이선진 팀장은 눈을 감았다. 잠시 후 퍽 하는 작은 총성과 함께 조선족 파트너가 벽에 기댄 채 천천히 쓰러졌다. 눈을 까뒤집은 조선족 파트너의 입에서 피거품이 흘러나왔다. 덜덜 떨고 있는 이선진 팀장에게 다가온 리철희 대좌가 빨간 알약 하나를 내밀었다.

"삼키라우, 죽고 싶지 않으면."

이선진 팀장은 알약을 꿀꺽 삼켰다. 잠시 후 의식을 잃은 그는 시체처럼 축 늘어졌다. 리철희 대좌는 피식 웃으며 따라온 부하들에게 소리쳤다.

"효과 좋구만. 날래날래 옮겨."

리철희 대좌는 부하들이 이선진 팀장을 끌고 나가자 삼합회 소속의 현지 요원을 전화로 호출했다. 근처에 대기하고 있던 현지 요원이 달려오자 몇 가지 지시 사항을 내리고 마지막에 덧붙였다.

"시체는 예전 방식대로 처리해. 흔적 남기지 말고."

쓰러진 시체를 살펴본 현지 요원이 '하오, 하오'를 연발했다. 리철희 대좌는 호주머니에서 꺼낸 담배에 불을 붙였다. 조금 분이 풀린 김희지가 리철희 대좌에게 물었다.

"현장 뒤처리는 어떻게 하는 게 좋겠습니까?"

리철희 대좌는 눈앞에서 피를 흘리는 시신을 아무렇지도 않은 표정으로 내려다보면서 대답했다.

"동무, 세상이 좋아져서 이제 청소는 직접 할 필요가 없소. 저 중국인 동무가 시체는 말끔히 처리해줄 거요."

"저자들을 믿어도 됩니까?"

"저 친구는 탈북한 놈들을 찾는 걸 도와주고 있소. 물론 우리한테 활동비를 받지만. 더 쏠쏠한 부업은 처형한 탈북자들의 장기를 빼내서 파는 거지. 죽은 동무는 이제 세상에 존재하지 않는 인간이 될 거요. 사실 우리 외화벌이에도 보탬이 되고 있지. 어서 돌아갑시다, 동무."

김유선은 부사장실을 흘끔 쳐다봤다. 심각한 표정으로 전화를 받

역 모란봉 작전

은 최형근은 문을 닫고는 한참 동안 통화 중이었다. 불안해진 그는 서호진 대리를 쳐다봤다.

"이 팀장님한테 마지막으로 연락 온 게 언제지?"

"이틀 전 점심때요."

"원래는 하루 한 번이지?"

"네, 아무래도 일이 터진 것 같죠?"

서호진 대리는 낮은 목소리로 대답하고는 창문 너머의 안가를 쳐다봤다. 며칠 전 한국으로 입국한 황장엽 비서는 사무실 바로 옆 안가에 머무는 중이었다. 안가 주변은 안기부와 경찰 정보계가 물샐틈없는 감시를 하는 중이다. 김유선 대리는 처음 사무실에 왔을 때 봤던 장비들과 감시 장비들이 한쪽 창문에만 있었던 게 비로소 이해가 됐다. 본사는 모란봉 작전을 예전부터 기획했고 최형근 부사장은 작전 책임자이자 한국 내 경호 책임자로 내정된 상태였다. 실전 경험이 있는 유선을 탐낸 이유도 바로 그것 때문이었다.

최형근 부사장이 어두운 얼굴로 사무실에서 나온 건 점심시간 직전이었다. 유선을 비롯한 팀원들은 자연스럽게 그의 주변으로 모여들었다.

"단둥에 나가 있는 이선진 팀장에게서 연락이 끊겼다."

사무실은 단숨에 싸늘해졌다.

"안 그래도 북한의 '역 모란봉 작전'에 대한 첩보 때문에 본사에서는 중국에서 들어오는 인원에 대한 신원 조회를 강화하고 있는 중이야. 고정간첩들에 대한 감시를 강화하라는 지시가 내려온 상태라 최악의 사태를 생각해봐야겠어."

가만히 듣고 있던 김형선 대리가 결국 눈물을 참지 못했다.

"우린 어떡합니까?"

"일단 본사에서 단둥으로 사람을 보내 사무실을 조사할 거야."

"제가 가겠습니다."

불쑥 내뱉은 유선의 말에 최형근 부사장이 고개를 저었다.

"너무 위험해."

"누가 가도 위험한 건 마찬가집니다. 그리고 팀장님이랑 가까운 사람이 가야 놓치지 않고 조사할 수 있지 않겠습니까?"

서 있는 채로 한참을 생각한 최형근 부사장은 따라오라는 손짓과 함께 사무실로 들어갔다. 자리에 앉은 그는 전화기를 들고 본사와 출장 문제에 대해서 얘기를 나눴다. 전화를 끊은 최형근 부사장은 작은 메모장을 꺼내 뭔가를 적으며 말했다.

"출장은 허락한다. 단, 하나의 조건이 있어. 몸성히 돌아오라는 것. 자네도 알다시피 그곳엔 사냥개가 풀렸고 중국은 사냥을 허락한 상태야. 앞으로 무슨 일이 생길지 몰라. 최대한 신속하게 일을 마치고 빠른 시일 내로 복귀해."

"알겠습니다."

얘기를 마친 최형근 부사장이 메모장을 유선에게 넘겨줬다.

"내일 공항에서 메모지에 적혀 있는 직원을 찾아가면 새로운 여권을 줄 거야. 그걸 가지고 출국해. 메모지 맨 뒷장에 적힌 현지 연락처는 단둥에 도착해서 이선진 팀장 사무실로 가기 전에 연락해. 그럼 그가 장난감을 줄 거야. 이번에 다녀오면 자네가 나한테 한턱 쏴야 해. 내 맘을 졸이게 한 벌로 말이야."

유선은 대답 대신 고개를 끄덕거렸다. 사무실을 나가려는데 그가 손짓으로 다시 불렀다.

"그리고 말이, 가능하면 영수증은 좀 챙겨와. 저번에도 영수증을 잘 챙겨오지 않아서 김 대리한테 한 소리 들었거든. 부사장이 대리에게 또 욕을 먹을 순 없잖아."

유선은 씩 웃는 최형근 부사장을 뒤로하고 사무실을 나왔다. 모두들 궁금해하는 얼굴로 그를 쳐다봤다.

유선을 태우고 김포공항을 이륙한 비행기는 상하이 공항에 도착했다. 상하이에서 다시 비행기를 갈아탄 유선은 단둥으로 향했다. 단둥에 도착한 유선은 이선진 팀장의 사무실에서 좀 떨어진 허름한 호텔에 자리를 잡았다. 방으로 들어온 유선은 TV를 켜고 메모지를 보며 외웠던 전화번호로 전화를 했다. 단조로운 벨 소리가 이어지다가 중국어가 들렸다. 유선은 중국어로 말했다.

"이 선생입니까?"

상대방은 다짜고짜 말했다.

"단둥 시내에 있는 평양시장에서 두 시간 후에 봅시다."

"어떤 식으로 접선합니까?"

"손에 오늘 자 인민일보 5면이 바깥으로 보이도록 들고 있으시오."

전화는 그걸로 끝이었다. 유선은 메모지를 처리하고 호텔을 빠져나왔다. 평양시장은 조선족 장사꾼들이 북한 사람들을 상대하는 곳이라서 가게 이름들도 '보통강'이나 '룡천' 같은 북한 지명이 많이 보였다. 호텔을 나오면서 산 인민일보를 손에 쥐고 시장을 천천히 걷는데 스쳐 지나가던 중년의 중국인이 말을 건넸다.

"혹시 이 선생을 찾아왔습니까?"

유선이 그렇다고 하자 그는 따라오라고 했다. 시장 끝에 세워진 낡은 승합차 운전석에 탄 그는 조수석에 타라는 손짓을 했다. 유선이 아무 말 없이 차에 타자 그는 곧장 차를 출발시켰다. 약 한 시간을 달린 승합차는 낯선 중국식 사당에 도착했다. 그는 안내 책자 하나를 건네주고는 내리라고 했다. 차에서 내린 유선은 안내 책자를 펼쳤다. 안에는 사당에 들어가는 입장권과 한 지점이 표시된 작은 지도가 끼워져 있었다. 입장권을 내고 사당 안으로 들어간 유선은 지도에 표시된 연못 옆 인공 동굴 안으로 들어섰다. 잠시 후 평범한 모습의 노인이 들어와서 그에게 물었다.

"김도형 씨?"

유선이 고개를 끄덕거리자 그는 호텔 명함과 단둥 지도, 그리고 호텔 키를 건네줬다.

"내가 나가고 좀 있다 나와요."

몇 분 후 밖으로 나온 유선은 아무도 없는 정자에 앉아서 지도를 들여다봤다. 명함에 있는 호텔은 붉은색, 이선진 팀장의 사무실은 파란색으로 표시되어 있었다. 사원을 벗어난 그는 택시를 타고 명함에 나온 호텔로 들어가 방 안을 살펴봤다. 방 안에는 중국인들이 일반적으로 입는 옷과 책, 그리고 누런 종이봉투가 있었다. 봉투 안에서는 든 중국제 PPN 권총과 소음기가 나왔다. 소음기를 살펴보니 오래되긴 했지만 소음 와셔들은 새것으로 교체한 상태였다. 가내수공업으로 만들었지만 제법 솜씨가 있어 보였다. 다만 흰색 페인트를 총구 끝에 칠해놓은 게 눈에 거슬렸다. 침대에 걸터앉아서 총기를 살펴보는데 전화벨 소리가 들렸다. 수화기에 귀를 대자 조금 전에 들었던 목소리가 들렸다.

"김 선생, 처음 묵었던 호텔은 돌아가기 전까지는 가지 않는 게 좋겠습니다. 사냥개들이 풀렸어요."

전화는 그걸로 끝이었다. 유선은 베개 옆에 소음기를 끼운 PPN 권총을 두고 잠을 청했다.

다음 날 아침 일찍 눈을 뜬 유선은 호텔을 나와 신문과 간단한 요깃거리를 사서 이선진 팀장의 사무실로 향했다. 사무실 주변은 인적이 드물고 도로 교차점이 있어서 비상시 퇴출이 용이한 곳이었다. 사무실 주변에는 공안이나 북측 요원으로 보이는 사람은 없었다. 다시 주변을 꼼꼼하게 살피는데 도로 건너편의 건물 3층에 유독 한 곳만 블라인드를 내린 것이 눈에 띄었다. 어느 쪽인지는 모르겠지만 감시팀이 있는 것 같았다. 눈에 안 띄게 사무실 건물 뒤로 돌아가자 2층 통로 쪽 창문이 열려 있는 게 보였다. 밤이 될 때까지 기다렸다가 진입할까 생각해봤지만 만약 밤에 북측 암살조와 마주치면 더 위험해질 것 같았다. 유선은 장갑을 끼고 거리의 인적을 살핀 뒤 쓰레기둥을 밟고 2층 창문으로 들어갔다. 좁고 가파른 계단을 올라가면서 PPN 권총에 소음기를 장착하고는 해머를 당겨 방아쇠를 당기면 바로 총알이 나갈 수 있게 준비했다. 지퍼를 열어둔 외투 안으로 권총을 쥔 오른손을 숨겼다. 예상대로 사무실은 잠긴 상태였다. 문을 부수고 들어오는 침입자에게 부상을 입히기 위해 소형 부비트랩을 설치했을 가능성도 있었기 때문에 마스터키로 열고 천천히 문을 밀었다. 살짝 문을 열고 문고리에 인계철선 같은 게 설치되었는지 살폈다. 별다른 이상이 없는 것을 확인하고 문을 좀더 열자 사무실 안에서 피비린내가 살짝 풍겨왔다. 문을 좀더 열고 인적이 없는 걸 확인한 유선은 재빨리 문을 닫고 들어가 벽을 등지고 섰다. 의자나 책상 모두 멀쩡했다. 책상 위의 서류 뭉치들도 잘 정돈된 상태였다. 사무실 안을 꼼꼼하게 살펴보던 유선은 벽 모서리에서 미처 지우지 못한 미세한 혈흔들을 발견했다. 이선진 팀장은 죽었거나 납치된 게 분명했다. 유선은 가지고 온 카메라로 현장 사진을 찍었다. 사진을 다 찍고 밖으로 나온 그는 한 층 위로 올라가 도로 건너편 3층 사무실을 살폈다. 이쪽 사무실의 움직임을 확인했는지 블라인드가 출렁거리는 게 보였다.

  정문은 감시조들이 살피고 있을 것이고 아까 들어온 건물 뒤편 역시 감시 요원이 지키고 있을 게 분명했다. 어떻게 빠져나갈까 고민하고 있는데 복도 위에서 탁탁 하고 뭔가 계단을 치는 소리가 들려왔다. 유선은 소음기를 끼운 권총을 겨눴다. 소리의 주인공은 여섯 살 정도 되는 중국 꼬마 아이였다. 아이는 나무칼로 계단 손잡이를 탁탁 때리면서 내려오다가 유선과 눈이 마주쳤다. 소음기를 끼운 권총을 코트 속에 숨긴 유선은 중국어로 물었다.

"어디 가니?"

"저 앞 사거리 가게요."

"나도 거기 가는 길인데 같이 갈래?"

잠시 갈등하던 아이는 유선이 건네준 한국산 연필을 보고는 고개를 끄덕거렸다. 유선은 아이와 손을 잡고 건물을 나왔다. 길 건너편에는 코트 깃을 바짝 세운 사내가 서성거렸다. 아이의 손을 잡고 나온 유선을 보고는 고개를 갸웃거리며 돌아봤다. 아마 무전기로 보고를 하는 것 같았다. 유선은 아이의 손을 잡고 태연하게 길을 건너갔다. 미심쩍은 눈으로 바라보던 사내의 시선이 이선진 팀장의 사무실이 있는 건물로 향했다. 휘파람을 불면서 가게까지 온 유선은 아이에게 중국 돈 50원을 쥐여주었다.

"이걸로 과자 사 먹고 천천히 들어가라."

아이와 헤어지고 큰길로 걸어 나온 유선은 택시를 잡아탔다. 뒤쪽 유리창으로 보니 과자를 한 아름 사들고 돌아가는 아이의 뒤를 누군가 허둥지둥 쫓아가고 있었다. 당당하게 움직이는 걸 보면 북한 쪽이 아니라 중국 쪽 공안 같았다. 보고를 해야 할지 말아야 할지 고민하겠지만 눈감고 그냥 넘길 가능성도 높았다. 어쨌든 그들에게는 남의 일이니까.

호텔로 돌아온 유선은 방에 들어서자 긴장이 풀리며 손이 떨렸다.

마음을 진정시키기 위해 약실에서 탄알을 뺀 후 다시 새 탄창을 넣고 장전을 했다. 하지만 누구를 쏴야 할지 모른다는 게 더 화가 났다. 총을 들고 샤워실로 들어간 유선은 옷을 입은 채 샤워기를 틀었다. 찬물을 뒤집어쓰자 엉망진창이 된 기분이 좀 가라앉았다. 샤워기를 잠그고 걸려 있는 수건으로 대충 얼굴을 닦고 나오자 휴대전화 벨 소리가 들렸다. 물이 뚝뚝 떨어지는 손으로 통화 버튼을 누르자 어제 사당의 인공 동굴에서 얘기를 나눴던 노인의 목소리가 들렸다.

"김 선생?"

"네."

"일이 잘 안 된 모양이오. 유감입니다."

유선은 휴대전화기를 고쳐 잡았다.

"이 선생님, 부탁이 있습니다."

"말씀하시오."

"사람을 좀 찾고 싶습니다."

"그건 제가 들었던 이야기랑 다르군요. 난 김 선생이 어떤 상황인지만 파악하면 바로 돌아갈 거라고 들었는데요."

"예, 맞습니다. 하지만 보고하기 위해선 어떤 일이 있었는지 조금 더 알아야 할 필요가 있습니다."

"김 선생, 지금 단둥에는 당신을 찾는 사람들이 많습니다. 그리고 당신의 존재가 밝혀지면 화를 당할 수 있고요."

"피해는 안 끼치겠습니다. 꼭 좀 도와주십시오."

"실종된 사람은 실종된 사람이고 김 선생은 이제 돌아가야 하지

역 모란봉 작전 **153**

않겠습니까?"

"저에 대해서 걱정해주셔서 감사하지만 저는 아직 해야 할 일이 있습니다. 동료의 행방도 모르고 돌아갈 수는 없습니다."

전화기 너머로 미쳐버릴 것 같은 침묵이 이어졌다. 결국은 저쪽에서 먼저 입을 열었다.

"그럼 찾으시는 분들에 대해선 제가 내일까지 좀더 알아보겠습니다."

"한 가지 부탁이 더 있습니다. 물건을 좀 구하고 싶습니다."

"어떤 물건입니까?"

"제가 밤길이 어두워 밤에 길을 좀 볼 수 있게 안경을 하나 사고 싶습니다. 값은 쳐드리겠습니다."

"어디다 쓰시게요?"

"구하기 힘드신가요?"

"그런 건 아닙니다만, 쌍안경을 원하시나요, 단안경을 원하시나요?"

"단안경이면 될 거 같습니다."

"알겠습니다. 그것도 내일까지 구해보겠습니다."

"이런저런 도움 정말 감사합니다."

"아닙니다. 그럼 문단속 잘하시고 주무시기 바랍니다."

전화를 끝낸 유선은 새 옷으로 갈아입었다. 권총과 실탄을 챙기고 준비를 끝낸 유선은 일찌감치 잠자리에 들었다. 다음 날 아침 일찍 이 선생에게서 연락이 왔다.

"김 선생, 접니다."

"네, 말씀하십시오."

"사냥개를 잡기 위해 약을 먹어야 할 텐데 괜찮겠습니까?"

"약을요?"

"네, 김 선생이 원하는 정보를 얻으려면 저쪽 암살조를 직접 만나야 합니다. 그러기 위해서는 저쪽이 원하는 정보를 줘야만 하죠. 그게 이 세계의 법칙입니다."

"네, 무슨 얘긴지 알겠습니다."

누가 이선진 팀장을 처리했는지를 알기 위해서는 북측 암살조를 직접 만나야 하고 그럼 그들이 찾고 있는 것을 줘야 했다. 이 선생은 탈북자와 접선을 위해 단둥에 온 남한 정보 요원이 베이징에서 모란봉 작전에 참가한 자라는 정보를 북측 정보원에게 흘릴 것이라고 얘기했다.

"그 정보를 입수한 북쪽 암살조가 행동에 나설 테니까 그때를 노리면 됩니다."

"그게 좋겠군요. 여러모로 신세를 졌습니다."

"오늘 하루가 길 것 같으니까 식사를 든든히 하시죠. 지난번 그 시장으로 가시면 함흥집이라고 닭을 잘하는 집이 있습니다. 세 살 난 애기를 가진 엄마가 하고 있죠."

"몇 시까지 가면 될까요?"

"바로 움직이시는 게 좋겠습니다. 그쪽 사람들 성격 급한 거는 알아줘야 하거든요."

통화를 끝낸 유선은 짐을 정리했다. 필요한 것은 퇴출 가방에 넣고 필요 없는 것은 화장실에서 태워버렸다. 천장에 화재경보기가 있었지만 내부의 전선 커넥터를 떼어내서 먹통으로 만들어버렸다. 짐을 정리한 후에는 장갑을 끼고 호텔 내에 손잡이와 컵을 모두 수건으로 닦았다. 침대에 머리카락이 떨어져 있겠지만 중국 정부나 북측이 아직 그의 DNA 정보를 가지고 있지 않기 때문에 크게 걱정하지 않았다. 호텔을 나온 유선은 평양시장으로 향했다. 퇴출 가방이 눈에 띌 것 같아서 중국인들이 많이 들고 다니는 짝퉁 아디다스 가방을 사서 그 안에 집어넣었다. 시장에서 닭 요리를 파는 곳은 여러 곳이었지만 젊은 애기 엄마가 아이를 업고 장사를 하는 집은 한 곳뿐이었다. 유선이 가게에 들어가 자리에 앉자 애기 엄마는 물을 한 잔 주고 바로 음식을 내왔다. 닭을 쪄서 요리했는지 담백한 맛이었다. 음식을 먹고 있는데 옆자리에 털모자를 쓴 중국인이 앉았다. 주변을 둘러본 그가 유선이 앉은 옆자리에 누런 봉투 하나를 놓았다. 유선이 눈을 들어 쳐다봤지만 상대방은 때마침 나온 요리를 말없이 먹을 뿐이었다. 젓가락을 내려놓은 유선은 봉투 안을 살펴봤다. 안에는 단안식 야시경과 자동차 키, 그리고 잘 접힌 쪽지가 보였다. 쪽지 안에는 뜻을 알 수 없는 숫자들이 적혀 있었고, 자동차 키에는 주차장 번호가 있는 스티커가 붙어 있었다. 유선은 봉투를 퇴출 가방에 넣으면서 옆에서 음식을 먹고 있는 사람을 쳐다봤다. 툭 튀어나온 광대뼈에 가무잡잡한 얼굴은 일용직 노동자처럼 보였다. 식사를 끝낸 그는 음식값을 치르고 자리를 떴다.

유선도 음식을 먹고 얼마 후에 자리를 떴다. 차는 시장 길 건너편 유료 주차장에 세워져 있었다. 유선은 자동차 주위를 한 바퀴 돌면서 상태를 살폈다. 안이 깨끗하다는 것을 확인한 유선은 차에 올라탔다. 조수석에 접힌 지도가 놓여 있었다. 쪽지에 쓰인 숫자는 지도의 좌표였다. 좌표를 맞춰보니 북한 국경과 가까워서 압록강을 도강한 탈북자들이 브로커를 접선하는 곳이었다. 모란봉 작전 이전에는 단둥 시내에 본부를 둔 한국 정보 요원들이 그곳까지 진출하는 경우가 많았다. 북한 요원들 입장에서는 뒷마당이나 다름없는 곳이고, 지원을 받기도 편했기 때문에 함정을 파놓기에는 적당했다. 더욱이 한국 측에서 과감한 작전을 수행한 적도 없었기 때문에 마음을 놓을 게 뻔했다. 이런저런 생각을 하고 있는데 누군가 갑자기 창문을 똑똑 두드렸다. 깜짝 놀란 유선이 황급히 코트에 손을 넣었지만 앞 유리창에 비친 얼굴은 아까 종이봉투를 건네준 사내였다. 할 얘기가 있다는 듯, 창문을 내리라는 손짓을 했다. 한 손으로 코트 안의 권총을 움켜쥔 채 창문을 열자 뜻밖에도 그는 유창한 한국말로 얘기했다.

"이 선생 전갈입니다. 오늘 새벽 1시에 지도의 그 장소에서 한국 측 요원들이 탈북자와 접선한다는 정보를 흘렸답니다."

말을 마친 사내는 곧장 인파 사이로 사라졌다. 그때서야 유선은 자신이 주변을 살피지 않았다는 점을 깨달았다. 혀를 찬 유선은 시동을 걸었다.

해질 무렵 지도에 나온 장소 근처에 도착한 유선은 근처에 차를 세우고 주변을 살펴봤다. 그는 자갈로 덮여 있는 길 건너편 언덕 중턱에 잘 숨겨진 움막을 발견했다. 탈북자와 브로커가 접선하는 포스트 같았다. 주변에는 북쪽 요원들은 보이지 않았지만 사전 답사를 했는지 타이어 자국과 북한제 담배의 꽁초가 보였다. 유선은 접선 장소가 잘 보이는 곳에 나뭇가지들로 주변을 가린 포스트를 설치하고 감시에 들어갔다.

5시 30분쯤 해가 저물고 어둠이 찾아왔다. 단둥의 겨울은 살을 베어낼 것 같은 바람을 동반했다. 밤 12시가 되자 어둠 속에서 자갈을 밟는 소리가 들렸다. 야시경을 쓰고 전원 스위치를 올리자 눈앞에 녹색 세상이 펼쳐졌다. 호주머니에 손을 넣은 남자가 혼자 걸어 올라가는 게 보였다. 언덕 중턱쯤에 도달한 남자는 수풀 사이에 숨겨진 작은 움막의 문을 열었다. 몇 번 주변을 살피던 남자는 움막 속으로 들어갔다. 탈북자인 것 같았다. 진짜 탈북자가 나타날 것이라고는 생각지도 못했던 유선은 당황했지만, 이미 상황을 되돌릴 수는 없었다. 얼어붙은 손과 발의 감각을 찾기 위해 서서히 몸을 움직였다. 밤 12시 50분쯤 길 아래에서 헤드라이트 불빛이 길을 따라 올라왔다. 움막 바로 아래에 멈춘 차량에서 세 명이 내리는 게 보였다. 움막을 향해 걸어 올라가는 그들의 손에는 백두산 권총과 스콜피온 기관권총이 들려 있었다. 무장을 숨기지 않는 걸로 봐서는 탈북자 체포조라기보다는 이선진 팀장을 처리한 암살조인 것 같았다. 움막 앞에 도착한 세 명 중 한 명이 바깥을 살펴보는 가운데 두 명이 움막 주변을 뒤졌다. 포스트에서 나온 유선은 코트 안에 넣어둔 PPN 권총을 꺼냈다. 북쪽 요원들이 움막 안으로 들어간 정체불명의 남자에게 정신이 팔린 덕분에 쉽게 접근할 수 있었다. 자갈투성이 언덕을 절반쯤 올라갈 무렵 그들이 움막을 향해 외치는 소리가 들렸다.

"안에 있는 거 다 안다! 날래 손들고 밖으로 나와!"

더 이상 접근했다가는 들킬 것 같았다. 거리는 대충 15미터 정도로 보였다. 야시경에 의지해서 사격을 해야 했기 때문에 최대한 감에 의지해야만 했다. 다행스럽게도 소음기 끝에 하얀색 페인트가 칠해져 있어서 총구의 위치를 확인할 수 있었다. 이런 어둠 속에서 야시경과 소음총을 가지고 있다는 건 죽음의 신이나 다름없었다. 첫번째 표적은 스콜피온 기관권총을 들고 움막 앞에 버티고 있는 상대였다. 심호흡을 하고 방아쇠를 당겼다. 소음기 끝에서 푸른 불꽃과 함께 둔탁한 소리가 들렸다. 퍽 하는 소리와 함께 표적이 앞으로 쓰러졌다. 그가 비명을 지르며 쓰러지자 유선과 가장 가까운 거리에 있는 북쪽 암살조원이 소리가 들린 방향으로 몸을 틀었다. 다른 한 명은 움막 안으로 몸을 날렸다. 뒤를 돌아본 암살조원은 표적을 확인할 수 없자 바로 몸을 틀어서 바위 뒤로 몸을 숨겼다. 유선이 연거푸 방아쇠를 당겼지만 두 발 다 그가 막 몸을 숨긴 바위에 맞으며 불꽃이 튀었다.

소음기 성능은 의외로 괜찮았다. 옆걸음으로 이동해서 바위 뒤의 목표물을 확인하고는 다시 방아쇠를 당겼다. 두번째 탄알이 오른쪽 어깨에 명중하면서 녹색 피가 바위에 뿌려지는 게 보였다. 유선은 권총의 탄알이 다섯 발 남았고, 아직 제압해야 할 표적이 하나 더 남은 것을 고려해 가까이 다가가서 확실하게 숨통을 끊기로 했다. 바닥에 쓰러져 신음하고 있는 암살조원에게 다가가 확인 사살을 하려고 방아쇠를 당겼지만 철컥거리는 소리만 들렸다. 아까 발사한 탄환의 탄피가 배출구에 끼어 있는 게 보였다. 그사이 바닥에 쓰러진 암살조원이 멀쩡한 왼손으로 좀 전에 쓰러진 동료가 떨어뜨린 스콜피온 기관권총을 집어 들려고 했다. 유선은 한쪽 발로 스콜피온 기관권총을 움켜잡은 팔목을 밟고 소음기로 상대방의 한쪽 눈을 눌렀다. 소음기의 열기에 놀란 그가 비명을 지르며 남은 한 손으로 소음기를 움켜잡았다. 소음기를 움켜잡은 손에서 타는 냄새가 났다. 유선은 상대방이 놓친 스콜피온 기관총을 멀리 차버리고, 탄피가 낀 슬라이드를 뒤로 당겼다가 놓았다. 끼어 있던 탄피가 튕겨 나간 것을 확인하고는 그대로 방아쇠를 당겼다. 퍽 하는 소리와 함께 한쪽 눈이 터진 암살조원이 단말마의 비명과 함께 소음기를 잡은 손을 놓으며 쓰러졌다. 움막 안에서 싸우는 소리가 들렸다가 조용해졌다. 아마 처음 들어간 탈북자가 저항하다가 제압당한 것 같았다. 유선은 움막을 쳐다보면서 맨 처음 쓰러진 암살조원 곁으로 다가갔다. 등에 명중한 탄환이 폐를 관통해서 가슴으로 빠져나간 탓에 움직이기는 힘들겠지만, 아직 숨이 붙어 있는 상태였다. 유선은 신음 소리를 내며 엎드려 있는 그의 심장을 향해 한 발을 발사했다.

이제 남은 건 움막 안의 탈북자와 마지막 암살조원이었다. 아직까지 문제는 없지만 만약 총성이 울리면 공안이나 북쪽의 지원조가 도착할지도 몰랐다. 서둘러 끝내기로 마음먹은 유선이 움막의 문을 향해 손을 뻗으려는 찰나 북한 암살조원이 손을 들고 밖으로 나왔다. 그 뒤로 권총과 랜턴을 든 남자가 따라 나왔다. 야시경 때문에 흐릿해 보이기는 했지만 시장에서 접선했던 그 남자였다. 그는 야시경을 벗은 유선에게 랜턴을 건네주고는 쓰러져 있는 두 명의 암살조원들의 발을 하나씩 잡더니 질질 끌고 내려갔다. 유선은 마지막 남은 암살조원을 데리고 움막 안으로 들어갔다. 낮은 천장 때문에 구부정하게 선 암살조원이 살쾡이 같은 눈으로 그를 노려봤다. 유선은 무릎을 꿇게 하고 얼굴에 랜턴을 비췄다. 잠시 후 털모자가 들어와서 죽은 암살조원들의 소지품들이 든 비닐 백을 건네줬다. 북한의 관용여권과 서류, 수첩 등이 있었다.

"저 친구 몸수색을 좀 해주시겠습니까?"

털모자는 능숙한 솜씨로 암살조원의 몸을 뒤져서 여권을 비롯한 소지품들을 그의 발밑에 던졌다. 여권에는 '김철상'이라는 이름이 쓰여 있었다.

"김철상? 네 이름인가?"

그는 굳게 입을 다물었다.

"본론으로 들어가지. 이선진, 단둥 시 3층 무역 사무실 기억하지?"

역시 대답을 하지 않고 노려보기만 했다.

"말하기 싫다는 건가, 모른다는 건가?"

"날래 죽여라."

김철상은 무뚝뚝하게 한마디 내뱉고는 입을 다물었다.

"대답을 하지 않으면 이제부터 벌어질 일을 알려주지. 믿기 힘들겠지만 난 평화주의자야."

유선의 말에 그가 애매한 미소를 지었다. 씩 웃은 유선이 말을 이어갔다.

"사람을 죽이는 건 딱 질색이야. 그래서 널 한국으로 데려갈 거야."

김철상의 얼굴이 흙빛으로 변했다.

"좋은 옷을 입히고 사진을 찍어서 북쪽으로 보내는 삐라에 네 이름을 크게 박아줄게. 그리고 자진 귀순한 네가 얼마나 한국을 좋아하고 김정일을 엄청나게 싫어한다고 크게 써줄 거야. 그럼 북쪽에서 네 소식을 듣고 싶어 하던 가족들도 안심하겠지. 안 그래?"

유선은 그의 눈이 흔들리는 게 보였다. 잘 훈련된 살인 기계라도 인간이고, 인간은 언제나 빈틈이 있는 법. 김철상은 작은 목소리로 말했다.

"그 작전에 참가했고, 성공적으로 진행되었다."

"작전? 그를 제거했나, 아니면 납치했나?"

"조국으로 데리고 갔다."

"밖에 있던 조원들과 함께?"

"작전을 주도한 건 정찰국의 리철희 대좌와 경호총국의 김희지 중좌였다. 나와 죽은 두 명은 행동 요원이었다."

대답을 끝낸 김철상은 유선과 눈이 마주치자 짧게 말했다.

"동무, 고통 없이 끝내주시오."

가볍게 고개를 끄덕거린 유선이 그의 머리를 향해 두 발을 발사했다. 총알에 관통당한 두개골이 우직거리는 소리를 냈다. 눈을 까

뒤집은 채 털썩 주저앉은 김철상의 이마에 뚫린 구멍에서 피가 쏟아져 나왔다. 옆에 있던 털모자가 놀란 얼굴로 그를 쳐다봤다.

"그는 갈 곳이 없습니다. 살아남으면 가족들이 더 고통받을 겁니다."

털모자는 수긍이 간다는 듯 고개를 끄덕이고는 김철상의 두 다리를 겨드랑이에 끼고 움막 밖으로 끌고 나왔다. 움막에 남은 유선은 북한 암살조원의 소지품과 신분증을 늘어놓고 사진을 찍었다. 촬영을 끝내고 밖으로 나오자 털모자가 플라스틱통을 들고 올라오는 게 보였다. 플라스틱통을 받아든 유선은 안에 든 석유를 움막 안과 밖에 골고루 뿌리고 불을 붙였다.

일을 끝낸 유선은 털모자와 함께 자갈밭을 걸어서 내려왔다. 유선이 타고 온 차에 도착할 즈음 털모자가 말했다.

"이 선생이 다시는 돌아오지 말라고 하셨습니다."

"고맙다고 전해주십시오."

"안에 갈아입을 옷을 넣어뒀습니다. 차는 맨 처음 세워져 있던 곳에 놓아두시면 됩니다."

차에 탄 유선은 조수석에 놓여 있는 옷으로 갈아입고 야시경과 권총을 털모자에게 건네줬다. 그 자리에서 권총을 분해해버린 털모자는 야시경과 옷가지를 바닥에 내려놨다.

"여러모로 고마웠습니다."

그는 애매한 미소를 지어 보이고는 어서 가라는 손짓을 했다. 차를 출발시키고 백미러로 뒤를 살펴봤다. 그가 건네받은 옷가지 위에 뭔가를 뿌리고 불을 붙이는 게 보였다.

시장 외곽의 주차장에 차를 세워놓고 택시를 잡아탄 유선은 맨 처음 예약을 했던 호텔에 도착했다. 방은 그대로였지만 누군가 들어와 짐을 뒤진 흔적이 보였다. 도청 장치도 몇 개 심어놨을 게 뻔했다. 피곤에 지친 유선은 그대로 침대에 누워 눈을 붙였다가 아침에 눈을 떴다. 본사로 퇴출 신호를 보낸 유선은 짐을 정리하고 샤워를 했다. 아무리 샤워를 해도 화약 냄새와 피 냄새가 지워지지 않는 것 같았다. 노크 소리가 들린 것은 샤워를 마치고 옷을 막 갈아입을 무렵이었다. 도어체인을 건 채 문을 열었다. 문밖에는 양복 차림의 두 명의 중국인이 보였다. 그중 한 명이 어눌한 한국어로 물었다.

"임중혁 씨 맞습니까?"

"맞습니다만, 누구십니까?"

"공안입니다. 잠깐 확인할 게 있는데 안에서 얘기를 좀 나눌까요?"

잠깐 고민하던 유선은 도어체인을 벗기고 문을 열어줬다. 의자를 권한 유선은 미니 냉장고에 든 캔 녹차를 권했다. 말을 건넨 남자는 그대로 섰고, 땅딸막한 중년의 남자만 의자에 앉았다. 유선이 자리에 앉자마자 서 있던 남자가 질문을 퍼부었다.

"중국을 방문하신 목적이 무엇입니까?"

"북한에서 농산물과 생선들을 수입하는 사업을 하려고 들어왔습니다만……"

"프런트 말로는 지난 이틀 동안 호텔을 나가신 다음에 안 들어왔었다고 하던데요. 그동안 어디 계셨습니까?"

"단둥 지역에 사무실을 알아봤는데 적당한 데가 없어서 여기저기 돌아보느라 못 들어왔습니다."

서 있는 사내가 열심히 중국어로 통역을 했고, 앉아 있던 중년 남자는 희미하게 웃었다. 몇 가지 질문이 더 날아왔지만 유선은 준비해둔 답변들을 했다. 차분하게 듣던 중년 남자가 그만하라는 손짓을 하고는 통역에게 몇 마디 했다. 통역이 굳은 얼굴로 말했다.

"임 선생, 나는 선생이 한국에서 무슨 일을 하는지 잘 알고 있습니다. 지난 며칠간 무슨 일을 하고 다녔는지 조만간 알게 되겠지요. 차 잘 마셨습니다."

정중하게 인사를 한 두 남자가 밖으로 나갔다. 문을 닫고 귀를 기울이자 따라가는 소리가 몇 개 더 들렸다.

평 상교는 '임중혁'이라는 인물에 대해 많은 관심이 갔다. 호텔에 들어올 때 도청 및 감시가 가능한 방으로 체크인을 하도록 프런트에 지시했지만 그는 짐을 놓고 행방을 감췄다. 남한 측 공안들이 단독행동을 하지 않는다는 점을 감안하면 상당히 이례적이었다. 지난 이틀 동안의 행적이 불분명한 가운데 갑자기 돌아와서는 돌아갈 준비를 했다. 분명 임무를 완수했다는 의미였다.

"데려가서 심문할 걸 그랬나요?"

엘리베이터 앞에서 기다리고 있던 화 과장의 말에 그는 고개를 저었다.

"괜히 일을 만들 필요 없어. 짐은 조사해봤나?"

"특별한 건 없었습니다."

"그러니까 더 특별해 보이는군. 단둥에서 모종의 임무를 수행한 게 틀림없어. 분명 누군가 도와줬겠지. 감찰실에 얘기해줘야겠어."

유선은 그들이 나간 뒤 정확하게 30분 후에 체크아웃을 하고 호텔을 빠져나왔다. 베이징으로 가는 내내 감시자가 따라붙었다. 숨이 막힐 것 같은 긴장감은 한국행 비행기에 오르면서 끝났다. 비행 내내 잠을 잔 유선은 돌아오자마자 본사로 들어가서 보고서를 작성했다. 물론 이 선생과 그의 부하에 관해서는 조력자라고만 기술했다. 복귀자를 심문하는 팀은 조력자의 이름을 대라고 했지만 유선은 끝까지 입을 다물었다. 며칠간의 지루한 심문이 끝나고 유선은 복귀를 허락받았다. 본사 밖 주차장에서 기다리고 있던 최형근 부사장이 두 팔을 벌리고 익살스럽게 맞이했다.

"우리 어디 가서 두부라도 먹을까?"

"이선진 팀장님이 끌려갔답니다."

얼굴에서 미소가 사라진 최형근 부사장이 대꾸했다.

"들었어. 본사에서는 북한에서 처형당한 것으로 결론을 내릴 거야. 라인도 폐쇄되고 작전도 중지야. 빌어먹을."

"가족들은요?"

"본사 규칙 알잖아. 몇 달간 장기 출장이라고 했다가 6개월 후에 복귀하지 않으면 업무 중 교통사고로 사망했다고 둘러대겠지."

"본사에서는 왜 아무 조치도 안 취하는 거죠?"

"대선 시즌이잖아. 벌써 줄 서느라고 난리도 아니야. 해외공작 부서건 국내 부서건 대선 관련 비인가 작전에 동원되느라 분위기가 험악해."

"우리도 영향을 받을까요?"

"우리야 뭐, 황 비서 지키는 일을 해야 하잖아. 우리 팀을 그런 일에 쓰는 건 소 잡는 칼로 파리를 잡는 꼴이라고. 내가 목숨 걸고 막을 테니까 염려 마."

중국에서 돌아온 지 두 달 후 사무실로 전화가 걸려왔다. 무심코 전화를 받은 유선은 한동안 말을 잇지 못했다.

"나야, 이선진. 자네 김도형 대리 맞지?"

"거기 어딥니까?"

"중국, 베이징 근처야."

"거기 그대로 계세요. 당장 픽업해드릴게요."

"규칙 위반인 건 아는데 가족들한테, 가족들한테 내 소식 좀 전해 줘."

유선은 아무 대답도 하지 않고 김형선 대리에게 전화를 넘겼다. 본사 역시 발칵 뒤집어졌다. 그는 당일로 픽업되어 안가에서 하루를 보낸 뒤 다음 날 비행기로 한국에 돌아왔다. 그리고 공항에서 바로 합동조사단에 체포되어 심문실로 끌려갔다. 그의 팀은 조사에서 철저히 배제되었다. 그는 예상과 전혀 다른 이야기를 했다. 단둥 사무실에 쳐들어온 북측 요원들에게 현지 요원은 사살당하고 자신은 납치되어 북쪽으로 들어갔다고 했다. 북에서 그를 기다리고 있던 건 처절한 심문이나 처형이 아닌 여흥이었다. 대동강 인근의 초대소에서 삼엄한 경계를 받으며 격리된 그는 매일 기쁨조들에게 접대를 받았다고 했다. 그동안 북쪽에서는 어떤 정보도 물어보지 않았다고 했다. 합동조사단은 그의 말을 믿을 수 없다는 결론을 내렸고, 유선도 믿지 못했다. 유선과 최형근 부사장이 합동조사단 심문실에서 이선진 팀장과 만난 것은 사흘 후였다. 그동안 잠을 못 잤는지 눈에는 실핏줄이 가득했다. 서류를 가방에 넣은 심문관이 짧게 말했다.

"딱 10분입니다."

두 사람이 심문실로 들어가자 구석에 앉아 있던 이선진 팀장은 구세주라도 만난 것처럼 바지 자락에 매달렸다. 그는 최형근 부사장의 바지를 잡고 울면서 말했다.

"부사장님, 부사장님은 저를 아시지 않습니까? 제가 거짓말을 할 사람이 아니라는 거 말입니다. 구사일생으로 살아와서 왜 이런 대접을 받아야 합니까, 네?"

최형근 부사장은 그의 손을 잡으며 말했다.

"내가 밖에서 할 수 있는 일이 뭔지 알아볼게. 너무 걱정하지 말고 사실대로 다 얘기해. 그럼 될 거야."

억울하다는 말을 거듭하는 이선진 팀장을 뒤로하고 사무실 밖으로 나온 최형근 부사장이 훅 하는 한숨을 쉬었다.

"어렵겠습니까?"

"발바닥에 땀이 나도록 뛰겠지만 힘들 거야. 야권 대선 후보에 대한 비인가 공작이 폭로되는 바람에 윗선이 예민해질 대로 예민해져 있거든."

"그럼……."

"강제 퇴사당하겠지. 연결된 모든 선들은 끊어질 테고 말이야. 아마 대북공작 라인 전체가 흔들릴 거야. 북한 내부의 블랙들도 자수하거나 돌아서겠지. 힘들게 씨를 뿌리고 싹을 틔웠는데 다 말라죽고 말 거야. 젠장."

"결국 놈들이 이겼군요."

"역 모란봉 작전이 성공하긴 했지만 우린 모란봉을 확보했으니 1승 1패야."

"팀장님은요?"

"다른 직장 알아봐야지. 강한 친구니까 잘 견딜 거야."

불행하게도 최형근 부사장의 예측은 한 가지만 빼고는 모두 적중했다. 퇴사 후 알코올 중독자가 된 이선진 팀장이 한강에서 시체로 발견된 것은 유선이 러시아로 출장을 떠나기 직전이었다.

"러시아에 문제가 생겼어. 이번 이선진 팀장 일로 라인을 바꾸는 와중에 위기를 느낀 러시아 쪽 연락책이 우리 요원들의 명단을 넘긴 거 같아. 그중 한 명이 지금 모스코바 현대 호텔 305호에 있는데 겁에 질려서 나오지도 못하고 있어. 현지에서 픽업하려고 했는데 라인이 정리가 안 된 상태라 움직일 수가 없대."

"제가 가겠습니다."

역 모란봉 작전   169

"그래 주면 고맙겠네. 고태식 과장을 보내려고 했는데 본사에서 금지했어. 서호진 대리랑 같이 갔다 와주게."

"알겠습니다."

모스크바 공항에 내린 유선과 서호진 대리는 바로 현지 요원과 접촉해 현대 호텔로 향했다. 현대 호텔 내부 설계도와 방의 위치를 다시 숙지하는데 현지 요원이 러시아제 무전기와 검은색 서류 가방을 건넸다. 가방 안에 든 총기는 뜻밖에도 9mm 탄을 쓰는 글락 19였다. 유선이 의아한 눈으로 쳐다보자 현지 요원은 대수롭지 않다는 듯 대답했다.

"요새 러시아에서 못 구하는 게 없어요. 달러를 두둑하게 넣고 다니다가 러시아 경찰이나 FSB에게 찔러주면 여권도 안 보고 통과시켜줘요. 그래서 여기 사람들은 요새 북측 사람들보다 우리를 더 좋아해요."

"여기 여자를 부를 수 있는 곳은 어딥니까?"

"예? 이 마당에 여자를 부르시게요?"

현지 요원의 표정이 미묘하게 변했다.

"예, 호텔에 가기 전에 부탁드립니다. 그리고 서 대리는 호텔 주차장에서 대기하고 있다가 무전을 들으면 바로 올라와. 내가 얘기하기 전까지는 절대 사격 금지야."

현지 요원이 차를 세운 곳은 허름한 아파트 앞이었다. 소비에트연방 시절에는 노동자들을 위한 국영 아파트였다가 지금은 매음굴로 쓰이는 것 같았다. 그 앞을 어슬렁거리자 코가 빨간 포주가 술 냄새를 풍기면서 영어로 말을 건넸다.

"관광객인가? 일본?"

유선은 대답 대신 고개를 끄덕거렸다.

"왜, 러시아 여자랑 하고 싶어? 하긴 아시아인들은 백인 여자랑 하고 싶어 하지, 안 그래?"

유선은 이번에도 고개를 끄덕거리며 손가락으로 오케이 사인을 보냈다. 그가 두툼한 손으로 유선의 어깨를 쳤다.

"마침 좋은 여자가 있어. 싸게 줄 테니까 오늘 즐기다 가라고."

"아, 호텔, 에스코트, 플리즈, 에스코트."

유선은 현지 요원에게 받은 현대 호텔 명함을 건네며 영어로 더듬거렸다. 그는 유선을 위아래로 훑어봤다.

"에스코트 서비스는 가격이 비싸. 12시간에 천 달러. 오케이?"

유선은 지갑을 꺼내 백 달러짜리 열 장을 그의 손에 쥐여주면서 말했다.

"블론디."

"알았어. 잠깐만 기다려."

돈다발을 쥐고 아파트 안으로 들어간 포주는 키가 큰 금발 백인 여자를 데리고 나왔다. 포주는 그녀의 손을 유선의 손에 포개면서 말했다.

"아나스타샤는 우리 가게에서 제일 인기가 좋은 애라서 원래 에스코트는 안 보내. 그래서 추가 요금으로 2백 달러를 더 내야겠어.

오케이?"

　유선은 지갑에서 백 달러짜리 두 장을 꺼내서 그에게 건네줬다. 기분이 좋아진 포주는 직접 택시를 잡아서 기사에게 현대 호텔로 손님을 모시라고 했다. 여자에게도 러시아어로 뭐라고 얘기했다. 여자는 피곤한 얼굴로 고개를 끄덕거렸다. 그녀는 미소를 지었지만 눈은 무표정했다. 현대 호텔에 도착한 택시에서 내리자마자 유선은 그녀에게 백 달러를 건네주며 팁이라고 말했다. 한층 밝아진 그녀는 유선의 팔짱을 끼고 로비 안으로 들어섰다. 예상대로 로비에는 북측 요원들이 몇 명 보였지만 러시아 여자를 끼고 들어오는 그에게 관심을 기울이지 않았다. 유선은 그녀의 엉덩이를 만지며 로비에 있는 북측 요원들에게 미소를 날렸다. 북측 요원들은 한심하다는 표정을 지어 보였다. 유선은 서툰 영어로 프런트 직원에게 3층 방을 요구했다. 호텔 직원은 팁으로 10달러를 받아 챙기고는 312호 키를 건넸다. 키를 받은 유선은 아나스타샤와 엉터리 영어로 시끄럽게 떠들면서 엘리베이터를 탔다. 유선은 무전기에 대고 속삭였다.

"서 대리, 5분 후에 계단으로 올라와. 조심해."

　3층에서 엘리베이터 문이 열리면서 북측 요원들 모습이 보였다. 아래층에서 사람이 올라간다는 것을 연락받았는지 그들은 유선과 아나스타샤가 지나가는 걸 지켜봤다. 지갑에서 백 달러짜리 세 장을 꺼낸 유선은 아나스타샤에게 귓속말로 수고했으니 이제 돌아가라고 영어로 말했다. 그리고 어리둥절해하는 그녀를 두고 305호실 문을 두드렸다. 약속대로 길게 세 번 짧게 두 번 두드렸다. 뒤늦게 상황을 눈치챈 북측 요원들이 양복 재킷 안에서 총을 꺼내 들었다. 유선 역시 왼손에 글락 19 권총을 움켜잡고 그들과 대치했다. 아나스타샤는 소리를 지르며 엘리베이터로 뛰어갔다. 방 안에서 가느다란 목소리가 들렸다.

"누구요?"

"오케이 로직스의 최형근 부사장님이 보냈습니다."

"그 사람 별명은?"

"오락부장."

"바깥 상황은요?"

"바로 퇴출할 거니까 준비해요."

"당신 동료들은요? 놈들은 최소한 대여섯은 될 겁니다."

"밑에서 올라옵니다."

호텔을 감시하는 북측 요원은 로비에 셋, 엘리베이터 앞에 둘, 그리고 비상구에 하나, 주차장에 대기하는 요원까지 포함하면 최소한 일곱 명은 될 것 같았다. 하지만 북측 요원들은 총만 겨눌 뿐 쉽게 쏘지 못했다. 그들 역시 갑자기 나타난 존재로 적잖게 당황한 것 같았다. 유선은 동료들이 있는 것처럼 꾸미기 위해 눈에 보이게 무전기를 들고 큰 목소리로 말했다.

"접선 완료했다. 반복한다, 접선 완료."

통화 내용을 들은 북측 요원들은 서로를 쳐다보며 어쩔 줄 몰라 했다. 잠시 후 엘리베이터가 다시 3층으로 올라왔고 그 안에서 키가 큰 북한 남자가 내렸다. 그는 북측 요원들에게 상황을 보고받고는 유선을 쳐다봤다.
"동무들, 거기서 거북이처럼 웅크리고 있지 말고 이쪽으로 나와서 이야기나 하면 좋지 않겠소?"
기선을 제압하려는 능글맞은 목소리였다. 유선도 지지 않고 대꾸했다.
"이야기를 하려고 하는 사람들치고는 연장이 너무 화려한 거 아냐? 서로 바쁜 처지 같은데 할 이야기가 있으면 나중에 전화로 하자고."
유선의 대답을 들은 그의 목소리가 달라졌다.
"여긴 우리 우방국이야. 순순히 방 안의 동무를 넘겨주면 당신은 쫓지 않겠어."
"우방국? 얘네들 우방국은 달러 같던데?"
"마지막 경고요, 동무."
"그다음은? 총질할 거야? 내일 아침 신문에 나란히 대문짝만하게 실려보자고. 난 잘해봤자 지방 근무야."
말 한 마디 한 마디 하는 동안 척추가 아플 정도로 스트레스를 받았다. 설상가상으로 방 안에 있던 요원이 히스테리를 부리기 시작했다. 조용하라고 말했는데도 계속 큰 소리로 나가고 싶다고 말했다. 피식 웃은 키 큰 남자가 말했다.
"거, 바쁘구만. 젖병이랑 기저귀 필요하면 말하라우. 구해다 줄 테니까."
"돈은 여기 있으니까 가져가. 니네 백 달러면 호강하고 산다며?"

그러는 사이 비상계단으로 올라온 서호진 대리가 합류했다. 당장 그에게 앞쪽을 경계하라고 하고는 305호실 안으로 밀고 들어가서 징징거리는 요원의 뺨을 후려쳤다. 아마 유선보다 직급이 높겠지만 자칫하다가는 모두를 죽게 할 수 있었다. 뺨을 몇 차례 맞은 그는 조금씩 안정을 찾았다. 털썩 주저앉은 그에게 진정하라고 하고는 다시 밖으로 나왔다. 북측 요원들이 지키고 있는 엘리베이터까지의 거리는 20미터, 전속력으로 뛰면 4초도 안 걸릴 것이다. 물론 숙달된 사수가 권총 한 탄창을 전부 비울 수 있는 거리다. 세 명의 북측 요원 중 감시조 두 명은 스콜피온 기관권총으로 꺼내 들었고, 키 큰 남자는 토카레프 권총을 손에 쥐었다. 이쪽은 유선과 서호진 대리의 글락 19 두 자루가 전부였다. 설상가상으로 서호진 대리가 올라온 비상계단 쪽에서도 권총을 든 북측 요원 한 명이 모습을 드러냈다. 복도를 사이에 두고 중간에 양쪽으로 포위된 상태였다. 서호진 대리에게 뒤쪽을 경계하라고 손짓한 유선이 호기롭게 외쳤다.

"어이, 이러다 니네들끼리 총질하겠다. 조심해야지."

"우리 공화국 동무들은 이 정도 거리에서는 눈 감고도 표적을 맞추지."

"그럼 눈 감고 쏴보든가."

그리고 대화는 끝났다. 권총을 치켜든 팔이 점점 저려왔다. 유선은 마지막 승부수를 던졌다.

"우리가 여기서 총질을 시작하면 너희도 여길 무사히 나갈 수 없어. 아까 나간 아가씨한테 경찰에 연락하라고 했거든. 러시아 경찰이 너희들 편을 들어줄지 아니면 내 지갑의 달러 편을 들어줄지 내기할까?"

저쪽도 긴장했는지 스콜피온 기관권총을 든 요원 하나가 발작적으로 헛기침을 했다. 키 큰 남자가 얼음장 같은 표정으로 돌아보면서 진정하라는 손짓을 하는 게 보였다.

때마침 호텔 밖에서 경찰 사이렌 소리가 들렸다. 유선은 도박을 하기로 했다.

"서 대리, 손님 데리고 내 뒤에 붙어서 후방경계 해."

서호진 대리가 걱정스러운 목소리로 속삭였다.

"북한 애들이 쏘면 어떡합니까?"

"너도 쏴. 셋 하면 움직인다. 하나, 둘, 셋."

유선이 엘리베이터 쪽으로 움직이자 가운데 305호실 요원을 끼운 서 대리가 천천히 뒤따라왔다. 유선 일행이 다가오자 북측 요원들이 스콜피온 기관권총을 들어서 정조준을 했다. 유선 역시 키 큰 남자의 얼굴을 겨냥했다. 키 큰 남자 역시 방아쇠울에 올려진 그의 손가락을 주시했다. 엘리베이터까지의 20미터가 마치 2킬로미터 같았다. 마침내 키 큰 남자가 북측 요원들에게 총을 내리라는 손짓을 했다. 울상이 된 북측 요원이 무심코 입을 열었다.

"리철희 대좌 동무, 이렇게 보내면 어케 합니까?"

리철희라고 불린 키 큰 남자는 말없이 북측 요원의 뺨을 후려쳤다.

유선이 그 옆에 지나치려는 순간 그가 입을 열었다.

"동무 목소리를 어디서 들은 것 같아."

유선이 그의 눈을 쳐다봤다.

"96년 강원도, 기억하나?"

그 순간 유선의 온몸에 소름이 돋았다. 강릉 대간첩 작전 때 놓쳤던 바로 그 한 명이었다. 겨우 엘리베이터 단추를 누르고 그를 쳐다봤다.

"이선진 팀장이 자살했다고 들었는데, 괜찮은 동무였는데 안됐어."

그사이 3층으로 올라온 엘리베이터의 문이 열렸다. 먼저 탄 서호진 대리가 한 손으로 열림 버튼을 누르고 다른 한 손으로는 권총을 겨눴다. 엘리베이터 문이 닫히기 전 유선도 반격했다.

"김철상 동무가 안부 전해달라고 하더군. 저승에서 말이야."

상대방의 목과 관자놀이의 푸른 힘줄이 바짝 불거지는 게 보였다. 애써 평정을 찾은 그가 엘리베이터 문이 닫히기 직전에 차가운 미소를 지으며 말했다.

"잘 가라우. 또 만날 날이 있을 거야."

유선은 엘리베이터 문이 닫히자마자 그대로 주저앉았다. 서호진 대리가 어깨를 흔들며 괜찮느냐고 물었다. 유선은 자신이 어떻게 차에 탔는지 기억이 나지 않았다. 현지 요원이 거칠게 차를 몰고 주차장을 빠져나갈 때까지 숨을 쉬기가 힘들었다.

목표물을 코앞에서 놓친 암살조원들은 팀장을 쳐다봤다. 팀장은 여전히 남조선 요원들이 타고 내려간 엘리베이터를 바라보는 중이었다. 수많은 대남공작을 성공시키고 역 모란봉 작전까지 완벽하게 치러낸 공화국의 전설적인 영웅인 그도 이렇게 감정이 흔들리기는 처음이었다.

"리철희 대좌 동무, 명령을 내려주십시오."

그는 아무 대답도 하지 않고 계속 엘리베이터 문을 쳐다봤다. 조금 전 그의 앞으로 미군의 개가 되어 피붙이 같던 동료들을 사살한 원수가 지나갔다. 한국군과 미군에 쫓겨 강원도 산속을 헤맬 때도, 휴전선을 돌파하던 동료가 고압선에 걸려 눈앞에서 녹아내릴 때도 지금같이 처참한 기분은 들지 않았다. 애써 감정을 거둔 그는 부하들에게 말했다.

"철수하라우."

부하들이 엘리베이터로 내려가는 것을 확인한 리철희 대좌는 호주머니 속에 넣어둔 보드카를 한 모금 마셨다. 술은 거의 끊었지만 이렇게 뜻밖의 과거와 마주쳤을 때에는 마시지 않고는 견딜 수가 없었다.

유선은 왼손으로 계속 떨리고 있는 오른손을 움켜잡았다. 마치 다른 사람의 손처럼 느껴졌다. 호텔에서 탈출한 요원은 말이 많아졌다. 그러더니 잠깐 차를 세워달라고 했다.

"미안, 긴장이 풀렸는지 터질 것 같아서 말이야."

유선과 서 대리는 그를 사이에 두고 나란히 서서 볼일을 봤다. 무사히 빠져나왔다는 짜릿함이 척추를 타고 올라왔다. 곧바로 공항으로 간 세 사람은 비행기를 탔다. 다른 두 사람은 그대로 곯아떨어졌지만 유선은 한숨도 자지 못했다. 지나치면서 들었던 그의 목소리가 계속 귀에서 맴돌았다. 그리고 려경원을 찾으며 숨을 거둔 그 공작조원의 검은 눈동자가 머릿속에서 떠나지 않았다. 그 후에도 몇 번 더 사람을 죽였지만 유독 그에 대한 기억만이 유령처럼 주변을 맴돌았다. 유선은 스튜어디스에게 술을 부탁해 연거푸 마셨지만 갈증만 심해질 뿐 취하지도 잠이 오지도 않았다.

이방인

 북측은 역 모란봉 작전이 성과를 냈다고 판단했는지 장기 공작으로 전환했다. 한국 내 정치인이나 대통령의 인척을 북측으로 유인하려는 공작을 시도한 것이다. 하지만 유선이 속한 팀에 의해 번번이 좌절되었다. 그의 팀은 황 비서의 외곽 경호도 담당했다. 유선의 사무실 바로 옆이 그의 안가였기 때문에 매일 그의 얼굴을 볼 수 있었다. 북에 남겨진 가족들 때문인지 그의 얼굴은 그다지 밝지 못했다. 유선이 속한 팀이 역 모란봉 작전을 막느라 정신이 없을 때, 본사에서는 국내 문제로 여러 가지 비인가 공작을 수행하느라 어수선했다. 정권 교체 시기를 맞아 상대편 후보에 대한 선거 관련 공작이었다. 그의 팀에도 비인가 공작에 대한 임무가 떨어진다는 소문이 돌았지만 최형근 부사장이 막은 탓인지 추가 지시 사항이 내려오진 않았다. 그 문제 때문인지 죽은 이선진 팀장의 후임도 보충되지 않았다.

당직 근무를 마치고 아침에 퇴근했던 유선은 남은 업무를 처리하기 위해 오후 늦게 사무실로 돌아왔다. 문을 열고 들어서는데 사무실 분위기가 이상했다. 본사에서 나온 사람들로 보이는 남자들이 소파에 앉아 있었고 서호진 대리는 흥분한 표정으로 정수기 옆에 서서 그들을 노려봤다. 땅딸막한 키에 기름기가 흐르는 얼굴의 남자가 최 부사장 방문을 열고 목소리를 높이며 걸어 나왔다.

"누군 하고 싶어서 이 짓 하는 줄 알아? 부장님 믿고 계속 까부는데 저쪽이 당선되면 이 부서도 공중분해야, 알아!"

최 부사장은 무표정한 얼굴로 쳐다볼 따름이었다. 그는 사무실 직원들을 둘러보며 최 부사장에게 낮게 깔리는 목소리로 말했다.

"가장이면 말이야, 자기 식구들을 잘 챙겨야지. 하고 싶은 일만 하고 하기 싫은 일은 하지 않겠다고 고집을 부리면 결국 거리에 나앉게 되는 건 그 식솔들이야. 내 말 새겨들으라고."

최 부사장은 여전히 말없이 그의 옆에 서 있었다. 최 부사장의 얼굴에 변화가 없자 그는 동행한 직원들을 데리고 사무실을 나갔다. 그가 나간 자리엔 찬바람이 불었다. 유선은 옆으로 스쳐 지나가는 그의 얼굴이 기억났다. 모란봉 작전 개시 직전, 궁정동 조기 축구회 때 본 얼굴이었다. 최 부사장은 팀원들을 둘러보며 웃는 얼굴로 말했다.

"내가 깨지는 거 처음 봐. 어서 일들 해. 그리고 김 대리는 잠깐 나

좀 봐."

 문을 닫고 어정쩡하게 서 있는 유선에게 그는 자리를 권하며 말했다.

 "앉아, 하늘 안 무너져."

 그에게 물어보고 싶은 말은 많았지만 어떻게 시작을 해야 할지 몰라 입을 열 수가 없었다.

 최 부사장은 중국에서 건너온 것 같은 보이차를 꺼내 작은 찻잔에 담았다. 보글거리며 끓는 전기 주전자에서 뜨거운 물을 부은 그는 웃으며 이야기했다.

 "이놈의 차는 마음에 들기는 하는데 가격이 계속 오르는 게 마음에 안 들어. 한잔하지."

 "감사합니다."

 최 부사장은 차에 대해서 장황하게 얘기했다.

 "아직 물 온도를 맞추는 방법을 모르겠어. 그래도 해인사에서 오래 계셨던 스님이 중국 갔다 오시면서 주신 보이차라 맛은 있을 거야."

 유선은 그가 차를 맛보게 해주고 싶어서 부른 것이 아니라는 것을 알고 있었다. 말없이 차를 절반쯤 비울 무렵 최 부사장이 말했다.

 "자네 퇴근 후 뭐 하나? 오랜만에 사우나나 갈까? 술도 한잔하면 좋겠고."

 "알겠습니다. 팀원들도 함께합니까?"

 "아니, 오늘은 우리 둘만 뭉치자고."

"알겠습니다. 그럼 이만 나가서 일 좀 보겠습니다."

"알겠네. 이따가 끝나고 사우나에서 보세."

업무를 끝내고 회사를 나온 유선은 사우나로 향했다. 미리 와 있던 최 부사장이 유선에게 손짓을 했다. 유선은 그를 따라 습식 사우나 안으로 들어갔다. 10분짜리 모래시계가 절반가량 내려갔을 무렵 그가 입을 열었다.

"자네도 요새 우리 부서 기류가 좀 이상하다고 느꼈겠지만 우리뿐만 아니라 본사 역시 이번 대선이 끝나면 엄청난 변화를 겪을 거야. 다행히 우리 팀은 파견 형태로 구성된 팀이라 해체돼도 문제없어. 본사에서 온 직원은 본사가 흔들려도 문제가 없을 만큼 말단이고 나만 결심하면 그만이지."

"생각보다 심각한 상황인가요?"

유선의 물음에 최 부사장이 무겁게 고개를 끄덕거렸다.

"이번 대선에 이기기 위해 너무 많은 비인가 공작이 벌어지고 있어. 부장님 역시 블랙노트를 믿는 모양인데 그걸 찾는다는 것 자체가 회사가 산으로 가고 있다는 증거거든. 우리 같은 업종에선 블랙노트는 죽기 전에 찾는 성경 같은 거야. 마음에 위안을 줄 뿐 죽음을 미뤄주지는 못해."

"블랙노트가 뭔지 여쭤봐도 되겠습니까?"

"쉽게 말해서 블랙메일을 보낼 수 있는 내용이 담겨 있는 노트지. 즉, 영향력 있는 정치인들의 치부에 대해 안기부와 기무사, 경찰 정보과가 조사한 내용들이 담겨 있어. 미국 FBI 존 에드가 후버 국장이 가지고 있었던 'X 파일'과 비슷하다고 보면 될 거야. 나 역시 그 안에 무슨 내용이 있는지는 자세히 몰라. 아마 최후의 협상 수단으로 쓰려고 하겠지."

"일종의 보험이군요."

"맞아. 한편으로 비인가 공작을 하면서 다른 한편으로는 블랙노트로 보험을 들고 있다는 거 자체가 이미 판세가 기울었다는 얘기 아니겠어?"

최 부사장의 푸념이 이어졌다.

"자네가 나를 어떻게 생각하는지 모르겠지만 난 우리 팀원들을 이 더러운 정치판에 끌어들일 생각이 없어. 이미 자네들은 모란봉 작전으로 국가에 그 의무를 다했어. 국가의 안위와 상관없는 정권 유지의 수단으로 자네들이 쓰이는 것은 원하지 않아. 이건 멍청한 짓이야. 그들은 국가나 정보 전선의 근간이 아닌 자신들의 지위만을 지키려 한단 말일세."

머리에 쓰고 있던 수건을 신경질적으로 내팽개친 최 부사장이 땀으로 범벅이 된 얼굴을 손으로 훔쳤다.

"상대 후보 쪽에서 회사가 비인가 공작을 벌이고 있는 것을 모를 거 같나? 내가 보기엔 이미 그쪽으로 넘어간 본사 인원들도 적지 않아. 이들은 그들이 원하는 정보를 본사에서 실시간으로 갖다 바치면서, 그들이 정권을 잡으면 자신들의 책상이 유지되거나 더 높은 자리를 차지할 수 있을 거라 기대하면서 구두창이 떨어져라 뛰고 있어. 결국 이번 게임의 최대 피해자는 국가가 될 거야. 이미 본사는 두

패로 나눠져버렸고 결과가 어떻게 나든지 한쪽이 정리되면서 여태까지 심고 가꾼 나무들이 뿌리째 뽑혀버리고 마는 거지."

"막을 방법은 없습니까?"

"없어. 그들이 오늘 찾아온 것은 사실상 최후통첩인 셈이지. 이제 와서 비인가 공작을 실시한다고 해도 그들은 우릴 믿지 않을 거야. 그리고 난 자네나 우리 팀원들이 다치는 것도 보고 싶지 않고 말이야. 난 다음 주에 사표를 낼 거야. 내가 물러나면 다른 팀장이 오거나 팀을 해체하겠지. 미리 준비를 해두게."

대충 짐작하긴 했지만 막상 직접 얘기를 듣자 유선은 기운이 빠졌다. 최 부사장은 그런 그의 어깨를 툭 쳤다.

"내가 자네에게 해줄 수 있는 건 이런 것밖에 없네. 자넨 원대 복귀를 하든지 아니면 본사 쪽 자리를 내가 알아봐줄 수도 있네. 이빨이 빠졌다 뿐이지 아직은 호랑이거든."

유선은 쉽게 대답할 수 없었다. 최 부사장이 씩 웃었다.

"그래, 쉽게 답이 나오는 일은 아니니까 잘 생각해보라고. 이제 나가서 한잔하자고."

유선과 최 부사장의 회식은 새벽 2시가 넘어서 끝났다. 집으로 돌아온 유선은 오랜만에 미국에 있는 아버지에게 전화를 걸었다. 미국은 아침 시간이었다. 아버지는 자다가 전화를 받았는지 목소리가 잠겨 있었다.

"아버지, 접니다."

"그래, 어쩐 일이냐? 잘 있니?"

유선은 눈물을 억지로 참았다. 할 말은 많았지만 말이 나오지 않았다. 서른이 넘은 장성한 아들이 아버지에게 새벽에 전화를 걸어 울먹인다는 게 창피했고, 그렇게 나약하다는 것을 보여주기도 싫었다. 결국 아버지가 먼저 말했다.

"힘든 일이 있는 게냐? 언제든 여기로 오고 싶으면 오너라. 넌 젊으니까 뭐든지 할 수 있을 거다."

"아버지, 다시 전화 드리겠습니다. 오늘은 목소리 듣고 싶어서 전화했습니다. 어머니께도 안부 전해주세요."

"지금 옆에 있는데 바꿔줄까?"

"아닙니다. 다시 전화 드릴게요. 그럼 끊습니다."

유선은 어머니의 목소리까지 듣고 견딜 자신이 없었다. 자리에 누워서 잠을 청해보려고 했지만 눈에서 계속 눈물이 났다.

이틀 뒤 최 부사장은 팀원 회의를 소집했다. 팀원들은 다들 불안해하는 눈치였지만 유선은 어떤 발표가 있을지 대강 짐작했다. 최 부사장은 팀원들에게 일주일 뒤 팀이 해체될 것이라고 간단히 발표했다. 팀원들도 어느 정도 예상했는지 별다른 말들이 없었지만 서호진 대리는 불만을 토로했다.

"우리 팀이 모란봉 작전을 비롯해서 얼마나 많은 작전을 성공시켰는데, 왜 해체해야 합니까? 비인가 공작을 팀장님이 거부하셔서 그런 겁니까? 그냥 하면 되지 않습니까? 팀장님이 하기 싫으시면 저에게 시켜주십시오. 제가 팀에 피해 가지 않게 처리하겠습니다."

최 부사장은 서 대리의 말을 묵묵히 듣고만 있었다. 서 대리의 흥분이 가라앉자 최 부사장이 입을 열었다.

"모두들 나 믿지? 모두 원대 복귀를 하는 데 전혀 문제가 없을 거고, 그동안 이 팀에서 근무한 것에 대한 불이익은 없을 거야. 그러니 아무 말 말고 업무들 잘 마무리해."

다음 날부터 팀원들이 하나둘씩 원대로 복귀했다. 서 대리는 본사의 대북팀으로 갈 곳이 정해지자 언제 투덜댔느냐는 듯이 웃는 얼굴로 변했다. 사무실의 홍일점인 김형선 대리는 결혼할 예정이라 전역 지원서를 제출할 거라고 했다. 팀원들이 하나둘 나가는 것과 동시에 본사 직원들이 와서 비밀문서와 무기를 회수했다. 이 건물은 계속 황 비서 경호 및 국내 파트 지사로 쓸 것 같았지만, 팀이 해체되면서 모든 자료와 장비를 회수하고 새로운 장비와 보안코드를 만드는 것 같았다. 최 부사장은 정리 작업을 하는 본사 직원들 옆에서 자리를 지키는 유선에게 다가왔다.

"연합사로 돌아가게 된 걸로 알고 있는데 복귀일이 언젠가?"

"다음 주 월요일입니다."

"이제 다시 김유선이라는 이름을 찾는 건가? 축하하네."

"최 부사장님은 이제 어떻게 하실 겁니까?"

"나? 사실은 얼마 전에 마포에 집사람이 고깃집을 열었거든. 뭐 거기서 셔터나 내리고 숯에 불이나 붙이면서 살아야지."

"주소라도 가르쳐주시면 제가 찾아뵙겠습니다."

"지금 말고 나중에 내가 전화로 말해주지. 고깃집 일이 좀 익숙해지면 그때 내가 정식으로 초대할게."
"알겠습니다."
"대충 정리하고 퇴근해. 그리고 이게 내 새로운 전화번호야. 젠장, 이젠 전화도 내 돈 주고 해야 하는군."
그는 마지막 무대에 오른 광대처럼 끝까지 익살을 떨었다.

김도형이 아닌 김유선으로 한미연합사에 복귀했다. 원래의 보직은 이미 다른 사람이 차지하고 있었기 때문에 한동안 겉돌아야만 했다. 아무 일 없이 사무실에 앉아 있으니 그동안 회사에서 겪었던 일들이 머릿속을 떠나지 않았다. 사무실 직원들은 그가 보직도 없는데 들어올 수 있었음을 놓고 높은 곳에 끈이 있다고 느꼈는지 잘 건드리지 않았다. 그런 생활을 몇 달 겪은 유선은 부서 회식 때 아무도 권하지 않는 술을 혼자서 잔뜩 마시고 숙소에서 미국에 계신 부모님께 전화를 걸었다. 오랜 통화 끝에 그는 미국으로 가기로 결심했다. 다음 날 유선은 전역지원서를 제출했다. 전역지원서는 기다렸다는 듯 수리되었고 곧바로 직보 생활에 들어갔다.

한가해진 유선은 여행을 하면서 시간을 보냈다. 소주 한 병을 사 들고 강릉 대간첩 작전이 벌어졌던 곳을 찾은 유선은 아직도 그곳을 맴돌고 있을 사살된 북한 작전조원들의 영혼과 잔을 기울였다. 그 후 유선은 자살한 이선진 팀장의 묘소에도 들렀다.

서울로 돌아오는 야간열차 안에서 새로운 대통령이 당선되었다는 소식을 들었다. 직보 생활이 끝나갈 무렵 새로운 대통령은 전 안기부장을 구속시켰고 안기부의 이름을 국가정보원으로 바꾸고 기관을 혁신했다. 그 과정에서 수많은 인적 정보 자산이 흔들렸다. 더불어 그에게 달려 있던 끈도 사라져버렸다. 박지명 소장이 무슨 일이 생기면 연락하라고 했던 비상 연락 번호는 더 이상 사용하지 않는 번호라고 나왔다. 미국으로 떠나기 전날 유선은 최 부사장에게 전화를 했다.

"미국으로 간다고? 출국허가가 났단 말이야?"

"전 정식 직원이 아니었잖습니까? 신경도 안 쓰는 눈치던데요."

"하긴, 그런 데 신경 쓸 여력이 없겠지. 잘 가. 돌아오면 연락하고."

2001년 4월, 유선은 미국행 비행기에 몸을 실었다. 짐은 이미 부쳤기 때문에 가방 두 개가 전부였다. 미국에 가면 뭐를 하겠다는 특별한 계획도 없었다. 아버지가 사업체를 운영하고 있던 덕분에 투자이민으로 임시 영주권을 발급받았다. 12시간의 비행 끝에 LA 공항에 도착했다. 부모님은 마지막으로 뵈었을 때보다 많이 늙으신 상태였다. 특히 아버지는 통풍 때문인지 걸음이 좀 불편해 보였다. LA 역시 십여 년 전과는 많이 달라져 있었다. 집은 LA 시내에서 동쪽으로 약 40분 거리에 있었다. 집 주변은 대부분 은퇴한 사람들이 사는 곳이라 조용하고 깨끗했다. 짐을 정리한 유선은 며칠 동안 밀린 잠을 잤다. 일단 직장이 구해질 때까지 아버지 일을 돕기로 했다. 아버지는 '코인 런드리^{Coin Laundry}'라고 불리는, 동전을 넣어 작동시키는 세탁소를 운영하고 계셨다. 그리고 매주 월요일과 목요일 저녁에는 자신이 나온 부대 전우회에 나가 일을 보거나 옛날 KLO 부대 출신 전우들을 만났다. 전쟁이 끝나고 제대한 아버지는 나이 마흔이 넘어서 어머니를 만나 두번째 결혼을 했다. 아버지의 첫번째 부인은 함경도 고향에 있었고 전쟁 통에 빠져나오지 못했다. 첫번째 부인과 헤어졌다는 사실에 아버지는 거의 폐인 수준으로 생활했고, 당시 부대장의 딸이었던 어머니를 만나 결혼을 하고 나서야 겨우 정상적인 삶으로 돌아올 수 있었다. 아버지처럼 미국에 온 KLO 부대 출신 노인들은 미국 정부를 상대로 소송을 준비 중이었다. 영어를 할 줄 알았던 유선은 자연스럽게 전우회 사무실에서 번역 및 잡무를 담당하는 사무장이 되었다. 대부분의 회원이 미국에 온 지 이삼십 년이 넘었지만 생업에 종사하느라 영어에 능숙한 사람이 거의 없었다. 유선은 그들을 위해 서류 작업을 도와주었다.

  쉬는 날은 시내로 나갔다. 딱히 뭘 하거나 누굴 만나는 건 아니었고, 공원에 하루 종일 앉아 있거나 혼자서 영화를 봤다. 그러면서도 미행을 확인하거나 어디를 들어가면 내부 구조나 비상구 위치부터 확인하는 습관을 버리지 못했다. 몇 블록이나 따라온 것 같은 동양인을 뒷골목으로 유인해서 때려눕힌 적도 있었다. 그날도 하염없이 시내를 걷다가 LA 다운타운으로 들어섰다. 다운타운은 한때 '리틀재팬'이라고 불릴 정도로 일본인들이 많았지만 지금은 상권 자체가 중국계에게 많이 넘어간 상태였다. 그래도 일본 음식을 맛보기에는 이곳만 한 곳이 없었다. 한동안 거리 구경을 하던 그는 쇼핑몰 안에 있는 일본식 라면 가게로 들어갔다. 자리에 앉은 그는 라면과 교자가 포함된 메뉴와 삿포로 맥주를 시켰다. 단숨에 맥주를 비우자 동양계로 보이는 여종업원이 물었다.

"어머, 목이 많이 마르셨나 봐요?"

아까 메뉴판을 보느라 제대로 보지 못했는데, 적당히 예쁘고 건강해 보이는 동양인 여성이었다.

"그런가 봐요. 한 잔 더 갖다 주시겠어요?"

"알겠습니다. 바로 대령하죠."

유선은 주방으로 걸어가는 그녀의 뒷모습을 훔쳐봤다. 몸에 달라붙는 스키니 진에 탱크톱을 입은 그녀는 몸매가 꽤 예뻐 보였다. 그는 식사를 하는 중에 몇 번이나 그녀를 쳐다봤다. 식사를 마치고 맥주를 한 잔 더 시킬 때쯤 가게가 좀 조용해졌다. 유선이 앉아 있는 앞 테이블을 치우던 그녀가 웃으며 말했다.

"술을 꽤 하시나 봐요? 한 잔 더 드려요?"

"그만 마실게요. 더 마시면 취할 것 같아요."

"전혀 취해 보이지 않는데요, 뭘. 이 근처에 사세요?"

"아니요. 여기는 부모님이 사시고 전 동부에서 왔어요."

새로운 손님이 들어오면서 대화가 끊기고 말았다. 식사를 마친 그는 평소보다 좀더 두둑하게 팁을 놓고 나왔다. 테이블 서빙을 보던 그녀가 잘 가라는 인사를 했다. 밖으로 나온 유선은 같은 쇼핑몰 3층에 있는 '블루 웨일'이라는 재즈 바에 갔다. LA에서 몇 안 되는 전통 재즈를 하는 곳으로 '준'이라는 한국계 미국인 재즈 연주가가 운영하는 곳이다. 아버지 가게에 비치된 잡지에서 그의 인터뷰 기사를 본 후 한번 와보고 싶었던 곳인데, 술기운 탓인지 머뭇거림 없이 바로 들어섰다. 가게에 들어서자 바로 바가 보였다. 재즈를 연주하는 무대는 바 뒤쪽에 자리 잡았다. 빈 테이블에 앉아서 음료를 시키고 재즈를 들었다. 대머리에 두툼한 안경을 쓴 준이 연주를 하는 중이었다. 재즈 선율이 묘하게 그의 가슴을 파고들어왔다. 고향인 아프리카에서 루이지애나의 뉴올리언스까지 끌려온 흑인 노예들의 슬픔이 절절하게 느껴졌다. 어느 틈엔가 연주를 끝낸 준이 무대에서 내려와 재즈를 듣고 있던 관객들과 인사를 나눴다. 제일 구석에 앉아 있는 그에게 준이 악수를 청했다.

"재즈를 좋아하시나 봐요?"

"그냥 오늘은 재즈가 땡기네요."

유선이 한국어로 말하자 그가 함박웃음을 지었다.

"아, 한국분이셨군요! 반갑습니다. 괜찮으시면 저랑 술 한잔하시죠."

그는 지나가는 웨이터에게 맥주를 한 잔 주문하고는 옆자리에 앉았다. 그와 이런저런 이야기를 나누는데 옆에서 낯익은 목소리가 들렸다.

"오빠!"

"어, 크리스틴. 가게는 어땠어?"

"오늘도 사람들이 미어터졌지 뭐."

"그런데 클럽에 안 가고 여긴 웬일이야?"

"맥주 좀 마시려고. 아까 어떤 손님이 맛있게 마시는 거 보니까 정말 땡겨서 말이야."

"이런, 대체 누가 우리 여동생한테 맥주를 땡기게 했을까?"

"몰라, 처음 보는 사람이었어."

오빠와 정신없이 떠들던 그녀는 유선을 알아보고는 반가운 표정을 지었다.

"어머, 오빠 이분이랑 아는 사이였어?"

"방금 전부터 재즈로 엮인 사이가 됐지. 근데 왜?"

"이분이 맥주를 땡기게 한 사람이거든."

"맙소사, 이게 무슨 인연이지?"

준이 과장된 손짓으로 호들갑을 떨었다. 유선 역시 익살스럽게 사과했다.

"죄송합니다. 그럴 의도는 없었습니다."

"크리스틴이라고 해요."

"저는 김유선이라고 합니다. 만나서 반갑습니다."

"자 자, 교통정리를 해줄게. 이쪽은 크리스틴, 내가 잘 아는 동생이죠. 아주 당차고 날렵하죠. 뭐라고 할까……."

"남들이 들으면 동물 소개하는 줄 알겠다."

유선은 웃으며 둘이 투닥거리는 것을 지켜봤다. 준과 크리스틴이 그냥 아는 오빠 동생이라는 사실을 들었을 때 그는 안도의 한숨을 내쉬었다. 크리스틴이 그를 쳐다보면서 말했다.

"간호학과를 졸업하고 병원에 취직하기 전에 아르바이트 중이었어요. 당신 직업은 뭔가요?"

"아버지 일을 도와 작은 가게를 합니다."

"우아, 그럼 사장님 아들?"

"겨우 입에 풀칠하는 수준입니다."

"좋아요. 오늘 당신이 술을 땡기게 한 장본인이니까 오늘 술값은 당신이 내세요."

"물론이죠. 영광입니다."

유선은 그녀의 활달한 성격과 웃음에 빠져들었다. 셋이서 정신없이 떠드는 동안 시간도 정신없이 흘러갔다. 새벽 2시가 되자 손님들이 다 빠져나갔고 세 명만 남았다. 웨이터까지 퇴근하자 준은 주방에 가서 포도주를 들고 나왔다. 크리스틴이 활짝 웃으며 소리쳤다.

"와, 포도주다! 오빠, 노래 불러주세요."

"기꺼이!"

준은 피아노를 치면서 영화 〈카사블랑카〉의 주제곡이었던 'As time goes by'를 불러줬다. 한참 노래에 취해 있던 유선은 왼쪽 어깨 쪽에 무언가 닿는 감촉을 느꼈다. 살짝 돌아보니 크리스틴이 왼쪽 어깨에 머리를 기댄 것이 보였다. 유선은 준이 노래를 끝내고 돌아올 때까지 그대로 있었다. 준이 고개를 갸웃거리며 말했다.

"이 친구 이런 적이 없었는데, 희한한 일이네. 유선 씨가 편한가 봐요."

준의 말에 부스스 눈을 뜬 그녀가 코끝을 찡그리며 말했다.

"아냐, 피곤해서 잠깐 눈 붙인 거란 말이야."

"그래, 그럼 오늘은 이만 끝내자. 만나서 반가웠어요, 유선 씨."

주섬주섬 짐을 챙긴 준의 말대로 세 명 모두 가게를 나왔다. 준이

자기 집으로 걸어가고 유선은 그녀와 함께 택시를 탔다. 그녀의 집은 택시로 10분 거리였다. 택시를 보낸 유선은 그녀가 집 앞까지 가는 것을 지켜봤다. 집 앞까지 걸어갔던 그녀가 다시 돌아왔다.

"팔 좀 내밀어봐요, 아저씨."

그녀는 유선의 팔뚝에 전화번호를 써줬다. 그러고는 멍하니 쳐다보는 그에게 말했다.

"아저씨, 바보구나. 이건 연락처를 달라는 내 텔레파시라고요."

"미안해서 어쩌죠. 명함을 가지고 나오지 않았는데."

"무슨 사장님 아들이 명함도 없어."

투정을 부린 그녀가 선심 썼다는 표정으로 말했다.

"할 수 없지. 가끔 전화해요. 그리고 메일 주소는 내 이름에 K 두 개 더하고 뒤에 지메일gmail만 치면 돼요. 오늘 즐거웠어요."

"저도 크리스틴 씨 덕분에 정말 즐거웠어요."

"씨는 무슨 씨예요. 이제부터 그냥 오빠 동생 해요. 잘 가요, 오빠."

크리스틴은 그의 볼에 키스를 하고는 문을 열고 들어가버렸다. 유선은 볼에 남은 그녀의 온기를 느끼며 집으로 돌아왔다.

'켄 크로'라는 사람이 전우회 사무실을 찾아온 것은 유선이 크리스틴과 만나고 돌아온 다음 날이었다. 그가 유선에게 미 육군 특수전 전사편찬연구회 소속 선임 연구관이라는 직책이 새겨진 명함을 보여줬다. 여기 온 목적을 묻자 그는 미국 정부를 상대로 소송을 건 전우회에 사전 청취를 나왔다고 했다. 그동안 사무실을 지켰던 전우회 분들이 영어에 익숙하지 않아서 고생했다며 자주 오겠다는 말을 남겼다. 두번째로 방문했을 때는 '크레그 볼튼'이라는 사람과 같이 왔다. 그는 명함을 가지고 오지 않았지만 같은 기관에서 일을 한다고 했다. 사무실에서 몇 차례 만난 후 유선은 그들의 부탁대로 전우회장을 모시고 한인 타운 안에 있는 호텔 일식집에서 인터뷰를 통역했다. 그들은 주로 8240부대의 활동과 당시 미군 지휘관의 인적사항에 대해 물었다. 그리고 유선이 준비한 400페이지의 보고서를 천천히 읽어보았다. 켄은 보고서가 인상적이라며 흥미를 가졌다. 유선은 대화하는 도중에 켄이 한국어를 할 줄 알거나 적어도 듣고 이해할 정도는 된다는 사실을 눈치챘다. 어떤 이유에선지 그는 자기가 한국어를 한다는 것을 감추는 눈치였다. 인터뷰를 마치고 저녁을 먹는 자리에서 그는 부대에 대한 이야기보다 유선에 대한 이야기를 더 많이 물어봤다. 동석한 전우회장은 동지의 아들이자 한국에서 장교였다고 얘기했다.

"어디서 근무했습니까?"

"사관학교를 졸업하고 일반 보병부대에서 근무하다가 한미연합사에서 책상물림 노릇을 좀 했습니다."

"최종 계급은요?"

"대위였습니다."

"앞으로 캡틴 킴이라고 불러야겠군요. 며칠 동안 전우회 사무실에서 일을 좀 하고 싶습니다만……."

인터뷰를 한 다음 날 켄과 크레그가 오전 10시에 사무실로 찾아와서는 사무실 한쪽 책상에서 상부에 보고할 보고서를 작성했다. 일은 오후 늦게 마무리되었다. 크레그가 서류를 정리하는 동안 유선은 크리스틴에게 전화를 걸었다. 벨 소리가 들릴 때마다 심장도 두근거렸다. 잠시 후 그녀의 목소리가 들렸다.

"누구세요?"

"며칠 전 어깨 빌려줬던 사람이오."

"어, 오빠! 가게예요?"

"아니, 잠깐 일 봐주는 사무실."

"우아, 어제 전화 안 와서 무지무지 실망했었는데……."

"미안, 사실은 아무 생각 없이 샤워를 해버려서 팔에 쓴 번호가 지워져버렸어."

"피, 그럼 이 번호는 어떻게 알았어요?"

"천사한테 소원을 빌었더니 바로 알려주던데."

그녀가 깔깔대며 웃는 소리에 유선은 빙그레 미소를 지었다.

"암튼 이렇게 전화해줘서 고마워, 오빠."

"나 말고 천사한테 고마워해야지."

"그럼 오빠가 질투할 거잖아."

"다음 주 일요일에도 거기서 아르바이트하니?"

"응, 6시에 끝나."

"끝나고 볼까?"

"좋아. 우리 영화 보러 가요. 카페에서 수다도 떨고……."

크리스틴과의 통화를 끝낸 유선은 팬스레 터져 나오는 웃음을 참느라 혼났다. 며칠 후 저녁 무렵 일을 끝낸 켄이 사무실 밖으로 부르더니 오늘은 우리끼리 한잔하자며 한인 타운 내 중식당에서 만나자고 했다. 그 식당은 내실이 있어 조용한 만남을 갖기에 좋았다. 약속 시간에 도착한 유선이 기다린 지 10분쯤 되자 켄과 크레그가 들어왔다. 켄이 한국식으로 고개를 숙이며 말했다.

"캡틴 킴, 늦어서 죄송합니다. 한인 타운은 생각보다 복잡하네요."
"아닙니다."

그는 자리에 앉자마자 바로 본론을 꺼냈다.

"나도 한국군 특수부대 대위와 같이 레인저 교육을 받았지만 그의 영어는 당신처럼 좋지 않았습니다. 어디 특별한 곳에서 교육받은 적이 있으신가요?"

"아닙니다. 고등학교와 사관학교 때 교육받은 게 전부입니다."

"군사 영어뿐만 아니고 전체적으로 영어를 잘 구사하시더군요."

"중학교 때 아버지를 따라 영국에서 몇 년간 산 적이 있었습니다."

"아하, 어쩐지 억양이 약간 영국식이라고 생각했는데 그랬군요. 그럼 한미연합사에서 미군들과 합동작전을 많이 하셨나요?"

"지난번 말씀드린 대로 책상물림이라서 작전을 서류로만 봤지 실제로 뛰어보지는 못했습니다."

유선은 켄과 이야기를 나누는 동안 크레그의 표정을 훔쳐봤다. 그는 짧은 머리에 약간 뚱뚱한 스타일이긴 했지만 실전 경험이 많은 군인이라는 것을 짐작할 수 있었다. 그와 켄은 정말 좋은 당근과 채

찍이었다. 켄이 사람 좋은 동네 아저씨 스타일이라면 크레그는 사람을 꿰뚫어볼 것 같은 강렬한 인상을 가졌다. 그들과의 술자리는 거의 유선에 대한 인터뷰 같았다. 전우회에 대한 내용이 10퍼센트였다면 나머지 90퍼센트는 그와 가족에 대한 이야기였다. 대화의 방향이나 질문은 유선이 정보사 정보공작 교육을 받을 때를 떠올리게 했다. 그들은 한쪽이 질문을 하고 다른 쪽이 대답을 검증하는 듯한 질문을 던졌다. 자리가 파하고 일어날 무렵 크레그가 얘기했다.

"이번 출장에서 캡틴 킴을 만나 매우 즐거웠고 보고서도 매우 감명 깊었습니다. 사실 저도 캡틴 킴만 괜찮다면 앞으로 자주 연락을 드리겠습니다."

"저 역시 즐거웠습니다. 부디 국방성에 보고서를 잘 올려주십시오."

유선은 사실 이번 소송 심사를 공군성에서 진행한다는 것을 이미 알고 있었지만 그런 사실을 눈치챘다는 것을 그들에게 알리기 싫었다. 다음 날 LA 공항으로 떠나는 그들을 배웅했다. 함께 나온 사무장과 몇몇 동지회 영감님들은 그들에게 고개를 숙이며 제발 소송이 잘 진행돼서 자신들이 보상을 받게 해달라는 말을 했다. 유선은 그대로 통역했지만 켄이나 크레그 모두 사전 보고서만 쓸 뿐 그럴 힘이 없다는 맥 빠지는 답변을 했다. 켄은 유선과 다시 악수를 나누며 의미심장한 말을 남겼다.

"만나서 반가웠습니다. 앞으로 다시 만날 일이 있을 것 같습니다."

"저도 기다리고 있겠습니다."

유선은 별다른 생각 없이 대답했다. 오직 크리스틴을 빨리 만나고 싶다는 생각뿐이었다. 그녀가 일을 끝낼 시간에 맞춰서 도착한 유선은 다른 연인들처럼 심야 영화를 보고 카페에서 수다를 떨었다. 아쉬운 작별을 하고 집으로 돌아온 유선에게 아버지가 물었다.

"미국 여자냐?"

"아뇨."

"그럼 유학생?"

"교포요."

"네놈도 드디어 아들 구실을 하려는 모양이구나. 너무 오래 끌지 말고 집에 데려와라. 나보다 네 엄마가 더 궁금해하더라."

일주일 후 켄에게 연락이 왔다.

"캡틴 킴, 혹시 번역 일을 하고 싶은 생각 없습니까?"

"뭘 번역하는 겁니까?

"북한 장비에 대한 번역이죠. 군무원으로 일하는 겁니다. 장소는 샌디에이고에 있는 해병 기지인 캠프 펜들턴Camp Pendleton입니다."

"전 영주권자인데 그런 일을 할 수 있을까요?"

"이미 다 말을 해놨으니까 걱정하지 마세요. 일단 연락처를 알려드릴 테니까 오션사이드Oceanside로 가서 해병 군무원 마크 헤일리를 만나세요. 그가 필요한 서류 및 부대 출입 절차를 가르쳐줄 겁니다."

캠프 펜들턴은 태평양 지역에서 가장 큰 해병 캠프로 제1해병대의 본부이자 태평양 지역 신속 전개를 책임지는 곳이기도 했다. 하지만 9·11테러가 벌어진 후 이곳 병력 대부분이 아프가니스탄과 이라크로 전개됐다. 유선은 전화를 끊고 고민에 빠졌다. 벌써 감을 잃어버렸는지 상대방이 이런 보수가 후한 일을 제안한 이유를 알 수 없었다. 아버지의 세탁소 일을 도와주면서도 머릿속에는 온통 그 생각뿐이었다. 잠이 쉽게 오지 않아 냉장고에 있는 차가운 맥주를 꺼내 마시고 잠을 청했다. 하지만 언제까지 아버지에게 신세를 지고 싶지는 않다는 생각에 다음 날 오후에 켄에게 받은 전화번호로 전화를 걸었다.

"마크 헤일리 씨? 저는 김유선이라고 합니다."

"캡틴 킴? 켄에게서 이야기 들었습니다."

"괜찮다면 제가 정확히 어떤 일을 맡게 되는지 알고 싶습니다."

"좋습니다. 선셋이라는 바에서 만나 한잔하면서 얘기를 하도록 하죠. 절 금방 알아볼 수 있을 겁니다."

바 안에서 그를 찾아내는 것은 힘들지 않았다. 마크 헤일리는 2미터에 가까운 거구의 덩치에 한쪽 팔 가득 USMC 문신을 하고 있었다. 그는 옆에 앉은 유선을 위아래로 훑어봤다.

"켄의 말에 의하면 당신은 영어와 한국어에 능통하고 군사 상식이 많다고 하더군요. 사실 전에 일하던 분도 한국 교포 1.5세대인데 영어는 그럭저럭 괜찮았지만 군사 상식 분야가 많이 약했습니다. 그래서 그 후임을 찾고 있었는데 켄이 마침 당신을 추천하더군요. 근데 켄과는 어떻게 아는 사이인가요?"

유선은 마크 헤일리에게 켄과 만난 일을 간단히 설명했다. 얘기를 들은 그가 질문을 던졌다.

"캡틴 킴은 미국에 오신 지 얼마나 됐나요?"

"이제 일 년이 좀 넘었습니다."

"영어를 매우 잘하시는군요. 사실 전임자와 비교해도 영어가 그리 떨어지지 않는 것 같군요. 물론 발음에 조금 문제가 있지만 그건 모든 한국분들이 공통적으로 가지는 문제니까요."

"구조상 발음하기 힘든 알파벳이 있습니다. 특히 저처럼 나이가 들어서 영어를 배운 사람들에게는 쉽게 고쳐지지 않는 문제입니다."

"뭐, 캡틴 킴 정도면 발음도 그다지 나쁘지 않습니다."

그는 가지고 온 서류 가방에서 몇 가지의 서류를 꺼냈다.

"일단 이 서류들을 다 작성해서 저에게 주세요. 특히 사회보장번호와 개인 정보는 쓰셔야 합니다. 아실지 모르겠지만 테러와의 전쟁 이후 기지 내 모든 출입 인원과 직원들의 신분 검사가 매우 철저해졌습니다. 넘겨주신 정보를 토대로 이민국, CIA, FBI에서 백그라운드 체크를 할 겁니다. 백그라운드 체크엔 2주 정도의 기간이 걸리고 결과가 나오면 제가 전화로 통보를 드리겠습니다."

"네, 서류는 내일 중에 팩스로 넣어드리겠습니다."

마크 헤일리는 미소를 지으며 일어났다.

"앞으로 함께 일하게 되길 기원하겠습니다."

"저 역시 그렇게 되길 기원하겠습니다."

마크를 만나고 돌아온 지 2주일쯤 되는 날 그에게서 전화가 왔다.

"캡틴 킴, 좋은 뉴스입니다. 생각보다 빨리 백그라운드 체크 결과가 나왔습니다. 이제 오셔서 출입증을 만들고 저희와 같이 일을 하시면 됩니다. 오늘이 금요일이니까 다음 주 월요일 날 오시면 어떨까요?"

"알겠습니다. 다음 주 월요일 몇 시에 어디로 찾아뵈면 될까요?"

"월요일 오전 10시까지 기지 메인 출입구로 오시면 됩니다. 오셔서 저와 약속이 있다고 하시면 됩니다."

"감사합니다. 그럼 월요일 날 뵙겠습니다."

전화를 끊은 유선은 왠지 심장이 두근거렸다. 그는 가슴을 진정시키기 위해 운동화를 신고 집에서 나와 집 주변을 뛰었다. 아무 생각 없이 두 시간 정도를 뛰자 마음이 한결 편안해졌다. 크리스틴에게 전화해서 새 일자리를 찾았다고 말한 후에 잠자리에 들었다. 월요일 아침 캠프 펜들턴 정문 옆 임시 주차장에 차를 주차시킨 유선은 검문소에 들어가 마크 헤일리와 약속이 있다고 알렸다. 검문소에서 일하는 뚱뚱한 백인 여성은 잠시 앉아서 기다리라고 하고는 어딘가로 전화를 걸었다. 잠시 후 전화를 끊은 그 여성은 임시 출입증과 함께 마크의 사무실이 있는 곳 약도를 줬다. 마크는 사무실 앞 주차장에 나와 있었다. 그를 따라 들어간 사무실은 마크와 유선 둘이 쓰기에는 터무니없이 커 보였다. 마크는 그가 일할 책상을 보여줬다. 일은 매우 자유로웠다. 유선이 맡은 일은 북한 관련 무기에 대한 자료 번역과 중국 관련 개인화기 자료 번역이었다. 미국은 총기의 제국이라고 불릴 만큼 수많은 총기상들이 활동했다. 이들 중엔 블랙마켓에서 활동하면서 ATF와 미국 정부에 정보를 제공하고 자신들의 일정 활동을 묵인받는 총기상들도 있고, 아예 동유럽권을 다니며 CIA 정보 끄나풀로 활동을 하는 위장 총기상도 적지 않았다. 그가 일하는 사무실에 들어오는 모든 자료는 중요도에 따라 분류되었다. 번역할 자료를 누가 어디서 가져오는 것인지 알 방법은 없었다. 일단 자료를 번역하면 위에서 다시 분류 번호를 매기는 것 같았다. 자유로운 분위기라 자료가 책상 위를 굴러다녔지만 오히려 정리 및 보안은 철저했다. 북한 관련 자료들 대부분은 해외에 무기를 판매하기 위해 만든 팸플릿이었다. 몇몇 자료는 인적 정보를 통해 직접 북에서 들고 나오지 않으면 구하기 힘든 그야말로 A급 자료도 있었다. 한국에서는 전혀 보지도 못한 북한군 화기 관련 자료도 봤다. 일과 분위기 모두 마음에 들었다. 마크는 캡틴 킴이라는 딱딱한 명칭 대신 선이라고 부르기 시작했다.

그렇게 몇 달이 지나고 하루는 마크가 점심식사를 다녀오는 길에 헬멧을 들고 들어왔다.

"어이, 선. 우리 오늘은 사격하러 갈까? 자네도 장교 출신이니 사격은 많이 해봤지?"

그를 따라간 사격장은 일반적인 미 해병의 야외 사격장이었다. 그곳에는 북한군의 백두산 권총과 88식 자동소총, 그리고 아직 정확한 명칭이 정해지지 않은 신형 미니건이 놓여 있었다. 마크는 사격에 취미가 있어서 개인 총기를 여러 정 가지고 있었고, 사무실에는 그가 들고 온 총기 잡지도 몇 권 굴러다녔다. 그는 특히 북한군 총기를 쏘는 걸 좋아했다.

"선, 한국에선 북한 총기가 많지 않나? 주적이기 때문에 많이 연구를 할 거 아니야?"

"꼭 그렇지는 않아. 일부 특수부대나 연구기관엔 있지만 일반 보병들이나 나 같은 사람은 만져보기 쉽지 않지."

"그래? 그럼 이번이 기회니까 맘대로 쏘라고. 탄은 한가득 쌓여 있어. 우리 오늘 한번 기분 풀고 들어가자고. 88식 어때?"

"오케이."

그는 사격을 좋아하는 '트리거 해피Trigger Happy'였다. 탄창 10개, 약 350여 발을 쏘자 흥미가 떨어졌는지 유선에게 총기를 넘겨줬다. 심호흡을 하고 천천히 방아쇠를 당겼다. 그새 감이 떨어졌는지 터무니없이 상탄이 났다. 다시 천천히 격발을 했다. 총알이 발사되면서 어깨를 때리는 반동에 기분이 좋았다. 단발로 탄창 하나를 비우자 마크가 계속 쏘라는 손짓을 했다.

"탄창 하나 더 쏴."

유선은 그를 보고 씩 웃으며 다음 탄창을 집어 들었다. 새 탄창으로 탄창 멈치를 치면서 빈 탄창을 밀어내려고 하다가 마크가 보고 있는 게 떠올라 탄창 멈치를 잡고 버벅거리는 시늉을 했다. 다음 탄창도 단발로 쐈다. 다음 탄창 역시 금방 바닥이 났다. 탄창을 빼고 조정간을 안전으로 한 뒤 총을 내려놨다. 마크는 탄착군이 형성된 표적을 들여다봤다. 현역 시절만큼은 아니었지만 첫 발을 빼고는 모든 탄이 손바닥 크기 안에 들어갔다. 휘파람을 분 마크가 말했다.

"자네, 그냥 사무실 책상물림은 아니었던 거 같은데? 언제 마지막으로 총을 쐈봤지?"

"너무 오래돼서 잘 기억이 나질 않는데."

"내가 예전에 해병대에서 근무할 때 만난 한국 해병들도 총을 잘 쏘긴 했어. 훈련 방식이 좀 웃겨서 그랬지만. 아직도 한국에선 탄피를 다 회수해야 하나?"

"응, 그건 통일이 돼도 변하지 않을 거야."

"불쌍한 친구들이군."

다음에는 둘이 나란히 사로에 서서 백두산 권총과 미니건을 쐈다. 백두산 권총은 원작인 CZ-75 권총에 좀 못 미치는 느낌이었다. 신형 미니건은 100발 정도마다 한 번씩 탄이 걸렸다. 사격이 끝나고 마크가 말을 붙였다.

"너는 어떻게 보면 사무실 체질인 거 같기도 하고 어떻게 보면 어울리지 않는 거 같기도 해."

"칭찬인 거 같으니까 고맙게 받을게. 너야말로 지금이라도 이거 그만두고 요새 한참 주가를 날리는 블랙워터Black Water나 헐리버튼Halliburton 같은 PMC*로 가는 게 낫지 않아? 거기가 돈을 줘도 여기보다 몇 배는 더 줄 텐데 말이야."

"난 가족이 있고 내 아내는 내가 없으면 못 견뎌. 특히 밤에 말이야."

그는 사람 좋은 너털웃음을 보였다. 집에 와서 옷을 벗었지만 몸

---

* 'Private Military Company'의 약자로 민간 군사기업을 뜻한다.

에서는 아직 화약 냄새가 났다.

마크와 총을 쏘고 온 지 약 한 달쯤 후 사무실로 켄의 전화가 왔다.
"캡틴 킴, 오랜만입니다. 잘 지내고 계신가요?"
"네, 덕분에 잘 지내고 있고 일도 재미있습니다."
"다행입니다. 캡틴 킴이 일을 잘한다는 소문이 여기까지 났더군요. 저는 지금 워싱턴에 파견을 나와 있습니다."
"워싱턴이요?"
"네. 요새 전쟁 때문에 일손이 달려서 저까지 전진 배치됐다고 보시면 될 겁니다. 내일모레 시간 어떠신가요? 제가 샌디에이고에 볼 일이 있는데, 그날 근무 끝나고 잠시 만났으면 합니다. 긴히 할 말도 있고 말입니다."
"예, 좋습니다."

켄은 많이 피곤해 보였다. 샌디에이고에는 미 해군 태평양사령부에 볼 일이 있어서 왔다고 했다. 그가 4시간 후에 워싱턴행 비행기를 타야 해서 시간이 많지 않아 샌디에이고 비행장 근처에서 만났다. 그는 맥주를 한 잔 마시고 바로 본론으로 들어갔다.

"캡틴 킴, 사실은 그동안 당신의 과거에 대해 나름대로 조사를 했습니다. 한국군에 있을 때 미군과 했던 합동 훈련에 대해 여러 자료를 보고 사실 한동안은 혼란스러웠습니다. 특히 강릉 대간첩 작전이 끝나고 곧바로 부대 이동을 하셨지만 부대 내 활동 및 평점이 너무 간단히 나와 있어 더욱 그랬습니다. 조사 결과 캡틴 킴이 그 기간 동안 한국 정보기관에서 대북 관련 특수 임무를 수행했다는 사실을 확인했습니다."

"거기에 대해서는 대답을 하지 않는 게 좋겠군요."

떨떠름한 유선은 신중하게 대답했다.

"보통 우리는 타국에서 정보 병과에 있었거나 특별한 대외 활동을 한 사람에겐 이런 권유를 하지 않습니다. 하지만 지금은 두 개의 전선에서 싸우고 있는 중이라 인원이 모자랍니다. 우리는 캡틴 킴의 능력이 필요합니다. 지금 상황에서 정확히 어떤 임무라고 말씀드릴 수는 없지만 만약 승낙한다면 약 6개월간 훈련을 받고 이라크와 아프가니스탄에서 벌어지는 작전에 투입될 것입니다."

그의 말은 매우 충격적이었다. 정보 분야의 화이트 요원의 경우 배우자가 외국인이면 아예 입사가 불가능할 정도로 국적을 엄하게 따진다. 더군다나 유선은 이 나라에 온 지 얼마 되지도 않은 상태였고 아직 시민권도 없었다. 그런 유선에게 아무리 전시라지만 특수작전에 투입되는 신분을 권유한다는 것 자체가 너무 놀라웠다. 맥주를 한 모금 마신 유선은 켄에게 물었다.

"왜 접니까? 미국이라면 저보다 특수작전 경험이 많은 사람들이 있을 텐데요? 혹시 북한과 관계가 된 일입니까?"

"무슨 일을 하게 될지는 지금 말씀드리기가 곤란합니다. 지금 제가 하는 말이 매우 급작스럽다는 것을 잘 알고 있습니다. 하지만 그동안 캡틴 킴이 미국에서 지내온 것과 사무실에서 근무한 것을 살펴본 결과 믿을 만한 사람이라는 것을 확신할 수 있었습니다. 물론 당장 답을 해달라는 것은 아닙니다. 만약 제안을 받아들이시겠다면 내일모레까지 저에게 직접 전화를 해주세요. 저는 그때쯤 랭글리에 있을 겁니다. 이 조건을 받아들이지 않는다고 해도 캡틴 킴에게 불이익은 없습니다. 단, 오늘 있었던 대화에 대해선 가족이나 친구에게도 비밀을 지켜주십시오."

"한 가지만 묻겠습니다. 혹시 제가 할 일이 조국을 배신하는 일입니까?"

"전혀 아닙니다. 참, 제가 어떻게 그 사실을 알았는지 궁금하신가요? 2년 전 정권이 교체되면서 안기부, 아니 국정원이 큰 혼란에 빠졌죠. 그때 적지 않은 블랙들이 우리 쪽으로 정보를 제공하면서 신변 보호를 요청하거나 망명을 한 경우도 있습니다. 모란봉 작전과 역 모란봉 작전에 관한 정보도 그때 손에 넣을 수 있었죠. 그럼 전 시간이 다 돼서 먼저 일어나야겠군요."

집으로 돌아온 유선은 밤잠을 이루지 못했다. 멀리 도망쳐 왔다고 안심한 순간 다시 불쑥 과거가 나타난 것이다. 하지만 유선은 가슴이 설레고 있다는 사실도 동시에 느꼈다. 팽팽했던 긴장감이 전율처럼 느껴지던 시기가 떠올랐다. 크리스틴과 함께 평범하게 살라는 속삭임은 켄의 제안을 받아들이라는 유혹을 이기지 못했다.

정보와 작전은 마약 같았다. 위험하면 위험할수록 더 빠져들게 된다. 유선은 모란봉 작전을 하면서 느꼈던 그 지긋지긋한 긴장감에 매혹되었던 때를 떠올렸다. 깊은 어둠, 잠복, 추격, 기습, 탈출 같은 단어들이 귓가에 온갖 유혹의 말들을 쏟아냈다. 그리고 그 속삭임들이 절정에 달할 무렵 유선은 결국 유혹 앞에 무릎을 꿇었다.
  결정을 내리고 잠이 든 유선은 꿈속에서 강원도로 돌아갔다. 려경원을 찾으며 자기 머리로 총구를 향하게 했던 그 북한 작전조원이 이것이 너의 미래라며 환하게 웃었다. 유선은 다음 날 점심 무렵 켄에게 전화를 걸었다.

케이든 선

켄은 기다렸다는 듯 전화를 받았다.
"당신의 제안을 받아들이겠습니다."
"반가운 얘기로군요. 일단 사흘 후에 버지니아 주 체서피크^{Chesapeake}로 오십시오. 항공편을 예약하시고 시간을 알려주시면 나머지는 제가 다 알아서 하겠습니다."
"알겠습니다."
전화를 끊은 유선은 잠시 망설이다가 크리스틴에게도 전화를 걸었지만 무슨 일인지 받지 않았다. 할 수 없이 회사 일로 얼마간 출장을 가야 할 것 같다는 음성 메시지를 남겼다. 마음이 더없이 복잡했지만 멈추고 싶지 않았다. 어쩌면 누군가를 진심으로 믿으며 평범하게 사는 것에 대해 두려움을 갖고 있는지도 몰랐다. 인터넷으로 항공편을 예약하고 켄에게 다시 전화를 걸어서 도착 시간을 알려줬다. 그는 알았다고 대답했다. 저녁 무렵 크리스틴에게 전화가 왔다.

"어디로 가는데?"

"아직 몰라."

"무슨 회사가 신입 사원을 그렇게 멀리 보내?"

그녀는 화가 난 목소리로 물었다.

"그것 때문에 날 뽑은 거니까."

"그럼 이번 주는 못 만나겠네?"

"미안."

"다음 주는?"

"모르겠어."

"그다음 주는?"

"크리스틴……."

그녀가 전화를 끊어버렸다. 다시 전화를 걸려고 하던 유선은 휴대전화를 책상 위에 던져버리고 침대에 벌렁 누워버렸다. 그날 밤 유선은 아버지에게 새로운 일자리를 찾았다고 얘기했다. 어떤 일자리냐는 물음에 그는 자세하게 대답하지 못하고 얼버무렸다. 아버지는 그의 얼굴을 한참 동안 쳐다보더니 다시 물었다.

"직장은 어디냐?"

"동부 버지니아일 것 같습니다."

"쉬운 일은 아닌가 보구나. 이제 겨우 좀 생활이 안정됐는데 또 어려운 직장을 잡으니 너도 보통 역마살이 낀 건 아닌 거 같다. 예전과 같은 일을 하는 거니?"

"잘 모르겠어요."

아버지는 더 이상 묻지 않고 냉장고에서 술을 꺼내오라고 하셨다. 그날 밤 유선은 아버지와 꽤 많은 술을 마셨다. 그는 다음 날부터 짐을 챙겼다. 출발 전날 책상 속을 정리하고 책상에 앉아 유서를 작성했다. 유서를 책상 서랍에 넣고 열쇠로 잠갔다. 짐이라고는 가방 두 개가 고작이었다. 떠나는 날 아침, 아버지가 공항까지 배웅을 나왔다. 아버지는 수속을 끝내고 게이트로 들어가는 그의 손을 만지며 얘기했다.

"내 업보인 거 같구나. 내가 전쟁 때 지은 죄를 네가 받는 거 같아. 내 피 값을 왜 네가 치르는지 모르겠다."

마침내 아버지는 주름진 눈에서 눈물을 보였다. 유선은 애써 웃음을 지으며 아버지를 포옹하고 게이트 안으로 들어갔다. 자꾸 발걸음이 무거워졌다.

미국 땅은 워낙 넓어서 비행기를 이용한다고 해도 동서로 횡단할 경우 족히 하루가 필요하다. 동부에 도착했을 때는 이미 한밤중이었다. 날씨도 차이가 나서 서부에선 반팔을 입고 다닐 날씨였지만 여기선 재킷을 입어야 했다. 공항에 도착해서 가방을 찾는데 검은 양복에 선글라스를 낀 두 명이 유선에게 다가왔다. 그들 중 한 명이 그에게 물었다.

"선?"

유선은 대답 대신 고개를 끄덕거렸다.

"켄이 보내서 왔습니다. 따라오시죠."

가방을 챙겨서 두 사람을 따라 공항을 나오자 길 앞에 그들이 세워놓은 차가 보였다. 그들이 타고 온 차는 이민국 사법 경찰인 'ICE POLICE' 사인이 붙어 있는 12인승 벤이었다. 번호판 역시 정부 소속 번호판이었기 때문에 그들이 왜 주차 금지 구역에 차량을 세울 수 있었는지 쉽게 알 수 있었다. 유선이 가방을 트렁크에 넣고 뒷좌석에 타자 한 명이 차량 옆에 부착되었던 ICE POLICE 자석 사인 판을 떼어냈다. 벤은 공항에서 나와 고속도로를 타고 체서피크로 향했다. 차 안에서는 아무 대화도 없었다. 약 한 시간을 달린 벤은 체서피크와 모요크 Moyork 경계에 위치한 한 호텔에 도착했다. 두 사람이 유선을 대신해서 정부 아이디로 체크인을 했다. 그리고 굳이 호텔 방까지 가방을 들어줬다. 운전을 맡았던 친구가 말했다.

"켄이 내일 점심시간에 찾아올 겁니다."

"알겠습니다."

"그럼 편안히 쉬십시오."

그들이 나가고 습관적으로 방 안을 살펴본 유선은 히터를 틀고 몸을 침대에 뉘었다. 술 생각이 간절했지만 시차 때문에 꼼짝도 하기 싫었다. 간단하게 씻고 눈을 붙였지만 쉽사리 잠을 이루지 못했다. 꿈에 위성사진과 인적 소스들이 찍어온 사진으로만 봤던 평양 거리가 보였다. 평양 대동군 거리에서 보위부 직원에게 쫓기는 것을 끝으로 잠에서 깼다. 눈을 떠 보니 온몸에 땀이 흥건했다. 시계를 보니 아직 시간이 7시가 되지 않았다. 곧장 트레이닝복으로 갈아입고 트레이닝실로 내려갔다. 이른 시간이라 그런지 트레이닝실은 텅 비어 있었다. 러닝머신을 달리고 있는데 블랙워터 트레이닝복 차림의 백인 사내가 들어왔다. 잠시 준비운동을 한 그도 러닝머신에서 달리기를 시작했다. 러닝머신에서 내려온 유선은 벤치프레스를 시작했다. 아까부터 힐끔힐끔 쳐다보던 그가 유선에게 말을 붙였다.

"혹시 블랙워터에 일이 있어서 왔나요?"

"아닙니다. 그냥 출장 온 겁니다."

"그러시군요. 운동을 많이 하신 거 같아서 전 혹시 블랙워터에 계신 분인 줄 알았습니다. 저는 블랙워터 로지스틱 부서에서 일하는 톰 알리브랙스입니다."

험상궂은 얼굴이나 커다란 덩치에 어울리지 않게 순진한 웃음을 지은 그가 손을 내밀었다.

"반갑습니다. 전 킴이라고 합니다."

"그럼 지금 일하시는 곳은 어디신가요?"

"그냥 무역 관련 일을 주로 하고 있습니다."

"알겠습니다. 저는 일이 있어서 이만 나가봐야겠군요."

"좋은 하루 보내십시오."

유선은 그가 나가고 약 30분 더 운동을 한 뒤 산책을 하면서 주변을 살폈다. 호텔 자체는 일반 호텔 체인이었지만 중심지에서 좀 떨어진 한적한 곳에 위치했다. 산책을 마치고 호텔 프런트에 잠시 들러 이 호텔에 어떤 사람들이 주로 묵는지 넌지시 물어봤다. 예상대로 호텔 자체가 블랙워터와 협력 관계가 있고 그곳 관계자들이 많이 묵는다는 대답이 돌아왔다. 유선은 방으로 돌아와 샤워를 하고 약속 시간에 맞춰 로비로 내려갔다.

로비에서 신문을 읽으며 기다리고 있던 켄이 활짝 웃으며 악수를 청했다.

"제 사무실로 가서 얘기하실까요?"

"그러시죠."

그의 사무실은 호텔에서 약 30분 거리에 있었다. 앞쪽은 사무실이었고 뒤는 짐이 쌓인 창고였다. 평범해 보이는 사무실이었지만 책상 뒤쪽에 자리 잡은 금고는 사무실 규모에 비해 튼튼해 보였고 CCTV가 빈틈없이 설치되어 있었다. 소파에 앉아서 커피를 마시는 사이, 켄이 책상 옆에 있는 금고에서 서류 몇 가지를 꺼내 탁자에 내려놨다. 서류 커버에는 특별한 표식이 없었지만 바코드가 찍혀 있었고 '4409'라는 번호가 보였다. 켄이 서류를 펼쳐 보이며 말했다.

"선, 이 서류에는 당신이 우리에게 말하지 않은 부분에 대해 조사한 내용이 들어 있습니다. 물론 이 서류에 들어 있는 내용이 당신의 인생 전부를 커버하지는 못할 겁니다. 하지만 저와 제 윗선에서 논의한 바에 의하면 당신 정도의 능력과 경험이면 우리의 일을 충분히 믿고 맡길 수 있다는 결론을 내렸습니다. 사실 우리는 당신이 미국 땅에 도착하면서부터 주목하기 시작했습니다. 그러나 그때는 FBI에서 방첩 분야를 책임졌기 때문에 우리가 끼어들 여지가 없었죠. 하지만 전쟁 때문에 상황이 달라졌습니다. 사실 지난번 인터뷰도 전쟁사를 정리하는 목적 외에 당신을 인터뷰하기 위한 목적도 있었습니다."

"그렇군요. 그런데 제가 어떤 일을 할 수 있을까요?"

"지금 이 상황에서 제가 확실하게 말할 수 있는 것은 당신은 여러 가지 멀티 임무에 투입된다는 것이죠. 주로 적과 그들의 지원 국가에 대한 스터디 부분 작전에 투입이 될 겁니다."

"근데 저는 중동 국가에 대해선 그다지 지식이 없습니다. 아랍어도 할 줄 모르고요."

"현재 미국은 두 개의 전선에서 전쟁을 벌이는 중입니다. 시간이 지나면 왜 우리가 당신을 선택했는지 알게 되실 것입니다. 그럼 더 질문하실 게 있습니까?"

유선은 말없이 고개를 저었다. 켄은 미소를 지으며 몇 장의 서류를 그의 앞으로 내밀었다. 서류를 읽어본 유선은 켄이 건네준 펜으로 서명을 했다.

"이제 같이 일하게 되었군요. 당신 아이디는 이틀 후에 나올 겁니다. 본명은 좀 곤란하고 다른 이름을 쓰셔야 하는데요."

"케이든 선으로 하겠습니다."

케이든은 아버지 가게에서 일할 때 첫번째로 응대했던 손님 이름이었다.

"좋습니다. 이제 미국 내에서 사용하는 모든 아이디는 케이든 선이라는 이름으로 지급될 겁니다. 그리고 당신에게는 캐나다 여권이 지급될 겁니다. 물론 이는 나라 대 나라의 협약에 의한 정식 여권이기 때문에 걱정하지 않으셔도 됩니다."

"잘 알겠습니다."

"그럼 제가 호텔로 모셔다 드리지요. 남은 이틀 동안 휴가라고 생각하시고 편안하게 즐기십시오."

호텔로 돌아온 유선은 켄과 악수를 나누고 방으로 돌아왔다. 간단한 옷으로 갈아입고 길 건너편에 있는 편의점에서 술과 안주를 사서 돌아왔다. 김유선에서 김도형을 거쳐 케이든 선으로 다시 태어난 것을 자축하기 위해서였다. 그날 밤 꿈에서도 강원도에서 사살한 북한 작전조원이 찾아왔다. 애매모호한 표정을 하고 있는 그의 눈은 어둠보다 더 어두웠다.

이틀 뒤 켄이 다시 호텔로 와서 그를 데려갔다. 도착한 곳은 USTC* 뒤쪽에 위치한 목장이었다. 통나무로 만든 정문 안쪽으로 언덕이 있어서 바깥에서 보면 정부 시설이 있을 것이라고는 짐작조차 할 수 없을 정도로 잘 위장했다. 언덕을 넘자 초소가 딸린 다른 문이 보였다. 경비초소 앞에서 내린 케이든 선이 물었다.

"혹시 CIA에서 흔히 말하는 농장입니까?"

켄이 살짝 웃으며 말했다.

"뭐, 그중에 하나라고 보면 됩니다."

---

* 'US Training Center'의 약자로 미국 최대의 사설 훈련장이며 블랙워터에서 운영 중이다.

안으로 들어갈수록 경비는 매우 삼엄했다. 정문에는 중무장한 경비가 지켰고, 울타리마다 이중, 삼중으로 철조망이 둘러쳐졌다. 철조망에는 CCTV와 동작 감지 센서 및 열 감지기가 설치되어 있어 침입자를 감시했다. 울타리 안쪽에 약 3미터의 모랫길이 있어 누군가 밟으면 표시가 나게 되어 있었다. 울타리를 따라서 순찰로가 보였다. 전기 철망과 대전차 장애물만 있다면 휴전선에 맞먹는 수준이었다.

켄이 그를 데려간 곳은 목장 안에 있는 허름한 산장이었다. 평범한 모습이었지만 주변에 높은 나무들이 빽빽하게 자리 잡고 있어서 위성이나 항공정찰을 하지 않으면 바깥에서는 도저히 알 수 없었다. 산장 안은 사무실처럼 꾸며져 있었다. 켄이 들어가니 일하던 사람들이 모두 인사를 했다. 켄은 자신의 이름이 붙은 사무실로 그를 안내했다. 그의 책상에는 여러 개의 모니터가 있었는데 지금은 일부러 꺼놓은 것 같았다. 커피를 건네준 켄은 앞으로 그가 받을 교육에 대해서 소개했다.

"훈련 기간은 6주입니다. 자세한 내용은 교관이 설명하겠지만, 간략하게 얘기하자면 전술사격, 전술차량 운전, 전술보트 조함, 독도법, 근접항공지원, 자유낙하, 마약류 관련 분류 및 특성, 통로 개척 및 EOD 교육, 그리고 정찰정보 수집 및 저격 교육을 받게 될 겁니다. 물론 대부분 한국에서 받아보셨겠죠?"

"네, 하지만 자유낙하나 마약류나 EOD 관련 교육은 받지 않았습니다. 저격 같은 경우도 700미터까지는 해봤지만 1,000미터가 넘는 장거리 저격은 해보지 못했습니다."

"그리고 이제 한 팀이니 자네를 편하게 '케이든'이라고 부르겠네. 괜찮겠나?"

"네."

"우리가 여러 가지 편법을 쓰면서 자네를 우리 팀에 합류시킨 건 자네가 이런 교육으로는 가지기 힘든 경험을 가지고 있기 때문이지."

"짐작하고 있었습니다."

"우린 자네를 6주간 다듬을 거야. 자네는 매우 샤프하고 똑똑하지만 아직 살기를 숨길 만큼의 경험이 없어. 우리 교관들은 자네를 늑대처럼 보이는 개가 아닌 개처럼 보이는 늑대가 되게 할 걸세."

"잘 알겠습니다. 최선을 다하겠습니다."

"그리고 앞으로 이걸 신분증으로 쓰게."

켄이 신분증 몇 개와 여권을 그에게 내밀었다.

"이건 군무원증인데 일반 군부대는 물론 미국 내에서 신분증 대용으로 쓸 수 있다네. 그리고 이건 캐나다 여권이고, 이 버지니아 주 운전면허증은 자네의 새로운 이름으로 발행된 거야. 이 세 가지는 절대 잃어버리지 말고 잘 지니고 다니게. 지금 신분증은 나한테 주면 집으로 보내주지."

"그럼 앞으로 이 신분증을 사용하면 됩니까?"

"물론. 일단 바깥에서는 버지니아 주 운전면허증을 사용하고 군부대나 여기 시설 내부에선 군무원증을 패용하게. 그게 없으면 식당에서 밥 못 먹으니까 꼭 지니고 다녀. 그리고 자네 봉급은 일단 자네 통장으로 2주에 한 번씩 들어갈 거야. 통장과 ATM 카드는 내일 지급해주지. 페이 그레이드는 GS* 등급에 맞췄기 때문에 꽤 괜찮을 거야. 6주간의 기초 훈련이 끝나면 자네는 공식적으로 우리 팀원이 되고 팀원들과는 그때 만나게 될 거야."

"그럼 훈련은 언제부터 시작입니까?"

"이미 시작된 지 30분이 지났네."

그날부터 훈련 계획에 따라 훈련이 진행되었다. 교육은 오전, 오후, 야간에 나눠서 진행되었고 계속 장소를 바꿨다. 교육생들도 교육 내용에 따라 얼굴이 바뀌는 경우가 많았다. 교육생들 간 대화가 금지되어 있지는 않았지만 일정이 워낙 빡빡해서 쉽게 말을 할 기회도 없었다. 간혹 블랙워터 직원으로 보이는 사람들이 이런저런 말을 걸었지만 대부분의 교육생들은 무시했다. 교육생들은 주로 백인과 흑인이었지만 간혹 이라크인과 아프가니스탄인, 그리고 동양인도 몇 명 보였다. 케이든 선은 동양인들과 함께 속성 아랍어 교육 및 코란에 관한 교육을 받았다. 정보 수집 관련 훈련은 이론과 실습이 동시에 이뤄졌다. 저격 교육은 그가 지금까지 받은 저격 교육과는 많은 차이가 났다. 저격수가 휴대하는 PDA에 레이저 지시기로 측정한 거리와 습도와 온도, 풍향계로 계측한 풍향을 입력만 하면 쉽게 수치를 알아낼 수 있었다. 1,500미터 저격은 맥밀런^{McMillan}과 바렛^{Barett}

---

* 'Goverment Service'의 약자로 미국 공무원 등급을 뜻한다.

M107 50구경 저격총에 영국제 전용탄으로 사격했다. 1,500미터 거리의 타깃에 총 5발을 발사해 탄착군이 지름 4인치를 넘지 않아야 통과되었다. 케이든 선은 난생처음 해보는 스타일의 사격이라 적지 않은 스트레스를 받았다. 하지만 탄이 발사되면서 방아쇠를 당긴 손가락을 통해 느껴지는 반동과 순간적으로 시야를 가려버리는 불꽃, 그리고 총소리가 터진 뒤 1, 2초 뒤에 1,500미터 밖에 서 있는 타깃이 쓰러지는 모습을 보는 기분은 더할 나위 없이 짜릿했다. 리치라는 이름의 저격 교관은 케이든 선에게 얘기했다.

"사격장에서는 표적에 명중시키는 게 끝이지만 전쟁터에서는 사격 다음이 더 중요하다. 임무 완수 후에는 상대방에게 발각되지 말고 조용히 퇴출을 해야 한다. 일단 초탄이 발사되면 즉시 추적당한다는 가정하에 움직인다. 그리고 사전에 브리핑된 정보를 완전히 믿는 것도 금물이다. 의심하고 분석해라. 그러지 않으면 저격수가 될 수는 있지만 저격수로 살아갈 수는 없다."

리치의 얘기대로 일반적인 저격 교육이 표적에 명중시키는 것으로 끝났다면 캠프에서의 교육은 그다음이 더 중요했다. 초탄이 명중된 순간부터 가상 적군들이 위치를 추적한다. 표적을 선별하는 훈련 역시 강도 높게 진행됐다. 가끔은 사전에 브리핑된 정보와 다른 상황이 주어지기도 했고 표적이 아닌 대상이 옷을 바꿔 입고 있기도 했다.

전술사격 훈련은 보통 일주일에 삼 일 정도 실시됐다. 오전에는 권총을 이용한 전술권총 사격 그리고 오후에는 MP5 등 SMG 및 M4 나 SIG 552를 이용한 전술 주 무장 사격과 주 무장과 권총을 동시에 이용하는 사격, 그리고 야간에는 라이트를 이용한 전술사격과 CQC* 사격 및 야간 차량 이동 시 IR 레이저와 야시경 등의 장비를 이용한 전술사격 및 공용화기 사격 훈련을 했다. 하루에 소모하는 탄만 해도 권총탄 500발, 그리고 주 무장 탄 1,000발 정도였다. 전술차량 운전은 전직 미국 대통령 경호국 출신과 경찰 SWAT팀 출신 교관에게 배웠다. 약 3주간의 훈련 뒤에는 세계 어느 곳에서도 차가 들어갈 수 있는 공간만 있으면 운전을 할 수 있을 것 같았다. 헬기 강습, 헬기 사격 및 공중 이탈은 블랙워터 항공부에서 일하는 교관과 함께 버지니아 리틀 크릭에서 훈련을 했다. 리틀 크릭에서 같이 훈련을 받던 블랙워터 직원들은 그들이 타고 다니는 마크 없는 파란 헬기를 신기한 듯 쳐다봤다. 하지만 회사와 많은 일을 한 네이비 실 대원들은 그다지 관심이 없었다. 전술보트 조함은 버지니아 해변과 미시시피 강에서 SWCC**에게 훈련을 받았다.

　의무醫務 교육은 그린베레 의무 부사관 출신의 FBI HRT팀 닥터와 보스턴에 있는 외상 전문의가 가르쳤다. 의무 교육은 하루에 3시간씩 6주간 꾸준히 계속되었다. 총상 치료와 혈관 봉합 교육은 모

---

* 'Close Quarters Combat'의 약자로 근접전투, 혹은 실내전투를 뜻한다.
** Special Warfare Combatant-craft Crewmen, 미 특수전사령부 산하 부대로 '스윅'이라고 불리며 특수작전용 보트를 운용한다. 단독 작전도 수행하지만 주로 네이비 실의 작전을 지원한다.

두 살아 있는 동물에게 사격을 하고 상처를 치료하는 실습을 통해 이루어졌다. 캠프에서의 교육은 미국이 겪은 전쟁 경험을 바탕으로 특수 임무에 투입할 대원을 양성하는 것 같았다. 훈련 중간 중간에 정신과 상담의에게 상담도 받았다. 물론 당사자의 정신 건강을 위한다기보다는 팀에 필요한 인원인지를 가려내거나 너무 심한 정신적 내상이 있는 대원들을 탈락시키기 위한 것이었다. 고민 끝에 가끔 꿈에서 찾아오는 그 북한군 작전조원에 관한 얘기를 했다. 대머리 의사는 씩 웃으면서 지배당하지만 않으면 괜찮다고 대답했다. 죽은 사람을 떠올리는 것은 자신이 살아 있다는 점을 강하게 인식하는 것이니까 긍정적으로 생각하라는 얘기도 덧붙였다. 훈련 종료 삼 일 전, 오후 훈련을 마치고 방에서 쉬고 있는데 켄이 맥주 캔을 들고 찾아왔다.

"훈련은 어때?"

"받을 만합니다."

케이든 선의 대답에 켄은 싱긋 웃으며 맥주를 들이켰다.

"교관 평가상으로는 최고 훈련생 중의 하나더군."

"훈련이야 늘 하던 일이었으니까요. 빨리 실전을 뛰어보고 싶습니다."

켄은 책상에 서류철을 하나 던지며 말했다.

"그래서 내가 왔어. 작전은 2박 3일로 잡혀 있지만 하루나 이틀 더 걸릴 수도 있어. 장비 담당에게 얘기해놨으니까 가서 장비 챙겨."

서류를 조용히 넘겨보던 케이든 선이 물었다.

"실전을 가장한 훈련입니까, 아니면 진짜입니까?"

"실제 작전이야. 자넨 테스트는 필요 없는 타입이야. 난 그저 자네의 실전 감각을 보고 싶을 뿐이야."

"당신이 추천했군요."

"맞아. 그러니까 날 실망시키지 마."

"알겠습니다."

"아직 자네가 들어갈 팀은 정해지지 않았지만 요즘 이라크 쪽에서 인원을 빨리 보내달라는 요청이 와서 자네를 조금 빨리 투입시켜야 할 거 같아. 두 시간 후에 2번 격납고로 가게. 블랙워터 친구들이 자네를 애리조나 주 투산으로 데려갈 거야."

"실망시키지 않겠습니다, 켄."

빈 맥주 캔을 쓰레기통에 던진 켄이 그에게 손을 내밀었다.

"지금 자네는 어디에도 소속되지 않아. 그 얘긴 죽으면 완전히 개죽음이라는 거지. 그러니 죽어도 살아서 돌아오게. 할 일이 많으니까 말이야."

"그럼 제가 어디에 소속되면 죽어도 보상이 됩니까?"

켄은 잠시 그의 눈을 응시하다가 말을 했다.

"대답은 자네가 더 잘 알고 있을 거 같군. 그럼 갔다 와서 보세."

켄이 나간 뒤 케이든 선은 서류들을 살펴봤다. 서류에는 콜롬비아 북부 바랑키야^{Barranquilla} 지방의 위성사진과 그 지역을 담당하는 반정부 세력인 민족해방군^{ELN}과 그 지역 군벌, 그리고 마약 카르텔의 정보들이 빼곡하게 적혀 있었다. 그가 투입될 작전은 그들이 교환하려는 하는 물건을 압수하기 위한 것이었다. 작전에 주가 되는 세력은 '서치 블록Search Block'이라고 불리는 콜롬비아 특수부대였다. 이들은 지난 1993년 유명한 마약왕인 파블로 에스코바르Pablo Escobar 체포 작전에 동원된 병력으로 그 후 부대 명칭이 바뀌었지만 미국 정부 요원들은 이들을 아직도 'SB'라고 불렀다. 이 작전은 부시 대통령이 서명한 '플랜 콜롬비아Plan Columbia'의 일환으로 마약상 및 반정부 세력의 와해가 목적이었다. 작전서 중에 '예상하지 않은 손님', '거북이'라는 단어들과 한 부분이 확대된 항공정찰 사진이 눈에 들어왔다. 위장막으로 덮여 있어서 정확하게 판독하긴 힘들지만 잠수정 형태로 보였다. 보통 사람이라면 그냥 지나쳤을 작은 얼룩이나 음영 같은 부분을 정확하게 집어낸 정보 판독관이 누군지 궁금했다.

　이번 작전에서 케이든 선의 임무는 전투보다는 정보 수집 및 예상하지 않은 손님과 거북이를 접수하는 것이었다. 서류를 꼼꼼하게 읽은 케이든 선은 장비실로 가서 장비들을 챙겼다. 일단 소음기가 장착된 9mm SMG인 MP5 SD와 시그 P228 9mm 권총을 챙겼다. 그리고 약간의 스턴탄과 수류탄 그리고 연막탄도 색상별로 2개씩 챙겼다. 위성 전화기와 위성 전화기에 연결되는 단말기도 배낭에 쑤셔 넣었다. 가방 안에는 항공 지원을 요청할 상황에 대비하기 위해 GPS와 레이저 지시기도 집어넣고, 방탄복과 전술 라이트, 그리고 단안식 야시경도 넣었다. 짐을 챙겨 들고 2번 격납고로 가자 검정색으로 칠한 쌍발 세스나가 대기 중이었다. 비행기를 타고 도착한 곳은 애리조나 주 투산에 위치한 데이비드 몬순 공군기지였다. 배낭을 어깨에 메고 터미널로 걸어 들어가는데 누군가 큰 목소리로 그를 불렀다.

"선, 선! 여기야."

뒤를 돌아보니 활짝 웃는 표정의 크레그가 한걸음에 달려오는 게 보였다.

"켄이 누굴 보낸다고 했을 때 자네일 줄 알고 알았지. 잠깐이지만 우리 팀에 온 걸 환영하네. 따라오게, 팀을 소개시켜 주지."

그가 모는 ATV를 타고 격납고 뒤에 있는 터미널로 들어갔다. 터미널 앞에는 SP*가 지키고 있었지만 크레그의 얼굴을 보고는 차단기를 작동시켜 통과시켜주었다. 터미널 안에서 멈춘 ATV에서 짐을 꺼내려고 하자 크레그가 만류했다.

"어차피 바로 활주로로 가야 해. 그때 옮기자고."

짐을 그대로 두고 그를 따라가자 TV를 앞에 두고 캠핑용 의자에 앉아 있는 사람들이 눈에 들어왔다. 크레그까지 포함해서 모두 여덟 명이었다.

"자, 다들 새로운 팀원이랑 인사들 해. 제임스, 자네가 이 친구한테 팀원들을 소개시켜줘."

제임스라고 불린 파란 눈의 백인은 그다지 거구가 아니었지만 야전에서 오래 구른 탓인지 검게 탄 피부를 가졌다. 케이든 선은 팀원들에게 이름을 알려주고 이번 작전에 차출되어 왔다고 얘기했다.

---

* 'Airforce Security Police'의 약자로 공군 헌병, 즉 공군 기지를 지키는 병력을 지칭한다.

간단한 소개가 끝나자 팀원들이 돌아가며 자신의 이름을 말했다. 팀원 중에 피쉬라는 대원은 영어에 스페인어 사투리가 많이 섞여 있었다. 아마도 치카노라고 불리는 남미계 미국인이나 쿠바에서 건너온 이민자 같았다. 크레그의 팀원들은 모두 백인과 히스패닉계로 구성되었다. 아마도 남미 쪽 작전에 주로 동원되는 팀 같았다. 대강의 소개가 끝나고 제임스가 말을 걸었다.

"당신은 내가 지휘하는 팀에 속할 겁니다. 장비는 뭘 챙겨왔습니까?"

케이든 선이 배낭에 넣어온 것들을 얘기하자 고개를 끄덕거린 크레그가 TV 앞에 서서 내일 작전에 대해 설명을 했다.

"이 터미널에서 하루를 묵고 내일 아침 일찍 헬기편으로 작전지로 간다. 이번 작전에서 우리 팀이 쓸 호출부호는 TF 373이다. B팀은 나이츠가 맡는다. 이번 작전은 콜롬비아군 특수부대와 DEA, 그리고 우리 팀의 합동 작전이다. DEA와 콜롬비아군이 외곽에 포위망을 설치하고 밀고 들어가면 우리 팀이 진입해서 필요한 정보를 확보한다. B팀은 조디악 보트를 타고 강으로 이동하고 A팀은 도보로 위성사진으로 찍은 거북이가 보이는 지점까지 이동한다. 그리고 선, 당신은 피쉬와 함께 제임스가 이끄는 A팀에 속할 겁니다. 당신의 주임무는 손님과 거북이의 확보입니다."

그는 대답 대신 고개를 끄덕거렸다. 크레그가 마저 설명했다.

"이곳이 임시 작전본부이고 모든 작전은 랭글리에서 진행한다. 작전은 현지 시간으로 두 시간 전에 시작되었고, 현지 상황은 모니터를 참고하도록. 22시에 장비 점검을 하고 내일 새벽 5시에 출발한다. 이상."

 천장에 붙어 있는 두 대의 모니터에는 실시간으로 현지 상황이 들어왔다. 이미 작전 요원이 투입되어 있는지 그라운드에서 찍은 영상도 같이 전송되었다. 10시가 되자 케이든 선을 포함한 팀원들은 터미널 내에 마련된 별실로 들어갔다. 이곳에서 대원들이 작전 장비를 챙겼다. 케이든 선도 ATV에서 장비를 내려 이곳에서 다른 대원들과 함께 장비를 챙겼다. 방탄 플레이트가 새것이라서 약간 부자연스러웠지만 그것을 제외하고는 별문제 없었다. 통신 장비는 맥스라는 이름의 팀원에게 건네받았다. 팀원들은 장비를 다 착용하고 무전기를 개방해서 상태를 체크했다. 맥스는 탈색으로 현지에 파견된 선발대와의 통신 상황도 체크했다. 대원들은 장비를 다시 풀고 무전기를 충전기에 꽂은 뒤에 삼삼오오 모여 시가를 피우거나 맥주를 마셨다. 케이든 선은 구석에 있는 야전 침상에 누워 눈을 감았다. 옆에서 부스럭거리는 소리에 눈을 떠 보니 시계는 새벽 4시를 막 지난 상태였다. 자리에서 일어나 옷을 챙겨 입으니 옆 침대에서 제임스도 눈을 떴다. 그는 졸린 눈으로 인사를 건넸다.
 "굿모닝."
 하나둘 눈을 뜬 팀원들은 샤워장에서 샤워를 했다. 냄새가 날 수 있는 샴푸는 쓰지 않고 냄새가 거의 없는 마일드 식물성 세제를 사용했다. 샤워를 마친 대원들은 총과 탄, 수류탄, 무전기, GPS 같은 필수 장비와 물은 몸에 지녔고, 나머지 장비들은 전술 배낭에 담았다. 새벽 5시 정각이 되자 동체를 검은색 무광 페인트로 칠한 MH-47 두 대가 내려앉았다. 케이든 선은 크레그와 제임스, 피쉬와 함께 1번기에 탑승했고, B팀은 2번기에 탔다. B팀이 탑승하는 2번기에 조디악 보트가 실려 있는 게 얼핏 보였다. 헬기에는 아무런 부대 표시가 없었지만 160th 나이트 스토커 소속으로 보였다. 팀원들이 탑승하자 헬기는 곧바로 이륙했다. 제임스가 사인을 보내자 피쉬가 스페인어로 무전을 보냈다. 고도를 낮춘 헬기는 해안선을 따라 비행했다. 그렇게 한참을 날던 헬기가 갑자기 고도를 높였다. 일정 고도에 도달한 헬기는 약간의 진동을 일으켰다. 공중급유기로부터 급유를 받기 위해 고도를 높인 것 같았다. 케이든 선과 팀원들은 전투식량인 MRE와 파워바로 간단하게 끼니를 때웠다. 급유가 끝나고 약 3시간 정도를 더 비행하자 헬기 아래로 녹색 밀림이 우거진 육지가 보였다.

　육지가 보이자 헬기들은 약 3미터 높이로 나는 전술 비행에 들어갔다. 육지에서 약 1마일 지점에 다다르자 케이든 선이 탄 헬기는 공중에 정지했고, 2번기는 수면에 거의 닿을 정도로 고도를 낮췄다. 다른 로터 소리가 들려 옆을 돌아보니 공격형 블랙호크 헬기가 나란히 비행하고 있는 것이 보였다. 크레그가 옆에서 설명해줬다.

　"저 헬기들은 AH-60L을 기반으로 이스라엘 엘비트[Elbit]사의 DASH 헬멧 조준 시스템과 라파엘사의 'Toplite II FLIR'을 장착하고 항법 장비와 무장 제어 시스템을 업데이트시킨 거야. 콜롬비아군은 'Alpia Ⅲ'라는 이름으로 부르고 있지."

수면에 다다른 2번기는 'Delta Queen 비행'을 실시했다. 헬기 후방 램프에서 B팀이 탄 조디악 보트가 발진했다. 보트를 내려 보낸 헬기는 기수를 들어서 그가 타고 있던 헬기 좌측에 붙었다. B팀이 탑승한 조디악 보트가 육지로 접근하자 콜롬비아군 공격 헬기 2대가 그 위를 비행하면서 엄호했다. 제임스가 말했다.

"우리는 선발대가 확보한 랜딩 존에 내릴 겁니다."

제임스가 얘기한 랜딩 존은 작은 언덕 위였다. 헬기는 후방 램프만 언덕에 댄 상태로 호버링을 했다. 팀원들은 제임스의 선두로 헬기에서 내려서 랜딩 존을 확보한 병력과 합류했다. 상공에는 다른 콜롬비아군 헬기가 엄호하는 중이었다. 그를 태운 헬기가 멀어지면서 지상의 소리가 귀에 들어왔다. 작전지에서는 이미 총성이 울리고 있었다. 크레그가 명령을 내렸다.

"작전지는 200미터 전방이다. 신속하게 이동한다."

케이든 선은 속보로 이동을 하면서 주변을 둘러봤다. 미군으로 보이는 병력이 배치되었고, 간혹 콜롬비아 정부군의 모습도 보였다. 작전지로 갈수록 총성이 요란해졌다. 제임스는 무전으로 본부의 유도를 받아 길을 잡았다. 잠깐 멈춘 사이에 크레그가 간단하게 브리핑을 했다.

"아직 거북이나 손님의 위치를 파악하지는 못했다. 다행히 본부의 말로는 거북이나 손님 모두 포위망에서 빠져나간 거 같지는 않으니까 일단 작전을 계속한다. 그리고 콜롬비아 병력과는 일체 접촉을 금지한다. 이상."

　잠깐 휴식을 끝내고 다시 전진했다. 밀림 사이로 보이는 강으로 조디악 보트가 물결을 헤치고 거슬러 올라가는 모습이 보였다. 선두에 선 피쉬가 정지하라는 수신호를 준 것과 동시에 오른쪽에서 총탄이 날아들었다. 팀원들 모두 땅에 엎드렸다. 피쉬는 팔에 총을 맞았는지 휴대하고 있던 총을 떨어뜨린 채 피를 흘렸다. 밀림에 숨어있는 적은 자포자기 했는지 막무가내로 사격을 가했다. 거리를 가늠해봤지만 수류탄을 던지기에는 너무 거리가 가까웠다. 케이든 선은 제임스에게 우회한다는 신호를 보내고 좌측으로 포복해 돌아갔다. 제임스와 크레그가 엄호 사격을 실시했다. 반원 형태로 20미터쯤 기어가자 5미터쯤 앞에서 엎드려서 사격을 하는 사람이 보였다. 전형적인 남미인 얼굴을 한 그는 부상을 당했는지 귀에서 피가 나고 있었다. 케이든 선은 상대방이 눈치채지 못하게 수풀 사이로 총구를 살짝 내밀고 점사로 두 번 당겼다. 탄피들이 수풀 사이로 떨어지자 엎드려서 사격을 하던 그는 총을 내려놓고 고개를 떨어뜨렸다. 목덜미에서 피를 흘리지 않았다면 엎드려서 잠을 자는 사람처럼 보였을 것이다. 아군 쪽에선 아직도 사격이 계속 이어졌다. 케이든 선은 무전기로 상황 종료를 알렸다. 총성이 잦아지고 제임스가 사주 경계를 하며 다가갔다. 놀랍게도 사격을 했던 상대방은 아직 살아 있었다. 하지만 총알이 목과 척추는 물론 폐까지 관통해서 오래 살 수 없는 상태였다.

　"선, 선두에 서!"

제임스의 지시로 다시 길을 잡고 있을 때 한 발의 총성이 들렸다. 잠시 후 대열에 합류한 피셔가 어깨를 으쓱거리며 말했다.

"이제 그 친구는 더 이상 고통을 못 느낄 거야."

50미터쯤 더 전진하자 작은 통나무집과 위장 그물로 덮인 채 강가에 반쯤 끌어올려져 있는 배 같은 것이 보였다. 먼저 도착한 콜롬비아 SB 두 명이 주변이 안전하다는 수신호를 보냈다. 가까이 다가가서 총구로 위장 그물을 살짝 걷어내자 거북이의 정체가 밝혀졌다. 위장 그물 아래 숨겨져 있는 것은 다름 아닌 잠수정이었다. 그것도 아주 많이 본 형태였다. 케이든 선은 옆으로 다가온 크레그에게 물었다.

"제가 이 작전에 차출된 게 이거 때문인가요?"

크레그는 살짝 미소를 지었다.

"그렇다고 할 수 있지만 이 작전은 자네의 능력 테스트이기도 해."

그물 안으로 들어간 크레그는 지렁이가 기어 다니는 것 같은 위장 무늬가 칠해진 잠수함의 선체를 손으로 탕 치면서 얘기했다.

"여기 마약 카르텔 녀석들이 잠수정이나 반잠수정을 이용해 마약을 배달한 건 어제 오늘 일이 아니지만, 이렇게 제대로 된 물건을 입수해서 본격적으로 일을 벌인 적은 없었어. 이건 지역 군벌과 반군, 그리고 마약 카르텔과 북한의 합작이지. 아, 이놈을 여기까지 옮겨준 악당이 빠졌군."

케이든 선은 남미의 콜롬비아에서 북한 측 장비를 수색해야 하는 자신의 얄궂은 운명에 헛웃음이 나왔다.

"중국 말입니까?"

"그래, 걔들 말고는 이걸 여기까지 가져올 수 없었겠지."

"예전에 한국군에 있을 때 콜롬비아 마약 카르텔과 쿠바군이 북한 잠수함과 반잠수정에 관심이 많다는 건 들어 알고 있었는데 실제로 제가 보게 될 줄은 몰랐습니다."

"우리는 이 잠수함을 상어^{Sang-o}급으로 판단하고 있는데 자네가 보기엔 어떤가?"

"상어급으로 판단해도 문제가 되지 않을 거 같지만 크기가 약간 작습니다. 제가 보기엔 대동강 선박공사에서 제작한 신형 연어^{Yugo}급 잠수정일 것 같습니다."

크레그도 그의 의견에 동의한다는 듯 고개를 끄덕거렸다.

"문제는 이 잠수함들이 이젠 기뢰나 어뢰를 쏘거나 SDV*를 발진시킬 수도 있다는 거지. 마약만으로도 복잡한데 이런 물건이 우리 안방 근처를 돌아다닌다고 생각하면 정말 몸에 소름이 끼쳐."

아직도 주변에서는 산발적으로 교전이 벌어지는지 총소리가 들렸다. 잠시 후에는 마약 카르텔 쪽에서 저항을 포기했는지 스페인어로 손을 들라거나 무기를 내려놓으라고 윽박지르는 소리도 들렸다. 조디악 보트에서 내려서 합류한 B팀은 인명 손실이 있었는지 한 명이 보이지 않았다. 나이츠가 굳은 표정으로 크레그에게 보고했다.

"물길을 타고 올라오던 도중에 스나이퍼의 저격을 받았습니다.

---

* Swimmer Delivery Vehicle, 소형 잠수정을 일컫는다.

조쉬가 목에 맞아 즉사했고, 라미레즈도 어깨에 한 발 맞았습니다."

"알았다. 일단 거북이의 수중 쪽을 체크하도록. 조심해서 살펴봐. 한 명은 모르지만 두 명까지 잃고 싶지는 않으니까 말이야."

물론 인명 손실보다는 만에 하나 부비트랩이 폭발해서 잠수함이 손상되는 걸 막고 싶었기 때문일 것이다. 잠수 장비를 착용한 B팀은 물속으로 들어갔다. 부유물이 많아서 물에 잠긴 잠수함의 선체를 손으로 일일이 만져가면서 체크를 해야 하는 탓에 생각보다 시간이 오래 걸렸다.

B팀이 수중에 잠긴 선체 외부를 확인하는 사이에 크레그와 제임스, 그리고 케이든 선은 함수의 출입 해치에 C-4를 설치했다. 수중에 별다른 부비트랩이 없는 것을 확인한 B팀이 합류하자 크레그는 폭파 스위치를 눌렀다. 제임스가 재빨리 해치 안으로 최루탄을 몇 개 굴려 넣었다. 크레그를 선두로 한 작전팀이 내부로 진입했다. 케이든 선은 팔을 다친 피쉬와 라미레즈와 함께 바깥을 지켰다. 잠수함 쪽에서 이뤄지는 모든 작전에 콜롬비아 현지인은 철저하게 배제되었는지 잠수함 진입 작전이 시작되자 콜롬비아 병력이 모두 사라져버렸다. 잠시 후 해치로 나온 크레그가 방독면을 벗고 소리쳤다.

"깨끗해. 들어와, 선."

전술 라이트를 챙겨 들고 해치로 기어들어갔다. 최루탄 냄새가 어느 정도 가시기는 했지만 아직도 눈가가 따가웠다. 잠수함 내부는 비교적 깨끗했다. 작전팀이 여기저기에 던져놓은 캐미라이트 불빛이 조명처럼 내부를 비췄다.

"취역한 지 얼마 안 된 것 같은데요."

계기판의 원래 글씨 위에 페인트로 스페인어를 써놨다는 점이 흥미로웠다. 이곳저곳을 살펴본 케이든 선은 해치 쪽 사다리에 기대 있는 크레그에게 소리쳤다.

"상어급은 아닙니다. 이 잠수함은 연어급이 확실합니다."

"오케이, 수고했어. 이제 콜롬비아 애들이 쓸 만한 놈들을 잡았는지 볼까."

케이든 선은 동료들과 함께 연어급 잠수함 내부에서 나와서 잠깐 휴식을 취했다. 그사이 피쉬가 무전기로 어딘가와 길게 무전을 주고받았다. 잠시 후 일단의 콜롬비아군들이 여섯 명 정도의 반군을 끌고 와서 통나무집 앞 공터에 차례대로 무릎을 꿇렸다. 피쉬가 스페인어로 콜롬비아군들과 몇 마디 얘기를 주고받더니 그들 중 세 명을 손가락으로 가리켰다. 작전팀원들이 지목된 세 명을 통나무집 안으로 끌고 들어갔다. 나머지는 눈이 가려진 채 바닥에 엎드렸다. 잠시 후에 크레그의 무전이 날아왔다.

"안으로 들어오게."

집 안으로 들어가니 아까 끌고 온 세 명이 알몸 상태로 무릎을 꿇고 양손을 뒤통수에 갖다 대고 있는 모습이 보였다. 낡은 의자를 갖다놓은 피쉬가 그들을 감시했다. 맨 오른쪽에 있는 친구는 동양인, 그것도 남한 쪽 아니면 북한 쪽 사람인 것 같았다. 나머지 두 명 중 한 명은 콜롬비아인이었고 또 한 명은 동양인 혼혈처럼 보였다. 심문은 가운데 있는 동양인 혼혈부터 이뤄졌다. 피쉬가 영어와 스페인어를 섞어가며 그를 심문하고 있는 사이 다른 두 명의 얼굴에는 두건을 씌웠다. 심문 방식은 간단했다. 피쉬가 질문을 던지고 대답이 바로 나오지 않으면 제임스가 발로 머리를 걷어차거나 정강이를 짓밟았다. 두건이 씌워진 두 명은 동료의 비명이 들릴 때마다 움찔거렸다. 토니라는 팀원이 구석에 서서 비디오카메라로 심문 장면을 촬영했다. 심문을 지켜보던 크레그가 그에게 다가와 물었다.

"혹시 중간에 있는 녀석이 북한 사람일 가능성은 없을까?"

"북한에 혼혈이 없는 건 아니지만 저 친구는 아닐 것 같습니다."

"그럼 손님은 오른쪽에 있는 저 친구겠군."

크레그가 턱으로 오른쪽에서 부들부들 떨고 있는 동양인 포로를 가리켰다.

"제 생각에도 그렇습니다."

"알았네. 그럼 피쉬가 끝나면 자네가 저 친구를 맡게."

그사이 피쉬가 심문하던 동양인 혼혈은 계속 고개를 저었다가 제임스의 발길질에 턱을 얻어맞고 앞으로 쓰러졌다.

"저 카브론*은 브라질에서 태어나서 여기 기어온 거 같습니다. 할아버지가 중국 사람이랍니다."

다음은 왼쪽에 있는 콜롬비아인 차례였다. 거뭇한 콧수염을 한 콜롬비아인은 영어와 스페인어로 떠들어댔다. 대충 자신은 대령이라고 말하면서 포로로 대우해달라고 요구했다. 상대방이 영어를 알아

---

* Cabron, 스페인어로 염소라는 뜻의 욕설이다.

듣자 피쉬도 영어로 질문했다.

"좋아, 대령. 이 안에 손님이 있나?"

"무슨 소린지 모르겠다."

그 뒤로 계속 같은 질문과 대답이 몇 번 오고 갔다. 짜증이 난 얼굴로 의자에서 일어난 피쉬는 크레그를 쳐다봤다. 크레그가 제일 오른쪽 포로를 손가락으로 가리키면서 말했다.

"케이든 얘기로는 오른쪽이 손님인 것 같다는데."

"제 생각도 그렇습니다."

"그럼 우리 전통적인 방법을 쓰자고."

크레그는 포로들을 감시하고 있던 제임스를 향해 오른손 검지를 들고 왼손으로 그걸 감싸고 돌리는 포즈를 취했다. 피쉬가 씩 웃으며 크레그에게 말했다.

"방아쇠는 제가 당기겠습니다."

"무리하는 거 아니야?"

"원래 왼손잡이였어요."

제임스가 맨 왼쪽의 콜롬비아인에게 걸어가면서 권총을 꺼내 소음기를 장착했다. 그 광경을 바라본 콜롬비아인은 파랗게 질려버렸다. 피쉬가 악마 같은 웃음을 지으며 뒤쪽으로 돌아가자 그는 고개를 돌려보면서 연신 살려달라고 애원했다. 피쉬는 애원하는 그를 지나쳐서는 중간에 있는 동양인 혼혈의 뒤로 갔다. 그러고는 그의 머리채를 움켜쥐고는 콜롬비아인 쪽으로 향했다. 그러고는 목 뒤에서 방아쇠를 당겼다. 퍽 하는 소리와 함께 콜롬비아인 얼굴에 피와 살

점이 튀었다. 위에서 아래로 비스듬하게 목으로 파고든 총알은 동양인 혼혈의 하악골을 완전히 헤집고 양 볼과 혀의 대부분을 잡아 뜯어버렸다. 입에 빨간 해바라기가 활짝 핀 것 같았다. 눈동자는 여전히 사태를 파악하지 못한 듯 쉼 없이 깜빡거렸다. 콜롬비아인은 자기가 총에 맞은 것처럼 바닥을 뒹굴면서 구토를 했다. 피쉬가 일부러 슬라이드를 당겨서 탄피를 추출했다. 철커덕거리는 소리를 들은 콜롬비아인이 일어나서는 스페인어로 지껄였다. 고개를 끄덕거린 피쉬가 맨 오른쪽 포로를 가리키며 뭔가를 묻자 고개를 끄덕거렸다. 제임스가 맨 오른쪽 포로의 두건을 벗겨냈다. 눈앞의 참상을 본 그는 곧바로 오줌을 지렸다. 크레그가 케이든 선의 어깨에 살짝 손을 올리며 말했다.

"이 방법은 좀 보기 그렇고 거칠긴 해도 언제나 통했지. 안 좋은 점은 아무 때나 쓸 수 없다는 거랑 이거에 맛 들이면 정상적인 방법으로 취조하기 귀찮아진다는 점이지. 오해는 하지 마. 우린 이런 건 대부분 하청을 준다고. 자네는 본 것도 없고 아는 것도 없는 거야."

얘기를 끝낸 크레그가 손짓을 하자 촬영을 하던 토니가 총에 맞은 포로를 밖으로 끌고 나갔다. 아직 숨이 붙어 있긴 했지만 내일 해는 보지 못할 게 뻔했다. 동양인 포로가 멍한 눈으로 바라보고 있는 사이, 콜롬비아인은 계속 떠들어댔다. 피쉬가 그만 떠들라고 얘기하며 두건으로 그의 입을 막으려고 했다. 콜롬비아인이 입을 꾹 다물고 버티자 제임스가 주먹으로 뺨을 후려쳤다. 비명을 지르기 위해 벌려진 입에 두건을 쑤셔 넣자 콜롬비아인이 내던 소음이 사라졌다.

이제 방 안에 있는 모든 사람들의 관심은 동양인 포로에게 향했다. 크레그가 선에게 살짝 물었다.

"어디 소속일 것 같아? 대충 보니까 특수 훈련을 받은 것 같지는 않은데?"

"진짜 북한에서 왔다면 외화벌이를 담당하는 부서 소속일 겁니다. 하지만 마약과 관계가 있으니까 보위부 39호실 소속일 가능성이 큽니다."

"거긴 뭐 하는 곳이지?"

"보위부 39호실은 김씨 일가의 통치 자금을 확보하고 사치품을 조달하기 위해 중국에 주로 마약을 판매합니다. 이 마약들은 김정일 1호 같은 상품명까지 있고 중국에선 상당히 양질의 마약으로 취급되죠."

"중국에서 놀던 놈들이 여기까지 온 이유는 뭐지? 잠수함 한 대를 팔고자 여기까지 온 걸까, 아니면 콜롬비아 애들이랑 손잡고 미국 마약 시장을 뚫으려고 한 걸까? 일단 그걸 확인해줘."

"알겠습니다."

케이든 선은 피쉬가 앉아 있던 의자에 앉아서 동양인 포로를 쳐다봤다.

크레그의 작전팀이 이 작전에 동원된 이유를 알 수 있을 것 같았다. 그들은 거북이와 이 손님을 원하는 거였고 여기서 얻은 정보로 또 다른 타깃을 원하는 것 같았다. 케이든 선은 잠자코 그의 얼굴을 쳐다봤다. 크레그의 말대로 특수 훈련을 많이 받은 보위부 요원이라기보다는 외화벌이에 동원된 북한 내 출신 성분이 좋은 엘리트 같았다. 애써 태연한 척했지만 그의 눈에는 이미 공포심이 가득했다.

"동무, 여기까지 먼 길을 왔군요. 어찌 됐든 반갑소."

그는 뜻하지 않은 장소에서 갑자기 한국말을 듣자 케이든 선을 쳐다봤다.

"아까 콜롬비아 친구가 다 자백했으니까 피차 피곤하게 굴지 맙시다. 당신 39호실 소속이죠?"

그의 눈동자가 더 커졌다.

"맞소, 북에서 왔소. 원하는 게 뭐요?"

"소속과 이름, 그리고 여기 온 목적."

"이름은 리철호라고 합니다. 39호실은 처음 듣는 소리입니다."

케이든 선은 구석에 서 있는 피쉬를 쳐다봤다. 피쉬가 움직이려는 기미가 보이자 그는 다급하게 입을 열었다.

"잠깐, 내 진짜 이름은 리병조요. 1960년 해주에서 태어났고, 김일성종합대학을 졸업하고 39호실에 배치되었소. 이곳에 마약 루트 확인 및 잠수함 대금 접수차 왔소."

그가 손을 들자 다가오던 피쉬가 걸음을 멈췄다. 의자에서 일어난 케이든 선은 크레그에게 간단하게 심문 내용을 얘기했다. 만족한 표정의 크레그가 그의 어깨를 두드렸다.

"수고했어. 이제 본부에서 알아서 처리할 거야. 철수할 테니까 자넨 저 친구한테 뭘 좀 입혀."

"잠수함은 어떻게 합니까?"

"해군의 협조를 구해야지. 어쨌든 우리는 손님만 데리고 돌아간다."

크레그가 철수 명령을 내리자 다들 장비들을 챙겼다. 케이든 선은 통나무집 안에 굴러다니는 옷을 대강 입히고 머리에 두건을 씌웠다. 리병조는 와들와들 떨면서 그에게 말했다.

"동무, 다 털어놨으니까 날 죽이지 마시오. 제발 죽이지 마시오."

크레그가 자기 입술에 손가락을 가져다 대며 말을 하지 말라는 신호를 보냈다. 선과 제임스가 리병조의 양쪽 팔을 붙잡고 오두막집을 나오는데 소음기에 억눌린 총성이 들렸다. 뒤쪽을 돌아보니 피쉬가 걸어 나오면서 소음기를 권총에서 해체하는 모습이 보였다. 빈 통나무집은 B조 팀원들이 휘발유를 뿌리고 백린 수류탄을 던져 넣자 순식간에 잿더미가 되었다. 콜롬비아군이 주변을 경계하는 사이 작전팀원들은 리병조를 끌고 아까 A조가 내린 랜딩 존으로 향했다. 상공에서 대기하고 있던 헬기는 제임스가 연막탄을 터트리자 고도를 낮췄다. 차례대로 헬기에 탑승하고 후방 램프가 닫히자 긴장감이 풀어졌다. 속도를 높인 헬기는 아까처럼 지면을 스치듯 고도를 낮춘 상태에서 비행했다. 공해에 들어서면서 고도를 높였다. 대기하고 있던 미군 공중급유기와 다시 만났다. 헬기가 급유를 하는 중에 주변을 살펴보니 미군 전투기가 주변을 돌고 있는 게 보였다. 공중급유 후에는 전투기의 호위를 받으며 애리조나 주 투산에 비스비 더글라스 비행장에 착륙했다. 작전이 성공한 것에 기분이 좋아졌는지 크레그가 비행장에 대해서 설명했다.

"여긴 2차 대전 때 미 육군 항공대 B-17 폭격기 승무원 훈련장으로 쓰였던 곳이야. 지금은 마약과의 전쟁을 치르는 미국 사법기관과 일부 민간 항공기들의 이착륙에 쓰이는 곳이지."

활주로에 내린 헬기 옆으로 검정색 차량 한 대가 미끄러져 들어왔다. 선글라스에 갈색 양복을 입은 정부 요원 두 명이 차 밖으로 나와서 헬기에서 제일 처음 내려진 리병조를 끌고 가서 차에 태웠다. 케이든 선은 잠깐 크레그에게 양해를 구하고 그 차가 있는 쪽으로 뛰어갔다.

"리병조 동무, 묻는 말에만 잘 대답하면 죽이지는 않을 거니까 안심하시오."

눈이 가려진 리병조는 울상이 된 얼굴로 물었다.

"날 어디로 끌고 가는 겁니까?"

케이든 선은 아무 대답도 할 수 없었다. 리병조를 태운 차는 곧장 격납고로 향했다. 격납고 안에는 소형 제트기 한 대가 출발 준비를 마친 상태였다. 잠깐 지켜보던 케이든 선은 함께 작전을 치른 동료들이 있는 곳으로 돌아갔다. 잠시 대기하던 그들은 다른 헬기를 타고 데이비드 몬슨 기지로 돌아왔다. 헬기에서 내린 케이든 선은 동료들과 함께 터미널로 이동해 장비를 다시 점검했다. 장비 점검을 거의 끝낼 무렵 누군가 들어오는 소리가 들렸다. 뒤를 돌아보니 켄이 걸어 들어오는 중이었다. 그가 웃으며 손을 내밀었다.

"팀원이 된 걸 환영하네, 선."

크루세이더

케이든 선은 훈련이 끝나고 켄과 단둘이 저녁을 먹을 기회를 얻었다. 식사를 끝내고 커피를 마시면서 켄이 몇 가지 얘기들을 해줬다.

"우리 팀은 CIA의 비인가 작전과 Black Op*을 담당하는 작전 실행팀이야. 정식 명칭은 TF 373이지. 비공식적으로는 크루세이더**라고 부른다네."

"팀원들은 어떻게 구성됩니까?"

"다양해. 대부분은 미군 특수부대 출신들이지. 그리고 ATF와

---

* Black Operation은 주로 CIA에서 행하는 비밀 작전을 지칭한다.
** Crusader, 십자군 전사를 뜻한다.

DEA, 그리고 경찰 SWAT*팀 같은 사법기관에 소속되었던 친구들도 좀 있지. 사실 우리 팀은 사실 9·11테러 이전에도 존재하는 팀이었네."

"꽤 오래되었군요."

"맞아. 하지만 팀의 전진기지였던 뉴욕의 트레이드 빌딩이 9·11테러 때 비행기와 충돌해서 파괴되면서 팀원들이 대부분 사망했지. 당시 빌딩 내에 있던 거의 모든 장비들과 화기들이 망실되거나 분실되었다네. 현장에 출동했던 소방관들에 의해 화재 방지 금고에 보관된 기밀 서류가 발견되면서 우리 팀의 존재도 누설될 뻔했지만 마지막 순간에 막을 수 있었지."

"비슷한 기사를 본 적이 있습니다. 그때는 음모론이라고 생각하고 넘어갔는데 사실이었군요."

그의 대답에 켄은 씁쓸한 얼굴로 고개를 끄덕거렸다.

"그 사건 이후 팀은 빠르게 재건되었고 버지니아로 기지를 이동하면서 팀 이름을 TF 373으로 바꿨다네. 그리고 내가 팀장을 맡고, 크레그가 작전팀장의 자리를 맡게 되었지. 사실 생존자들 중에 활동 가능했던 사람은 우리 둘뿐이었어. 난 아들 생일이라 휴가를 냈었고, 크레그는 쿠웨이트로 출장 가 있었거든. 우리의 주요 임무는 미국의 안보에 위협을 가할 수 있는 테러리스트 개개인과 테러리스트 그룹에 대한 정보 수집과 직접적인 타격이네. 우린 물불을 가리지 않아.

---

* 'Special Weapons and Tactics'의 약자로 경찰 특공대를 뜻한다.

그럴 수 있는 상황도 아니고 말이야. 내 말 무슨 뜻인지 알겠지?"

케이든 선은 대답 대신 고개를 끄덕거렸다.

"팀 내에는 CIA의 정직원과 블랙이 공존하고 있지만 누가 정직원이고 블랙인지는 비밀일세. 자네도 알려고 하지 않는 게 좋아. 팀 자체의 임무는 나와 크레그, 그리고 직접 동원되는 팀원들 말고는 일체 알 수 없네. 그 역시 팀원들 간에는 비밀이니까. 사실 누가 팀원인지도 모르는 경우가 많지. 우린 완벽한 어둠일세. 우리가 작전 중에 죽거나 실종돼도 랭글리의 CIA 본부에 있는 별판*에 숫자가 늘어나지는 않네."

"미국 본토에서도 작전을 진행합니까?"

"예전에는 금기 사항이었지만 지금은 아니야. FBI와 손잡고 국내 방첩 작전도 진행하고 있지. 특히 9·11테러 이후에는 미국 내에 거주하는 아랍계 미국인과 이민자, 유학생에 대한 감청과 정보 수집 공작도 우리 일 중에 하나야. 한국에서는 이런 스타일의 작전을 비인가 공작이라고 부르지?"

"맞습니다."

"알 카에다와 북한, 그리고 남미의 마약 카르텔도 우리한테는 빠지지 않는 메뉴야. NSA**와 CIA의 정보에 따르면 9·11테러 이전에

---

* 버지니아 주 랭글리에 있는 CIA 본부의 벽에는 비밀 작전 수행 중인 요원이 사망하면 별이 새겨진다.
** 정식 명칭은 'National Security Agency'로서 미 국방성 특별활동국 소속의 정보 수집 기관이다.

크루세이더 249

따로따로 행동하던 북한과 알 카에다가 이후 정보를 공유하며 협력 체제를 구축했다고 볼 수 있네. 최근 남미의 마약 카르텔 역시 이 협력 구조에 합류한 것으로 판단할 수 있지. 며칠 전 자네가 발견한 거북이가 그 증거야."

"하긴 이 집단들 모두 마약으로 활동 자금을 마련하고 있고, 미국을 증오하니까 손을 잡는 것도 이상하지 않아 보입니다."

"맞아. 그중에서도 북한이 가장 골칫거리야. 잘 훈련된 군인들과 이런 목적에 적합한 무기들을 만들어낼 수 있는 능력이 있으니까 말이야."

"제 임무는 뭡니까, 켄?"

"자네 임무는 북한 쪽 정보의 수집과 수집된 정보에 대한 제1차 판독이 될 걸세. 가끔 필드에서 뛰기도 하겠지만 지난번처럼 정보 수집과 획득이 주목적이야. 자네가 분석한 정보들은 강을 건너가서* 그곳 전문가들의 손을 거쳐 가치가 부여될 거야. 아프가니스탄과 이라크, 그리고 파키스탄에서 활동하는 우리 팀과 군 정보국에서 전달되는 정보들이 우선순위야."

"그곳에서 활동하는 북한 요원들의 흔적을 찾아내라는 말씀이시군요."

"맞아. 북한이 외화벌이를 위해서 중동 지역에 군사고문단들을 많이 파견한 건 이미 잘 알려진 일이지. 그런데 이들 중 일부가 아프

---

* CIA 본부가 있는 랭글리로 간다는 뜻의 속어다.

가니스탄과 이라크에서 직간접적으로 테러에 가담한 증거들이 나오고 있는 중이야."

"북한이 왜 그런 행동을 한다고 보십니까?"

"게릴라식 공격에 맞서는 미군의 대응책에 관한 데이터 수집과 대게릴라전에 대한 정보 및 전술 확립, 그리고 알 카에다 등의 테러 집단과 연계한 외화벌이의 확대 정도로 보고 있네. 총 한 자루를 파는 것보다 직접 총질을 해주는 게 더 많은 돈을 받을 수 있으니까."

"우려할 만한 일이군요."

"우리로서도 그렇고 자네 나라에도 좋은 일은 아니지. 내 자랑 같긴 하지만 크루세이더팀 레벨에선 비교적 일을 신속하고 합리적으로 처리하고 있다고 생각하네."

켄의 말을 들은 케이든 선은 빙그레 웃었다. 정보기관이 일을 잘한다는 얘기는 더 많은 피와 죽음들이 동반되는 법이다. 켄 역시 케이든을 따라 웃었다.

"물론 9·11테러의 영향으로 약간 레벨이 심해지긴 했지. 하지만 우리처럼 실제 작전을 뛰는 팀을 공식적인 법률 체계로 판단하긴 힘들지."

"습관적으로 살인을 즐기는 친구들이 있는 거 같더군요."

"살인과 폭력은 사실 마약보다 더한 환각제야. 한번 중독되면 다시는 끊지 못하지. 사실 우리 팀원 중에서 국가에 대한 충성심에 일을 하는 쪽은 극소수야. 대다수는 돈을 버는 직장으로 보고 있지. 그리고 몇 명은 마음껏 폭력을 휘두를 수 있다는 점 때문에 이 일을 하고 있고 말이야."

"그들을 통제할 자신이 있으십니까?"

"목걸이를 잘 걸어두면 아무 문제 없어. 가끔 작전을 뛸 때만 목걸이를 풀어주면 적당히 즐기다가 다시 자기 손으로 목걸이를 채우니까 말이야. 사실 우리 팀의 주요 임무는 정보 분석이나 작전 수행이 아니야. 심사팀이 가져온 그 정보에 따라 기획팀이 입안한 기획서를 받으면 그걸 다시 구체적인 작전으로 꾸미는 게 우리 팀의 가장 큰 임무야. 실제 작전은 대부분 블랙들로 구성된 팀에 하청을 준다네."

"그러니까 누구를 잡아야 한다는 명령이 떨어지면 어떤 방식으로 잡아야 하는지 구체적인 작전을 입안하는 일이란 말씀이시군요."

"맞아. 악당이 숨어 있는 방문을 차고 들어가는 것보다는 어떻게 그 방문 앞까지 가는지가 중요하네. 그리고 누가 방문을 걷어차는 데 적당한지, 그리고 믿을 만한 현지 안내인을 어떻게 선별하는지 하는 문제에 더 많은 시간과 노력이 필요해. 아마추어와 우리의 차이는 총질을 하기 전에 얼마나 준비를 하고 계산을 하느냐 하는 것이지. 사실 성공한 작전에서는 총질조차 불필요하긴 하지만 말이야."

"여기서도 위에서 가끔 말도 안 되는 명령이 내려올 경우도 있습니까?"

"없다고는 못해. 그럴 때는 우리 방식대로 하지."

"어떻게 말입니까?"

"바이패스*해버리지."

켄이 의미심장한 미소와 함께 덧붙였다.

"우리만 갈 수 있다고 그런 임무를 줬다면 우리가 실제로 갔는지 누가 확인할 수 있겠어?"

"하긴 책상에 앉아 있는 입안자들은 자신의 입맛에 맞는 정보를 원할 뿐이죠."

케이든 선의 푸념에 켄이 맞장구를 쳤다.

"우린 두 개의 적과 맞서 싸워야 하지. 필드에서 마주치는 적, 그리고 아무것도 모르는 책상물림들이지. 하지만 걱정 말게. 우리 팀은 지금까지 잘 싸워왔으니까 말이야. 며칠 동안 휴가를 줄 테니까 푹 쉬다가 복귀하게. 할 일이 많을 거야."

케이든 선은 켄의 말대로 짧은 휴가를 보내고 복귀하자마자 바로 현장에 투입되었다. 전쟁은 이라크와 아프가니스탄에서 벌어지고 있었지만 크루세이더팀의 작전은 파키스탄, 시리아, 이란에서 더 활발하게 벌어졌다. 실패한 작전들만 신문이나 방송에 짤막하게 나왔고, 대부분의 작전은 쥐도 새도 모르게 치러졌다. 시리아에서 모종의 작전을 끝낸 케이든 선은 처음으로 장기 휴가를 받았다. 간단하게 짐을 꾸린 그는 휴대전화를 만지작거리다가 아버지에게 전화를 걸었다.

"헬로? 여보세요?"

---

* Bypass, 우회라는 뜻이지만 본문에서는 '실제로 하지 않고도 했다고 보고하는 행위'를 뜻하는 속어다.

"아버지, 접니다."

"어, 오랜만이구나. 잘 지내고 있는 거냐?"

"예, 잘 지내고 있습니다. 휴가를 받았습니다."

"그럼 집으로 오너라."

"예."

케이든 선은 집이라는 단어가 그렇게 달콤하게 들릴 수가 없었다. 누군가 기다리고 있다는 것만으로도 세상을 다 가진 것 같았다. LA 공항으로 돌아와 렌터카를 빌려서 집으로 운전을 했다. 오랜만에 드는 자유의 기분이었다. 집에 돌아와 부모님과 함께 늦게까지 이야기를 하고 술을 마셨다. 총을 차고 있지 않아도 불안하지 않은 기분이 드는 건 오랜만이었다. 이곳에서는 크루세이더팀의 케이든 선이 아니라 아버지의 아들 김유선으로 돌아왔다. 어머니가 잠자리에 들자 아버지가 유선의 손을 꼭 잡아주었다.

"내가 그 일을 했을 때는 오직 독기와 악밖에는 없었다. 다른 동료들은 먹고 살기 위해서, 아니면 고향으로 돌아가기 위해서 싸웠단다. 그때 내 별명이 '귀신 눈깔'이었지."

"왜요?"

"꼭 눈에 귀신이 든 것처럼 번뜩였다고 말이야. 인민군을 죽여도 곱게 안 죽였다. 개머리판으로 허리 뒤쪽을 부러뜨려서 반으로 접어버리거나 대검으로 급소가 아닌 곳만 골라서 찌른 다음에 피를 흘리면서 죽는 걸 지켜봤지. 수류탄을 입에 쑤셔 넣고 안전핀을 뽑아버린 적도 있다. 녀석의 머리가 터지면서 피 묻은 이빨이 내 머리 위로 우수수 떨어졌는데 그냥 털어버렸다."

목이 탔는지 아버지는 술을 들이켰다.

"지금 생각하면 왜 그랬는지 모르겠다. 인민군이라고 다 같은 인민군은 아니었는데 말이다. 젊었을 때는 그때 일이 잘 떠오르지 않았는데 죽을 때가 다 되니까 자꾸 기억이 나는구나."

"혹시 그때 죽인 사람이 꿈에 나옵니까?"

"가끔씩 보이다가 요즘은 더 자주 보인다. 특히 서울에서 중학교를 다니다가 끌려왔다는 열여덟 살짜리 의용군이 자꾸 나오더라. 혹시 너도 그러니?"

유선은 긍정도 부정도 하지 않은 채 애매하게 웃었다. 한숨을 쉰 아버지가 남은 술을 마셨다.

"다음 달에 개성에 갈 거다."

"북한 땅으로 가신다고요?"

놀란 유선이 되묻자 아버지는 술잔을 내려놓고 대답했다.

"그래. 북한 놈들한테 달러를 쓰는 게 속 쓰리지만 자꾸 꿈에 보여서 말이다. 개성 근처에서 죽였으니까 거기라도 가서 술 한 잔 부어 주고 미안하다고 말하려고 한다. 산다는 게 어렵다고 아우성이지만 죽는 거에 비하면 아무것도 아니지. 너도 후회할 일은 하지 마라. 그런 일을 했다면 얼른 털어버리고."

"그럼 꿈에 안 나타날까요?"

"모르겠다. 최소한 저승에 가서 멱살 잡히지는 않겠지. 피곤하겠다. 얼른 들어가 자거라."

술잔을 내려놓은 아버지는 구부러진 허리를 주먹으로 툭툭 치면서 침실로 올라갔다.

다음 날 일찍 일어난 유선은 오랫동안 고민하다가 먼발치에서나마 볼 생각으로 다운타운으로 향했다. 길 건너편에서 일하고 있는 그녀의 모습을 지켜보던 유선의 마음은 복잡했다. 결국 후회할 일을 하지 말라는 아버지의 말을 떠올린 그는 크리스틴에게 사과하기로 결심했다. 일을 마친 크리스틴이 동료들에게 작별 인사를 하고 밖으로 나오는 모습이 보였다. 마중하러 나가려던 유선은 부르릉거리며 달려온 혼다 오토바이 한 대가 그녀 앞에 멈춰 서는 것을 보고는 걸음을 멈췄다. 양쪽 팔에 온통 문신을 한 빡빡머리 동양인 사내와 크리스틴이 포옹하는 모습을 본 유선은 뒷걸음질 쳤다. 잠깐 얘기를 나눈 두 사람은 오토바이를 타고 멀리 사라져버렸다. 입안이 텁텁해진 유선은 눈에 띄는 술집으로 들어가서 밤늦게까지 술을 마시고 만취한 채 집으로 돌아왔다. 다음 날 아침 쓰린 속에 일찍 잠에서 깬 유선은 켄의 전화를 받았다.

"선, 휴가 중에 미안한데 좀 와줘야겠네. 가장 빠른 항공편으로 오도록 하게."

"알겠습니다."

전화를 끊은 케이든 선은 바로 가게에 있는 부모님에게 전화를 걸어서 급히 돌아가야겠다고 말하고는 바로 버지니아로 가는 비행기에 올라탔다. 캠프에 도착하자마자 바로 켄의 방으로 갔다. 그는 충혈된 눈으로 의자에 앉아 있었다. 노크를 하고 들어가자 켄은 기지개를 켜면서 자리에 앉으라는 손짓을 했다.

"좋은 아침이네. 휴가를 망쳐놔서 미안해."

"할 수 없는 일이죠, 뭐. 근데 피곤해 보이시네요. 밤을 꼬박 새운 겁니까?"

"그런 셈이지. 술 한잔할까?"

문이 닫힌 것을 확인한 켄은 책상 서랍에서 잔 두 개와 크라운 로얄 한 병을 꺼냈다. 이미 여러 잔을 마셨는지 잔에는 지문과 입술 자국투성이고 병 역시 반 정도 비워져 있었다.

"켄, 지금 아침 8시입니다."

"그건 자네한테 해당하는 말이고 난 지금이 밤 8시야."

술을 따르는 그의 손은 피곤함 때문인지 살짝 떨렸다. 케이든 선은 그가 따라주는 잔을 한 번에 비웠다. 역시 단숨에 술을 비운 그는 다시 잔에 술을 약간 따르며 말했다.

"자네를 부른 건 이것 때문이네."

그는 리모컨을 들고 TV를 틀었다. TV에는 미군 특수부대가 촬영한 영상이 보였다. 영상은 작전에 돌입한 팀원의 헬멧 카메라로 촬영되었는지 자주 흔들렸다.

"아프가니스탄의 헬만드 주에 있는 IED* 공장을 급습하는 장면이야."

미군이 급습한 장소는 이라크에서 자주 볼 수 있는 2층 건물이었

---

* 'Improvised Explosive Devices'의 약자로서 불발탄 등을 이용해서 원격 조종으로 폭발시키는 급조 폭발물을 뜻한다.

다. 미군들이 샷건으로 문을 부수고 내부로 돌입하자마자 총격전이 벌어졌다. 선두에 선 미군이 AK 소총에 맞고 쓰러지자 두번째 미군이 그를 밀쳐내고 응사했다. 두번째 미군 역시 총에 맞았지만 방탄복 때문인지 쓰러지지 않고 계속 응사했다. 저항이 누그러지고 1층이 확보되자 세번째 미군이 동료들을 대신해 선두에 서서 2층으로 올라갔다. 방마다 스턴탄과 수류탄을 던지며 청소했다. 청소가 완료된 방은 문을 열어두는 것으로 표시를 했다.

　2층까지 정리한 미군이 옥상으로 통하는 비밀 계단을 찾아내고 올라가는 순간 충격과 함께 화면이 잠시 어두워졌다가 다시 켜졌다. 제일 먼저 보인 것은 두 팔을 모두 잃은 이라크인 한 명이 두 눈을 동그랗게 뜬 채 입과 코에서 피를 줄줄 흘리는 모습이었다. 옥상은 제조하던 IED가 터졌는지 엉망진창이었다. 영상은 옥상에 있는 방을 뒤지는 것으로 계속되었다. 부엌이라는 말소리가 들리자 카메라가 그곳으로 향했다. 먼저 도착한 미군들이 부엌 바닥에 쓰러져 있는 이라크인의 시체를 한쪽으로 치우고 가스 오븐을 들어내는 중이었다. 가스 오븐 뒤에는 놀랍게도 밀실로 통하는 입구가 보였다. 고개를 숙이느라 잠시 땅으로 향했던 카메라가 밀실 안으로 진입했다. 밀실 안은 생각보다 넓었다. 가운데 놓인 작업대 위에는 IED의 격발장치 역할을 하는 휴대전화기와 충전기가 잔뜩 쌓여 있었다. 밀실 한쪽 벽에는 IED의 주 폭발물이 될 대전차지뢰와 각종 포탄이 차곡차곡 쌓였다. 술을 훌쩍 들이켠 켄이 설명했다.

　"우리 예상보다 많진 않았지만 저 정도만 해도 스트라이커 장갑차 몇 대는 한 번에 날려버릴 양이야. 그리고 지붕을 보게."

화면이 천장으로 향했다. 얇은 슬레이트로 만든 지붕은 폭발 때문인지 거의 다 날아가버렸다.

"지붕을 일부러 얇게 만들어서 IED를 만들다가 실수로 터져도 폭발력이 윗부분으로 집중돼서 주변의 피해를 최소화할 수 있는 구조야. 전문가도 보통 전문가가 아니란 얘기지. 물론 이것만이라면 자네를 부르진 않았을 거야."

천장과 벽을 비추던 화면이 다시 작업대로 접근했다. 폭발에 휘말린 기폭장치들의 잔해를 손으로 치우자 반쯤 탄 책자가 보였다. 그 순간 화면이 정지됐다. 정지 화면을 유심히 들여다본 케이든 선은 켄을 쳐다봤다. 켄이 술잔을 든 손으로 화면을 가리키면서 얘기했다.

"저게 어젯밤부터 내가 펜타곤과 랭글리에서 불나도록 전화를 받은 이유지. 자네 저걸 전에 본 적이 있지?"

"네, 저건 북한군 특수부대원용 폭발물 교본입니다. 표지에 '고려화학'이라고 쓰인 것은 수출을 위한 커버죠. 근데 저게 왜 저기에 있는 겁니까?"

"그게 내가 자네에게 묻고 싶은 질문이네. 나 말고도 궁금해하는 사람들이 많아. 펜타곤, 랭글리, 그리고 백악관에서 말이야. 이제 내가 저걸 처음 보고 느낀 감정이 이젠 자네에게 전이되었겠지? 한 잔 더 할 텐가?"

무심코 술잔을 내밀어 절반쯤 채워진 술을 마셨다. 뇌가 빠르게 돌아갔다. 북한이 직접 인원을 보냈을까? 그럼 국경이 봉쇄된 지금 어디로 보냈을까? 그리고 왜 저런 증거를 남겼으며 현장에서 북한 사람이 잡히지 않았을까? 혹시 역 공작이 아닐까? 케이든 선은 빈 술잔을 테이블에 내려놓으며 켄에게 물었다.
"혹시 현장에서 다른 용의자는 잡히지 않았습니까?"
"만약 현장에서 지금 우리가 말하는 용의자가 잡혔으면 지금쯤 그는 관타나모로 가기 전에 우리에게 열렬한 환영을 받으며 CNN에 얼굴을 비췄을걸? 그리고 펜타곤과 워싱턴에 있는 네오콘들은 북한 폭격 계획을 세우며 휘파람을 불고 있었을 것이고 말이야."
"그럼 현장에 있던 테러리스트들한테서 별다른 정보는 얻지 못한 겁니까?"
켄이 리모컨을 누르자 화면이 다시 빠르게 움직였다. 건물 밖으로 나온 카메라는 뒤쪽 공터에 세워진 닛산 트럭으로 접근했다. 먼저 와 있던 미군이 손가락으로 피가 튄 운전석을 가리켰다. 콧수염이 난 전형적인 이라크인 한 명이 핸들에 머리를 쑤셔 박은 채 죽어 있는 게 보였다. 다시 화면이 정지되고, 켄이 설명을 이어갔다.
"현장에는 모두 여섯 명이 있었네. 우리 리스트에 있던 간부급 세 명은 교전 중에 사망하거나 부상으로 인해 죽었어. 리스트에 없던 세 명 중 양팔이 날아간 친구도 촬영한 지 30분 후에 죽었고, 나머지 한 명도 가스레인지 앞에서 죽었지. 그리고 나머지 한 명은 공터에 세워진 닛산 트럭 핸들에 코를 박고 죽었어. 재미있는 건 말이야, 목 뒤쪽에 총을 맞았다는 거야. 꼭 처형당한 것처럼 말이야."
켄이 손으로 탄환이 뚫고 들어간 각도를 보여주며 말을 이어갔다.

"현장에서 탈출한 누군가가 비밀을 유지하기 위해 저 친구를 죽이고 도주했다고 보는 게 타당하겠지."

"현장에 있던 친구들 짓은 아닐까요?"

켄은 고개를 저으며 대답했다.

"총구 화염이 남을 정도로 근거리였어. 두 손은 얌전하게 핸들 위에 올려져 있었고 말이야."

켄의 설명을 들은 케이든 선은 정지 화면을 쳐다보면서 상황을 머릿속으로 그려봤다.

"아는 사람에게 갑자기 총격을 받은 거군요. 미군이 눈앞에 있었다면 그렇게 있다가 당하진 않았을 겁니다."

"혹시나 해서 현장에 있던 미군과 테러리스트들이 가지고 있던 권총들을 모두 수거해서 조사해봤지만 맞는 게 없었네. 그 얘긴 그 장소에 제3의 인물이 적어도 한 명은 있었다는 얘기지. 물론 깨끗하게 증발하긴 했지만 말이야."

"랭글리에서는 그 증발한 친구가 저 교본을 가지고 이라크 테러리스트들에게 IED 제조법을 가르치는 북한 요원이라고 보고 있군요."

"맞아. 그렇다면 저 불쌍한 운전수 뒤통수가 날아간 것도 이해가 되지. 만약 현장에 북한 요원이 있었고, 저 운전수가 그 친구 가이드 역할을 했다면 반드시 입을 다물게 만들었어야만 했을 거야. 지금 펜타곤과 랭글리는 아주 흥분 상태야. 이라크에 쳐들어갈 명분이 되었던 WMD*에 관한 증거를 못 찾고 있는 상황에서는 대단한 홍보거리가 되거든. 만약 북한의 개입이 사실이라면 반전 여론도 어느 정도 잠재울 수 있을 거라고 믿고 있는 것 같더군."

마지막 남은 술을 잔에 부은 켄이 정지 화면을 향해 건배하듯 잔을 들어 올리며 말했다.

"이제 우리 팀은 이라크로 가서 증거를 찾을 때까지 작전을 해야만 하네. 지금까지 해왔던 작전과는 차원이 다른 일이지. 그야말로 사막에서 바늘을 찾아야 하지."

"작전 시작은 언제입니까?"

술을 쭉 들이켜고 잔을 책상에 올려놓은 켄이 말했다.

"DCIA**한테서 한 시간 간격으로 전화가 오고 있는 중이네. 우리가 언제 바그다드에 도착해서 작전을 시작하는지 궁금하다면서 말이야. 물론 그쪽도 백악관이나 펜타곤에서 30분 간격으로 전화를 받고 있을 거야."

---

* 정식 명칭은 'Weapons of Mass Destruction'으로서 생화학 무기나 장거리 미사일 등 대량 살상 무기를 뜻한다
** CIA 국장을 뜻한다.

사냥

　이라크로 가려면 일단 쿠웨이트의 알리 알 살렘 기지에 먼저 갔다가 그곳에서 다시 BIAP*로 이동하는 게 원래 순서였다. 거기서 캠프 스트라이커로 이동했다가 악명 높은 루트 아이리시Route Irish를 따라 그린 존**으로 가든지 아니면 바로 헬기를 타고 가는 게 대부분이었다. 크루세이더팀의 장비와 병력들을 다 이동시키기 위해선 많은 준비가 필요했지만 시간이 없었다. 결국 켄은 쿠웨이트 정부의 특별 허가를 받아 블랙워터에서 제공하는 항공기로 알리 알 살렘 기지로

---

* 'Baghdad International Air Port'의 약자로서 구 사담 후세인 국제공항을 뜻한다.
** Green Zone, 안전지대란 의미로 이라크의 수도 바그다드에서 미군에 의해 지켜지는 특별 경계 구역을 의미한다.

바로 들어가서 그곳에서 미군 수송기로 BIAP로 이동하기로 결정했다. 애초의 계획은 블랙워터에서 제공하는 항공편으로 바로 BIAP로 가는 것이었다. 하지만 켄은 알 카에다의 인적 정보망에 의해 크루세이더팀의 정체가 탄로 날 것을 우려해서 일반 공군 수송기를 이용하기로 했다. 장비는 기본적인 것은 챙겨 가고 현지에서 필요한 장비가 있으면 이미 현장에서 작전을 하고 있는 IOG*의 장비를 관리 전환을 하든지 본사에 요청하기로 했다. 이동 계획에 대한 설명을 들은 케이든 선은 켄과 함께 선발대로 출발을 했다. 출발 준비를 마치고 새로 지급된 장비들을 확인하던 케이든 선에게 켄이 농담처럼 말했다.

"본사에서 이번 작전에 얼마나 기대를 하고 있는지는 장비를 봐도 알 수 있겠지? 팀원들 손에 익은 총기를 제외한 방탄복, 방탄 헬멧 등의 개인장비는 전부 새로운 최신형 장비로 지급될 거야."

켄의 말대로 그동안 보관만 했던, 포장도 뜯지 않은 물자들이 이번에 전부 동원되었다. 크루세이더팀은 회사 체제로 운영되는 만큼 장비 역시 어떤 틀이 있거나 군대처럼 획일화되어 있는 게 아니었다. 따라서 누구든지 자신에게 편한 장비를 선택할 수 있도록 되어 있었다. 윗선이 팀에 대한 지원을 아끼지 않는 대신 기대하는 것은 분명했다. 임무 수행이 최우선이고, 가급적 사상자는 발생하지 않도록 한다는 것이다. 사람을 아끼는 게 아니라 막대한 비용을 들여서

---

* 정식 명칭은 'Iraq Operations Group'으로 이라크 현지 작전팀을 뜻한다.

양성한 팀원들이 죽거나 다치면 손해가 이만저만이 아니기 때문이다. 물론 죽더라도 임무를 먼저 수행하는 게 우선이다. 켄이 다음 계획을 알려주었다.

"장비 목록이 작성되면 장비 담당이 선적 및 이송을 맡을 거야. 선발대에 동원되는 항공기 두 대 중에 한 대는 팀원이 탈 거고, 다른 한 대에는 장비가 선적될 예정이지. 장비들은 모두 이중으로 포장되고 외부에는 에어컨 같은 전자 제품 상표나 일반 보급품과 같이 눈에 잘 띄지 않게 위장을 할 거야. 그리고 이번 작전에 동원되는 인원들 모두 새로운 신분으로 세탁할 계획이야. 자네는 국무성에 고용된 탐지시스템 관련 전자기술자로 총기소지 허가를 받은 중국인 존 챙일세."

"전 중국어를 할 줄 모르는데요?"

"저쪽도 못 알아듣기는 마찬가지니까 너무 걱정 말게."

그는 케이든 선에게 관용여권 하나를 내밀고는 장비 담당 쪽으로 걸어갔다. 장비 점검을 끝낸 팀은 랭글리 공군기지로 이동해서 대기하고 있던 허큘리스 수송기에 탑승했다.

팀이 작은 단위로 이동할 때는 예쁘고 상냥한 스튜어디스가 있는 일반 항공기를 타거나 회사 카드로 일반석을 비즈니스석으로 업그레이드해 탈 수 있었다. 하지만 이런 갑작스러운 대규모 작전에서는 그런 호사를 기대할 수 없었다. 켄은 현역 시절 낙하산 점프를 할 때 다친 허리가 아픈지 아예 의자에서 일어나 바닥에 누웠다. 화물칸을 책임지는 카고 마스터가 바닥에 누워 코를 골며 자고 있는 걸 본 케이든 선도 담요를 바닥에 깔고 누웠다. 엔진의 떨림이 바닥을 통해 고스란히 전달되었지만 기어이 눈을 붙이는 데 성공했다. 얼마쯤 잤을까. 눈을 살짝 떠 보니 먼저 일어난 켄이 의자에 걸터앉은 채 그를 내려다봤다.

"아기처럼 잘 자더군. 한 시간쯤 후에 도착하니 슬슬 일어나지."

팀원들도 하나둘씩 일어나 자리에 앉아 안전벨트를 착용했다. 하품을 길게 한 켄이 조종실 쪽으로 갔다가 잠시 후 돌아왔다.

"위에서 아주 애가 타는 모양이야. 도착해서 바로 바그다드로 이동하라는데."

"보통 비자가 나오려면 하루는 걸리지 않나요?"

"3시간만 기다리라는군."

켄의 말이 끝나기가 무섭게 수송기가 갑자기 고도를 낮추더니 전술 비행에 들어갔다. 크게 선회하는 수송기의 창밖으로 활주로가 보였다. 활주로에 내린 비행기가 지상 요원의 손짓을 따라 격납고 쪽으로 이동했다. 카고 마스터가 짐을 체크하는 동안 팀원들은 안전벨트를 풀고 기지개를 켰다. 수송기가 격납고 앞에서 멈추고 후방 램프를 내리자 사막의 더운 바람이 엔진의 열기와 함께 밀어닥쳤다. 아무리 각오한다고 해도 숨이 턱 하고 막히는 이 기분은 언제나 짜증을 유발했다. 옷이 금방 땀으로 젖기 시작했다. 엔진이 멈추자 케이든 선과 동료들은 삼삼오오 가방을 메고 평복 차림으로 내렸다.

터미널을 빠져나오자 민간인 복장의 미국인 한 명이 그들을 기다리는 중이었다. 그는 미국인 특유의 과장된 손짓과 함께 말했다.

"바그다드에 오신 걸 환영합니다. 저쪽 버스에 타시죠."

케이든 선과 동료들이 버스에 올라타자 그가 간단한 주의 사항을 알려줬다.

"여기부터 대기 장소까지는 10분 정도가 소요됩니다. 길 자체는 안전하지만 혹시 모르니 커튼을 열지 마시고 공격을 받으면 제 지시대로 행동해주십시오. 무장을 가져오셨다면 지금 총기는 홀스터에 착용하셔도 되지만 약실에 장전은 하지 마십시오. 저야 상관이 없지만 책상물림 장교들은 아주 기겁을 할 겁니다. 그럼 출발하겠습니다."

케이든 선과 동료들을 태운 버스는 다른 버스들의 행렬을 따라 이동을 했다. 살짝 커튼을 열고 바깥을 내다보니 자주포들과 브래들리 장갑차들이 줄을 지어 서 있는 게 보였다. 활주로 바깥 철조망 쪽으로는 RPG-7을 막기 위해 슬랫 아머*를 장착하고 순찰 중인 스트라이커 장갑차의 모습이 보였다. 옆자리의 켄이 슬쩍 입을 열었다.

"이 많은 물량을 투입해도 정리가 안 되는 걸 보면 이라크전은 답이 나오는 전쟁인 것 같아, 안 그래?"

"이라크가 한반도가 아닌 게 감사할 따름이죠."

케이든 선은 떨떠름하게 웃으며 대꾸했다.

10분간 도로를 달린 버스는 활주로 맨 끝에 있는 간이 터미널 건

---

* Slat Armor, 전기 충격식 신관을 이용하는 RPG-7의 공격을 막기 위해 개발된 철망 모양의 장갑裝甲이다.

물 앞에 섰다. 버스에서 내린 켄이 팀원들에게 말했다.

"이곳에서 10분간 휴식을 취하고 장비를 옮긴다. 개인장비는 직접 착용한 상태에서 상태 점검을 하고 다른 장비들 점검도 실시한다."

대부분의 팀원들처럼 케이든 선 역시 휴식 대신 곧바로 장비 점검에 들어갔다. 방탄복을 착용하고 M4를 손에 드니까 이라크라는 전쟁터 한복판에 있다는 게 실감이 났다. M4에 부착된 에임 포인트와 슈어파이어 라이트, 그리고 레이저 지시기의 건전지를 새것으로 갈아 끼우고 무전기의 배터리와 수신 감도 역시 체크했다. 장비 체크를 끝낸 개인장비들을 다시 착용하기 쉽게 정리한 후 배낭을 깔고 앉아서 휴식을 취했다. 잠시 후 켄이 위성 전화를 들고 밖에서 들어왔다.

"20시 정각에 그린 존까지 잠자리를 타고 이동한다. 팀별로 이동하며 A팀은 나와 함께 1번기, 그리고 B팀은 2번기, C팀은 3번기, 4번기와 5번기에는 장비를 싣는다. 모두 이젠 정신 바짝 차려. 바그다드에는 알 카에다 첩자들이 우글우글하니까 말이야."

한 시간 뒤 헬기장으로 나가자 파란색 헬기 다섯 대가 대기하고 있는 모습이 보였다. 해는 졌지만 한낮처럼 뜨거웠다. 헬기의 크루 치프들과 팀원들 간의 간단한 회의가 열렸다. 헬기가 피격되거나 추락할 경우의 비상 대처와 QRF팀의 구성에 대한 얘기들이 오간 후 회의가 끝나고 인원과 장비가 헬기에 실렸다. 후방 램프를 닫은 헬기의 로터가 힘차게 돌아갔다. 켄이 무전기로 팀원들에게 말했다.

"목적지는 그린 존 내의 엠버시 랜딩 존이고, 비행시간은 20분이다. 1번기부터 이륙할 예정이니 다들 꽉 잡고 있도록. 이상."

"최종 목적지는 어딥니까, 보스?"

누군가 묻자 켄이 대답했다.

"그린 존 내에 위치한 오션 클리프가 우리 작전기지다."

1번기부터 차례대로 이륙한 헬기들이 줄지어 비행했다. 일정 고도에 이르자 1번기부터 채프를 뿌리며 전술 비행을 했다. 어둠 속에 뿌려진 채프는 불꽃놀이보다 아름다웠다. 10분 정도 비행하자 바그다드가 보이기 시작했다. 서울처럼 큰 빌딩 숲은 아니었지만 집들이 다닥다닥 붙어 있는 모습이 눈길을 끌었다. 헬기가 랜딩 존에 내리자 팀원들은 모두 내려 4번기와 5번기에 적재된 짐을 끌어내린 후 준비된 차량에 실었다. 작업을 끝내고 차량에 탑승하자 차량이 이동을 시작했다. 바그다드 내 그린 존 외곽 경비는 미군과 함께 국무성 계약을 따낸 트리플 케노피라는 PMC 회사에서 책임지고 있었다. 차량이 랜딩 존에서 나와 오션 클리프로 가면서 두 곳의 체크포인트를 지났지만 아무런 검문검색도 받지 않았다.

"느낌이 안 좋은데."

옆자리에 탄 헌튼이라는 팀원이 중얼거렸다.

"아무리 CIA의 작전팀이라도 이런 대접을 해준다는 것은 위에서 우리에게 원하는 것도 많다는 증거잖아."

체크포인트들을 무사통과한 차량들이 오션 클리프에 도착하자 케이든 선을 비롯한 팀원들이 직접 장비들을 차에서 내렸다. 오션 클리프 입구에 있는 금속 탐지기와 트리플 케노피 직원은 이미 자리를 비운 상태였고 국무성 직원과 CIA, IOG 소속 요원들이 몇 명 나와 있었다. 선글라스를 낀 국무성 직원이 켄에게 사용할 장소들을 알려주었다.

"가지고 오신 장비들은 저쪽 건물 지하 1층에 설치하시면 됩니다. 회의실은 1층을 쓰시고, 팀원들의 숙소로 1층 주차장 옆 사무실 세 개를 준비해뒀습니다."

"보안장치는?"

켄의 물음에 국무성 직원이 턱으로 사무실 건물을 가리키면서 말했다.

"사무실 창문에 안을 볼 수 없는 필름을 붙여놨습니다. 필름 자체에 도청 방지 기능도 있으니까 염려하지 않으셔도 됩니다."

국무성 직원의 자신만만한 이야기를 무시한 켄은 팀원들에게 말했다.

"장비 세팅 전에 샅샅이 체크한다."

켄에게 무시당했다고 생각했는지 국무성 직원과 IOG 직원들이 대놓고 기분 나쁜 표정을 지었다. 하지만 팀원들은 아무 말 없이 지하 1층으로 장비들을 나르고 세팅하기 시작했다. 본부에 장비들을 설치하기 시작하자 대머리 국무성 직원이 켄에게 항의했다.

"국무성 허가를 받지 않은 장비들은 설치할 수 없습니다."

"이봐, 우린 지금 당신 보스인 국무장관이 건 전화 한 통 때문에 여기까지 왔어. 우리가 쓰지 못할 장비를 여기 바그다드까지 실어왔을 것 같아? 우린 절차를 밟은 생각은 추호도 없으니까 보스한테 이르든지 알아서 하고 여기서 좀 꺼져주게."

켄의 호통에 국무성 직원이 우물쭈물했다. 그런 그를 한심한 눈길로 바라보던 켄이 우리를 쳐다보면 말했다.

"빨리 설치하지 않고 뭣들 하고 있는 거야."

울상이 된 국무성 직원이 휴대전화를 들었다 놨다 하는 사이 케이든 선과 팀원들은 가지고 온 장비들을 모두 설치했다. 장비 설치가 끝나자 본부 운영팀이 통신과 전자장비 연결 상태를 점검했다. 운영팀이 연결 완료가 되었다는 신호를 보내자 켄이 팀원들에게 말했다.

"1층 사무실로 집합한다."

모든 팀원들이 모이자 켄이 회의를 시작했다.

"현재까지는 모든 게 순조롭다. 본사에선 지금 당장 우리가 움직이기를 바라겠지만 난 정보를 충분히 수집할 때까지는 일단 기다릴 생각이다. 팀은 일단 새로 꾸리고, 팀장도 새로 정한다. 여긴 적진 한복판이라고 생각하고 움직일 수 있도록. 이상."

흩어진 팀원들은 숙소로 지정된 사무실에 자기 짐들을 풀었다. 사무실 내부는 칸막이가 되어 있어 사무실 한 개당 20명 정도가 2인 1실로 지낼 수 있었다. 짐 정리를 끝낸 케이든 선은 켄의 호출을 받고 본부 건물 지하 1층으로 갔다. 장비실 옆에 마련된 그의 방으로 들어가자 마침 커피 기계의 세팅을 끝낸 켄이 커피를 한 잔 권했다.

"우리 표적은 이라크 북쪽 티크리트와 모술, 그리고 시리아 국경에 자주 모습을 드러낸다고 하더군. 정보가 모일 때까지 움직일 생각은 없지만 일단 선발대는 파견할 생각이야. 자네가 선발대를 이끌고 티크리트로 먼저 이동해줬으면 하네. 문제는 기상인데 내일 밤에 모래 폭풍이 온다고 하더군."

"비행기나 헬기 이동은 불가능하겠군요."

"맞아. 군용 차량이나 현지 차량으로 이동하는 수밖에는 없을 거야."

"정보가 너무 없습니다, 켄."

"나도 막막하네. 어찌 됐든 두고 보자고. 그리고 내일 아침에 일어나면 바로 여기로 오게. 오늘 밤에 표적에 대한 정보가 더 들어올 거야."

"알겠습니다."

"그리고 자네가 리더니까 누굴 차출할지 생각해두고 팀 이름도 정해두게."

"팀 이름은 알래스카로 하겠습니다."

"추위가 그리웠던 모양이군. 알겠네. 아무튼 축하하네. 그럼 푹 자두라고."

방으로 돌아온 케이든 선은 팀원 명단을 정리했다. 팀은 그를 포함해서 모두 여섯 명으로 구성했다. 부 팀장으로는 CAG 출신인 맷을 골랐고, 통신 및 장비 전문가인 그레험, 그리고 의무 담당으로는 미 육군 제5특수전 그룹의 메딕 출신인 헐리데이를 점찍었다. 요르단 출신의 수니파인 알과, 네이비 실 6팀 출신인 카일에게 화기 및 저격 임무를 맡겼다. 모두 최소한 한 번 정도는 이라크에 파병된 경험이 있는 경력자를 골랐다. 특히 알은 요르단 출신이지만 제1차 걸프전 당시에도 CIA의 블랙으로 활동한 적이 있었다. 전쟁 당시 티크리트 대학 교환학생 신분으로 이라크 내에서 정보를 수집했던 것이다. 사담 시절 집권했던 수니파였던 만큼 수니파 인맥을 가지고 있었다. 팀원 명단을 정리하고 침대에 누웠다. 시차 때문에 피곤했지만 잠이 오지 않았다. 크리스틴이 보고 싶었다. 이럴 줄 알았으면 사진이라도 한 장 찍을걸, 하고 후회하면서 겨우 잠이 들었다. 새벽 6시에 눈을 뜬 그는 곧장 본부로 갔다. 언제 왔는지 켄이 자리에 앉아서 커피를 마시는 중이었다.

"커피?"

"괜찮습니다. 다른 정보는요?"

"티크리트 전진기지로 가보라는 말밖에는 못 해주겠군. 모든 채널을 가동해서 찾고 있는데 오리무중이야. 미안하군."

"아닙니다. 여기 명단입니다."

케이든 선은 그에게 팀원 명단을 넘겼다. 켄은 명단을 살펴보더니 피식 웃었다.

"이런, 이런. 예상은 했지만 쓸 만한 친구들을 다 뽑아가는군. 좋아, 자네 팀원들을 데리고 점심시간 후 다시 오게. 그때쯤 공군에서 업데이트된 기상예보가 나올 거야. 그걸 보면서 어떻게 이동을 할지 논의해보세."

"알겠습니다. 커피 너무 많이 드시지 마세요, 켄."

"노력해보지. 그럼 점심 맛있게 먹게."

켄의 사무실에서 나온 케이든 선은 선발대로 점찍은 팀원들을 한 명씩 만나서 얘기했다. 대부분 수긍하는 분위기였지만 카일은 자신이 선발대 팀장을 맡지 못한 것에 대해서 불만을 토로했다. 옆에서 지켜보던 맷이 그에게 말했다.

"난 불만 없으니까 나가고 싶으면 나가."

팀원 중 가장 경력이 많고 나이가 많은 맷이 이렇게 나오자 카일도 한 발짝 물러설 수밖에 없었다. 케이든 선은 맷에게 따로 고맙다는 말을 했다. 맷은 어깨를 으쓱거리며 대답했다.

"난 단지 팀을 위해서 한 얘기니까 나한테 고맙다고 할 필요 없어. 만약 네가 팀을 위험에 처하게 만든다면 내가 제일 먼저 손볼 테니까 말이야."

케이든 선은 팀원들에게 인정을 받으려면 아무래도 어떤 계기가 있어야 할 것 같다고 뼈저리게 느꼈다. 식당에서 점심을 먹고 팀원들과 함께 켄의 사무실로 갔다. 켄은 기상예보가 들어 있는 서류와 함께 작전 서류를 케이든 선에게 넘겨주고 엄숙한 목소리로 말했다.

"케이든 선, 나는 자네를 알래스카팀의 리더로 임명한다. 우리 팀은 본사는 물론 대통령까지 초유의 관심을 보이는 임무에 선발되었다. 만약 이 작전이 성공하면 뉴스를 크게 탈 것이다. 물론 자네들의 얼굴 대신 군복에 훈장을 주렁주렁 단 어느 멍청이가 인터뷰에 나가겠지. 하지만 이 임무는 전략적으로 적 1개 사단이나 군단을 잡는 거보다 더 중요한 임무다. 그러니 최선을 다하도록."

짧은 임명식이 끝나고 작전지역까지의 이동에 대해 회의를 했다. 자리에 앉은 켄이 피곤한 목소리로 얘기했다.

"앞으로 일주일간 기상 조건은 레드야. 그 얘긴 고정익기를 포함한 모든 항공기들의 비행을 금지한다는 의미지. 목적지인 티크리트 남부 지역은 괜찮았지만 바그다드와 주변 도시는 모래 폭풍 때문에 비행이 위험해."

"팔루자로 이동해서 거기에서 항공기를 타고 가는 건 어떨까요?"

부 팀장인 맷이 말했지만 켄이 고개를 저었다.

"이동 거리가 늘어날수록 알 카에다와 저항 세력 첩자에게 발각될 확률이 더 높아."

"위험부담이 있긴 하지만 로 프로파일*을 이용하는 게 가장 좋을 것 같습니다."

케이든 선의 말에 켄이 고개를 끄덕거렸다.

"하긴, 그게 오히려 저쪽의 의표를 찌를 수 있긴 하겠지. 문제는 그린 존에서 외부로 나갈 때야. 일단 그린 존 자체가 감시 대상이기 때문에 여기서 비무장 차량으로 출발하는 게 알려지면 몸값을 노린 현지인들의 공격을 받을 수도 있다네."

"땅개들 도움을 받으면 될 것 같은데요."

어제 바그다드 공항에서 봤던 광경을 떠올리며 케이든 선이 대답했다.

---

* Low Profile, 비무장 일반 차량을 뜻한다.

사냥 *275*

다음 날 저녁 스트라이커 장갑차 한 대가 오션 클리프 주차장에 세워졌다. 스트라이커 여단의 지휘관은 갑작스럽게 방문한 켄의 요청을 거절하지 못했다. 이제 막 스무 살을 넘긴 것 같은 앳된 얼굴의 승무원들은 팀원들이 장갑차 내부에 장비들을 적재하는 모습을 흥미로운 눈길로 지켜봤다. 켄은 장비를 다 적재하고 육군 위장복인 ACU로 갈아입은 케이든 선과 팀원들 모두와 일일이 악수를 했다. 케이든 선과 팀원들을 태운 스트라이커 장갑차는 야간 순찰 준비에 한창인 중대 본부로 향했다. 중대 부사관들은 대대 브리핑에 참석한 케이든 선을 의아한 눈으로 쳐다봤다. 회의를 마친 중대장은 그를 따로 텐트로 불렀다. 악수를 청한 중대장이 전형적인 텍사스 사투리로 말했다.

"만나서 반갑습니다. 저는 벅 대위입니다. 상부에서 누군지 묻지 말고 그냥 X 지점에 하차시키라고 명령했습니다. 최대한 주의를 주긴 했지만 부대원들이 물으면 적당히 둘러대셨으면 합니다."

그들 덕분에 자기 부하들이 위험에 처할 수도 있었지만 중대장은 최대한 정중하게 얘기했다. 케이든 선은 감사의 뜻을 표했다.

"신경 써주셔서 감사합니다. X 지점에 정차해서 주변을 수색하는 시늉만 해주십시오. 그러면 저와 팀원들이 그 틈을 타서 안가에 들어갈 겁니다. 그사이 관측에 대비해서 계속 병력들과 차량을 이동시켜주셨으면 합니다."

"잘 알겠습니다. 행운을 빕니다."

9시 정각에 출발한 네 대의 스트라이커 장갑차는 그린 존을 빠져

나가자마자 모든 램프를 껐다. 통금이 된 바그다드 거리는 조용했다. 가끔 이라크 경찰 차량이 저격을 피하기 위해 미친 듯이 질주했다. 비행이 금지된 탓에 하늘은 조용했지만 사드시티 쪽에선 가끔 폭발음이 들렸다. 밤인 데다 모래바람까지 심해 시계가 거의 제로 수준이었다. 선두 차량이 IR 전조등을 켜고 방향을 잡았다. 스트라이커 장갑차는 한 시간을 이동한 끝에 바그다드 외곽에 있는 X 지점에 위치한 안가에 도착했다. 1호와 2호 스트라이커 장갑차가 나란히 멈춰서 길을 막는 사이 3호와 4호 스트라이커 장갑차에서 내린 병사들이 순찰 임무를 수행했다. 4호 차량에서 보병들이 주변을 돌아다니는 사이, 3호 차량의 보병들과 함께 내린 케이든 선과 팀원들은 장비들을 챙겨서 안가로 잠입했다. 무전기로 완료 신호를 보내자 스트라이커 소대는 보병들을 태우고 현장을 이탈했다. 안가에는 다섯 명의 IOG 대원들이 미리 자리를 잡은 상태였다. 창문은 이미 두꺼운 담요로 막아서 건물 내의 불빛이 외부로 나가는 것을 막아둔 상태였다. 안가 외부는 CCTV를 통해 안에서 감시 중이었다. IOG 대원 중 한 명이 미리 구해놓은 현지인 옷을 건네줬다. 옷을 갈아입은 케이든 선이 물었다.

"차는 어디 있습니까?"

"마당에요. 천막으로 덮어뒀으니까 헤드랜턴을 쓰면 점검할 수 있을 겁니다."

헤드랜턴을 쓴 케이든 선은 이동에 사용할 세 대의 도요타 랜드크루저를 점검했다. 준비한 세 대의 차량 중 두 대의 타이어 마모가

심한 게 마음에 걸렸지만 오일과 트랜스미션 그리고 에어필터 등은 모두 쓸 만했다. 차량 점검이 끝난 뒤 장비를 적재했다. 트렁크에는 혹시 모를 연료 부족에 대비해 비상용 연료통도 하나씩 싣고 2호 차량에는 IED용 재머를 탑재했다. 모든 준비를 끝내고 잠자리에 들었다. 새벽 5시에 눈을 뜬 그는 출동 준비를 서둘렀다. 선두 차량엔 이곳의 지리를 잘 아는 알이 선탑*을 하고 두번째 차량에는 그가, 그리고 맨 마지막 차량엔 맷이 선탑을 하는 것으로 결정했다. 카일은 이번에도 입을 삐죽거렸지만 대놓고 불평하진 않았다. 케이든 선은 출발 직전에 차량 선탑자들을 불러서 내비게이션 시스템을 체크하면서 간단하게 브리핑을 했다.

"우리의 주 이동로는 탐파 보급로$^{MSR\ Tampa}$지만 상황에 따라서 국도도 이용할 계획이다. 탐파는 이라크를 남북으로 가로지르는 주요 보급로로서 저항 세력과 알 카에다가 IED를 이용해 다국적군을 공격하는 곳이다. 특히 우리가 탄 차량은 방탄이 안 되는 일반 차량으로 IED가 한번 터지면 팀원 전원이 위험에 빠질 수도 있으니까 최대한 현지인처럼 위장한다."

"검문소들은 어떻게 합니까?"

제일 앞 차량에 타는 알이 물었다.

"수니파가 장악한 지역의 검문소들에서는 차가 멈춰 있는 동안 공격을 당할 가능성이 높으니까 일단 우회로를 찾아서 이동한다. 이

---

* 군대 용어로 운전병 옆 좌석에 동승하여 운전병의 안전 운행 여부와 차량 상태를 감독하고 물자 수송 관리, 사고에 대한 대처, 주변 감시 등의 임무를 수행하는 것을 말한다.

라크 군경의 검문소에서는 이라크 내무부에서 발행한 통행증과 이라크 주둔 연합군 사령부의 통행증을 제시해. 하지만 검문소를 지키는 이라크 군경이 진짜 이라크 군경 소속인지 아닌지가 불확실하니까 긴장을 늦추지 말고 후방 차량과 계속 무전을 주고받는다."

브리핑을 끝낸 케이든 선은 출발 지시를 내렸다. 해가 뜰 무렵 출발한 세 대의 차량은 북쪽으로 이동을 시작했다. 두 시간쯤 후 선두 차량에서 무전이 들어왔다.

"도로 전방 200미터 지점에 검문소가 보인다. 길옆에 모래주머니로 보강한 기관총 참호가 하나, 길 좌측에 나무로 만든 건물이 보인다. 이라크 국기가 걸려 있지 않고 군복 차림이지만 소속 마크가 보이지 않는다. 시아파 민병대로 보인다."

무전을 받은 케이든 선은 곧바로 지시를 내렸다.

"선두 차량은 속도를 30마일로 낮추고 천천히 접근한다. 만약 적으로 판단되면 제압하고 통과한다. 그리고 맷, 만약 교전이 벌어지면 검문소를 지나면서 연막탄을 투척한다."

팀원들에게 지시를 내린 케이든 선은 곧바로 본사 공중지원팀을 호출했다.

"넬리스 카우보이, 넬리스 카우보이! 현재 탐파 203지점 이동 중에 정체 모를 검문소를 통과 중이다. 혹시 모를 교전에 대비해주기 바람. 현재 지원 가능한 공중지원기의 ETA*는 얼마인가?"

---

* 'Estimated Eime of Arrival'의 약자로 예정된 도착 시간을 말한다.

"여긴 넬리스 카우보이다. ETA 8분. 반복한다. 8분이니까 무서워도 오줌 싸지 말고 기다리도록. 이상."

선두에 선 알의 랜드크루저가 검문소에 도착했다. 알의 차량에 설치된 무전기에서 검문소의 민병대원과 나누는 대화 내용이 들렸다. 알이 통행증들을 보여줬지만 계속 말을 걸면서 시간을 끌었다. 그 모습을 주의 깊게 바라보던 케이든 선의 눈에 건물 뒤편 돌담 쪽에서 RPG-7을 든 세 명이 보였다. 케이든 선은 바로 무전기로 맷을 호출했다.

"맷! 검문소 후방의 RPG-7을 든 인원들 보이나?"

"잘 보인다."

"낌새가 보이면 바로 쏘고 최고 속도로 검문소를 통과한다."

"오케이."

그때 알과 얘기를 나누던 민병대원이 뒷걸음질로 물러나더니 길 옆에 모래주머니를 쌓은 참호 뒤로 숨었다. 케이든 선은 옆에 탄 헐리데이에게 지시했다.

"헐리데이! LAW로 모래주머니 쪽을 날려버려."

랜드크루저에서 내린 헐리데이가 한쪽 무릎을 꿇고 LAW를 발사했다. 거의 동시에 맷이 사격을 개시했다. 맷의 사격을 받은 RPG-7 사수가 뒤로 쓰러졌다. LAW에 맞은 모래주머니가 불꽃 속에서 터져버렸다. 헐리데이가 타는 것을 확인한 케이든 선은 액셀을 힘껏 밟으면서 무전기에 대고 소리쳤다.

"돌파! 돌파! 돌파!"

알의 랜드크루저가 차단기를 부수고 그대로 통과했다. M4를 든 헐리데이가 나무로 만든 검문소에 사격을 가했다. 맷이 검문소를 지나가면서 노란색 연막탄 하나를 떨어뜨렸다. 도로로 나온 시아파 민병대원들이 AK-47 소총을 난사했지만 잠시 후 하늘에서 떨어진 빛줄기에 집어삼켜져버렸다. 프레데터 무인기에서 발사된 헬파이어 미사일의 화염이 검문소를 깨끗하게 청소해버렸다. 고도를 낮춘 프레데터가 날개를 흔들면서 머리 위로 날아갔다.

"여기는 넬리스 카우보이. 청소를 완료했다. 혹시 모를 후속 공격에 대비해 이동로 앞쪽을 스캔하겠다."

"라저. 맥주 한 박스 빚졌다. 나중에 라스베이거스에서 갚겠다."

"기네스로 부탁한다. 이상."

검문소를 10킬로미터쯤 지나서 차량들을 세우고 상태를 점검했다. 맷이 팔에 유탄을 맞았지만 움직이는 데는 큰 문제가 없었다. 케이든 선은 차량을 돌아다니면서 팀원들 상처를 챙기며 지시를 내렸다.

"해가 지기 전까지 티크리트 기지에 도착해야 해. 비상용으로 가져온 연료를 채우고 바로 출발한다. 맷, 어깨 괜찮아?"

"어깨를 스쳤지만 괜찮아."

맷이 응급처치를 끝낸 어깨를 보여주며 말했다.

"좋아, 다들 이동하자고. 시간이 별로 없어."

세 대의 랜드크루저는 일몰 직전에 티크리트 시내에 들어섰다. 티크리트는 수니파가 많은 지역으로 후세인의 고향이기도 했다. 알 카에다도 현지 저항 세력의 허가를 받지 않고 활동하면 시체로 발견될 정도로 특색이 강한 지역이었다. 티크리트 대학을 지나치자 순찰 중인 미군 차량 행렬을 만났다. 미군 행렬에 합류한 케이든 선은 켄에게 연락해 무사히 도착했음을 알렸다.

"거기 있는 북부 동맹군 사령부 기지로 가. 정문 말고 서문 쪽으로 가면 IOG 요원이 나와 있을 거야."

켄의 말대로 서문 쪽에 대기하고 있던 IOG 요원이 케이든 선과 팀원들을 기지 내에 미리 마련해둔 숙소로 안내했다. 사령부 기지로 쓰이는 티크리트 공군기지는 이라크군 공군기지로 이란과의 전쟁 당시에 전투기들이 출격했던 곳이었다. 케이든 선과 팀원들은 빈 격납고를 개조한 숙소로 들어갔다. 격납고는 미군의 폭격으로 일부 파손된 상태였지만 내부 시설은 미군에 의해 다시 복원되어 전진기지로 쓰기 충분했다. 케이든 선과 팀원들이 현지 격납고에 전진기지를 차리자마자 본부와 켄에게서 수많은 작전 관련 정보가 쏟아져 나왔다. 켄은 이번 작전이 IOG에서 실행하는 모든 작전보다 우선권이 있다고 알려줬다. 케이든 선과 팀원들이 티크리트에 도착한 지 나흘 후에 다른 한 팀이 합류했다. 케이든 선은 직접 이끌고 온 알래스카팀을 작전팀으로 하고 B팀은 예비팀으로 QRF 임무 및 화력지원을 담당하도록 편성했다. 켄은 화상통화를 통해 새로운 정보를 계속 업데이트해줬다.

켄은 표적에게 '프로페서', 즉 교수라는 암호명을 붙였다. 교수가 모술과 티크리트 그리고 텔 아파 알키식에서 주로 활동하면서 저항 세력에게 IED 기술을 전수하고 있다는 정보들이 들어왔다. 교수는 IED 및 폭발물 제조 기술, 매복, 저격 등의 기술을 가르치고 직접 공격에도 가담한다고 하지만 아직 정확한 증거나 사진은 입수하지 못했다. 그의 모습을 직접 본 사람도 그다지 많지 않은 걸 보면 평상시 변장을 하고 다니거나 이동에 최대한 조심하는 것 같았다. 맷이 알과 함께 티크리트 기지 내 포로수용소와 티크리트 경찰 감옥을 다니며 정보를 수집했지만 쓸 만한 정보를 얻지 못했다. 케이든 선은 팀원들을 소집한 후 구상한 작전에 대해서 설명했다.

"작전은 간단해. 평소 저항 세력에 정보를 팔아먹는다는 혐의가 있는 현지 경찰에게 얼마 뒤 미 국무성의 고위직 관리가 온다는 정보를 흘리는 거야."

"너무 많이 흘리면 역 공작이라는 걸 눈치챌 텐데."

수염이 덥수룩하게 자란 헐리데이가 말했다.

"물론 이동 루트까지는 알리지 않을 거야. 하지만 모술에서 텔 아파로 가려면 MSR 산타페 말고는 길이 없으니까 분명히 거기에 IED를 설치할 거야."

"그렇다고 산타페 전체를 커버할 수는 없잖아."

팔짱을 낀 맷이 얘기했다. 케이든 선은 산타페가 굵게 그려진 지도 중 한군데를 가리켰다.

"우리가 함정을 파면 돼. 17 탐무즈 지역을 관할하는 미군 부대에게 IED 순찰 및 거리 정찰을 두 배로 늘려달라고 요청할 거야. 그리고 이 지역을 비행하는 헬기들도 고도를 낮춰서 비행해달라고 할 거야. 그럼 이 지역으로 누군가 통과할 게 확실하다고 믿고 매복을 하겠지. 우린 그 팀을 잡는다."

회의를 마친 케이든 선과 팀원들은 17 탐무즈 지역에 스며들어 미끼를 물기만을 기다렸다. 미군의 순찰이 강화되고 고위급 인사가 방문한다는 소문이 퍼지자 이 지역 주민들의 발걸음이 줄었다. 매복 이틀째부터 IED를 설치하는 팀이 보였지만 그냥 무시했다. 망원경으로 그들을 지켜보던 맷이 무전기로 말했다.

"돈을 벌기 위해 아르바이트를 하는 초보들이야. 저런 조잡한 IED로는 당나귀 한 마리 제대로 못 잡아."

매복 닷새째 되는 날, 드디어 대어가 미끼를 물었다. 더위에 지친 케이든 선은 물을 마시다 말고 무전기를 집어 들었다.

"알, 그쪽으로 지나가는 꼬마 보여? 자전거를 타고 가는 열두 살 정도 되는 꼬마 말이야."

"보여. 그냥 동네 꼬마 아닐까?"

"이 동네에서 혼자 자전거 타고 돌아다니는 애 봤어? 카일 감청 준비해. 분명히 휴대전화로 연락할 거야."

"오케이."

케이든 선의 예상대로 꼬마는 몇 블록 떨어진 곳에서 전화기를 꺼내 어디론가 전화를 걸었다. 무전기를 통해 카일이 빙고라고 외치는 소리가 들렸다.

"암호긴 한데 초보적인 거라 해독할 필요도 없겠어."

"어떤 내용이지?"

"'미군이 매복하고 있는 것 같지는 않다. 별다른 이상은 없다' 하고 얘기했어."

들뜬 카일의 무전이 끝나자 옆에 있던 맷의 말소리가 들렸다.

"잘하면 교수의 잘난 얼굴을 볼 수도 있겠는데."

"그렇게 되면 좋겠지. 빨리 끝내고 쉬면 좋겠어. 일 끝나면 뭐 할 거야?"

"시원한 에어컨이 빵빵하게 나오는 바에서 모히토를 마시면서 아가씨들이랑 노닥거렸으면 한이 없겠다. 너는?"

"글쎄……."

갑자기 크리스틴이 떠오른 케이든 선은 말을 얼버무렸다. 하지만 눈치 빠른 맷은 대번에 눈치챘다.

"오, 사랑하는 사람이 생겼구나. 그런데 우리 직업에서 사랑과 결혼은 알 카에다보다 더 강적들이야. 잘 생각해보라고."

이미 두 번의 이혼을 겪었던 맷이 무뚝뚝하게 말했다. 어둠이 내리고 인적이 끊길 때까지 아무런 움직임이 없었다. 철수를 할까 고민하던 케이든 선은 무전기가 울리자마자 집어 들었다.

"알래스카 1, 여기는 알래스카 2다. 남서쪽 도로에서 오토바이 한 대를 선두로 차량 한 대가 접근 중이다."

"이제 오시는군. 새벽 3시라. IED를 설치하기 딱 좋은 시간이지."

고배율 야간 투시경의 전원을 켠 맷이 중얼거렸다. 잠시 후 오토바이 한 대가 위쪽을 반만 가린 전조등을 켜고 모습을 드러냈다. 길가에 오토바이를 세운 깡마른 남자는 연장통을 들고 길가에 쭈그리고 앉았다.

"여긴 알래스카 4. IED를 설치할 장소를 만드는 작업을 하는 중인 것 같다. 지금 체포할까?"

"알래스카 4, 오토바이는 보낸다. 우리 목표는 후속 차량이다."

"알겠다."

깡마른 사내는 약 30분 동안 연장으로 땅에 구멍을 파는 작업을 하고는 다시 오토바이를 타고 현장을 벗어났다.

"이제 진짜 손님이 오실 차례군. 교수도 함께 왔으면 좋겠는데 말이야."

맷이 나지막하게 중얼거리고는 야간 투시경을 내려놨다. 5분 후 전조등을 끈 자동차가 천천히 다가왔다. 조금 전 오토바이를 탄 사내가 작업한 곳 바로 앞에 선 자동차에서 두 명의 사내가 내려서 주변을 살폈다. 잠시 후 자동차 안에서 두 명이 더 나왔다. 몇십 미터 후방에는 사라졌던 오토바이와 다른 차 한 대가 나타났다. IED를 설치하는 팀을 지휘하는 리모컨이 틀림없었다. 케이든 선은 무전기를 들고 지시를 내렸다.

"나중에 나온 두 명이 IED 기술자인 것 같다. 두 명은 될 수 있는 대로 생포한다. 작전 개시!"

케이든 선의 말이 떨어지는 것과 동시에 위치를 확보하고 있던 알래스카 4팀에서 먼저 사격을 시작했다. 야간 조준경과 소음기를 장착한 저격총이 짧게 두 번의 소음을 내자 먼저 차에서 내린 두 명이 쓰러졌다. 거의 동시에 야시경을 쓴 팀원들이 사방에서 항복하라고 소리치면서 접근했다. 살아남은 두 명 중 한 명이 권총을 뽑다가 헐리데이가 쏜 총에 무릎을 맞고는 그대로 주저앉았다. 케이든 선과 맷은 멀리서 지켜보던 리모컨을 맡았다. 오토바이를 타고 있던 깡마른 사내는 총을 뽑기도 전에 맷이 갈긴 M4에 갈가리 찢겨졌다. 운전석 쪽으로 돌아간 케이든 선은 개머리판으로 유리를 깨고 스턴탄을 집어넣었다. 맷이 엄호하는 사이 케이든 선은 눈앞에서 터진 섬광 때문에 무기력해진 남자를 끌어내서는 땅바닥에 내동댕이쳤다. 케이든 선이 그를 감시하는 동안 차 안을 수색한 맷이 휘파람을 불었다.

"IED 무선 격발장치랑 무전기, 위성 전화, 그리고 휴대전화까지 없는 게 없군, 케이든!"

맷이 단축 버튼이 눌려져 있는 휴대전화를 보여줬다.

"곤란한 게 있으면 교수한테 물어봐야겠지."

"그랬으면 좋겠군. 먹잇감을 확보했다. 기지로 철수한다."

"현장 정리는 어떻게 하지?"

무전기로 알이 물었다.

"이 친구들은 고위급 관리의 이동 루트를 점검하던 미군 순찰대와 교전하다가 사살된 거야. 그러니 총기류만 회수하고 그대로 철수한다."

기지로 끌려온 세 명이 교수에 관해서 입을 열기까지는 나흘이 걸렸다. 켄의 짐작대로 교수는 모술과 티크리트 일대의 저항 세력들에게 IED 제조법과 매복하는 방법, 그리고 미군 교전 수칙과 대응 방법 등을 교육시켰다. 그리고 반대급부로 미군의 대게릴라전 대응 방법이나 실전 경험 등을 수집했다. 조사 결과 놀랍게도 리모컨은 다름 아닌 현역 이라크 경찰이었다. 그리고 그의 차에서 발견된 무전기는 6개월 전에 무전기를 강에 빠트렸다고 보고한 경찰용 무전기였다. 경찰 당국은 그의 이야기를 믿고 무전기의 주파수조차 바꾸지 않았었다. 그 얘기는 지난 6개월간 모술 지역의 모든 이라크 경찰이 주고받은 무전이 고스란히 저항 세력에 들어갔다는 얘기였다. 케이든 선은 습득한 정보를 바탕으로 작전을 짜고 켄에게 보고했다.

"그곳이 확실해?"

"IED 공장이나 고위급 인물의 은신처 같습니다. 설사 아니라고 해도 어차피 저항 세력의 아지트니까 문제 될 건 없습니다."

"교수는?"

"얼굴 전체를 터번으로 가리고 다닌다고 하더군요. 만약 교수가 거기 있다면 현지인으로 변장해도 알아볼 자신이 있습니다."

"좋아. 필요한 건?"

"무장 헬기만 지원해주시면 나머지는 우리 팀으로 처리해보겠습니다. 마을 한복판에 있어서 대규모로 움직이다가는 정보가 새 나갈 수도 있을 것 같습니다."

"좋아. 실행하게."

사흘 후 케이든 선은 팀원들과 교수의 은신처로 추정되는 곳으로 이동했다. 지나가는 다리에는 벌거벗겨진 채 불에 탄 시체 세 구가 매달려 있었다. 아마 매복 작전에서 생포했다가 정보를 얻은 후 이라크 정보국에 넘긴 그 세 명 같았다. 케이든 선은 착잡함을 뒤로하고 교수가 머물고 있는 곳으로 추정되는 은신처로 향했다. 텔 아파 알키식과 모술 사이의 작은 마을 한복판에 있는 은신처는 이라크에서 쉽게 볼 수 있는 일반적인 2층 단독주택이었다. 케이든 선은 작전 회의에서 팀원들을 불러 모았다.

"작전이 시작되면 공중에서 아파치가 지원을 하고 우리들이 세 방향에서 주택으로 진입한다. 1조는 나와 함께 정문, 2조는 후문, 3조는 좌측 담장으로 진입한다. 그 후 1조는 현관, 2조는 뒤쪽 창문, 3조는 좌측 비상문을 이용하여 돌입한다. 옆 건물에서 카일과 맷은 옥상으로 벗어나는 세력이나 우리 측으로 공격을 하는 외부 세력을 저격으로 제압한다. 그리고 B-2조는 외곽 경계를 하면서 차량을 대기시키고 퇴출 준비를 할 것. 작전은 5분 뒤에 개시한다. 이상."

드디어 교수를 대면한다는 사실에 짜릿한 긴장감이 온몸을 두드려댔다. 선발대가 장악한 건물 2층으로 올라간 카일과 맷이 준비를 완료했다는 무전을 보내왔다. 심호흡을 한 케이든 선은 짧게 명령을 내렸다.

"시작해."

작전은 맷과 카일이 소음기를 장착한 7.62mm M110 저격총으로 입구를 지키고 있던 두 명의 보초를 잠재우는 것으로 시작되었다. 보초들이 제거되자 각 조들은 낮은 울타리를 뛰어넘어 세 방향에서 밀고 들어갔다. 케이든 선은 재빨리 문 옆에 자리를 잡고 신호를 보냈다. 알이 샷건으로 경첩을 날려버리자마자 안쪽에서 총성이 들려왔다. 케이든 선은 헤드 마이크에 대고 소리쳤다.

"수류탄은 가급적 사용하지 말고 스턴탄을 던지고 돌입해. 청소된 방은 녹색 캐미라이트를 던져 넣는다. 교수는 가급적 죽이지 말고 생포해야 한다."

명령을 내린 케이든 선은 알이 걷어찬 문 안쪽으로 스턴탄을 던져 넣었다. 거의 동시에 진입한 세 팀은 1층은 별문제 없이 제압했지만 2층이 문제였다. 앞장섰던 헐리데이가 기겁을 하면서 계단을 뛰어내려왔다.

"2층 복도에 중기관총 하나."

말이 끝나기가 무섭게 육중한 중기관총 발사음이 집 안을 뒤흔들었다. 바닥에 엎드린 케이든 선이 헐리데이에게 소리쳤다.

"스턴탄을 써!"

"눈을 감고 쏴서 소용없어."

얘기를 나누는 동안에도 중기관총은 팀원들의 머리 위로 나무 조각과 벽돌 파편을 쏟아부었다.

"젠장!"

머리를 숙이고 계단으로 올라간 케이든 선은 소형 수류탄을 던졌다. 보통 수류탄의 3분의 1 크기에 지연신관 퓨즈가 짧은 소형 수류탄의 폭음과 함께 중기관총의 총성이 사그라졌다. 등 쪽이 몽땅 날아간 저항 세력 한 명이 중기관총을 끌어안은 채 죽어 있었다. 흩어진 팀원들이 2층 방들을 수색했지만 생존자는 보이지 않았다. 케이든 선은 1층을 다시 수색하라는 지시를 내리고 마이크로 맷을 호출했다.

"맷, 옥상 상황은 어때?"

"옥상은 쥐새끼 한 마리도 없어. 교수는 잡았나?"

"아니."

1층에 있던 알이 수색을 마친 두번째 방에서 뭔가 발견했다는 수신호를 보냈다. 거의 동시에 요란한 총성이 들렸다. 한걸음에 달려 내려간 케이든 선은 총알이 빗발치는 두번째 방 옆으로 기어갔다. 엎드려 있던 알이 상황을 보고했다.

"침대가 이상해서 옆으로 밀었더니 비밀 통로 입구가 나왔어. 그레험이 먼저 들어갔다가 총에 맞았고, 테일러가 도와주다가 다친 상태야."

"수류탄으로 제압하지 뭐 하고 있는 거야?"

"놈이 그레험이랑 테일러를 방패로 삼고 있어."

케이든 선은 일반 수류탄의 안전핀을 뽑지 않은 채 방 안으로 던져 넣었다. 바닥에 수류탄이 굴러가는 소리가 나자 총성이 멎었다. 그 틈을 타서 안으로 밀고 들어간 케이든 선은 비밀 통로 입구에서 부상당한 팀원들을 방패로 삼아서 사격을 하던 저항 세력과 눈이 마주쳤다. 갈색 눈을 확인한 케이든 선은 지체 없이 방아쇠를 당겼다. 갈색 눈 사이에서 핏물이 터지면서 총을 떨어뜨렸다. 방 안에는 그가 쏜 총에서 나온 탄피들과 화약 연기가 자욱했다. 부상당한 팀원들을 밖으로 끌어내라고 지시한 케이든 선은 갈색 눈의 시체를 옆으로 밀어제치고 비밀 통로 입구에 스턴탄을 떨어뜨렸다. 폭음과 섬광이 채 사라지기도 전에 안으로 밀고 들어간 케이든 선은 나무 계단 옆에 서 있는 또 다른 저항 세력과 맞닥뜨렸다. 스턴탄의 충격 때문인지 괴로운 표정으로 눈을 감고 서 있었다. 총을 쏘기에는 너무 가까워서 스트라이더 나이프로 목을 벴다. 비밀 통로 벽에 피가 확 뿌려졌다. 통로는 안쪽으로 길게 이어졌다. 잠시 숨을 고른 케이든 선은 들고 있던 M4에 부착된 전술라이트를 켜고 안으로 전진했다. 긴장감으로 심장이 터져 나갈 것처럼 쿵쿵거렸다. 알과 헐리데이가 뒤따랐다. 비밀 통로를 약 40미터 정도 전진하자 지상으로 향하는 계단과 출입구가 보였다. 일시 정지하라는 신호를 한 케이든 선이 마이크로 맷을 호출했다.

"은신처에서 남서쪽으로 40미터쯤이야. 아마 녀석도 이 근처에 있을 것 같으니까 잘 살펴보고 입구에 수상한 놈이 있으면 바로 사격해."

"위치 확인했다."

부비트랩이 있는지 확인하고 계단을 올라간 케이든 선은 총구로 문을 밀었다. 출구는 마을 반대쪽의 빈집이었다. 집 안을 수색하고 밖으로 나오자 이라크 주민들 한 무리가 모여 서서 이쪽을 쳐다봤다. 머리 위로는 언제 나타났는지 모를 아파치가 선회비행을 하는 중이었다.

"맷, 수상한 놈을 찾았나?"

"없어. 아파치가 마을 주변을 살펴보고 있는데 그쪽도 깨끗해."

"그럼 분명 저 인파 사이에 숨어 있을 거야. 헐리데이! 알!"

두 사람은 권총을 들고 모여 있던 이라크 주민들을 한 명씩 살펴봤다. 무심하게 지나가려던 시선은 오른쪽 끝에서 멈췄다. 파란 눈동자였지만 분명 눈에 익었다. 권총을 뽑아 든 케이든 선이 파란 눈을 겨누고 꼼짝 말라고 소리쳤다. 바로 그때 공기가 한순간 멈췄다가 거센 폭풍처럼 그를 내동댕이쳤다. 허우적대며 날아간 케이든 선은 온 세상을 덮어버릴 것 같은 거대한 불기둥에 휩쓸린 사람들을 봤다. 불기둥이 그를 덮치면서 상상도 못할 고통이 엄습해왔다. 그 고통 한복판에서 머릿속에 저장되었던 차가운 목소리가 떠올랐다. '동무 목소리를 어디서 들은 것 같아.' 그리고 거짓말처럼 기억이 떠올랐다. 모스크바, 현대 호텔, 리철희. 파란 눈동자가 리철희의 검고 차가운 눈동자와 겹쳐졌다. 폭음과 진동이 사라지고 사람들의 비명 소리도 멀어졌다. 고요함이 찾아오면서 고통도 희미해졌다. 너덜너덜해진 눈꺼풀이 덮이면서 향기로운 냄새가 느껴졌다. 오랫동안 잊고 있었던 크리스틴의 냄새였다.

천사의 품 안으로

감긴 눈꺼풀 너머로 사람들이 지나다니는 게 희미하게 느껴졌다. 빛이 켜졌다 꺼지기를 반복하면서 기계음 같은 소리가 계속 귀에 맴돌았다. 눈을 제외한 온몸에 감각이 없었다. 누군가 말을 시키는 것 같았지만 무슨 말인지 정확히 들리지 않았다. 그는 정신이 들 때마다 두려웠다. 숨을 쉬고 살아 있다는 것만 알 수 있을 뿐 몸 상태가 어떤지 알 수 없었기 때문이다. 팔과 다리를 잃은 병사들의 모습이 떠올랐다. 얼굴에 화상을 입어서 괴물처럼 변한 병사의 모습도 떠올랐다. 이런저런 생각을 하는 가운데 의식이 어느 순간 사라졌다가 돌아오기를 반복했다. 그러다 눈을 뜨기로 결심했다. 몇 번을 시도한 끝에 한쪽씩 번갈아 눈을 뜰 수 있었다. 오른쪽 눈은 괜찮았지만 왼쪽 눈은 충격을 받았는지 초점이 흐렸다. 손과 발을 움직여봤지만 꼼짝도 하지 않았다. 간호사가 옆으로 다가오는 게 느껴진 케이든 선은 입을 열어서 그녀에게 몸 상태가 어떤지 묻고 싶었지만 입술이 말을 듣지 않았다. 그녀의 호출 때문인지 의사로 보이는 몇몇 사람들이 더 모여들었다. 다시 눈꺼풀이 내려갔다.

다시 의식이 돌아온 케이든 선은 사람들의 말소리를 또렷하게 들을 수 있었다. 확실하지 않지만 손끝에도 감각이 돌아온 것 같았다. 초점이 맞지는 않았지만 어느 정도 시력이 회복된 것 같았다. 하지만 왼쪽 눈은 아직도 제대로 보이지 않았다. 말을 하기 위해 목에 힘을 주자 칼로 쑤시는 것 같은 고통이 느껴졌다. 의식이 돌아오자 슬슬 손과 발이 다 있는지가 걱정되기 시작했다. 간호사가 다시 다가왔다. 그녀의 나지막한 목소리가 들렸다.

"기분이 어때요?"

"여기가 어딥니까?"

"독일에 있는 군 병원이에요. 이라크에서 큰 부상을 당해서 여기로 이송해 치료 중이죠."

"제가 얼마나 이러고 있었죠?"

"일주일 만에 의식이 돌아온 거예요."

"제 몸 상태는요?"

"이런 큰 부상을 입은 사람치고는 회복이 빠른 편이긴 해요."

"왼쪽 눈이 안 보입니다. 귀도 잘 안 들리는 것 같고요."

"폭발이 왼쪽에서 있어서 그쪽에 상처가 집중됐어요. 고막도 터진 상태고요. 하지만 팔다리와 눈, 코, 입은 다 붙어 있으니까 염려하지 말아요."

케이든 선을 안심시킨 간호사가 나가고 잠시 후 군의관이 들어왔다. 대령 계급인 그는 케이든 선의 차트를 보고는 회복이 빠르다며 걱정하지 말라고 얘기했다. 그러고는 함께 온 군의관과 간호장교들과 한참 동안 얘기를 나누다가 밖으로 나갔다. 군의관이 나간 뒤 아까 그 간호사가 말했다.

"내 이름은 신디에요. 내일 상태를 봐서 항공편으로 미국으로 이송될 겁니다. 즐거운 여행하시기를 바랄게요."

다음 날 케이든 선은 미군 메드백 항공기 편으로 미국으로 이송됐다. 일단 동부 버지니아의 군 병원으로 이송된 후 캘리포니아에 있는 정부 계약 병원으로 이송되었다. 캘리포니아에 있는 병원으로 이송되었을 즈음에는 입을 어느 정도 열 수 있었다. 폭발의 충격으로 망가진 왼쪽 귀와 눈도 어느 정도 회복되어갔다. 하지만 상태가 나아지면서 보호대를 착용한 목과 온몸의 통증이 심해져서 때때로 진통제에 의지해 잠을 청해야만 했다. 입원한 지 한 달 정도가 지난 어느 날, 켄이 꽃다발을 들고 병원으로 찾아왔다.

"살아 있으니 좋지? 나도 이런 병실에 누워 있고 싶군."

"죄송합니다. 눈앞에서 놓쳤습니다."

"자네 운이 좋은 것만 얘기하지. 처음에 자네 상태를 봤을 때 다들 장례식 치를 생각만 했거든."

"그것과 관련해서 드릴 말씀이 있습니다. 지금 말해도 될까요?"

"잠깐만."

켄이 창문과 문을 닫고 자리로 돌아왔다.

"확인했어. 말해도 되네."

"우선 제가 쓰러진 다음에 작전이 어떻게 진행됐습니까?"

"자네를 쓰러트린 IED는 비밀 통로의 출구 쪽에 숨겨져 있던 걸세. 아마 추격에 대비해서 설치해둔 것 같아."

"알과 헐리데이는요?"

"자네가 가장 크게 다쳤어. 알은 팔이 부러졌지만 생명에는 지장이 없고, 헐리데이도 입원 중이긴 한데 곧 복귀가 가능할 거야."

"은신처도 폭파되었습니까?"

"운 좋게도 그쪽에 설치해둔 IED는 불발이었네. 우리 쪽 재밍Jamming 장치가 효과를 본 거지. 테일러는 죽었지만 그레험은 목숨은 건졌네. 아마 복귀하기는 힘들겠지만 말이야. 지금은 임시로 맷이 팀을 이끌고 있는 중이야."

"켄, 교수를 봤습니다."

케이든 선의 말을 들은 켄의 눈빛이 빛났다.

"그를 봤다고?"

"네, 교수를 봤습니다."

"확실한가?"

"교수는 제가 모스크바에서 작전을 수행할 때 마주쳤던 북한 요원이었습니다."

"그럼 그의 이름과 소속을 알고 있나?"

"리철희. 맞습니다, 리철희 대좌라고 들었습니다."

"자네도 쉴 수 있는 팔자는 아니군."

입고 있던 점퍼 주머니에서 작은 술병을 꺼내 한 모금 마신 켄이 물었다.

"자세한 정보에 대해 말해보게."

케이든 선은 켄에게 리철희에 대해서 얘기했다. 수첩을 꺼내 몇 가지를 적던 켄이 말했다.

"얘기 잘 들었어. 본사에 들어가서 좀더 자세히 알아보지. 그나저나 교수가 북한군 요원이라면 이번 테러와의 전쟁에서 북한이 저항 세력 측에 가담하고 있다는 직접적인 증거가 될 거야. 하지만 확실한 물증이 있어야 해. 아무튼 이름을 알아냈다는 것만 해도 대단한 성과야. 자네가 자랑스럽군. 그리고 이건 내 선물이야."

켄은 침대 옆 탁자에 휴대전화를 놨다.

"세탁된 거니까 걱정하지 말고 부모님이나 친구에게 전화할 때 써. 자네는 쿠웨이트에 갔다가 큰 사고를 당해서 온 걸로 처리했네."

켄이 병실에서 나간 뒤 케이든 선의 시선은 자연스럽게 휴대전화로 갔다. 기억나는 번호는 아버지와 크리스틴의 휴대전화 번호였다. 하지만 두 사람 모두에게 지금의 몰골을 보여주고 싶지 않았다. 한참을 고민하던 그는 침대에 도로 누워서 잠을 청했다.

사흘 뒤 켄이 다시 찾아왔다. 서류 파일을 건네준 켄이 말했다.

"본사에서 찾은 자료야. 위험 대상자가 아니라서 본사 데이터망에 없더군. 이름을 몰랐다면 누군지 몰랐을 거야. 3년 전에 시리아에 군사고문단으로 파견된 것까지 확인했네."

서류에는 리철희의 간단한 약력과 흐릿한 흑백사진을 확대한 것이 끼워져 있었다.

"프룬제 군사학교 출신이군요. 시리아에서 이라크로 넘어간 걸까요?"

"그 부분이 불확실해. 탈영이라는 정보도 있고, 탈영을 가장한 비밀 임무라는 얘기도 있고 말이야."

"북한 정부의 명령을 받은 건지 아니면 용병으로 흘러들어간 건지 알 수 없단 말이군요."

"맞아. 일단 맷이 뒤를 쫓고 있지만 쉽지 않아. 지난번 일 이후에 더 깊이 숨어버렸는지 여간해서 꼬리가 잡히지 않더군."

"저와 마주쳤을 때에도 색깔이 든 렌즈를 껴서 위장을 하고 있었습니다."

"자세한 개인 정보를 알 길이 없어. 사진도 흐릿한 흑백사진 하나뿐이고 말이야."

"그때 잡았어야 했는데 정말 아쉽습니다."

"기회는 다시 오겠지. 참, 이라크에서 영상 편지가 하나 왔어."

켄이 CD를 하나 꺼내서 노트북으로 재생시켜줬다. 화면 속의 맷과 카일, 헐리데이 모두 건강한 모습이었다. 뒤로 돌아선 세 명 모두 엉덩이를 까 보이면서 익살스럽게 웃었다. 바지를 추스른 맷이 수염이 잔뜩 난 얼굴을 화면 가까이 들이대며 말했다.

"야, 엄살 그만 떨고 빨리 와. 넌 거기서 예쁜 간호사하고 노닥거릴 팔자가 아니라니까. 알았지?"

켄은 노트북을 가방에 집어넣으면서 말했다.

"자네 자리는 언제나 비워두고 있으니까 준비되면 말하게. 그럼 조만간 또 오겠네."

혼자 남게 된 케이든 선은 김도형 대리라고 불렸던 시절의 최 부사장을 떠올렸다. 잠을 청한 케이든 선은 크리스틴이 나오는 꿈을 꿨다. 그녀는 가까운 거리에 있었지만 손으로 잡을 수 없었다. 온몸이 땀에 젖은 채 꿈에서 깨어났다. 케이든 선은 다음 날 들어온 간호사에게 탁자 위에 놓인 휴대전화를 가져다달라고 부탁했다. 직접 버튼을 누르려고 했지만 아직 손가락까지 회복이 되지 않았는지 번호를 누를 수가 없었다. 보다 못한 간호사가 대신 눌러주겠다며 휴대전화를 뺏어갔다. 케이든 선은 천천히 크리스틴의 전화번호를 불렀다. 버튼을 누르던 간호사가 그에게 물었다.

"실례지만 누구한테 거시는 건가요?"

"제가 아는 사람입니다."

"혹시 그 사람이 크리스틴 아닌가요?"

"그걸 어떻게?"

휴대전화를 내려놓은 그녀가 밖으로 나가더니 다른 간호사 한 명을 데리고 들어왔다. 케이든 선은 할 말을 잊었다.

"크리스틴……."

"오빠?"

헛기침으로 자신의 존재를 알린 간호사는 바로 자리를 떴다. 그의 차트를 확인한 크리스틴이 물었다.

"그동안 소식도 없이 뭘 하다가 이렇게 된 거예요?"

"쿠웨이트에 갔다가 호텔에서 폭탄이 터지는 바람에 다쳤어."

"맙소사, 그렇게 떠났으면 잘 지내야 할 거 아니에요."

그의 품에 안긴 크리스틴이 엉엉 울면서 말했다.

"미안. 사실은 휴가를 나와서 가게에 가봤는데 멋진 남자 친구가 생긴 것 같아서 그냥 돌아왔지."

"눈썰미가 그렇게 없어서 무슨 사회생활을 해요. 걘 내 남동생이라고요."

허탈해진 케이든 선은 크리스틴의 어깨를 쓰다듬었다.

"내가 원래 눈치가 없잖아. 근데 이 병원에서 일해?"

"네, 실습 나온 거예요. 원래는 노인 병동 소속인데 이쪽 일손이 부족해서 며칠 동안만 이쪽 병동에서 일하기로 한 거죠. 일 끝나고 이리로 올게요. 이번에는 어디 가지 말아요, 오빠."

"꼼짝 않고 침대에 붙어 있을게."

그녀가 나가고 저녁이 되기만을 기다렸다. 그리고 옷을 갈아입고 병실로 온 그녀와 많은 이야기를 했다. 그녀를 만난 뒤 병원 생활이 즐거워졌다. 2주 후에 깁스를 풀고 물리치료가 시작됐다. 근무를 조정한 그녀가 물리치료를 도와줬다. 그녀도 자신의 얘기를 털어놨다.

"어머니가 돌아가신 게 14년 전이었죠. 다음 해인가 아버지가 새

어머니를 들이셨어요. 아버지가 있을 때는 천사 같았던 새엄마는 아버지만 없으면 저와 남동생을 괴롭혔죠. 견디다 못한 남동생은 가출해 갱단에 들어갔어요. 그날 만난 것도 나오라고 설득하려고 그런 거예요. 걔도 발을 빼고 싶어 하긴 하는데 쉽지 않다나요. 아무튼 저도 대학에 합격하면서 집을 나왔고 그 후로는 쭉 아르바이트하면서 혼자 지내고 있어요."

"이런, 늘 웃고 지내서 그런 일을 겪었는지 몰랐어."

케이든 선은 이야기를 마치고 울고 있는 그녀를 토닥거려주다가 살며시 키스를 했다.

그녀와 첫 키스를 한 뒤 둘 사이에는 변화가 있었다. 둘 다 본격적으로 연애를 하자거나 사귀자는 말을 하진 않았지만 손길이나 눈빛은 연인을 바라볼 때와 다름없었다. 심지어 면회를 온 켄조차 얼굴빛이 좋아졌다며 연애하느냐고 놀릴 정도였다. 켄은 이라크에서 진행되는 작전에 대해서 이런저런 소식을 들려주고 북한 공작원의 습성에 대해서 물어봤다. 케이든 선은 대답을 하면서도 내내 크리스틴을 생각했다. 마침 켄과 이야기를 거의 끝냈을 때 그녀가 들어왔다. 자료를 챙긴 켄은 크리스틴을 보면서 씩 웃었다. 물리치료를 받은 지 2주 만에 혼자서 일어나고 걷는 게 가능해졌다. 물리치료를 하면서 크리스틴과 장난을 치는 것도 가능해졌다. 장난기가 심한 그녀는 목발을 짚고 걷는 그의 사타구니를 슬쩍 치면서 말했다.

"이 말썽꾸러기를 빨리 달래지 않으면 큰일 나겠어요."

"어, 요즘은 간호사가 환자를 두들겨 패나?"

한 달쯤 후에는 퇴원하고 통원 치료를 받았다. 면회를 온 아버지에게 크리스틴을 소개하자 아버지는 흐뭇한 표정을 지었다. 병원에서 물리치료를 받으면서 동네 헬스클럽에서 운동을 하며 체력을 키웠다. 그는 벤치프레스를 들면서 중얼거렸다.

"이번 일이 끝나면 크리스틴과 함께 멀리 떠나 평범한 삶을 살 거야."

드디어 이런 생활을 끝내야 할 이유를 찾은 것이다. 어느 날 잠깐 아파트에 들렀다 가라는 말에 무심코 그녀의 아파트로 간 케이든 선은 요염한 란제리 차림으로 와인병을 들고 있는 그녀를 보고는 활짝 웃으며 품에 안았다. 체력이 정상적으로 돌아왔다고 판단할 무렵, 예상했던 전화가 왔다.

"자네 집 앞이야. 잠깐 나오게."

케이든 선은 그의 전화를 받고 올 게 왔다는 생각을 했다. 막상 예상을 하긴 했지만 뭐라 설명할 수 없을 정도로 심경이 복잡했다. 옷을 챙겨 밖으로 나가자 길 건너편 차에 타고 있던 켄이 손짓을 했다.

"좋아 보이는군. 어디 갈 데가 있으니까 차에 타게."

"어디로 가는 겁니까?"

"연방 건물로 갈 거야. 그건 그렇고 요새 몸은 어때?"

"많이 나아졌습니다."

"운동하고 있다는 얘기는 들었네. 아, 특별한 이유가 있어서 관찰을 한 건 아니고 요새 작전에 동원됐던 직원들에 대한 테러가 있을 거라는 정보가 있어서 보호관찰을 하고 있어."

"감사합니다."

두 사람은 이런저런 잡담을 나누며 연방 빌딩 지하 주차장까지 갔다. 차에서 내려서 건물 5층으로 향하는 엘리베이터를 탔다. 엘리베이터 안에서 켄은 계속 케이든 선의 얼굴을 쳐다봤다.

"행복해 죽겠다는 표정이군. 그녀와의 데이트는 즐겁나?"

"네."

"우리 같은 사람한테 사랑은 알 카에다보다 상대하기 힘든 적이지. 어때? 복귀할 준비가 됐나?"

"이번 임무는 제 손으로 끝내고 싶습니다."

케이든 선의 대답을 들은 켄이 싱긋 웃었다.

"어째 여운이 남는 말이군. 지금은 이번 일에 포커스를 잡자고."

엘리베이터가 열리고 두 사람은 사무실로 들어갔다.

"여긴 FBI 지역 출장소와 CIA 출장소가 모여 있는 곳이야. 저쪽에 앉게."

자리를 잡고 앉은 켄은 그동안 이라크에서 실시된 교수에 대한 추적 작전에 대한 경과를 알려줬다. 설명을 끝낸 켄이 골치 아프다는 표정으로 그에게 말했다.

"한국으로 치면 홍길동 같은 존재가 되었다네. 그 일 이후 활동량은 늘었지만 종적은 더 묘연해졌어. 교수를 본 사람은 자네가 유일하네. 그 얘긴 이 일을 마무리할 수 있는 사람도 자네뿐이라는 것이지. 단도직입적으로 묻지. 언제 복직할 수 있겠나?"

선뜻 대답하기 힘든 질문이었다. 하지만 이 일은 끝내야만 했다.
"한 달 뒤에 복직하겠습니다."
"그럼 기대하고 있겠네. 자네 여자 친구에게도 안부 전해주게."

켄이 집까지 차를 태워줬다. 차에서 내린 그가 현관문을 열 무렵 2층 침실에 불이 켜졌다. 현관문을 열고 들어서자 2층에서 내려온 아버지와 마주쳤다.
"여자 친구 만나고 오는 길이니?"
"아뇨. 일 때문에 잠깐 회사 사람 만나고 왔어요."
"잠깐 앉아라. 커피 마실래?"
"아닙니다."
가죽 소파에 앉은 아버지는 조용한 목소리로 물었다.
"다시 돌아갈 생각이니?"
"고민 중입니다."
"이미 결정을 내린 눈치구나. 말린다고 될 일은 아니니까 붙잡지는 않으마. 대신 몸조심해라."

얘기를 끝낸 아버지는 자리에서 일어났다. 케이든 선은 2층으로 올라가려는 아버지에게 물었다.
"개성에는 다녀오셨나요?"
"그래."
"제사도 지내셨나요?"
"안내원한테 달러 좀 쥐여주고 선죽교 근처에서 간단히 올렸다."
"그다음에는 더 이상 안 나타나던가요?"

계단을 올라가려던 아버지는 몸을 돌려 아들을 쳐다봤다. 그러고는 한걸음에 달려와 뺨을 후려쳤다.

"못난 놈 같으니라고. 이겨낼 자신이 없으면서 어떻게 그 일을 하는 게냐? 그렇게 무서우면 당장 때려치우고 돌아와서 아비 일이나 도와라."

"듣고 싶습니다. 아버지, 다시는 꿈에 안 나타나던가요?"

울먹거린 케이든 선이 어깨를 붙잡고 묻자 아버지는 더운 한숨을 쉬었다.

"그날 밤에도 나타나서 호통을 쳐서 쫓아버렸다. 제사도 지내줬는데 뭐하러 얼쩡거리냐고 말이야."

"일을 그만두고 싶은데 걸리는 게 있습니다."

"회사 쪽 문제냐?"

"아뇨. 그냥 마음으로 진 빚 같은 겁니다. 그 일을 끝내야만 홀가분하게 벗어날 수 있을 것 같습니다."

"그럼 망설이지 말거라. 깨끗하게 끝내고 돌아와."

"알겠습니다."

눈물을 멈춘 케이든 선은 고개를 끄덕거렸다. 그 순간부터 리철희를 잡는 일은 임무가 아니라 운명이 되었다.

케이든 선은 복직하겠다고 말한 이후부터 크리스틴에게 어떻게 말해야 할지 난감했다. 그날 밤 크리스틴의 아파트로 갔다. 그의 표정을 살펴본 그녀가 먼저 말을 꺼냈다.

"오빠, 무슨 걱정이 있어? 얼굴이 안 좋아."
"……."
"차라리 말을 못 한다면 못 한다고 말해줘."
"짐작하고 있었구나."
케이든 선이 어렵게 입을 열자 크리스틴이 대답했다.
"응. 그 병원, 전쟁터에서 다친 사람들을 집중적으로 치료해주는 곳이잖아. 다들 쉬쉬하지만 어느 정도 눈치는 챘어."
"크리스틴, 내가 일하는 곳은 정부와 밀접한 관련이 있어. 그리고 한 달 뒤에는 중동으로 출장을 가야 해."
"얼마나?"
"3개월에서 6개월. 아직 정확하지는 않아."
그녀는 케이든 선의 얼굴을 빤히 쳐다보다가 손을 뻗어서 얼굴을 만졌다.
"말해줘서 고마워. 기다릴 테니까 다치지 말고 돌아와."
"이번 출장을 갔다 오면 직장을 바꿀게. 네 옆에서 더 오래 있을 수 있는 곳으로 말이야. 그러니까 그때까지만 참고 기다려줘"
그녀는 대답 대신 키스를 했다. 그녀의 눈물이 뺨을 타고 흘러내려와 그의 얼굴에 묻었다. 케이든 선 역시 참았던 눈물을 터트렸다. 꿈처럼 달콤한 한 달이 지났다. 케이든 선은 그녀와 데이트를 하면서 할리우드나 디즈니랜드를 돌아다녔다. 시간이 지나갈수록 그의 얼굴은 어두워졌지만 크리스틴은 항상 웃는 표정이었다. 켄은 마지막 주에 찾아왔다. 좀처럼 감정을 드러내지 않던 켄이 흥분한 얼굴로 말했다.

"선, 드디어 우리가 교수의 꼬리를 잡은 거 같네. 우리가 심어놓은 파키스탄 정보부 소속 블랙이 얼마 전에 파키스탄 국경을 통해 아프가니스탄으로 넘어간 탈레반 중에 동양인이 있다고 보고해왔어. 아무래도 그가 교수 같아."

"활동 무대를 넓힌 걸까요?"

"이라크에서 활동을 하기 힘들어지니까 아프가니스탄으로 넘어간 것 같아. 시리아 국경을 통해 파키스탄으로 간 다음에 아프가니스탄으로 넘어간 거 같아. 본부도 그렇고 내 생각에도 독자적으로 움직이는 것 같진 않아. 분명 보호해주는 배경이 있다는 얘기지."

켄의 말에 케이든 선 역시 동의했다.

"아무리 알 카에다라고 해도 국경을 그렇게 쉽게 넘게 해주진 못하죠."

"상황이 급박하게 돌아가고 있어. 일단 알 카에다와 탈레반 세력이 강한 아프가니스탄 남부 헬만드 지역이나 칸다하르 지역에 근거지를 마련할 것 같다는 게 우리 예측이야. 그의 행적을 추적하는 추적팀을 다시 조직할 걸세. 이번에는 현지인 팀도 준비를 시켜놨네."

"현지인 팀은 믿을 만합니까?"

"대부분 파슈툰족 출신으로 빈 라덴을 추적할 때부터 우리랑 일했던 트로트핀트* 소속이야. 100퍼센트는 아니지만 어느 정도는 믿

---

* CIA에 고용되어 1996년부터 '오사마 빈 라덴'을 표적으로 활동했던 팀이다. 혈연 중심의 아프가니스탄 민병대로 대부분 북부 동맹군 출신이다.

을 수 있어. 하지만 그들은 어디까지 보조 병력이야. 칸다하르 공항에 자네들 작전을 지원하기 위해 AC-130U*를 한 대 대기시켜놨네. 코드명은 피터팬이니까 적절하게 써먹도록 해."

"그럼 트로트핀트가 교수의 뒤를 쫓고 있습니까?"

"아니. 그들은 지금 교수가 넘어간 파키스탄 국경에서 별도 작전을 하면서 정보를 수집하고 있어. 교수를 쫓는 건 우리가 고용한 하자라족이야. 그들에 대해선 자세히 말해줄 수가 없으니까 이해하게."

"잘 알겠습니다. 그럼 떠나는 날짜는 언제입니까?"

"오늘이 21일이니 5일 뒤가 되겠군. 자네 여자 친구에게 작별 인사를 잘해두게."

"알겠습니다. 걱정하지 마십시오."

"이라크보다 더 힘든 작전이 될 거야. 아프가니스탄에는 하자라족도 살고 있어서 교수가 변장을 하면 쉽게 찾을 수가 없어."

"어떤 변장을 해도 저는 그를 알아볼 수 있습니다."

"부디 이번 사냥은 성공하길 빌겠네."

---

* C-130 허큘리스 수송기를 개조한 대지상 공격기로 105mm포를 비롯해서 40mm포 등으로 무장했다.

숨은 신

케이든 선은 떠나기 전날 크리스틴에게 반지를 끼워줬다. 생각보다 헐렁한 탓에 반지가 손가락에서 뱅글뱅글 돌았다.

"미안."

"괜찮아. 그래도 애썼네. 평생 이런 거 못 받을 줄 알았는데."

반지가 흘러내릴까 봐 주먹을 꼭 쥔 그녀가 대답했다.

"내일 아프가니스탄으로 가."

"그런 거 얘기해도 돼?"

"보안 사항이긴 하지만 부인한테는 예외야."

묵묵히 듣고 있던 그녀는 이번에 돌아오면 떨어지지 말자는 말과 함께 케이든 선을 꼭 끌어안았다.

밤새 잠을 못 이루고 뒤척거리던 그는 공항에서 두바이행 비행기를 탔다. 오랜 비행 끝에 그를 태운 비행기는 두바이 국제공항에 착륙했다. 약 6시간 정도 대기하다가 아프가니스탄 국적 항공사인 아리아나 항공의 보잉 747기를 타고 카불로 향했다. 비행기가 카불 상공에 들어서자 구름 아래로 시가지가 보였다. 비행기가 활주로에 착륙하자 비행기 날개 양옆으로 ISAF* 소속의 장갑차가 따라붙는 것이 보였다. 비행기가 멈추자 수동식 플랩이 출구에 설치되었다. 비행기에서 내린 탑승객들이 자신들의 가방을 찾아 세관으로 향했다. 케이든 선이 가방을 챙겨서 비행기에서 내리자 트랩 옆에 하얀색으로 칠한 도요타 랜드크루저에서 휘파람 소리가 들렸다. 운전석에는 검게 탄 얼굴에 선글라스를 쓰고 샌프란시스코 자이언츠 야구 모자를 눌러쓴 수염투성이 남자가 이리 오라는 손짓을 했다. 그쪽으로 발걸음을 돌린 케이든 선은 활짝 웃으며 말했다.

"맷, 용케 살아 있네."

"선, 네가 없어지고 모든 작전이 너무 잘 진행되고 있는 중인데 왜 기어들어온 거야?"

"네 엉덩이를 차주려고."

"내 섹시한 엉덩이를 보고 발딱 섰어?"

뒷좌석에 가방을 던진 케이든 선이 웃으며 맞받아쳤다.

"너보다는 염소가 더 섹시하지. 넌 염소, 닭 다음이야."

---

* 정식 명칭은 'International Security Assistance Force'로서 북대서양조약기구의 소속국이 주축이 된 연합군으로 아프가니스탄의 치안을 맡고 있다.

"부상을 당하더니 뇌가 이상해졌나 보군."

"네 수준을 맞추려고 하니까 그런 거야."

케이든 선은 차에서 내린 맷과 포옹을 했다. 이런 걸쭉한 농담은 목숨을 걸 만한 진짜 친구들과 나누는 얘기였다. 차 안에서 기다리던 카일이 고개를 빼고 말했다.

"어이 호모들, 사랑은 나중에 나누고 빨리 가자고. 난 여기서 호모쇼 보다가 박격포 맞긴 싫어. 못생긴 너희 둘은 이해 못하겠지만 잘생긴 내가 돌봐줘야 할 미녀들이 줄을 서서 기다리고 있단 말이야."

카일까지 가세한 농담 대열에 기분이 좋아진 케이든 선은 맷에게 말했다.

"맷, 비밀 병기 아직 작동해?"

"1호? 2호?"

"여기서 1호는 좀 그렇고 2호."

"당연히 사용 가능하지."

"그럼 저 덜떨어진 놈한테 한번 발사해."

씩 웃은 맷이 카일에게 검지를 추켜올렸다.

"어서 가자고. 보스가 눈 빠지게 기다리고 있어."

카일 옆자리에 탄 케이든 선은 출발하자마자 따라붙은 다른 사륜구동차가 있는 것을 눈치챘다. 경고신호를 보내자 백미러로 케이든 선을 쳐다본 맷이 대답했다.

"우리 소속 현지인들이야. 카일의 남자 친구들이기도 하고 말이야."

숨은 신 313

카일이 낄낄대며 맷의 목을 조르는 시늉을 했다.

"이 호모 새끼가."

활주로를 벗어난 차는 ISAF 차량 출구를 통해 카불 시내로 들어갔다. 1970년도부터 끊임없이 벌어진 전쟁은 카불을 상처투성이로 만들어버렸다. 거리에는 전쟁으로 인해 장애인이 된 걸인들이 넘쳐났다. 미망인들도 하루를 연명하기 위해 부르카를 벗고 얼굴을 드러낸 채 구걸을 했다. 동양과 서양을 연결하는 실크로드인 이 땅은 신이 숨어버린 땅이었다. 카불 시내 어디에나 마수드 장군의 사진이 걸려 있었다. 사진 아래에는 사자처럼 용맹했던 전설적인 장군이 남긴 '강철은 신념을 이길 수 없다'라는 말이 적혀 있었다.

그제야 차가 하얀색이라는 사실을 눈치챈 케이든 선이 옆자리의 카일에게 물었다.

"이거 UN 소속 차량 아니야? 훔친 거지?"

카일은 앞자리의 맷을 쳐다봤다. 운전대를 잡고 있던 맷은 뒤를 돌아보며 얘기했다.

"차를 훔친 건 아니고 그냥 가져다 쓰는 거야. 그냥 위치 이동이라고 해두지."

세 사람을 태운 랜드크루저는 카불에서 가장 번잡한 외국 대사관 거리를 지나 ISAF 본부 쪽으로 향했다. ISAF 본부 앞에는 영국군이 경비를 서고 있었다. 영국군 장교는 핸들을 잡고 있던 맷의 신분증을 확인하고도 두 사람에게도 신분증을 요구했다. 신분증을 보여준 뒤에도 랜드크루저를 사방이 헤스코 방벽으로 둘러쳐진 구역에 세워야 했다. 세 사람이 몸수색을 받는 사이 폭발물 탐지견이 차를 들락거리며 냄새를 맡았다. 영국군 장교는 무기는 휴대할 수 있지만 약실에서 실탄은 제거하라고 요구했다. 맷은 케이든 선에게 시그 P226 권총을 건네줬다. 약실을 확인한 그는 디코킹을 하고 홀스터에 총을 꽂았다.

크루세이더팀의 아프가니스탄 전진 기지는 ISAF 본부 내 깊숙한 곳에 위치한 탓에 바그다드 오션 클리프와는 다른 분위기를 자아냈다. 컨테이너로 된 사무실 안에는 카키색 바지와 셔츠에 같은 색 조끼를 입은 켄이 모니터를 쳐다보는 중이었다. 그는 케이든을 보더니 활짝 웃었다.

"여행은 즐거웠나? 어째 자네보다 자네를 데리러 간 사람들이 더 즐거워 보이는군."

"오랜만에 미친 김치를 보니까 기분이 좋더라고요."

맷이 낄낄대며 말했다.

"그새 또 별명을 붙여줬군. 이제 가서 일들 보라고."

"알겠습니다. 선, 조금 있다가 봐."

두 사람이 밖으로 나가자 켄이 그에게 자리를 권했다.

"피곤하겠지만 일단 여기 앉아보게."

"그나저나 옷차림이 꽤 독특한데요."

자리에 앉은 케이든 선의 말에 켄이 피식 웃었다.

"이거? 아프가니스탄 내에서 내 공식적인 직함은 CNN 분석가라서 말이야. 그래서 옷에도 좀 신경을 썼지. 어때, 언론인처럼 보이나?"

"솔직하게 말씀드리면 아프리카 사냥꾼처럼 보이시는군요."

"자넨 아부라는 걸 할 줄 모르나?"

"제가 아부하면 월급 올려주실 건가요?"

"이봐, 돈은 유태인인 내가 밝혀야지. 아무튼 현재 진행 상태는 대충 이 정도야."

켄이 화면에 띄운 사진들과 여러 장의 위성사진들, 그리고 감청을 통해 들어온 정보를 보여주며 설명했다.

"교수는 파키스탄 판자위 지방에서 국경을 넘은 것으로 추정되네. 그 후에는 곽티카를 지나 우르즈칸으로 갔다가 다시 1번 고속도로를 끼고 계속 남진 중이야. 물론 얌전하게 이동만 한 건 아니고 아프가니스탄 정부군과 연합군을 상대로 계속 공격을 하고 있네. 이번에는 아예 소규모 군대를 조직해서 움직이고 있는 중이야."

"아프가니스탄으로 넘어와서는 이라크 때와는 다른 모습을 보여주고 있군요. 그렇게 보는 이유가 있겠죠?"

"거기 서류를 봐. 몇 명이 할 수 있는 규모를 넘어선 공격들이 적지 않아."

서류들을 빠르게 읽어 내려가던 케이든 선은 몇 가지를 뽑아서 켄에게 보여줬다.

"확실하진 않지만 여기 나온 전술들은 북한군 특수부대가 자주 써먹는 방식입니다."

케이든 선은 몇 가지 사례들을 들어서 설명했다. 귀를 기울여서 설명을 듣던 켄이 수첩에 몇 가지를 적었다.

"역시 자네가 있는 것과 없는 것에 차이가 있군. 이야기 잘 들었네. 오늘 일일 보고에 포함시키도록 하지. 일단 좀 쉬면서 현지 적응을 하도록 해. 여긴 이라크랑 많은 점이 다를 거야. 자네 개인 통역으로 하빕을 붙여주겠네. 그 친구는 타지크어, 파슈툰어, 하자르 방언에 능하지. 99년부터 우리 일을 도왔으니 많은 도움이 될 거야. 밖으로 나가면 하빕이 기다리고 있을 걸세."

켄의 사무실 밖으로 나온 케이든 선 앞에 4인용 ATV 한 대가 멈춰 섰다. 야구 모자를 뒤집어쓴 현지인이 그를 쳐다봤다. 생긴 것은 전형적인 타지크족이지만 옷차림새에서 풍기는 느낌은 미국의 젊은이와 다름없었다. 그가 말을 걸었다.

"선?"

"자네가 하빕이겠군."

"응, 내가 하빕이야. 만나서 반가워"

"내가 하비바라고 불러야 하나, 아님 하빕이라고 불러야 하나?"

"하비바는 파슈툰어로 친구라는 뜻이고, 그걸 줄인 게 하빕이야."

"그게 좋겠군. 생각보다 나이가 어려 보이는군. 몇 살이야?"

"왜, 걱정돼? 총 쏠 만큼은 되니까 걱정 마."

"영어를 꽤 잘하는군."

"미군들한테 배웠어. 당신도 생각보다 영어를 잘하는군. 어느 나라 출신이야."

"그냥 아시아 언저리에서 왔다고 해두지."

하빕이 씩 웃고는 뒷자리에 타라고 손짓했다.

"짐은 아까 그 두 털보들이 들고 갔어. 맷이 가면서 네가 나오면 바로 회의실로 데리고 오라고 그랬어. 그리고 난 숙소로 돌아갈 거고 말이야."

"넌 회의에 참석 안 해?"

케이든 선의 질문에 하빕이 미국인처럼 어깨를 으쓱거렸다.

"난 출입 허가가 안 나서 못 들어가. 같은 적에 대항해 내 나라에서 싸우는데 내가 못 들어가다니, 참 웃긴 일이지?"

하빕의 말은 제법 여운을 남겼다. 하지만 그가 얼마나 믿음직스러운 친구인지는 모르겠지만 하빕을 위해서도 작전 내용을 듣지 않는 게 나을지도 몰랐다.

회의실에는 맷, 카일, 헐리데이를 비롯해 아는 얼굴 절반과 이라크 작전 이후 새로 영입된 낯선 얼굴들 절반이 자리 잡았다. 맷이 케이든 선에게 신참들을 소개해줬다. 중국계 미국인인 알렉스 첸은 사법기관 요원 출신이었다. 미국에서 가장 거친 연방교도소 간수로 지냈던 그는 국무성에 스카우트되어 국무성 요원들과 CIA에게 기술을 전수했다. 9·11테러 이후 미국이 맞닥뜨린 아프가니스탄이나 이라크 같은 전쟁터는 감옥 같은 양육강식의 세계와 다름이 없었다. 이곳 사람들은 폭력에 익숙해져 있었고 누가 힘이 있고 없는지를 본능적으로 알고 있었다. 상대방의 눈을 피하거나 약한 모습을 보여서

기 싸움에서 지면 바로 등 뒤에 칼이 꽂혔다. 알렉스 첸은 이런 법칙을 너무 잘 알고 있었고 그가 가지고 있는 기술은 아프가니스탄에서 아주 유용하게 써먹혔다고 맷이 설명했다. 유난히 얼굴이 하얀 DEA 소속의 에릭 와잇은 팀원들 사이에선 약쟁이로 통했다. 잠깐 대화를 나눠본 결과 마약에 대해서는 논문을 써도 될 정도였다. 그와 작전을 뛰어본 맷이 덧붙였다.

"뻥을 좀 섞자면 이 친구 코는 마약 탐지견이랑 맞먹는 수준이야."

팀원들 소개가 끝나고 맷이 설명했다.

"팀의 구성은 이라크와 비슷해. 단 이번 작전에서 팀장은 나야. 그리고 B조의 조장이 자네고, 저쪽에 모여 있는 쪽이 자네 팀원들이야."

맷이 가리킨 팀원들은 모두 신참들이었다. 그들은 케이든 선에게 고개를 까닥거리거나 눈인사를 나눴다. 정확히 그가 첫번째 작전에 투입되었을 때의 서먹함이 고스란히 느껴졌다.

팀원 소개가 끝나고 잠깐 휴식 시간이 주어지자 다들 답답한 사무실 밖으로 나갔다. 구석에 서 있는데 맷이 다가왔다. 케이든 선이 툴툴대며 말했다.

"뭐 이건 거의 데자뷔 수준이네."

"저들에겐 자네가 신입으로 느껴질 테니 너무 섭섭하게 생각하지 마. 자네 실력을 보여주면 금방 친해질 거야. 혹시 지난 일 년 동안 너무 편하게 있어서 실력이 녹슨 건 아니겠지?"

"궁금하면 너한테 시범을 보여볼까?"

"오오, 진정해. 이 미친 김치야."

휴식 시간이 끝나고 간단한 현황 브리핑을 마지막으로 회의가 끝났다. 맷이 그에게 따로 와서 말을 건넸다.

"이제 장비실로 가자고. 필요한 장비도 고르고 총기나 장비를 셋업해야지."

맷을 따라가 장비실로 간 케이든 선은 눈이 휘둥그레졌다. 일 년이라는 짧으면 짧은 기간 동안 장비들이 많이 바뀌었다. 소총이나 방탄복은 물론, 레이저 지시기나 열 영상이 첨가된 야시경까지 없는 게 없었다.

"맷, 이 장난감들은 다 뭐야?"

케이든 선의 질문에 맷이 심드렁하게 대꾸했다.

"낸들 알아. 주니까 쓰긴 하는데, 뭐 익숙해지면 편하긴 해. 요 샌 석 달만 지나면 구식이야. 참, 저 총 본 적 있어?"

"아니."

"응, SCAR라고 불러. 거기 네가 지금 들고 있는 건 SCAR-H라고 7.62mm 탄을 쏘는 모델이야. 예전으로 치면 M14가 다시 돌아왔다고 보면 될 거야. 물론 M14에 비해 분해 조립이 간단한 편이지."

그는 맷의 설명을 들으며 SCAR-H의 개머리판을 살펴봤다.

"근데 개머리판 부분이 무슨 플라스틱 의족 같아 보이는데? 그리고 실렉터도 너무 어중간하잖아."

"그 이야기는 이미 테스트 중에 나왔나 봐. 다음 버전에는 M4처럼 만든다고 하더라고."

"그럼 앞으로 미군 특수부대는 다 이걸 쓰는 거야?"

"아닐걸. 군인들이 얼마나 보수적인지 알잖아."

"넌 개인적으로 어떤데?"

"나한텐 총은 총이야. 잘 맞으면 장땡이지. 카일은 아주 좋아서 들고 빨더군. 여기 개인장비에 대한 매뉴얼들이 있으니까 한번 읽어 봐. 그리고 야시경은 오늘부터 가지고 다니면서 익혀둬. 괜히 헤매다가 할아버지 소리 듣지 말고."

"많이 생각해줘서 고마워, 할아버지."

"한 번만 더 할아버지라고 부르면 김치는 더 이상 못 먹게 해주지."

맷은 케이든 선을 장난스럽게 째려보면서 자기 잎담배인 코펜하겐을 권했다.

"고맙지만 사양하겠어. 키스할 때 냄새나거든."

"오, 여자 친구 생겼군. 잘났다. 이제 김치만 끊으면 냄새랑은 안녕이군."

"미안하지만 여자 친구도 김치를 먹어."

"그래? 예쁜 한국 여성분에게는 아주 상쾌한 마늘향 향수 냄새가 나겠군."

"이젠 인종차별을 넘어서 남녀 차별로까지 분야를 넓혔나? 네 애인 카일이나 잘 관리해."

"질투하긴."

맷은 케이든 선의 엉덩이를 장난스럽게 걷어차고는 자기 방으로

숨은 신 321

돌아갔다.

팀에 대한 지원은 부족한 게 없었다. 필요할 때 레인저 1개 중대를 동원하거나 UAV*를 띄우는 건 일도 아니었다. 아프가니스탄 정부군이나 민병대를 동원하는 일 역시 손쉬웠다. 전에 볼 수 없던 인원도 배정됐다. 케이든 선과 얘기를 나누던 카일은 맷이 데려온 친구를 보더니 호들갑스럽게 물었다.
"뭐야, 왜 빌 게이츠가 이 빌어먹을 곳까지 온 거야?"
"위성사진 판독관이자 애널리스트야. 원래 랭글리 사랑방에서 나오지 않는 친군데 이번에 특별히 행차한 거야. 우리보다 비밀 접근 허가 수준이 높으니까 앞으로 입조심하라고."
크루세이더팀은 주로 트로트핀트 출신 현지인 팀들을 동원해 카멜레온 작전을 수행했다. 카멜레온 작전이란 주로 도로 등에 현지 앰뷸런스나 택시, 개인 차량에 현지인 요원을 탑승시켜 적의 공격 의도를 사전에 알아내고 후속하는 공격 부대로 처리하는 작전이다. 이 작전의 목적은 물론 리철희가 이끄는 팀에 대한 압박과 관련 인원에 대한 정보 수집의 목적도 겸했다. 크루세이더팀은 카멜레온 작전에 직접 참여하지 않고 위성과 UAV 같은 정보 자산으로 관찰하는 역할을 했다. 물론 맷과 케이든 선이 이끄는 두 팀은 리철희를 잡기 위한 익스큐션팀이라고 불렸다. 두 팀은 목표가 리철희라는 확신이

---

* 정식 명칭은 'Unmanned Aerial Vehicle'로 인간이 탑승하지 않는 무인 비행기를 뜻한다.

없으면 작전에 동원되지 않았다. 카멜레온 작전에 걸려드는 저항 세력은 대부분 지역에서 생성된 저항 세력이나 알 카에다의 조무래기, 혹은 돈을 벌기 위해 아르바이트로 IED를 심는 피라미들이었다.

"이건 말이야. 전쟁이라기보다는 스포츠 중계야. 안 그래?"

상황실에서 밀러 맥주를 마시며 UAV가 전송하는 모습을 지켜보던 카일이 그에게 건넨 말이었다. 실제로 처음 몇 번은 모든 팀원들이 환호를 지르며 작전 진행을 지켜봤다. 기지에서 불과 10마일밖에 안 떨어진 곳에서 전투가 벌어지기도 했다. 상황실에 모여서 환호를 지르는 모습은 검투사들이 죽어가는 걸 보고 환호를 지르는 로마 시민들과 다름이 없었다. 물론 지켜보는 이들도 언제 저 판에 들어가야 할지 모를 검투사들이라는 점은 달랐지만 말이다. UAV가 보내온 전투 장면을 몇 번 지켜보던 팀원들은 흥미를 잃었고 근무 인원 말고는 작전 결과에 그다지 관심을 가지지 않았다. 리철희의 단서는 기대하지 않았던 곳에서 나왔다. 혈연 가족을 중시하는 헬만드 지역에서 그는 이방인 신세였다. 아프가니스탄인들에게 미군이나 북한인 모두 외국인이자 잠재적인 침략자였기 때문이다. 리철희 역시 그들의 관점에서는 예외가 아니었다. 리철희의 정보를 가져온 족장은 정보를 넘기는 대신 자신이 경작하고 있는 농작물 밭과 대마초 밭이 아무 간섭도 받지 않기를 원했다. 맷은 그의 요구를 들어준다고 약속했다. 하지만 맷은 족장이 말한 밭에 대한 위성사진을 그에게 보여주고 만약 그가 가져온 정보가 틀리거나 그가 이중으로 정보를 넘길 경우 그 지역 자체를 초토화시키겠다고 했다. 족장은 약속을 지키겠다고 맹세하고는 구체적인 상황들을 털어놨다.

족장의 말에 의하면 리철희와 유사한 외모를 지닌 동양인과 외부에서 온 탈레반들은 약 3주 전에 마을로 숨어들었다고 했다. 그들은 지역의 자생 탈레반들을 이끌던 리더를 처단하고 마을 주민들에게 이젠 자유와 진정한 믿음이 올 거라고 했다. 하지만 그들은 불과 일주일 만에 본색을 드러냈다. 그들이 노린 건 그 마을 어귀에 있는 대마초 밭이었다. 그다지 큰 규모는 아니었지만 외국에서 유입된 그들에게 충분한 활동 자금을 댈 수도 있을 정도였고, 연합군 사령부에서도 신경 쓰지 않았다. 족장의 말에 의하면 그는 항상 서너 명의 보디가드를 데리고 다니고 이동할 때에도 몇 대의 차량과 오토바이를 동원했다. 그는 족장이 있는 마을에서 약 1,000피트 정도 떨어진 산에 있는 버려진 집을 거처로 이용했다. 마을에서 하나뿐인 길로 연결된 산 중턱에 있는 그 집은 주변을 감시하기 용이한 요새 같은 집이었다. 항공사진으로 관찰한 바에 의하면 산비탈면에 위치해 있어 헬기를 동원한 작전으로도 단시간 내의 강습襲은 힘들어 보였다. 족장이 돌아간 뒤 맷이 회의를 열었다.

"선, 자네 의견은 어때?"

"정확히 판단하기 힘들지만 리철희가 숨기에는 적합한 장소 같아 보여. 그가 아니라고 해도 적어도 중급 이상의 테러리스트일 거야."

"오케이! 그럼 이제부터 저쪽에 돋보기를 들이대보자고. 만약 녀석이면 완전히 갈아엎어버리자."

"그 전에 직접 현지 정찰을 해보는 게 좋겠어. 하빕이랑 움직여도 괜찮을까?"

"그렇게 해. 작전 시간하고 세부 계획은 더 자세한 정보가 들어오면 그때 잡도록 하자고."

일주일 후 열린 회의에서는 UAV가 찍어온 목표물 인근 지역의 지형을 분석했다. 건물 주변에 흙이 쌓여 있는 게 보였다. 맷이 케이든 선에게 사진을 보여주면서 말했다.

"색깔이 주변의 흙이랑 다른 걸로 봐서는 새로 판 흙 같아. 아마 건물 안에 별도의 아지트나 비밀 통로로 이용할 동굴을 만드는 거 같은데. 자네가 보기에는 어때?"

맷의 얘기를 듣는 순간 이라크에서의 일들이 생각났다. 맷 역시 그 사진을 보고 같은 생각을 하는 눈치였다.

"응, 같은 생각이야."

케이든 선은 작전 회의가 끝나고 하빕을 불러 지상 정찰 작전에 대해 논의했다. 하빕은 이번 작전에 이 지역 출신의 트로트핀트 요원을 동원하자고 했다.

"그럼 그 대원을 포인트로 나와 자네, 그리고 세 명의 트로트핀트 요원을 포함해 총 여섯 명으로 작전팀을 꾸리지. 새벽 1시에 출발할 테니까 출발 직전에 그 친구에게 말해줘."

하빕은 그를 보고 씩 웃었다.

"그럼 나는 믿어?"

"일단 그래 보려고."

하빕이 데려온 굴미르라는 친구는 강한 턱 선과 그 턱 선을 덮고 있는 무성한 수염이 인상적이었다. 케이든 선은 굴미르와 하빕, 그리고 다른 트로트핀트 요원 셋을 차량 앞에 모아놓고 간단하게 계획을 설명했다.

"일단 해가 뜨기 전에 기지를 벗어나 안가로 이동한다. 거기서 다음 날 새벽까지 기다렸다가 준비된 차량으로 갈아타고 리철희가 있을 것이라고 예상되는 가옥의 산 아래까지 간다. 거기에서 은신처를 정찰하고 다시 부대로 복귀하는 것이 이번 작전의 목표다."

해가 뜨기 전에 출발한 정찰대는 안가에서 하루를 보낸 뒤 다음 날 새벽 로 프로파일 차량으로 갈아탔다. 이것은 닛산 트럭의 내부만 살짝 개조하고 위에 피아 식별판을 단 차량이었다. 한 대의 차량에 세 명씩 탑승했다. 1호 차량에는 굴미르와 트로트핀트 요원들이 탑승했고 2호 차량엔 하빕이 운전대를 잡고 케이든 선이 옆자리에 앉았다. 그리고 트럭의 뒤쪽 적재 칸에 PKM 공용화기를 맡은 다른 트로트핀트 요원 한 명이 탑승을 했다. 굴미르를 비롯한 트로트핀트 요원들 모두 AK 계열 소총으로 무장을 했다. 케이든 선은 카일이 개조한 PKM을 챙겼다. 카일은 총열을 잘라서 쓰기 편해졌지만 반동이 심하니까 조심하라는 설명을 곁들였다. 야시경은 하빕과 케이든 선만 착용을 했다. 그는 굴미르와 다른 대원들에게도 착용을 권했지만 거추장스럽다며 거절했다. 길가에는 빛 한 점 없었지만 리철희의 은신처로 추정되는 곳으로 이동하는 내내 본부에서 UAV로 관찰한 주변 정보가 실시간으로 들어왔다.

"치프, 여긴 렉터다. 현재 순조롭게 이동 중이고 터닝 포인트 통과했다. 현재까지 이상 없음."

"렉터, 이동로에 문제는 없어 보인다. 약 3마일 거리에 양 떼가 이동 중이다. 특별한 문제가 없어 보인다."

"알겠다, 계속 주시해주기 바란다. 작전지까지 ETA는 45분이다. 피터팬을 상공에 대기시켜주기 바란다."

"렉터, 피터팬은 약 35분 뒤 작전지 상공에 도착할 예정이다."

케이든 선이 이끄는 렉터팀은 한가롭게 풀을 뜯는 양 떼를 지나 미리 정해놓은 차량 집결지에 도착했다. 트럭에서 내린 케이든 선은 하빕에게 지시했다.

"예정보다 5분 늦었다. 서둘러! 그리고 우리 차량에 탑승한 인원과 굴미르 차량에 탑승한 인원 중에 한 명은 우리랑 같이 올라간다. 굴미르는 다른 한 명과 함께 이곳에서 차량을 지켜."

하빕이 통역을 하는 동안 케이든 선은 자신의 장비를 챙겼다. 산은 생각보다 험해서 금방 온몸이 땀으로 젖었다. 점차 어둠이 걷히고 해가 산자락 사이로 모습을 드러냈다. 목적지를 약 200미터쯤 남겨놨을 때 지점 선두를 섰던 하빕이 갑자기 걸음을 멈추고 주저앉았다. 그러고는 케이든 선에게 땅 위에 설치된 인계철선을 손가락으로 가리켰다. 인계철선은 조명탄에 연결되어 있었다. 상태로 봐서는 매일 연결 상태를 점검하는 하는 것 같았다. 그 뒤로도 발목 지뢰 서너 개를 더 찾아냈다. 무전기를 든 케이든 선은 본부에 통신을 날렸다.

"치프, 여기는 렉터. 길이 평탄하지 않아서 ETA를 10분 늦춰야 할 것 같다. 이상."

"렉터, 잘 알았다. 작전 시간을 10분 늦춘다. 행운을 빈다."

리철희의 은신처로 추정되는 이층집 주변은 흙으로 쌓은 담이 둘러쳐졌고, 담장 바깥은 깨끗하게 청소해놓은 상태였다. 한밤중이 아니면 눈에 띄지 않고 접근하기가 힘들었다. 야시경으로 살펴보자 집 주변에는 AK 소총으로 무장한 세 명이 보초 서고 있는 게 보였다. 2층 맨 오른쪽 방에는 불이 켜져 있고, 담장의 유일한 출입문은 트럭 한 대가 가로막은 상태였다. 정문 앞에도 세 대의 트럭이 전술 주차 형태로 세워져 있었다. 한마디로 완벽한 기습은 불가능했다. 주변을 꼼꼼하게 살펴보던 케이든 선은 집 주변의 토담 중에 허물어진 곳을 찾았다. 케이든 선은 무전기에 대고 속삭였다.

"치프, 여긴 렉터, 작전개시선까지 접근했다. 피터팬에게 연결해주길 바람."

"잠시 대기."

잠시 후 상공에 뜬 AC-130U로부터 무전이 들어왔다. AC-130U는 강력한 지상 화력지원기이기 이전에 정밀 조준장치로 인해 전장 감시에 우수한 성능을 보이는 기체로, 특히 야간에 그 장점이 더 빛났다.

"여긴 피터팬, 현 시간부로 스트로브 발광 부탁한다."

무전을 들은 케이든 선은 배낭에 넣어둔 IR 스트로브를 작동시켰다. 잠시 후 다시 무전이 들어왔다.

"위치 확인했다. 현재 목표물 상공에서 대기 중이다. 잠시 대기. 집 왼쪽 담장 안쪽에 위장된 참호가 하나 보인다. 확인 후 진입하길 바란다."

 무전을 끝낸 케이든 선은 위치를 바꿔서 피터팬이 알려준 위치를 야시경으로 관측했다. 허리까지 들어갈 수 있게 파놓은 참호는 지붕을 덮어서 자세히 관측하지 않았으면 그냥 지나칠 뻔했다. 참호 안의 보초는 졸고 있었지만 모래주머니에 걸쳐진 드라그노프 저격총에 야시장비가 부착되어 있는 게 보였다. 담장을 넘어서 침입한 외부인이 집의 정문으로 진입하는 순간 저격하기 알맞은 위치였다. 케이든 선은 팀원 전체에게 IR 장비를 끄라고 지시하고는 본부를 호출했다.

 "치프, 보초가 야시장비가 갖춰진 드라그노프로 무장했다. 현 시간부로 모든 IR 장비를 끄도록 하겠다. 피터팬에게 통보하길 바란다. 10분 뒤에 은신처 우측 담장으로 돌입하겠다."

 "렉터, IR 스트로브를 쓰지 못하면 피터팬이 움직이지 못한다. 오늘은 되도록 교전을 피하고 해가 완전히 뜨기 전에 퇴출하도록. 이상."

 "알았다."

 무전을 끝낸 케이든 선은 하빕을 선두로 해서 허물어진 담장을 통해 진입했다. 피터팬으로부터 담장 안쪽에 있는 보초들의 위치를 확인하고는 정문 앞에 세워진 트럭들 뒤로 몸을 숨겼다. 하빕이 야시경을 끼고 트럭 보닛과 운전석 쪽에 폭발물 검사지와 마약 검사지를 문지른 다음에 플라스틱 백에 넣었다. 그사이에 케이든 선은 담장 안쪽을 감시하는 보초들을 감시했다. 세 명 모두 목에 건 무전기로 끊임없이 무전을 주고받았고, 그중 한 명은 러시아제 양안식 야시경을 장비했다. 확실히 일반 테러리스트들은 아니었다. 그러는 사이 집 안에서 발전기가 돌아가는 소리가 들리면서 담요로 가려진 창문 너머에 불이 켜졌다. 그리고 2층의 창문 중 하나에 걸린 담요가 잠깐 들춰졌다. 누군가 밖을 내다봤다. 아주 잠깐이었지만 리철희가 분명했다. 케이든 선은 그대로 공격하거나 피터팬을 호출할까 고민했다. 하지만 지난번처럼 비밀 통로로 빠져나가기라도 하면 애써 잡은 단서를 잃을 것 같았다. 공격을 포기한 케이든 선은 하빕에게 말했다.

"퇴출한다."

리철희의 은신처를 벗어난 케이든 선은 산을 타고 내려왔다. 기다리고 있던 굴미르가 시동을 걸었다. 트럭을 타고 은신처로 향하던 중 굴미르로부터 하빕에게 무전이 들어왔다.

"누가 도로를 막고 있답니다. 탈레반을 자처하는 도적 같다는데요."

"그냥 지나갈 수 있을까?"

"돈이 없으면 힘들 겁니다."

"제거하라고 해."

하빕이 무전기로 굴미르와 대화를 나눴다. 오른쪽으로 꺾어지는 커브길에 AK 소총을 둘러멘 남자들이 보였다. 그들 중 한 명이 서라고 손짓을 하다가 굴미르의 총격을 받고 길 밖으로 나가떨어졌다.

케이든 선도 사격을 개시했다. 길 위에 있던 남자들은 모두 쓰러졌지만 길 오른쪽 편 비탈에서 중기관총 사격이 시작되었다. 케이든 선은 운전대를 잡은 하빕에게 소리쳤다.

"전속력으로 여길 벗어나!"

트럭이 그 지역을 벗어나자마자 케이든 선은 무전으로 피터팬을 호출했다. 뒤쪽으로 거대한 폭음과 함께 불기둥이 치솟았다. 105mm 포로 중기관총을 날려버린 피터팬은 정리 후 10분간 상공을 날며 생존자가 없다는 무전을 보냈다.

안가로 돌아와 트럭에서 내린 다음에야 적재 칸에 탔던 트로트핀트 요원이 죽어있는 것을 발견했다. 중기관총에 맞은 얼굴은 반쯤 부서진 상태였다. 트럭 적재 칸에 있던 휘발유 통의 뚜껑을 연 하빕은 시체가 있는 트럭에 휘발유를 붓고는 불을 붙였다. 남은 한 대의 트럭에 타고 본부로 돌아온 케이든 선은 기다리고 있던 맷에게 얘기했다.

"리철희가 분명해."

"그래도 문제군. 바보가 아닌 이상 자기네 동네에서 교전이 벌어졌다는 걸 몰랐을 리가 없겠지."

"피터팬으로 공격하면 어떨까?"

"아쉽지만 기체 이상으로 기지로 귀환 중이야."

"남은 건 위성이랑 UAV뿐이군. 하지만 리철희라면 위성 감시를 피하는 건 식은 죽 먹기일 거야."

작전 회의가 진행되는 중 UAV에서 전송되는 화면을 보던 대원이 맷에게 소리쳤다.

"집 앞에 세워진 차량이 움직이고 있습니다."

"젠장, 아파치를 불러서 집 앞의 차들을 날려버려. 션, 어떡하지?"

"놈들 발을 묶어놓은 다음에 우리가 바로 헬기로 강습하는 방법밖에 없어. 강습팀이 헬기로 공격하고, 지원팀이 퇴로를 막으면 놈을 잡을 수 있을 거야."

"좋아. A팀, B팀 모두 헬기를 타고 간다. 하빕과 앤디, 그리고 지원팀 대원들은 차량으로 움직인다. 그리고 어이, 빌 게이츠! 자넨 우리에게 진행 사항을 바로바로 알려주도록 해."

"근데 저 친구 무전기는 쓸 줄 알까?"

그 와중에 농담을 던진 카일이 제일 먼저 헬기장으로 뛰어갔다. 헤스코 방벽으로 둘러싸인 헬기장에서 대기하고 있던 특수전용 HH-60G 페이브호크 헬기 한 대와 MH-47E 치누크 한 대가 곧장 먼지를 일으키며 허공으로 날아올랐다. 블랙호크 안에서 장비를 챙겨 입는데 맷이 무전을 듣고 상황을 전파했다.

"아파치가 문 밖으로 나가려던 트럭을 날렸대. 후속 차량들은 못 빠져나왔지만 병력들은 빠져나갔을지 모른다는군."

10분쯤 비행하자 문제의 은신처가 보였다. 상공을 비행 중인 아파치에서 발사하는 30mm 기관포의 불빛이 지상으로 내리꽂혔다. 맷이 기내통신망을 열어서 조종사와 대화를 나눴다.

"어이, 조종사 양반! 패스트로프로 내려가야 하니까 오른쪽 담장 옆에 바짝 붙여줘."

블랙호크가 호버링을 하는 동안 아파치가 은신처 상공을 가로지르며 플레어를 사출하면서 시선을 끌었다. 도어거너가 연막탄을 던지고 패스트로프를 떨어뜨렸다.

"가자."

맷이 선두로 내려가고 케이든 선이 뒤를 따랐다. 막상 목표물이 눈앞에 보이자 이라크에서처럼 집 전체에 IED가 있을까 봐 두려웠다. 허공에 떠 있는 블랙호크와 치누크 헬기의 로터 소리는 마치 악마의 울부짖음처럼 들렸다. 이미 이라크에서 죽었던 몸이라고 생각하자 차츰 두려움이 사라졌다. 두려움이 가시자 뭉개졌던 시야와 음성이 서서히 정상으로 돌아왔다. 선두에 선 맷은 이층집을 향해 맹렬하게 사격 중이었다. 헬기에서 떨어뜨린 연막탄 때문에 은신처 주변은 밤처럼 어두웠다. 은신처로 진입한 크루세이더팀원들은 IR 패치나 IR 스트로브가 없이 움직이는 표적들에게 무조건 사격했다. 반드시 생포하라는 켄의 명령은 총질이 시작된 순간 어디론가 증발해버렸다. 팀원들 모두 이라크에서 당했던 것에 대한 복수를 하고 싶은 것처럼 보였다. 카일이 담장 안쪽에 숨어 있던 저격수를 쓰러뜨리고는 무전기에 대고 소리쳤다.

"조심해. 이 수염쟁이 하지*들도 야시 장비를 갖추고 있어."

사방에서 총소리와 고함 소리들이 터져 나왔다. 담장 안쪽의 저항은 생각보다 심하지 않았다. 이층집을 포위한 맷은 아파치의 기관포

---

* Haji, 메카 순례 또는 메카 순례를 마친 사람을 이르는 말이다.

와 로켓포가 뚫어놓은 구멍으로 스턴탄과 수류탄을 집어넣었다. 폭음이 연달아 들리고 맷이 너덜너덜해진 문짝을 발로 걷어차고는 안으로 진입했다. 뒤따르던 케이든 선은 어둠 속에서 반짝거리는 불빛을 보는 순간 맷을 옆으로 밀치고 사격을 했다. 총탄에 떠밀린 그림자는 벽에 들러붙은 채 주르륵 흘러내렸다. 그 순간 온 집 안을 뒤흔드는 폭발음이 들렸다. 폭탄이 만들어낸 폭풍에 떠밀린 케이든 선은 맷과 함께 문 밖으로 나뒹굴었다. 눈을 떠 보니 누런 하늘과 함께 카일의 얼굴이 보였다.

"괜찮아?"

카일의 목소리가 들리는 것과 동시에 손에 아픔이 느껴졌다. 케이든 선은 카일의 손을 잡고 몸을 일으켰다. 먼저 일어나 있던 맷이 귀를 털어대면서 이마를 가리켰다. 손으로 이마를 문지르자 피가 만져졌다. 소총의 상태를 확인한 맷이 집 안으로 진입했다. 폭발로 인해 생긴 연기로 집 안에서는 라이트를 켜야만 했다. 천장까지 내려앉은 집 안은 잔해들로 가득했다. 도주하는 목표물들을 추격하는 아파치의 로터 소리가 멀어져갔다. 현장이 거의 정리될 즈음에 차로 이동한 지원팀 병력도 현장에 도착했다. 앞장선 하빕이 어두운 표정으로 그에게 말했다.

"굴미르가 올라오다가 지뢰를 밟았어."

하빕의 바지에는 굴미르의 것으로 보이는 피가 흥건하게 묻어 있었다. 하루가 완전히 지나간 것처럼 기진맥진했는데 이제 겨우 한낮을 넘기는 중이었다. 새벽부터 작전을 뛰었던 탓에 몽롱한 상태였다. 폭발로 수염이 탄 맷이 휘파람을 불면서 그를 집 뒤쪽으로 데리고 갔다. 비밀 통로로 보이는 입구가 흙더미에 매몰되어 있는 것이 보였다. 흙더미에는 절반쯤 파묻힌 탈레반의 시체가 보였다.

"교수일까?"

하빕과 몇몇 대원이 삽으로 시체를 파내는 동안 케이든 선은 그가 제발 리철희이기를 바랐다. 하지만 흙더미 속에서 끌어낸 시체는 수염이 그득한 체첸인이었다. 실망한 케이든 선이 멍하니 서 있는 사이 맷과 다른 팀원들이 현장을 정리했다. 불탄 자동차 옆에 끌어다 놓은 시신들이 총 14구였다. 아파치의 공격을 받고 산산이 부서져서 조각난 시신들도 대충 맞춰보니까 4구 정도 되었다. 부상자도 없었고, 항복하거나 사로잡힌 적도 없었다.

크루세이더팀도 강습팀에서 두 명의 전사자와 두 명의 중상자가 나왔다. 지원팀도 이동하다가 지뢰를 밟아서 굴미르가 발목이 날아갔다. 리철희의 시신은 보이지 않았다. 무기를 정리하던 카일이 말했다.

"시리아제 박격포에 RPG-7, 야시경이 장착된 드라그노프 저격총, AKM, AK, 14.5 DDsk, PKM, RPK 주야간 겸용 조준경, 러시아 군용 무전기, 러시아제 2세대 양안식 야시경, GPS 교란기. 이 프랑스제 무전 스캐너는 우리 군대 통신을 스캔할 수 있어. 이 정도면 정규군이 아니라 스페츠나츠 급 정도 되겠는걸."

"선!"

부서진 집 안을 수색하던 맷이 흙이 잔뜩 묻은 서류들을 들고 나왔다. 모두 한글로 된 서류들이라 당연히 북측 문서일 줄 알았는데 자세히 보니 남측 문서들이었다.

"금고 안에 있던 거야. 중요한 것 같은데 알아볼 수 있겠어?"

"이건 카불에 있는 한국 대사관에서 나온 것 같고, 이 서류는 파르완 주에 주둔하고 있는 한국군 부대에 대한 내용이야. 모두 내부에서 유출된 것 같은데?"

"리철희의 다음 목표물일까?"

"아마도."

"좋아. 에드, 여기 이 서류들 촬영해서 빌 게이츠한테 보내."

리철희의 다음 목표가 한국 대사관이나 한국군에 대한 공격이라는 사실을 확인하자 케이든 선의 마음은 무거워졌다. 리철희가 이끄는 탈레반들은 장비나 훈련도 모두 일반 탈레반들과는 차원이 달랐다. 마음먹고 공격한다면 COP* 같은 소규모 전투기지 정도는 상당한 타격을 주거나 경우에 따라서는 점령도 가능할 것 같았다. 케이든 선의 표정이 무거워 보이자 맷이 위로의 말을 건넸다.

"멀리 못 갔을 테니까 우리가 잡을 수 있을 거야."

케이든 선은 고개를 끄덕거렸지만 속으로는 그럴 리가 없다고 생각했다. 리철희는 세계 최고 수준의 북한 공작원들을 교육시키던 교관이었다. 거기다 한국군 몇 개 사단과 미국 특수작전팀의 추격을

---

* Combat Out Post, 전투전초를 이르는 말로 주저항선에 있는 전방 부대에서 내보내는 경계 부대나 그 진지를 말한다. 이들은 적의 주공격을 조기에 알리고 적의 소규모 공격을 격퇴하는 임무를 맡게 된다.

따돌리고 북으로 복귀한 인물이었다. 케이든 선은 리철희가 이미 맷이 예상하는 추격 범위를 벗어났거나 예측하지 못한 곳으로 이동했을 것이라고 예상했다. 맷의 지휘하에 현장을 정리하고 철수하자 보고를 받은 켄이 직접 전진기지까지 와 있었다. 케이든 선은 조용히 면담을 요청했다. 사무실에서 서류들을 읽고 있던 켄은 안으로 들어온 그를 반갑게 맞이했다.

"오랜만이군. 이번에도 부상을 입었다고 하던데, 몸은 괜찮나?"

"괜찮습니다. 걱정해주셔서 감사합니다."

"아쉽게도 리철희를 잡지 못했지만 그래도 그의 확실한 존재를 확인하게 되었네. 자네가 직접 봤다고 했지?"

"확실히 리철희였습니다."

"그래, 은신처에서 발견한 시신들의 신원을 확인해봤는데 체첸인들이 몇 명 있어서 러시아 FSB에 협조를 요청했네. 물론 우리 러시아 사무실에서도 따로 정보를 수집하고 있는 중이지. 그리고 지난 습격 작전에서 노획한 서류와 장비들을 분석한 결과 랭글리에서는 이들이 특별한 목적으로 아프가니스탄으로 넘어왔다고 확신하는 눈치야."

"저도 그렇게 생각하고 있습니다."

"특히 리철희는 이들의 지휘관 같아. 체첸인 시체에서 발견된 노트에서 리철희에게 교육받은 내용이 적혀 있었네."

"은신처에서는 몇 명이나 탈출한 것 같습니까?"

"리철희와 두 명 정도가 더 탈출한 것으로 보여. 한 명은 현지 통역 겸 길잡이 같고 또 한 명은 체첸인 중 한 명인 것 같아. 하지만 우리가 그의 존재를 알기 전에 거기에 얼마나 더 있었는지는 몰라. 어쨌든 이번에도 아쉽게 놓쳤지만 점점 가까이 다가가고 있으니 다음 번에는 확실히 잡을 수 있을 거야."

열심히 설명하던 켄은 어두운 그의 얼굴을 보고는 질문을 던졌다.
"혹시 하고 싶은 말이 있나?"
"만약 리철희를 사로잡기 힘들면 어떻게 합니까?"
잠깐 문 쪽을 쳐다본 켄이 입을 열었다.
"지금부터 내가 하는 이야기는 공식적으로 누구도 말한 적이 없는 이야기네. 무슨 뜻인지 알지?"
그가 고개를 끄덕거리자 켄이 얘기했다.
"대통령의 관심이 식어버린 덕분에 이번 작전은 정부의 관심 밖에 있네. 이젠 CIA의 독단적인 작전이나 마찬가지야. 본부에서는 여러 고위층이 관여된 이 작전에서 리철희를 잡느냐 마느냐가 아니라 문제가 생기면 누가 책임을 지느냐, 그리고 이 작전을 어떻게 잘 마무리하느냐가 지금 관심의 대상이야. 내 말이 무슨 뜻인지 알겠나?"
"그럼 그냥 작전을 마무리 짓는 건 어떻습니까?"
"작전 수립 초기에 CIA 고위층 사이에서 멍청한 의견 충돌이 있었네. 그리고 죽이지 말고 생포하자는 의견을 채택한 그 결정권자가 아직도 우리 $D^{Director}$야. 만약 작전을 중단하면 당장 책임 문제가 거론될 게 뻔하니까 그냥 밀어붙이는 거지."
"조직의 생리는 어디나 비슷하군요."

케이든 선이 씁쓸하게 말하자 켄이 살짝 귀띔해줬다.

"어차피 워싱턴의 관심이 없어진 지금 그가 작전 중 사살되었다고 누가 뭐라고 하겠나? 물론 약간 불만을 표시하겠지만 그걸로 끝일 거야. 무슨 얘긴지 알겠지?"

"알겠습니다. 그리고 노획한 서류 중에 한국군에 관련된 서류들이 있던데 분석 결과는 나왔습니까?"

"한국군 보안 시스템에 문제가 있는 것 같아. 그 서류들은 아마 현지 통역이나 용역을 하는 현지인이 촬영을 하거나 들고 나온 서류들로 보이더군."

"한국 측에는 통보했습니까?"

"선, 우리 작전은 극비야."

켄의 말은 이 정보가 한국 측에 전달되지 않았고, 앞으로도 전달할 계획이 없다는 뜻이었다. 아무리 동맹국이라고 해도 미군도 모르는 비밀 작전을 수행하는 중에 입수한 내용을 한국군에게 통보를 한다는 것 자체가 이쪽 세계에서는 말이 되지 않았다. 위험을 통보한다면 자료의 출처를 알려줘야 하고 그럼 작전의 내용이 유출될 가능성이 높아지기 때문이다.

이런저런 생각에 빠져 있던 그에게 켄이 말했다.

"자네는 나랑 며칠 동안 카불에 좀 가야겠네."

"출장입니까?"

"아니, 팀도 며칠 뒤에 카불에 올 거야. 리철희의 목표가 한국 대사관이니까 우리가 먼저 가서 길목을 지켜야지. 내일 17시에 출발이니까 그때 보세."

 카불은 야누스 같은 도시였다. 대사관 거리 같은 번화가는 아침부터 저녁까지 교통 체증이 계속될 정도로 활기찼지만 도시 곳곳에서는 폭탄 테러와 총격전이 벌어졌다. 음주가 금지되어 있지만 외국인이 운영하는 게스트하우스와 ISAF 본부에서는 술은 물론 돼지고기도 팔았다. 필리핀인과 중국인이 운영하는 마사지숍에서는 공공연하게 매춘이 벌어졌고 PC방도 우후죽순으로 생겨났다. 그리고 그 PC방이나 마사지숍에서 불과 몇 블록 떨어지지 않은 사원에서는 이교도에 대한 테러는 정당하다는 교육과 함께 탈레반을 양성했다. 켄은 스쳐 가는 카불의 모습을 보면서 말했다.
 "이곳은 사이공의 모습과 똑같아. 적과 아군, 친구와 적이 공존하지. 한마디로 전선이 없다는 거지. 그게 군인들을 헷갈리게 해. 얼마 전에 미군 정보장교가 조깅을 나갔다가 피살됐어."
 "설마요?"
 "미친 거지. 도시가 그를 미치게 만든 거야. 탈레반과 알 카에다가 우글거리는 곳에서 조깅이라니, 자네라면 상어가 가득한 수조에서 수영하고 싶겠나? 신이라면 죽고 못 사는 곳에서 정작 신은 어디론가 숨어버린 것 같아. 참, 자네 새로운 신분은 USA 투데이 사진기자야. 여기서 일하려면 기자가 제일 편하지."
 켄이 서류 가방을 건네주면서 덧붙였다.
 "내일 본부에서 기자회견이 열릴 거니까 참가하고 기자들과 같이 본부를 나가도록 하게. 그러면 누구도 자네를 의심하지 않을 거야. 자네의 기자 신분증과 아프가니스탄 정부에서 발행한 취재 증명서는 저 가방에 들어 있네. 화기 휴대증도 넣어놨으니까 같이 챙겨둬."

다시 침묵이 흐르는 사이 두 사람을 태운 차는 ISAF 기지에 도착했다. 기지는 몇 달 전과 별로 달라지지 않았다. 오히려 기지 앞에서 구걸을 하는 소년 소녀의 수는 더 늘어난 것 같았다. 켄과 랭글리는 리철희의 다음 목표가 카불에 위치한 한국 대사관에 대한 테러라고 확신했다. 켄이 작전팀 전부를 카불로 옮긴 것은 리철희가 움직일 때 사냥을 하기 위해서였다. 물론 켄이나 랭글리 모두 이와 관련된 어떤 정보도 한국 측에 넘겨주지 않았다.

다음 날 기자 회견이 끝나고 기지 밖으로 나가자 도요타 트럭 한 대가 다가왔다. 운전석에 앉은 하빕이 손을 흔들었다.

"기자님, 어디로 모실까요?"

"간단히 식사하면서 이야기나 하지."

"좋아. 그리고 여기 켄이 보내준 선물."

조수석에 앉은 그에게 하빕이 시리얼 넘버가 지워진 시그 P228 9mm 권총 한 자루와 탄창 세 개를 건넸다. 하빕은 대사관 거리 인근에 위치한 독일 게스트하우스로 차를 몰고 갔다. 게스트하우스는 높은 벽돌담에 싸여 있었고 정문에는 슬라브인으로 보이는 경비원이 AK 소총을 들고 경비를 섰다. 동베를린 출신의 게스트하우스 주인은 케이든 선과 하빕이 일반 기자와 안내인이라고 믿었는지 보통 요금의 두 배가 넘는 바가지를 씌웠다. 아무것도 모르는 척 순진한 얼굴로 키를 받아 든 그는 하빕과 함께 식당으로 갔다. 자리에 앉은 케이든 선은 점원에게 맥주와 양배추 무침을 곁들인 간단한 소시지 요리를 주문했다. 점원은 하빕에게 여권을 요구하자 그는 요르단 여권을 보여줬다. 점원이 주방 쪽으로 간 후 케이든 선이 하빕에게 물었다.

"자네 요르단 사람이었어?"

"아니, 파슈툰족 출신의 기독교도야."

하빕은 셔츠 안에서 십자가 목걸이를 보여주며 대답했다.

"그럼 저 여권은?"

"칸다하르에서 40불을 주고 구입한 거지."

식사를 마친 두 사람은 차에서 장비들을 챙겨서 방으로 들어와 커튼을 치고 내용물을 점검했다. 이중구조로 된 카메라 가방 안쪽에는 스콜피온 기관권총 두 자루와 탄약, 그리고 도청 장비와 깨끗하게 청소되었을 휴대전화 두 대가 들어 있었다. 작전에 관한 얘기는 도청을 염려해서 TV를 틀어놓고 아이패드를 통해 나눴다. 그의 임무는 한국 대사관 감시였다. 다음 날 아침 일찍 식사를 마친 케이든 선과 하빕은 카불 시내를 돌아다녔다. 한국 대사관은 비교적 경비가 삼엄한 지역에 위치했기 때문에 무장을 한 채 접근하기가 쉽지 않았다. 침투를 하려면 못할 것도 없지만 교차로마다 ISAF와 아프가니스탄 경찰이 같이 경비를 서고 있어서 쉽지 않았다. 한국 대사관을 관찰하던 두 사람은 한국인 교포가 운영하는 아리랑 게스트하우스로 향했다. 게스트하우스 안에는 카불 유일의 한국 음식점인 아리랑 식당이 있었다. 하빕은 김치와 한국 음식이 입맛에 맞지 않는지 따로 식사를 하러 나갔다. 그곳에 있는 식당에서 식사를 하면서 주인에게 여러 가지 정보를 캐냈다. 주인은 미국 메이저 언론사에서 일하는 한국인 기자라는 말에 별다른 의심 없이 한국 대사관 직원들이 자주 식사를 오고 대사도 가끔 와서 식사를 한다고 자랑했다. 신이 난 주인은 한국 대사관의 정보 책임자가 내일 점심때 이곳에 식사를 하러 온다고 얘기했다.

다음 날 점심 무렵 케이든 선은 하빕이 밖에서 동정을 살피는 가운데 아리랑 식당으로 들어갔다. 테이블 위에 굴러다니는 오래된 한국 신문을 읽는 척하면서 입구를 계속 살펴봤다. 점심 무렵 선글라스를 낀 한국인 남자의 모습이 보였다. 그는 식당을 한 바퀴 둘러보더니 입구 쪽의 테이블에 자리를 잡았다. 잠시 후 금테 안경을 쓴 또 다른 한국인 남자가 들어와서 선글라스와 마주 앉았다. 금테 안경을 본 주인이 반갑게 인사를 하고는 얘기를 주고받았다. 신문을 뒤적거리는 척하면서 계속 지켜보는데 주인이 케이든 선에 대해서 얘기를 하는 것 같았다. 잠시 후 선글라스가 다가와 말을 걸었다.

"혹시 동행이 없으시면 같이 식사를 하시겠습니까?"

케이든 선은 깜짝 놀란 얼굴로 물었다.

"그래도 되겠습니까?"

"예, 카불 시내에서 한국 사람을 만나는 것도 쉽지 않거든요."

케이든 선은 카메라 가방을 챙겨 자리를 옮겼다. 선글라스는 잘 훈련받은 것처럼 보였지만 경험 부족 탓인지 자신의 존재를 감추지 못했다. 반면 금테 안경은 둥글둥글한 인상에 축 처진 눈매 때문인지 잘 위장된 편이었다. 케이든 선은 금테 안경에게 기자증을 보여주고 가짜로 만들어진 신분에 대해서 말했다. 금테 안경이 기자증을 돌려주면서 말했다.

"반갑습니다. 저는 아프가니스탄 주재 한국 대사관에서 일하고 있습니다."

아마 국정원에서 파견된 정보영사 같았다. 그사이 주인이 가져온 백반이 테이블에 놓였다. 영사는 식사를 하는 중간 중간 케이든 선에게 신분을 확인할 만한 질문들을 던졌다. 다행스럽게도 틈틈이 배워둔 사진술과 기자증에 명시된 기자의 기사들을 미리 읽어둔 탓에 어렵지 않게 대답할 수 있었다. 기자증에 적힌 이름을 구글로 검색해도 같은 내용이 나올게 뻔했기 때문에 신분이 탄로 날 염려는 없었다. 식사를 마칠 무렵 케이든 선은 금테 안경에게 조심스럽게 물었다.

"대사관을 취재해보고 싶습니다만……."

"일단 상부에 물어보겠습니다. 그럼 바빠서 먼저 일어나보겠습니다."

두 사람이 밖으로 나가고 하빕에게 전화가 왔다.

"조금 전에 나온 친구들 말이야, 자석이 붙었는데 내가 뒤따라 가볼게."

"나랑 같이 가는 게 좋지 않을까?"

"수염이 자라면 그때 생각해보자고. 지금은 나 혼자 가는 게 더 안

전해."

"알았어. 그럼 몸조심해."

통화를 끝낸 케이든 선은 주인에게 방이 있는지 물었다. 주인은 원래는 더 비싼 방인데 싸게 주겠다며 2층에 있는 방을 보여줬다. 케이든 선은 일단 방에 자리를 잡고 하빕의 전화를 기다렸다. 약 두 시간 후 하빕에게서 아리랑 게스트하우스 앞이라는 전화가 왔다. 방 번호를 불러주자 잠시 후 하빕이 방으로 들어왔다. 침대에 엉덩이를 붙인 하빕이 미행했던 결과에 대해 말했다.

"미행하던 친구들은 아프가니스탄 사람들이었어."

"아프가니스탄 정보부나 미국 쪽에 고용된 건 아니고?"

"군인들만 보면 긴장하는 걸로 봐서 그건 아닌 것 같아. 대사관까지 미행하고는 돌아가는 걸 따라가봤는데 시내에 자기네들 안가가 있더군."

아리랑 게스트하우스로 짐을 옮긴 케이든 선은 한국 대사관 관계자를 접촉한 정보와 하빕이 미행한 아프가니스탄인들과 그들의 안가에 대해서 켄에게 보고했다. 다음 날 케이든 선이 아프가니스탄 내무부 외신 기자 회견에 가 있는 사이 하빕이 어제 찾아낸 안가에 대한 조사를 하기로 했다. 하지만 하빕 혼자 조사하기엔 너무 위험했기 때문에 켄에게 지원을 요청했다. 요청을 수락한 켄은 현지 작전팀 하나와 정보 자산을 이용해서 안가에 대한 조사에 들어갔다. 하빕은 안가 건너편 빈 주택에 도청 장비를 설치했다. 안가는 분명 탈레반들이 장악을 하고 있었고 그들은 파슈툰어와 아랍어를 섞어서 대화했다. 그들은 한국 대사관과 차량 폭탄 테러에 대한 이야기를 주고받았다. 며칠간의 감청 결과 당장 작전을 실행할 상태는 아닌 것 같았다. 켄은 좀더 두고 보기로 했고, 케이든 선과 하빕은 아리랑 게스트하우스로 돌아갔다.

　같은 시각, 북한 주석궁에서는 313 연락소장이 김정일 위원장과 그 옆에 앉아 있는 젊은 청년에게 리철희에 대한 보고를 하는 중이었다. 요새 웃을 일이 별로 없는 김 위원장은 리철희의 대외 활동에 많은 관심을 보였다. 이미 인민영웅인 그에게 외제차와 김일성대학 명예교수 직위와 함께 전폭적인 지원을 했다. 리철희가 이라크와 아프가니스탄에서 미군과 벌인 교전은 작전국 전사과에서 인민군에게 배포할 교본으로 만들 귀중한 자료였다. 313 연락소장은 보고를 들으며 좋아하는 김 위원장에게 몇 가지를 빼먹었다. 리철희가 지난번 미국 특공대의 공격 이후 연락이 뜸하다는 것과 그가 이라크에서 목격한 동양계 미국 특공대원에 대한 것이었다. 지금 그 내용을 말한다면 저 변덕스러운 지도자가 어떤 반응을 보일지 몰랐다. 더 걱정스러운 것은 경험이 없는 작은 지도자의 존재였다. 김일성 주석과 닮긴 했지만 할아버지의 장점보다 단점을 더 많이 지녔다. 아프가니스탄에 있는 한국 정부 시설에 대한 공격은 후계자로 지목된 작은 지도자의 주문 사항이었다. 안정적으로 권력을 승계하기 위해서는 뭔가를 해야 했고 미국보다는 한국 정부를 상대로 하는 게 더 편했다. 더욱이 이번 작전은 한국군의 대응 능력을 보자는 군부의 입김도 한몫했다.

꿈에서 리철희는 6군단 정치장교 시절로 돌아갔다. 1990년대 초반 소련의 프룬제 군사학교를 졸업한 그는 군사고문단으로 시리아와 이란으로 파견되었다. 프룬제 군사학교에서 아랍어를 배운 그는 북한이 미사일 교역에 끼워 파는 부록 같은 존재였다. 몇 년 동안 아랍 지역을 누비다가 90년대 후반에 귀국해서 보위사령부로 이름을 바꾼 안전보위부의 비밀 요원으로 들어갔다. 그의 임무는 같은 학교를 졸업하고 임관한 장교들의 감시였다. 외국물을 먹은 이들은 김정일 위원장에게 권력이 세습되는 광경을 대단히 못마땅하게 생각했다. 그래서 자신들이 이 문제를 직접 해결하기로 했다. 물론 보위부나 김 위원장 역시 이들의 움직임을 어느 정도 눈치챘지만 이들의 배후에 소련이 버티고 있는 한 물증 없이 움직이기는 곤란했다. 밀명을 받은 그는 동기들과 선배들 사이로 자연스럽게 녹아들면서 정보를 수집했다. 결국 주동자 격인 안종호 상장과의 대화를 녹음하는 데 성공했다. 1992년 4월 25일에 열리는 조선인민군 창립 60주년 기념 퍼레이드에서 전차포로 사열단을 날려버리기로 한 계획이 덧없이 무산되었다는 얘기였다. 그가 수집한 정보를 바탕으로 보위부는 프룬제 군사학교 출신들에 대한 대대적인 숙청에 나섰다. 그는 잡혀온 동료와 선배들이 고문당하고 처형당하는 광경을 지켜보면서 심한 죄책감에 시달렸다. 그 후 정찰국으로 자리를 옮긴 그는 상어급 잠수함을 타고 남한으로 침투했다가 좌초하는 바람에 휴전선을 돌파해서 돌아왔다. 그 후에는 역 모란봉 작전에 참가하고 공을 인정받으면서 승승장구했다. 사무실에서 편안하게 지낼 수도 있었지만 그는 다시 군사고문단 파견을 요청했다. 미국이 테러와의 전쟁을 시작하면서 대응책에 고심하던 북한 수뇌부에게 아랍어에 능통하고 몇 년간 현지에서 지내면서 경험과 인맥을 쌓은 그는 적임자였다. 충성심과 실력을 인정받은 그는 중동으로 보내졌다. 명령서를 받아 든 날 그는 처형당한 선배와 동료를 떠올리며 술을 마셨다.

같은 시각 케이든 선은 ISAF 본부에서 열린 연례 기자회견에 참가했다. 이날은 한국 PRT팀의 지휘관이 공사 진행 사항에 대해 외신 기자들에게 브리핑을 하는 날이었다. 한국군 PRT팀의 활동에 관한 기자들의 질문이 오고 간 후 회견이 끝났다. 카메라를 둘러메고 기자회견장을 나오는 그에게 누군가 말을 걸었다.

"안녕하세요?"

갑자기 들린 한국말에 놀라 뒤를 보니 얼마 전 아리랑 게스트하우스에서 만났던 금테 안경이 활짝 웃으며 반갑게 악수를 청했다.

"안녕하세요. 취재 나오셨나요?"

"네, 한국 PRT팀에 관한 브리핑이 있다고 해서 나와봤습니다."

"그러셨군요. 저는 ISAF 본부에서 열리는 회의 때문에 왔습니다. 지난번에는 명함이 없어서 인사를 못 드렸죠. 민영기 영사라고 합니다."

케이든 선은 그가 미리 명함을 꺼내서 손에 쥐고 있었다는 사실을 어렵지 않게 눈치챘다. 즉, 우연히 마주친 게 아니라 기자회견장 밖에서 기다리고 있다가 알은척을 한 것이다. 민영기 영사는 친한 사람처럼 말을 건넸다.

"오늘 사진 많이 찍으셨나요?"

"몇 장 찍었습니다."

"혹시 한국 PRT 팀장님 사진도 있나요?"

"네, 몇 장 있습니다만……."

"그럼 몇 장만 얻을 수 있을까요? 군 공보팀에서 찍은 사진들은 너무 딱딱하다고 해서요."

"대사관 구경만 시켜주신다면 언제든지 넘겨드리죠."

케이든 선이 멋쩍게 웃으며 말하자 그는 내일 아리랑 게스트하우스에서 점심을 먹자고 하며 본부 밖으로 나갔다. 그가 멀어지자 CNN 기자증을 차고 기자회견장에 있던 켄이 와서 말했다.

"기자님, 우리 잠시 이야기나 나눌까요?"

케이든 선은 밖에서 기다리고 있던 하빕에게 전화해서 민 영사의 뒤를 밟으라고 하고는 켄과 함께 사무실로 향했다. 문을 닫자마자 켄이 말했다.

"조만간 공격이 있을 것 같아."

"확실한가요?"

"안가에서 파르완 주 쪽과 휴대전화로 통화를 했는데 구체적인 준비 과정에 대해서 언급하더군."

"그럼 리철희는 파르완 주에 있겠군요."

"내 생각도 그래. 휴대전화 위치를 추적해서 감청팀과 B팀을 파르완 주로 보냈네. 팀장인 자네한테 얘기하지 않고 움직여서 미안하네."

"아닙니다. 누가 지휘합니까?"

"카일."

"그럼 안심해도 되겠군요."

"그렇게 생각하니 다행이군. 아까 한국 대사관 화이트와는 무슨 얘기를 나눴나?"

"내일 점심을 먹기로 했습니다."

"선, 자네 기분은 이해하지만 기분에 따라 행동하지 말게. 자네를 아껴서 하는 소리니까 명심하게."

알았다고 대답한 케이든 선은 사무실을 나와서 펍^{Pub}에서 맥주를 마시며 하빕의 연락을 기다렸다. 미행이 없었다는 하빕의 전화를 받고 숙소로 돌아갔다.

잠에서 깬 리철희는 평양에 보낼 보고서를 쓰던 중 갑자기 찾아온 두통 때문에 펜을 놨다. 미국 정보기관의 사냥팀이 올가미를 조여 오는 중이었다. 물론 장비에 많이 의지하는 미국 특공대원들은 무섭지 않지만 그들이 가지고 있는 첨단 장비는 넘을 수 없는 벽이었다. 더욱이 이라크에서 본 그 동양인 대원이 자꾸만 신경 쓰였다. 물론 폭발로 죽었겠지만 꺼림칙한 느낌은 지울 수가 없었다. 특히 폭발 전 자신을 바라보던 그의 눈빛이 계속 눈에 아른거렸다. 잡념을 애써 지워버린 리철희는 다음번 작전에 집중했다. 이제 그에게 주어진 임무는 카불 시내에 있는 한국 대사관 테러와 파르완 주에 주둔 중인 한국군 PRT팀에 대한 공격이었다. 공격 대상에 대한 정보 수집은 거의 끝나가는 단계였다. 문제는 주력이라고 할 수 있는 체첸 탈레반을 쓰기에 카불은 너무 오픈된 도시였다. 물론 공격 자체는 어렵지 않았지만 퇴출 과정에서 쓸데없는 피해가 걱정되었다. 만에 하나 누군가 생포되어 자신의 존재를 얘기한다면 작전은 실패나 다름없었다. 한참 고민하던 리철희는 카불 시내에 있는 한국 대사관 공격 작전에는 현지 탈레반을 동원하고 파르완 주에 있는 한국군 PRT팀에 대한 공격은 자신이 직접 체첸 탈레반과 함께 결행하기로 결심했다. 평양으로 보낼 보고서를 쓰던 리철희는 손을 멈췄다. 카불 시내의 안가에서 전화로 보고한 내용의 한 구절이 떠올랐기 때문이다. 한국 대사관의 정보영사가 동양인 기자를 만났다는 내용이었다. 그 동양인 기자와 함께 다니는 현지인이 미국 쪽과 일하고 있다는 정보도 함께 보고받았다. 사진이 있었다면 확실했겠지만 전쟁터에서 오랫동안 갈고 닦은 직감은 본능적으로 결론을 내렸다. 히죽 웃으며 그가 중얼거렸다.

"용케 안 죽었구만. 강원도, 모스크바, 이라크, 이젠 아프가니스탄이라."

리철희는 보고서 말미에 동양인 대원의 인적 사항을 조사해달라는 내용을 추가했다. 보고서 작성을 끝낸 그는 희미하게 웃으며 펜을 내려놨다.

"우리 인연도 결말을 내야지, 동무."

다음 날 점심시간에 맞춰 민 영사가 식당에 모습을 드러냈다. 악수를 하고 자리에 앉아 같이 밥을 먹었다. 식사를 끝낸 민 영사는 커피까지 마셨다. 케이든 선은 깜빡 잊었다는 듯 가방에서 사진을 꺼내 건넸다. 사진을 받은 민 영사가 미소를 띠며 말했다.

"감사합니다. 역시 사진 기자가 찍어서 그런지 자연스럽게 나왔네요."

"이게 일인데요, 뭘."

"인터넷에서 기자님이 찍은 사진을 봤습니다. 전쟁터를 오래 다니셔서 그런지 핵심을 잘 집어내셨더군요. 그나저나 저도 보답을 해야겠죠. 내일 대사관으로 오시죠."

"정말요?"

"물론 대사님과의 인터뷰는 힘들겠지만 대사관 구경 정도는 시켜 드릴 수 있습니다. 오전 10시쯤 시간이 비니까 그때가 적당하겠군요."

"감사합니다. 한국 정부에서 취재 허가가 나오지 않아서 애를 먹었는데 이렇게 풀릴 줄은 몰랐습니다."

"그럼 내일 뵙도록 하죠."

케이든 선은 다음 날 오전 10시 정각에 하빕과 함께 대사관 거리에 위치한 아프가니스탄 주재 한국 대사관 앞에 도착했다. 대사관의 외곽 경비는 해병대 경비중대가 맡았다. 간간이 보이는 사복 요원들은 경찰 특공대에서 파견된 대원들인 것 같았다. 대사관 건물 자체는 견고했고, 감시 장비도 비교적 잘 갖춰진 상태였다. 하지만 아무리 견고한 방어 체계도 테러리스트들의 공격을 완벽하게 방어하지는 못할 것이다. 기다리고 있던 민 영사는 접견실에서 커피를 대접했다. 그는 한동안 신변잡기적인 이야기를 한 뒤 본격적인 질문을 던졌다.

"근데 기자님은 미국으로 언제 가셨습니까?"

"아버지를 따라서 중학교를 졸업하고 건너갔습니다."

"어쩐지 발음에서 된장 냄새가 좀 나더군요."

"예, 미국으로 건너간 건 그리 오래 되지 않았습니다."

"대학교도 미국에서 나오셨나요?"

"네, 듀크대를 졸업했습니다."

"그럼 거기서 언론학이나 사진과를 나오신 겁니까?"

"아닙니다. 경제학을 전공했고, 사진은 취미였는데 하다 보니 여기까지 왔네요."

"어쨌든 위험하고도 하기 힘든 일을 하시네요."

"일이란 게 다 그렇죠, 뭐."

"그나저나 여기라면 취재거리가 많을 텐데 굳이 한국 대사관을 취재하려고 하십니까?"

민 영사의 은근한 목소리에 케이든 선은 최대한 자연스럽게 대답했다.

"미국 시민권을 가지고 있긴 하지만 한국 사람이라서 그런지 한국에 관련된 일이라면 늘 귀를 쫑긋 세우게 되죠. 사실 민 영사님이 진짜 초청해주실지 꿈에도 몰랐습니다."

"아까 같이 오신 분은 현지 통역이신가요?"

"기사 겸 통역인데 믿을 만한 친구입니다."

민 영사는 계속해서 아프가니스탄에 대한 이야기와 지난 취재에 대한 이야기를 물어봤다. 케이든 선은 적절하게 이야기를 보태고 줄이면서 대화를 이어갔다. 질문 공세가 한동안 이어지고 케이든 선은 민 영사를 슬쩍 떠봤다.

"혹시 한국 대사관에는 테러 위협 같은 건 없나요? 얼마 전 독일 대사관에 협박 편지와 함께 뇌관 없는 폭탄이 든 소포가 도착해서 비상이 걸렸었거든요."

"아예 없다고는 하기 힘들지만 그래도 타국 대사관들에 비해 좀 괜찮은 편입니다. 단 PRT팀이 들어온 뒤에 그쪽에 대한 테러 협박은 늘어나고 있긴 합니다."

"기사를 보니까 얼마 전엔 로켓 공격을 받은 적이 있더군요."

"안 그래도 기지가 발칵 뒤집혀졌었죠."

"그쪽 분들도 고생이 많으시겠습니다."

"현지 정보가 많지 않아서 힘들어요. 혹시 기자님이 아시는 정보가 있으시면 꼭 좀 알려주세요."

민 영사는 웃으며 말했다. 케이든 선은 직감적으로 그가 자신을 믿고 있지 않다는 사실을 눈치챘다. 그를 보면서 최형근 부사장이 생각났다. 커피를 마신 민 영사는 대사관 식당에서 간단히 점심을 먹고 그에게 대사관을 구경시켜줬다. 경비를 맡은 해병대 대원들은 지하에서 생활했다. 사기가 높고 잘 훈련된 병사들이지만 역시 경험 부족이 마음에 걸렸다. 민 영사는 대사관 구경을 마치고 돌아가는 그에게 사무실 전화번호를 줬다. 케이든 선도 현지 휴대전화 번호를 알려줬다.

민 영사는 창가에 서서 기자가 돌아가는 모습을 지켜보다가 선글라스를 쓴 국정원 경호담당 요원에게 말했다.
"저 친구, 일반 기자는 분명 아닌 거 같기는 한데 정체가 불확실해. 저 기자랑 같이 다니는 현지인이 어제 우리 뒤에 붙었던 그 친구 맞아?"
"차량은 확실히 맞는 거 같습니다."
"그래? 그럼 저 친구에 대해서 더 알아봐야 하겠군. 아까 대사관 앞에서 찍은 CCTV 화면을 국정원 본원으로 보내."
"알겠습니다."
사무실로 돌아온 민 영사는 일일 보고서에 오늘 만난 기자에 대한 내용을 작성했다. 그리고 미지의 인물을 만났을 때 그리는 별표 마크를 그렸다.
숙소로 돌아온 케이든 선 역시 켄에게 한국 대사관 방문 보고서를 작성했다. 아울러 한국 대사관과 주변에 자리 잡은 탈레반의 안가에 대한 위성사진과 감청 기록을 요청했다. 그날 저녁 본부로 들어갔던 하빕이 위성사진이 든 서류 봉투를 가지고 돌아왔다. 시간을 두고 찍은 항공사진에는 탈레반의 안가에 새로운 인원과 트럭들이 꾸준히 드나드는 것이 확인되었다. 영어로 번역된 탈레반들의 감청 기록들도 그들이 무심코 말한 내용들이 하나같이 한국 대사관을 목표로 하고 있다는 점이 분명했다. 그들은 타고난 전사일지는 몰라도 정보전이라는 분야에 대해서는 신참이나 다름없었다. 동봉된 분석팀 보고서에는 한국 대사관에 대한 그들의 공격이 2주 내에 실행될 가능성이 높다고 적혀 있었다.

케이든 선이 하빕과 함께 파르완 주의 한국군 PRT기지 인근 지형 정찰을 마치고 아리랑 게스트하우스로 돌아오니 민 영사가 다녀갔다고 주인장이 전해줬다. 간단히 씻고 민 영사의 사무실로 전화를 하니 그가 받았다.

"취재를 가셨다고 들었습니다."

"파르완 주에 잠깐 갔다 왔습니다. 어쩐 일이십니까?"

"괜찮으시면 내일 점심이나 드시죠. 지난번 말씀하신 대사님 인터뷰 문제를 좀 논의하고 싶습니다만."

"알겠습니다. 어디서 뵐까요?"

"대사관으로 오시죠."

"네, 그럼 내일 12시에 맞춰서 가겠습니다."

전화를 끊은 케이든 선은 민 영사가 뭔가를 알아낸 것 같다고 짐작했다. 갑자기 피곤해진 그는 침대에 벌렁 누웠다. 미국으로 오면서 한국, 특히 한국 정부와의 인연은 끝이라고 믿었다. 그런데 그냥 지나쳐 갈 수 없는 일이 생겼다. 정보기관의 특성상 이걸 함정으로 이용했으면 했지 절대 알려줄 리가 없었다. 물끄러미 천장을 올려다보던 케이든 선은 피곤함이 몰려오자 그대로 눈을 감았다.

통화를 끝낸 민 영사는 서류를 집어 들었다. 대사관 정문에서 찍은 CCTV 화면만 가지고 신원을 확인하는 건 영화처럼 쉬운 일은 아니었다. 본사에서 온 정보는 미국에 그런 기자가 실제로 있다는 사실만 확인해줬다. 고민하던 민 영사는 도청 방지 장치가 된 전화기를 들었다.

"선배, 접니다. 부탁이 하나 있는데요. 한 10년 안팎으로 해서 국정원이나 군 정보 계통에서 일하던 사람 중에 미국으로 이민 간 사람이 있는지 확인할 수 있을까요? 인물 정보 분석관한테 부탁했더니 절차를 밟으라고 하는데 시간이 없어서요. 내일 오전까지요. 제가 한국 들어가면 한턱 쏘겠습니다."

전화를 끊고 30분 후에 본사의 인물 정보 분석관이 퉁명스러운 목소리로 전화를 걸어왔다. 그는 상관을 통해 들어온 민 영사의 부탁에 대해서 알아봐주겠다고 얘기했다.

"시간이 없으니까 사진이랑 신원 정보를 보내주시면 우리 쪽에서 확보한 사진이랑 대조해보도록 하겠습니다. 이런 식으로 일 처리를 해서 유감입니다만 현장 사정도 이해해주셨으면 합니다."

전화를 끊은 민 영사는 매고 있던 넥타이를 느슨하게 풀었다.

케이든 선은 약속 시간에 비해 조금 일찍 대사관에 도착했다. 지난번처럼 대사관의 식당으로 안내한 민 영사는 밥을 먹기 전에 간단히 맥주 한잔 어떠냐고 물었다.

"그러시죠."

짧게 대답하고 일상적인 얘기로 넘어간 케이든 선은 주머니에서 꺼낸 메모지에 볼펜으로 글씨를 써서 민 영사에게 건넸다.

'탈레반 대사관과 PRT 테러 예상. 병력 8~10. AK, RPG, VBIED*. 2주 내에. 확인된 정보.'

"파르완 주는 어떠셨습니까? 저도 일 때문에 거기 몇 번 가보긴 했습니다만……."

그 역시 다른 이야기를 하며 메모를 읽어 내려갔다가 그 메모지 밑에 뭔가를 적었다.

'정보 CIA? 공격 주체는?'

"다 거기서 거기죠. 거기 한국군 PRT 기지도 취재해보고 싶은데 영사님이 힘 좀 써주세요."

고민하던 케이든 선은 메모지의 여백에 '탈레반, 체첸, 북한'이라고 써서 건네줬다. 민 영사의 표정이 딱딱하게 굳어졌다. 애써 웃은 그가 양복 주머니에서 지포 라이터를 꺼내서 메모지를 태워버렸다. 케이든 선도 글씨를 적었던 메모지의 뒷장을 세 장 정도 뜯어내서 찢어버렸다. 메모를 한 뒤에 메모지 뒷장을 신경 쓰지 않으면 원본을 없애도 소용이 없었다. 뒷장에 눌린 자국으로 메모 내용을 복원

---

* 'Vehicle-Borne Improvised Explosive Device'은 차량을 이용한 폭탄 테러를 뜻한다. 보통은 폭탄을 실은 차량을 운전자가 목표물에 돌진시켜서 파괴하는 방식이다.

할 수 있기 때문이었다.

두 사람 사이의 무언의 대화는 대사관 직원들이 식당에 나타나면서 깨졌다. 맥주를 곁들인 식사를 마친 후, 커피 대신 아프가니스탄 전통차인 차이를 마셨다. 식사를 하는 동안 별다른 얘기는 오고 가지 않았다. 적당히 시간이 흐르자 케이든 선은 자리에서 일어났다.

"식사 감사했습니다."

"오늘 귀중한 시간 내주셔서 감사합니다. 대사님 인터뷰는 계속 알아보도록 하겠습니다."

"신경 써주셔서 감사합니다."

대사관을 나온 케이든 선은 하빕이 운전하는 차에 몸을 실었다. 하빕은 한국의 택시 운전기사들처럼 거칠게 차를 몰았다. 사거리에서 신호를 기다리던 중에 그가 말했다.

"좋은 소식과 나쁜 소식이 있어. 뭐부터 들을래?"

"나쁜 소식부터."

"네가 한국 대사관에 출입하고 민 영사를 만나는 거, 켄이 다 알고 있어. 아마 며칠 내로 너를 호출해서 자세한 경위를 말하라고 할 거야."

"네가 보고했어?"

"내가 쓴 보고서는 그냥 네가 어디서 누굴 만났다 정도야. 그러니 뭐라고 이야기할지는 네가 결정해."

"고마워."

신호가 바뀌었는데도 움직이지 않는 앞차를 향해 경적을 울린 하빕이 케이든 선을 돌아보며 말했다.

"대학 다닐 때 한국에 대해서 배웠어. 전쟁은 하고 있지 않지만 어정쩡한 휴전이 지금까지 계속되고 있다는 건 웃긴 일이지. 이런 얘기를 하면 어떻게 들을지 모르겠지만 네 조국도 우리나라만큼 꼬인 거야."

"그럼 이제 좋은 소식을 들어볼까?"

"우리가 한국군 PRT팀을 공격할 탈레반 놈들의 예상 공격 지점을 찾아낸 거 같아. 트로트핀트팀이 예상 지점에 잠복을 했는데 두 곳에서 같은 차량이 이틀간 반복해서 나타났어. 그리고 그 차량 안에는 우리가 그동안 보지 못한 놈이 있었어. 하자라족 복장에 쉬마그로 얼굴을 다 가려서 눈밖에 안 보였지만 동양인이 분명해."

하빕은 눈짓으로 뒷좌석의 종이봉투를 가리켰다. 봉투 안에는 그들이 다녀간 지점과 차에서 내린 지점들이 기록되어 있었다. 진한 선팅이 되어 있는 차량에 앉아 있는 하자라족의 모습이 열린 문틈 사이로 찍혔다. 하빕의 얘기대로 쉬마그^{Shemagh}로 얼굴을 다 가려서 리철희라고 장담하긴 힘들지만 그가 맞는 것 같았다. 강원도와 모스크바를 거친 악연의 사슬이 다시 시작된 셈이다.

오랜만에 리철희의 보고를 받은 313 연락소장은 동양인 대원에 관한 내용을 김정은에게 보고했다. 보고를 받은 김정은이 실장에게 말했다.

"강릉 작전이랑 모란봉 공작에 참여했다가 지금은 미국의 개가 되어 리철희 동무의 뒤를 쫓고 있다 이 말이지. 좋아, 이자의 신원에 대해서 낱낱이 조사해."

"네!"

313 연락소장은 우렁차게 대답하고는 돌아섰다. 그러고는 즉시 신원에 대한 조사에 들어갔다. 이름은 몰랐지만 강릉 대간첩 작전과 모란봉 작전에 참여했다는 것이 중요한 단서였다. 사무실로 돌아온 소장은 부소장에게 한국과 미국의 모든 정보 채널을 가동하라고 지시했다. 자금 운용을 책임지는 부소장은 이제 정보원들도 돈을 풀지 않으면 움직이지 않는다고 하소연했지만 김정은 동지의 지시 사항이라는 말에 입을 다물었다.

며칠 후 하빕의 말대로 켄의 호출이 있었다. 켄은 피곤한 모습으로 그를 맞이했다. 커피를 권한 그가 하품을 하면서 농담을 건넸다.

"만약 테러리스트들이 CIA와 미국을 진정 테러하려면 커피의 공급을 막아버리면 돼. 아마 미군과 CIA, 그리고 정부에서 일하는 수많은 커피 중독자들이 다 미쳐버릴 테니까 말이야."

"지쳐 보입니다, 켄."

"힘들어. 냉전 때는 상대하기 힘들긴 했지만 악당이 한 놈밖에 없었지. 근데 지금은 너무 많아. 그나저나 요즘 한국 대사관에 드나든다고 들었네."

"맞습니다."

"그리고 국정원 소속의 정보영사랑 자주 만난다고 하던데 그 점에 대해 내가 앞으로 걱정해야 할 일이 있을까? 난 아니라고 생각하지만 자네 경력상 무조건 믿기가 힘든 게 사실이야. 내가 모르는 일이 벌어지고 있나?"

"현재까지 그런 일은 없습니다."

"그럼 앞으로는?"

"앞으로도 그런 일은 없을 겁니다."

"자네도 알겠지만 정보 보고가 올라온 이상 상부에 보고하지 않을 수 없어. 그럼 위에서도 조치를 취하라고 할 거야."

"잘 알고 있습니다."

"내가 자네에게 해줄 수 있는 일은 일단 자네를 B팀의 팀장에서 물러나게 하는 거야. 그리고 다음 조치를 취해야 하는데 너무 바빠서 이 문제를 한두 달 정도 잊어버리는 거지. 그러니 그사이에 리철희를 잡아와. 그럼 자네의 모든 문제가 해결될 거야. 우리 회사는 들어오기도 힘들지만 나가기는 더 힘든 곳이라는 사실을 명심하게. 알겠나?"

"알겠습니다."

"그럼 얼른 나가서 그놈을 잡아와."

케이든 선은 켄의 사무실을 나와 맷과 카일이 있는 작전실로 갔다. 두 사람은 종이에 쓴 작전명을 그에게 보여줬다.

"옐로맨 작전? 이런 인종차별주의자들 같으니라고."

기분이 침침했던 케이든 선은 거친 농담을 던졌다. 낄낄댄 카일이 간단하게 브리핑을 했다.

"이번 작전의 목표는 말이야, 한국 대사관과 파르완 주에 있는 PRT 기지에 대한 테러를 막고 리철희를 생포하는 거지."

"어떤 게 우선인데?"

"리철희. 카불 시내는 들어오면 빠져나가기 힘들 테니까 아마 PRT 기지 쪽에 나타날 거야. 마침 예상 이동 경로를 알아냈으니까 그쪽에 매복했다가 잡으면 돼."

작전 계획을 듣던 케이든 선은 문득 리철희가 이쪽의 예상대로 움직일지 의문이 들었다.

"맷, 대사관을 공격할 테러리스트들 움직임은 어때?"

"전형적인 충격과 공포 작전이지. 선두 차가 RPG-7이랑 기관총으로 통로를 개척하면 폭탄을 가진 자살 특공대가 영내로 진입하는 거야. 그게 여의치 않으면 폭탄을 실은 차로 대사관 정문을 들이받는 거지. 어느 쪽이든 터지기만 하면 목표를 달성하는 거야. 카불 시내에서 가장 안전한 축에 속하는 한국 대사관도 안전하지 못하다는 게 증명될 테니까 말이야."

"그쪽에 리철희가 없는 건 확실하지?"

"도청 장치도 심어뒀고, 일거수일투족을 감시 중이지만 리철희로 추정되는 인물은 없어. 효과를 극대화시키기 위해 같은 날 공격을 벌일 테니까 두 군데 중 한 군데에 있을 건 확실해. 내가 파르완 주 작전팀을 맡고, 카일이 대사관 쪽을 맡을 예정이야. 자넨 어느 쪽이든 끼고 싶은 데 가면 돼."

"언제까지 결정해야 하지?"

"파르완 주로 갈 팀은 내일 출발이야. 그때까지 알려줘."

작전실에서 나와 방으로 돌아간 케이든 선은 두 곳의 작전지도와 위성사진을 놓고 고민에 빠졌다. 리철희의 입장에서 생각을 해야 했다. 케이든 선은 리철희가 체첸 탈레반들과 지역 탈레반들과 함께 작전을 짜는 모습을 상상해봤다. 미국이 뒤를 바짝 쫓고 있다는 것을 아는 그가 참여할 수 있는 작전은 무엇일까? 대사관 앞에 있는 안가의 경우 그가 있기엔 너무 허술했다. 그곳은 아마 양동작전에 사용되는 버리는 병력이 대기하는 곳일 것이다. 비교적 퇴출이 쉬운 파르완 주의 PRT기지 공격 쪽을 지휘할 가능성이 높긴 했지만 이쪽의 예상대로 움직임을 보이느냐가 문제였다. 고민하던 그는 맷의 작전팀에 합류하기로 했다.

본사의 인물 정보 분석관이 보내준 보고서를 받은 민 영사는 본사의 선배한테 전화를 걸었다.

"어떻게 이런 경력을 가진 사람을 곱게 미국으로 보낸 겁니까?"

"회사 부도났을 때잖아. 다들 자기 목 걱정하느라고 회사가 어떻게 돌아가는지 쳐다볼 여유가 없었지."

"근데 왜 다시 나타난 거죠?"

"미국 정보기관을 위해서 일하는 중이라면 당연히 우리 쪽 정보를 수집하려는 거겠지."

"하지만 오히려 정보를 줬는데요?"

"미끼일 수도 있잖아. 북한 애가 거기까지 가서 탈레반을 이끌고 대사관을 공격하다니, 저쪽 애들을 너무 높이 평가하는 것 같아. 암튼 소원 들어줬으니까 이제 군소리 말고 얌전히 일이나 하셔."

"알겠습니다."

본사의 선배와 통화를 끝낸 민 영사는 같은 책상에 놓인 대사의 일정표를 봤다. 대사관 시설이나 한국군 기지가 목표라면 대사 역시 그 범주 안에 들어간다고 봐야 했다. 내일 파르완 주를 방문한다는 일정은 안전 때문에 비밀에 비밀을 유지했던 일이고, 미국 측이 최고의 경호를 약속해주긴 했지만 불안감을 지울 수는 없었다. 고민하던 민 영사는 전화기를 들었다.

"어이구, 접니다. 잘 지내십니까?"

장비를 챙기던 케이든 선은 민 영사로부터 걸려온 전화를 받았다.

"그럭저럭 지내고 있죠."

"지난번에 얘기한 대사님 인터뷰 건 때문에 연락드렸는데요. 내일 대사님께서 파르완 주에 내려가십니다. 괜찮으시면 현지에서 잠깐 만나서 얘기를 나누는 형식으로 취재를 하시는 건 어떻겠습니까?"

"이런, 제가 지금 파키스탄에 일이 있어서 잠깐 나와 있습니다. 좀 힘들겠는데요."

"할 수 없군요. 다음 기회에 더 얘기해보도록 하죠."

전화를 끊은 민 영사는 자신의 결정이 옳았는지 의문이 들었지만 직감을 믿기로 했다. 본사에서 온 보고서를 파쇄기에 밀어 넣은 민 영사는 회의에 참석하기 위해 사무실을 나갔다. 잠시 후 사무실을 돌던 청소부가 파쇄기통을 비웠다. 이렇게 모은 종이들은 원래는 대사관의 소각장에서 태워버려야 했지만 청소부는 하던 일을 멈추고 종이들을 뒤지기 시작했다. 파쇄된 서류들을 능숙한 솜씨로 맞춰본 그는 디지털카메라로 촬영을 하고는 소각장에 밀어 넣었다. 이렇게 빼낸 정보는 몇 단계를 거쳐 평양으로 보고되었다. 보고를 받은 313 연락소장은 미국 쪽 라인을 가동해서 확인해보라고 지시했다.

대충 통화를 마무리하고 장비를 챙기려던 그는 움직임을 멈췄다. 방금 리철희가 어떻게 움직일지 떠올랐기 때문이다.

"보통 비밀을 유지하기 위해 일정을 늦게 공개하긴 하는데 대사관 안에 쥐새끼가 숨어 있으면 아무 소용이 없지."

케이든 선의 채근에 못 이겨 작전실로 돌아온 맷은 파르완 주에 새로 짓는 학교 개교식 행사에 한국 대사가 참석한다는 일정표를 들여다보며 케이든 선에게 말했다.

"경계 수준은?"

"한국 대사는 물론 미국 측 요인들도 참석하니까 행사장 주변은 경계가 삼엄한 편이야. CAG 작전팀 하나가 한국 대사를 포함해서 미국 국무성 관리 옆에서 근접 경호를 할 거고 말이야. 하지만 이동 중에 공격을 할 수도 있고 행사 진행 도중에 IED나 저격수를 이용한 테러는 언제든지 가능해. 근데 리철희가 정말 대사를 노릴까?"

"그 친구는 지난 몇 달 동안 쫓기는 상태였어. 그럴수록 크게 한 건 터트려서 건재를 과시하고 싶을 거야. 대사관이나 PRT 기지보다는 이쪽이 단독으로 움직이기도 쉽고 말이야. 더군다나 미국 측 요인도 참석한다면 덤으로 그쪽도 노릴 수 있잖아."

"오케이. 그럼 PRT 기지 쪽은 한국군이랑 카일 팀에 맡기고 우리 둘이 여기를 맡자."

"근데 문제는 행사 일정에 대한 정보가 없으면 녀석이 어떻게 움직일지 알 수가 없다는 거지. 국무성 일동과 대사의 지상 이동은 CAG팀들이 알아서 하는 건가?"

"맞아. 근데 그 친구들이 좀 문제가 될 거야. 내 밑에 있던 친구들이 지금 작전을 뛰겠지만 중요한 정보는 우리한테 알려주지 않을 거야. 마침 그 친구들도 카불에 있어서 이쪽으로 오라고 했지. 도착할 시간이 됐는데?"

맷의 말이 끝나기가 무섭게 네 명의 건장한 남자들이 작전실로 들어왔다. 맨 앞에 들어오던 건장한 남자가 맷과 악수를 나누고 얼싸안았다. 뒤따라온 중년의 남자를 본 케이든 선은 깜짝 놀랐다.

"짐 원사?"

짐 원사도 놀란 눈치였다. 맷이 끼어들었다.

"짐? 하여튼 가명도 여러 가지를 썼군. 원래 이름은 브라이언이야. 내가 CAG에서 A팀 팀장을 할 때 이 친구가 B팀을 맡았지."

서로 반갑게 얘기를 주고받긴 했지만 맷이 미리 얘기한 대로 그들은 협조적으로 나오지 않았다. 그들의 임무는 리철희의 생포가 아닌 국무성 관리와 행사장의 안전이기 때문이었다. 맷의 설명을 들은 브라이언이 조용히 입을 열었다.

"맷, 자네도 내 입장을 이해하지? 자네들 임무 때문에 우리 임무를 위험에 빠트릴 수는 없네."

맷이 실망감을 감춘 채 이해한다고 말했다. 브라이언이 일어나서 악수를 청하고는 대원들과 함께 밖으로 나갔다. 한숨을 쉰 맷이 케이든 선에게 물었다.

"브라이언과는 어떻게 아는 사이야?"

"예전에 한국에서 만난 적이 있어."

"자네는 보면 볼수록 사람을 놀라게 하는군. 그럼 그에 대해 잘 아나?"

"아니, 잘 알지는 못해."

"저 친구는 CAG에서 전설적인 사람이야. 지금 아프가니스탄에서 벌어지는 특수작전을 주관하는 사람 중에 한 명이고 말이야. 어쨌든 이제 우리끼리 골머리를 좀 앓아보자고."

그때 브라이언이 다시 방문을 열고 들어왔다.

"담배를 두고 나와서 말이야. 내가 좀 찾아볼 거니까 잠깐 이것 좀 맡아주게."

브라이언은 책상 위에 서류를 올려놨다. 그리고 쪽지 한 장을 그 위에 던져놨다. 방을 대충 둘러본 브라이언이 한마디 하고는 돌아갔다.

"여긴 없는 모양이군."

브라이언이 남기고 간 서류에는 행사장 주변 지도와 VIP의 이동 경로가 적혀 있었다. 쪽지에는 브라이언이 짚은 저격 포인트와 CAG

팀이 쓰는 무전기의 주파수 번호가 있었다. 맷이 감탄사를 흘리며 말했다.

"역시 저격을 생각하고 있었군. 시간이 없으니까 헬기로 가자. 장비 챙겨."

대기하고 있던 헬기에 탄 케이든 선이 장비를 점검하는 사이, 맷이 켄과 통화를 끝내고 그에게 소리쳤다.

"그린라이트*야. 켄이 이번에도 놓치면 랭글리 지하 자료실에서 자료나 정리해야 할지도 모른다고 꼭 잡으라는데. 죽이든 살리든 말이야."

두 사람은 다른 사람들의 눈길을 피하기 위해 행사장에서 약 5킬로미터 떨어진 지점에 착륙해서 도보로 이동했다. 새로 지은 학교가 내려다보이는 야트막한 언덕에 도착한 맷이 쌍안경으로 브라이언이 찍은 저격 포인트를 확인하고는 휘파람을 불었다.

"역시 브라이언이야. 저쪽이라면 시야가 충분히 확보되고 반저격을 할 각도를 잡기 힘들겠어. 표적까지의 거리도 700미터 정도로 적당해."

그사이 레이저 거리측정기로 거리를 잰 케이든 선이 거리를 불러줬다.

"1,749미터."

"50구경 저격총이 필요하겠군. 여기서 찢어지자. M249 기관총은

---

* Green Light, 야구 경기에서 진루한 주자가 스스로 판단한 후 자의로 도루할 수 있는 권리를 말한다. 즉 독자적으로 행동할 수 있음을 뜻한다.

자네가 가져가."

원래 저격은 감적수와 저격수 2인 1조로 운영되지만 정확한 적의 위치가 파악되지 않은 이상 함께 있는 것은 위험했다. 두 사람은 필요한 장비를 챙겨 들고 저격 포인트로 스며들었다.

해가 저물고 밤이 찾아왔다. 텅 빈 들판에서는 짐승 우는 소리만 들려왔다. 물과 음식을 조금씩 나눠 마시며 새벽의 추위와 졸음을 견디던 중 날이 밝아왔다. 굳어진 몸을 조심스럽게 움직이는데 CAG 팀의 무전이 잡혔다.

"대열 시야에 들어옴. 지금 A2.2 지점까지는 2시간 예정."

"맷, 자네도 들었나?"

"라저 댓."

무전을 끝낸 케이든 선은 저격총에 붙은 조준경으로 목표 지점을 살펴봤다. 아무런 움직임이 없었다. 맷도 초조했는지 케이든 선에게 무전을 보냈다.

"찾았어?"

"없어. 지금쯤 들어와야 하는데."

"그냥 부비트랩을 설치할 걸 그랬나? 아니면 항공지원으로 날려 버리든지 말이야."

"레이저 지시기는 잘 겨누고 있으니까 걱정 마."

무전을 마친 케이든 선은 손가락의 근육을 풀고 잠시 눈을 감았다가 떴다. 새벽이 지나고 태양이 빠르게 떠올랐다. 심호흡을 한 케이든 선은 목표 지점을 천천히 살펴봤다. 이상한 점은 눈에 띄지 않왔다. 잘못 짚은 게 아닌지 슬슬 걱정이 되었다. 초조함을 누르고 다시 천천히 목표 지점을 살펴봤다. 그때 나무 아래 있는 작은 덤불에서 약간의 먼지가 피어올랐다. 바람 한 점 없는 날씨에 먼지라니, 케이든 선은 조준경을 고정시키고 숨을 죽이고 살폈다. 덤불 아래 미세한 움직임이 보였다. 그의 예상대로 리철희는 며칠 전부터 미리 매복하고 있는 중이었다. 그렇다면 리철희 역시 이쪽을 봤을 확률이 높다. 물론 그가 가지고 있을 드라그노프 정도의 저격총이라면 케이든 선이 있는 곳까지 저격탄을 날리기 힘들었다. 하지만 주변에 매복한 패거리가 이쪽을 공격할 확률이 높았다. 케이든 선은 무전기의 PTT* 버튼을 누르고 맷에게 무전을 보냈다.

"여우가 둥지에 이미 들어와 있다. 네 위치에서 2시 방향에 덤불 아래 부분이다."

"제기랄, 바위에 가려서 안 보여. 위치를 이동해야겠어."

"맷, 움직이지 마!"

그때 CAG팀의 무전이 들어왔다.

"차량 도착. 지금 킬 존Kill Zone 통과 중."

차량이 일으키는 모래 먼지는 멀리서도 보였다. 레이저 거리측정기를 갖다 대자 리철희가 숨어 있는 매복 포인트부터 차량과의 거리는 1,401미터가 찍혀 나왔다. 드라그노프의 사정거리인 700미터까지 기다린 다음에 사격을 시작할 것이라고 생각하는 순간, 덤불 쪽

---

* 'Push To Talk'의 약자로 버튼을 눌러 송신기를 개방한다는 의미다.

가지가 움직였다. 자세히 살펴보니 덤불 색깔로 칠한 총신이었다. 케이든 선은 무전기에 대고 소리쳤다.

"맷, 조심해!"

잠시 후 덤불이 들썩거리며 먼지가 피어올랐다. 소리가 크게 들리지 않았지만 먼지의 크기를 보면 저쪽도 50구경 저격총에 소음기를 장착한 것 같았다. 케이든 선은 무전기에 대고 계속 소리쳤다.

"응답해, 맷!"

맷의 무전기는 계속 침묵을 지켰다. 총신 길이를 보면 분명 불펍 방식의 50구경일 것이다. 그렇다면 차에 탄 대사는 사정거리 안에 들어온 셈이다. 레이저 지시기를 내려놓고 저격총을 잡는 순간 덤불숲이 다시 들썩거렸다. 이번에는 이쪽이었다. 머리를 땅에 박자마자 끔찍한 파열음과 함께 옆에 놓아둔 M249가 박살이 났다. 깜빡 잊고 M249에 장착한 ACOG 조준경의 커버를 씌우지 않았다는 게 떠올랐다. 리철희도 이쪽을 잡으려고 기다리고 있었던 것이다. 케이든 선은 저격총을 고쳐 잡고 덤불을 겨냥했다. 덤불숲에서 삐져나온 총신이 이리저리 움직이는 게 보였다. 심호흡을 한 케이든 선은 덤불숲 아래쪽을 신중하게 겨냥하고 방아쇠를 당겼다. 소음기 덕분에 발사음이 크지 않았지만 발사의 반동은 고스란히 어깨에 전달됐다. 총신을 박차고 나간 총알은 단숨에 1,400미터를 날아갔다. 반동으로 인해 흔들렸다가 다시 제자리를 찾은 조준경에 덤불숲 안에서 분무기로 뿌린 것 같은 붉은 피 안개가 보였다. 행사장 쪽은 의외로 조용했다. 조준경으로 살펴보니 차에서 내린 국무성 직원을 지켜보던 브라이언이 이쪽을 쳐다보며 살짝 고개를 끄덕거리는 게 보였다. 무전기를 든 케이든 선은 지원을 요청했다. 그리고 다시 맷을 호출했지만 여전히 응답이 없었다. 목을 관통당한 맷은 카불에서 날아온 지원팀이 도착하기 직전 과다출혈로 눈을 감았다. M249의 조준경에 커버를 닫지 않는 실수를 저지르지 않았다면 케이든 선 역시 시체가 될 뻔했다. 헬기에 실리는 맷의 시신을 쳐다보던 케이든 선은 리철희가 숨어 있던 덤불숲으로 갔다. 왼쪽 눈을 뚫고 들어간 총알이 뒤통수를 거의 날려버렸기 때문에 리철희의 얼굴은 가면처럼 앞부분만 남았다. 그가 쓴 총기는 바렛사의 불펍식 반자동 50구경 저격총에 정체불명의 소음기를 장착한 모델이었다. 군용도 아닌 민간용으로 판매된 총이 어떻게 아프가니스탄에 있는 리철희의 손에 들어간 것인지 의문이었다. 리철희가 숨어 있던 비트를 살펴본 케이든 선은 그가 어떻게 강원도에서 빠져나갔는지 알아차렸다. 리철희는 죽은 두 공작원의 발밑에 비트를 파고 숨어들었던 것이다. 리철희의 시신을 끌어낸 팀원들이 사진을 찍고 물품을 챙겼다. 그의 시체를 실은 헬기를 타고 돌아오는 내내 케이든 선은 잠에 빠져들었다. 꿈속에서 강원도에서 려경원을 찾으며 최후를 맞이했던 북한 공작원이 보였다.

본부로 복귀하고 켄에게 바로 작전 결과 보고를 했다. 카일은 이미 도착해서 보고를 끝낸 뒤였다. 카일의 작전팀은 안가를 급습해서 한 명의 부상자도 없이 테러리스트들을 제압했다. 여덟 명 모두 죽거나 자폭했다. 한국군 PRT 기지에 대한 공격 역시 실패로 돌아갔다. 체첸 탈레반과 지역 테러리스트들은 폭탄을 실은 트럭에 나눠 타고 출발했다. 하지만 중간 지점의 계곡에 매복하고 있던 크루세이더팀의 공격을 받고 분쇄되었다. 한 대의 트럭이 빠져나가서 PRT 기지 근처까지 와서 RPG-7을 몇 발 날린 게 고작이었다. 그들 역시 한국군 707 특임대와 경찰 특공대에서 차출된 PRT 지원단 경비단 소속 대원에 의해 전원 사살되었다. 그들이 쏜 로켓탄은 모두 공터에 떨어져서 별다른 피해가 없었다. 언론은 이날 교전을 '한국군 PRT 기지 로켓 3발 공격당해'라는 내용의 속보로 다뤘다. 물론 탈레반과 미군의 교전 혹은 리철희나 미국 CIA 작전팀에 대한 이야기는 전혀 없었다.

켄은 맷을 잃기는 했지만 그동안 끌어온 작전을 끝냈다는 사실에 기뻐하는 눈치였다. 보고를 끝내고 회의실로 가자 팀원들은 자리에 앉아서 그를 기다리는 중이었다. 케이든 선이 들어서자 카일이 일어나서 말했다.

"아쉽게도 우리와 끝까지 함께하지 못한 맷을 기원하며."

팀원들은 모두 테이블에 놓인 물병으로 탁자를 두 번 내려친 뒤 물을 들이켰다. 누구도 우는 사람은 없었다. 카일이 케이든 선의 어깨를 두드리며 팀원들에게 말했다.

"이제 돌아갈 준비나 하자고. 일주일간 대기하다가 바로 본토로 넘어간다."

케이든 선은 여기저기서 환호가 터져 나오는 회의실을 빠져나왔다. 건물 앞에 세워진 ATV를 타고 ISAF 본부로 갔다. 그곳에서 크리스틴에게 전화를 걸었다. 잠시 후 그녀가 잠긴 목소리로 전화를 받았다.

"나야."

"잘 지내고 있어요?"

"그럼, 이제 곧 돌아갈 것 같아."

"언제요?"

"금방, 금방 돌아갈 것 같아."

"기다리고 있을게요. 사랑해요, 알죠?"

전화를 끊은 케이든 선은 펑펑 울었다. 전화를 하던 병사들이 모두 쳐다봤다. 한참을 그렇게 울고 나니 기분이 좀 나아졌다. 안경을 쓴 병사 하나가 물었다.

"괜찮아요?"

케이든 선은 아무 대답도 하지 않고 밖으로 나왔다. 살아남았다는 기쁨 때문인지 아니면 지긋지긋한 악연을 끊었다는 홀가분함 때문인지는 몰랐지만 눈물이 쉽게 멈추지 않았다.

그 시각 LA에 위치한 전우회 사무실에 다리를 저는 노인 한 명이 모습을 드러냈다. 황이라고 불린 그 노인은 팔십이 넘은 나이였지만 다리가 불편한 것을 제외하고는 건강했다. 그는 자신의 부대에 대해 정확하게 기억하고 있었지만 진짜 그 부대 출신인지는 아무도 몰랐다. 그가 말한 소속 부대는 베이커 섹션 작전 당시 미국인 고문관 중위를 포함한 소대원 전부가 전선 후방 침투 작전을 벌이다가 전멸당했기 때문이다. 오랜만에 사무실을 찾은 그는 부회장에게 사무실 근황을 물었다. 황 노인은 부회장과 이야기하던 와중에 케이든 선의 아버지에 대해서 물었다가 몇 년 전에 미국에 온 그의 자식 얘기로 넘어갔다. 부회장은 무심코 케이든 선의 아버지 가게와 위치를 얘기해줬다. 자연스럽게 얘기를 마무리한 황 노인은 문을 나서다가 전우회 회장과 마주쳤다.

"여긴 웬일이여?"

평소 의심이 많던 회장은 황 노인에 대해서 탐탁지 않게 여기는 중이었다. 황 노인은 그냥 들렀다는 말을 남기고 사라졌다. 안으로 들어선 회장은 부회장에게 황 노인과 무슨 얘기를 나눴느냐고 물었다. 부회장은 별 얘기를 하지 않았다고 대답했다. 케이든 선에 관한 얘기는 한 시간 가까이 얘기를 나누면서 아주 짧게 스쳐 지나갔기 때문에 이미 부회장의 기억 속에는 남아 있지 않았다. 전우회 사무실을 나온 황 노인은 자신의 인계선에게 정보를 알렸다. 인계선은 정보를 확인해본 후 평양으로 보냈다.

필요악

갑자기 할 일이 없어진 팀원들에게 켄은 두 가지 옵션을 제시했다. 하나는 짧은 휴식 후에 켄이 지휘할 알 카에다 주요 지휘관 소탕 작전에 참여하는 것이고, 다른 하나는 본국으로 돌아가 6개월간 휴가를 받고 다른 작전에 참가를 하는 것이다. 케이든 선은 두 가지 중 어떤 것도 선택하지 않았다.

"정말 그래야 하겠나?"

켄이 아쉬운 표정을 감추지 못했지만 그의 결심은 확고했다.

"이젠 쉬고 싶습니다."

"세번째 옵션이 있는데 들어보겠나? 일단 6개월간 쉬면서 어떤 일을 할지 생각해봐. 그 뒤에도 결심이 확고하다면 자네를 놔주지."

"알겠습니다. 하지만 그 안에 다른 직업을 찾을 거니까 너무 많은 기대는 하지 말아주십시오."

"선, 우리는 악마야. 정부가 직접 나서지 못하는 어두운 일들을 대신 처리하는 'Necessary Evil'이지. 한국어로는 그걸 뭐라고 하지?"

"필요악쯤으로 해석되겠군요."

"어쨌든 난 악마들을 훈련시켰고, 자넨 그중 가장 쓸 만한 악마야. 그러니까 자신이 평범하게 살 수 있을 거라고 믿지 말게."

"제 결심은 확고합니다. 그동안 고마웠습니다."

"알겠네. 내 도움이 필요하면 언제든지 전화하게."

그의 책상에는 이란에 관한 자료가 놓여 있었다. 이라크 다음 목표는 이란인가? 궁금했지만 물어보지 않았다. 케이든 선은 미국으로 돌아가서 크리스틴과 결혼하고 평범하게 살고 싶었다. 홀가분한 기분으로 크리스틴과 통화를 하면서 시간을 보냈다. 아프가니스탄을 떠나기 전날 하빕과 마지막으로 저녁 식사를 했다. 크리스틴에게 줄 선물 꾸러미를 본 하빕이 물었다.

"여자한테 줄 선물이야?"

"응."

"결혼했어, 아니면 여자 친구야?"

"결혼할 여자 친구야."

"축하해."

"고마워. 자네는?"

"있었지만 지금은 없어."

"이런, 미안해."

"이젠 괜찮아."

"하빕, 자네 영주권에 대해선 켄에게 이야기했어."

음식을 먹던 하빕은 고개를 들어 케이든 선을 쳐다봤다.

"예전에 나랑 일한 동료도 자네와 같은 말을 했지. 하지만 나는 아직 이 진흙탕에서 매번 총을 들고 있지."

케이든 선은 씁쓸한 표정을 짓고 있는 하빕에게 서류를 하나 내밀었다.

"어제 받은 서류야. 넌 기독교도로서 미국에 종교적 망명을 신청한 거야. 회사가 보증을 서면 서류가 통과되는 것은 식은 죽 먹기야. 대신 아프가니스탄에서 회사가 철수할 때까지 도와주는 조건이지. 하지만 네 가족들은 아무 조건 없이 미국 영주권을 얻을 수 있을 거야."

"어디에 사인하면 되지?"

케이든 선은 말없이 사인할 곳을 가리켰다. 서명을 마친 하빕이 고맙다고 말했지만 케이든 선은 오히려 미안하다고 얘기했다.

"네가 미안할 거 없어. 이 수렁에서 죽는 게 내 운명일지 모르지. 하지만 내 목숨보다 더 소중한 가족의 장래가 안전해졌어. 그걸로 충분히 행복해."

식사를 마친 하빕은 자리에서 일어났다. 그의 뒷모습이 왠지 슬퍼 보였다.

하빕이 사인한 서류를 켄에게 건네주고 방으로 돌아왔다. 다음 날

카불 국제공항에서 하빕과 이별하고 아리아나 항공편으로 델리를 거쳐 프랑크푸르트로 갔다가 루프트한자 항공편으로 LA로 들어갔다. 케이든 선은 기다리는 시간까지 총 32시간이 소요되는 비행 일정이었지만 크리스틴을 만날 수 있다는 게 더없이 기뻤다.

리철희가 작전에 실패하고 전사했다는 소식을 들은 김정은이 313 연락소장에게 호통을 쳤다.
"대체 어떻게 움직여서 꼬리를 잡힌 거야?"
"그게, 함께 움직이는 탈레반을 미끼로 쓰고 직접 남조선 대사와 미 국무성 관리를 저격하겠다고 매복했는데 미군 특공대가 눈치를 챘답니다. 한 명은 먼저 쐈지만 다른 한 명이 저격을 해서 영웅적으로 전사했습니다."
"영웅은 무슨. 우리 공화국에는 죽은 영웅보다 살아남은 전사가 필요하다."
"이번에도 그 남조선 대원이 현장에 있었답니다."
"그래?"
"이름이 김유선이고 정보기관의 하수인으로 일하고 있답니다."
"그럼 놈에게 본때를 보여주라우, 지금 당장!"
"알겠습니다."
부동자세로 대답한 313 연락소장이 돌아서려는 찰나 김정은이 그를 불러 세우고 몇 가지 지시를 더 내렸다. 구체적인 작전의 실행은 김정은의 측근이 된 경호총국의 김희지에게 맡겨졌다. 목표물이 모란봉 작전에 참여했었다는 보고를 받은 김희지는 자신을 나락으로 떨어뜨릴 뻔했던 그에게 복수를 할 기회가 왔다고 좋아했다.

"일단 리철희 동무와 함께 일했던 탈레반이나 알 카에다 중에 복수에 나설 만한 쪽을 찾아봐야 되겠어."

서류를 뒤적거리던 김희지는 미국에 자리를 잡기 시작한 알 카에다 조직 하나를 점찍었다. 그들은 크게 일을 저질러서 자신들의 위상을 높일 욕심을 내고 있는 상태였다. 움직일 조직이 선정되자 나머지는 일사천리로 진행되었다.

케이든 선을 태운 아리아나 항공의 여객기가 카불 국제공항을 막 이륙했을 즈음 랭글리의 감청팀이 미국 LA에서 중국 단둥으로 건 전화를 도청했다. 거기에는 켄이 입력한 크루세이더팀 블랙 요원의 주소가 포함되어 있었다. 감청팀은 통화자들이 이전에 주고받았던 통화 내역과 이메일을 검색했다. 보고를 받은 감청팀장은 곧바로 켄에게 전화를 걸었다.

"그러니까 지금 북한 스파이가 내 요원 중 한 명의 주소에 대해 얘기를 했다는 겁니까?"

켄은 전화에 대고 물었다. 감청팀장은 지금까지 조사된 내용에 대해 자세히 설명했다.

"내용상으로 봐선 요원에 대한 위협 요소입니다. 하지만 문제는 그 요원이 블랙이라는 거죠. 만약 해당 요원이 화이트라면 위협 요소 확률이 50퍼센트 미만이라도 자동적으로 보호 프로그램이 가동

되지만 블랙의 경우 50퍼센트 이상 확실해야 보호 프로그램을 가동시킬 수 있습니다."

"그럼 본사에서는 어느 정도 확률로 보고 있습니까?"

"약 40퍼센트 정도로 보고 있습니다. 다른 방법은 규정 위반이긴 하지만 요원에게 직접 알려주는 겁니다. 어떻게 하시겠습니까?"

잠시 고민하던 퀸이 대답했다.

"제가 알아서 처리하겠습니다."

케이든 선이 LAX*에 도착하기 두 시간 전 LA 서부 지역에 위치한 무슬림 거주지에 화물 하나가 도착했다. 사우디에서 태어나서 미국으로 건너온 무하마드는 외할머니가 손자들에게 보낸 대형 곰돌이 인형을 챙겨서 집으로 돌아왔다. 곰돌이 인형 안에 든 C-4 두 개를 꺼낸 그는 집에서 만든 신관과 리모컨을 테스트했다. 이상이 없는 것을 확인한 그는 C-4를 볼베어링이 잔뜩 들어 있는 자살용 베스트Vest에 끼워 넣었다. 한 시간 후 자살용 베스트는 메이시 백화점 지하 주차장에서 한 아랍계 여성에게 건네졌다. 그녀가 배 위에 쿠션을 넣고 그 위에 베스트를 착용하자 영락없이 만삭의 임신부로 보였다. 미군의 폭격에 몰살당한 아버지와 형제들이 눈앞에 보였다. 가련한 피해자를 자처하며 미국으로 건너온 그녀는 오직 한 가지만을 꿈꿨다. 복수. 가족들을 죽인 미국인들에게 똑같은 고통을 선사

---

* 정식 명칭은 로스앤젤레스 국제공항Los Angeles International Airport이다.

하기로 말이다.

케이든 선은 LAX에 내렸을 때 홀가분함을 느꼈다. 더 이상 방탄복을 입거나 콘크리트 방벽으로 둘러싸인 도로를 달릴 필요가 없었다. 공항에서 꽃다발을 하나 산 그는 렌터카를 빌려서 공항을 빠져 나왔다.

같은 시각 크리스틴이 일하는 병원 입구에는 한 명의 임산부가 뒤뚱거리며 나타났다. 무장 경비가 입구를 지키고 있었지만 별다른 주의를 기울이지 않았다. 창백한 얼굴에 땀을 잔뜩 흘리고 있는 그녀의 모습을 보고 한 간호사가 다가가서 물었다.

"보호자가 함께 왔어요?"

"크리스틴 킴이라는 간호사를 찾아왔어요. 그녀가 절 돌봐주기로 했어요."

간호사는 그녀를 데스크로 데려가 4층에 있는 크리스틴과 연결시켜줬다. 크리스틴이 전화를 받자 그녀는 자신이 올라가겠다며 엘리베이터 쪽으로 걸어갔다. 방금 전까지 제대로 걷지도 못하던 그녀가 똑바로 걷는 것을 본 간호사는 이상한 눈으로 쳐다봤다.

시내로 들어가는 도로는 몹시 막혔다. 케이든 선은 휴대전화로 그녀에게 전화를 할까 고민하다가 놀라게 해주는 게 좋겠다는 생각에 조수석의 꽃다발 옆에 휴대전화를 던져놨다.

통화를 끝내고 4층 데스크에 앉아 있던 다른 간호사와 이야기를 하던 크리스틴은 엘리베이터에서 내린 임산부를 보고 그녀에게 다가갔다. 그녀는 자신을 도우러 온 친절한 간호사의 이름표를 봤다.

필요악 *383*

크리스틴이라는 이름이 적혀 있었다. 그녀는 크리스틴의 팔을 힘껏 움켜잡고는 물었다.

"크리스틴?"

대답을 하려던 크리스틴은 하얀빛을 봤다. 폭탄이 터진 4층 병동은 아수라장이 됐다. C-4가 터지면서 총알처럼 날아간 볼베어링이 주변을 쓸어버렸다. 죽은 사람들의 몸에서 나온 피와 내장들이 하얗게 칠해진 병원의 복도에 들러붙었다. 깨진 창문 밖으로 블라인드 조각이 바람에 휘날렸다. 크리스틴이 있던 자리에는 그녀가 신고 있던 클락소 슬리퍼 한 짝만 남아 있었다.

차를 몰던 케이든 선은 시내 쪽에서 검은색 구름이 피어오르는 것을 봤다. 인구가 많은 LA에선 별별 사건이 다 일어나기 때문에 그는 대수롭지 않은 화재라고 생각했다. 하지만 파란 하늘 위로 흘러가는 검은 구름은 분명 군용 폭발물이 터지면서 생긴 것과 같은 것이었다. 그리고 그쪽이 크리스틴이 일하는 병원 방향이라는 사실을 깨달은 그는 넋이 나갔다.

"크리스틴!"

병원 앞에 도착했을 때 그는 끔찍한 예감이 적중할 것 같은 두려움에 꼼짝도 할 수 없었다. 겨우 정신을 차린 그는 폭발을 피해 빠져나오는 사람들을 헤치며 병원 안으로 들어갔다. 4층까지 올라간 케이든 선은 크리스틴을 목 놓아 불렀다. 그러다 엉망이 된 데스크 앞에서 크리스틴의 클락소 슬리퍼를 발견했다. 무릎을 꿇은 그는 슬리퍼 바닥을 살펴봤다. 'K.K.'라는 낯익은 글씨가 보였다. 슬리퍼를 움켜쥔 채 건물 밖으로 나간 그는 사람들 사이에 주저앉았다. 머릿속에는 오직 한 가지 생각밖에는 없었다. 벌떡 일어난 그는 여자 친구에게 자신이 목격한 것을 전화로 얘기하던 젊은 백인의 휴대전화를 뺏었다. 젊은 백인은 무슨 짓이냐며 항의하려다가 케이든 선의 눈을 보고는 입을 다물었다. 돌아선 케이든 선은 전화를 걸었다. 상대방이 전화를 받자 그는 짤막하게 말했다.

"켄, 도움이 필요합니다."
"무슨 일인가?"
"악마가 되고 싶습니다."

작가의 말

태상호

『케이든 선』을 작업하며 저는 많은 고뇌를 해야 했습니다. 그 고뇌는 현실과 가상의 경계였으며, 흔히 다른 매체들이 보여주는 가상의 인물과 사건이 아닌 뭔가 사실적인 인물과 사건을 이야기하고 싶었습니다. 그런 결과를 탄생시키기 위해서 그동안 해왔던 종군 취재의 경험과 특수한 직종에 종사하시는 분들과의 인터뷰를 토양으로 삼아 스토리를 전개했습니다.

『케이든 선』을 독자들에게 보이기 위해 쓰지만 글을 쓸 때만큼은 '케이든 선'과 많은 이야기를 나누었고, 저와 그의 이야기를 이 책에 담았습니다. 『케이든 선』의 시작부터 모든 작업을 함께한 공동 저자

정명섭 작가님을 비롯해 이 책을 완성시킬 수 있게 힘을 주신 모든 분들에게 깊은 감사를 드립니다.

정명섭

솔직히 고백하건데 처음에는 공동 창작이라는 낯선 환경 때문에 많이 망설였습니다. 하지만 완성된 결과물을 놓고 보자면 단순한 뿌듯함을 넘어서 자랑스러움을 느낍니다. 공동 저자인 태상호 작가의 풍부한 경험과 지식이 녹아들어간 이 소설은 대한민국 장르 소설의 위대한 도전이 될 것입니다. 더불어 '첩보 스릴러'라는 낯선 장르에 함께 도전해준 '자음과모음' 출판사에게도 깊이 감사드립니다.

미군 특수부대원들은 'Been There, Done That!'이라는 말을 자주 쓴다고 합니다. 직역하자면 '그곳에 있었고, 그 일을 했다'는 뜻입니다. 애매모호한 말장난 같은 이 말 속에는 무슨 일을 하는지 밝힐 수 없는 사람들의 애환이 담겨 있습니다. 이름을 얘기하지는 못하지만 대한민국을 지키기 위해 어둠 속에서 일하다 희생된 분들께 깊이 감사드립니다. 더불어 위험을 무릅쓰고 묵묵히 일하는 군과 정보 계통의 관계자들에게도 고맙다는 인사말을 남깁니다.

늘 함께 해준 아내와 어머니, 동생 부부에게 고마움을 전합니다. 멀리 터키에 살고 있는 누나와 매형 John M. Elliott, 사랑하는 두 조카 Kylen Keejoon Elliott과 Yena Breanne Elliott이 행복하게 지냈으면 하는 마음입니다. 더불어 두 위대한 스승님이신 배상열 작가와 최혁곤 작가에게 감사드립니다. 아끼는 동생들인 효승이와 라미, 웅진이가 꿈을 이룰 수 있기를 바랍니다. 열악한 환경에서도 최선을 다하는 대한민국 스키점프팀 김흥수 코치와 선수들에게도 격려의 말을 전합니다.

                                      2011년 6월 파주출판도시에서

자음과모음의 문학

차랑, 왕을 움직인 소녀 | 이수광 장편소설

미처 예상치 못한 사기극 속에 숨겨진 음모와 계략, 사건의 한가운데 자리한 소녀 '차랑'과 그녀 주변의 다양한 인물들을 통해 조선 시대의 유교적 윤리에 억압되어 있던 사대부들의 욕망과 그 욕망이 표출되는 모습을 농밀하게 그려낸다.

비하인드 | 심오 장편소설

5년 차 광고회사 카피라이터 김준희를 중심으로 직장에서 인정받기, 동료와의 치열한 경쟁에서 살아남기, 조직의 불합리에 맞서기 등 무한경쟁시대를 관통하는 이 시대 젊은이들의 치열한 삶과 고민에 관한 이야기를 맛깔스럽게 그려낸 장편소설이다.

브로콜리 평원의 혈투 | 듀나 소설집

흡입력 있는 소설을 쓰는 작가, 듀나의 소설집. 판타스틱하면서도 괴기스럽고, 때로는 당혹스럽기까지 한 거대 우주 프로젝트들, 시공간을 초월한 음모와 비밀들이 거침없이 펼쳐진다.

살인자의 편지 | 유현산 장편소설

제2회 자음과모음 네오픽션상 수상작. 아무런 흔적도 없이 교수형 매듭의 밧줄을 이용해 연쇄살인을 하는 범인, 그를 추적하는 사람들의 이야기가 등장인물의 심리와 내면에 초점을 맞춰 설득력 있고 박진감 넘치게 전개된다.

종이달 | 박주영 장편소설

오늘날 젊은이들의 불안한 심정을 나직하고 담담한 목소리로 그려낸 스물일곱 청년 백수의 자아 찾기에 관한 이야기. 절망의 시기를 살아내는 청년들의 아슬아슬한 처지와 그 삶을 버텨내는 그들의 내면을 치밀한 묘사로 펼쳐내고 있다.

이상은 왜? (전 2권) | 임종욱 장편소설

역사의 굵직굵직한 사건들로 흥미진진한 이야기보따리를 풀어내온 작가 임종욱. 불운한 시대의 초상 '이상'을 지금 이 땅에 다시 불러낸다. 역사적 실존 인물로서의 이상, 작가로서의 이상, 그리고 식민지 조선인으로서의 이상을 탄탄한 문체와 철저한 고증을 바탕으로 추리소설이라는 그릇에 담아낸 역작!

그녀의 집은 어디인가 | 장은진 장편소설

온몸에 전기가 흐르는 여자 제이와 상처를 간직한 채 살아가는 불우한 두 남자 와이와 케이가 제이의 집을 찾아다니는 두 달간의 여정을 보여준다. '고립'과 '소통'에 대한 고민을 따뜻한 어조로 깊고 풍부하게 담아냈다.

옷의 시간들 | 김희진 장편소설

시대에 소외받고 상처받은 현대들이 모여 시름을 나누는 곳, 빨래방. 그곳에서 지금 막 이별한 여자와 이별을 준비하는 남자가 만났다. 누구나 겪을 수밖에 없는 '관계'의 문제를 톡톡 튀는 문장과 무겁지 않은 서사로 경쾌하게 그려냈다.

케이든 선
© 태상호 정명섭, 2011

초판 1쇄 인쇄 2011년 7월 21일
초판 1쇄 발행 2011년 8월 6일

지은이   태상호 정명섭
펴낸이   강병철
주간   정은영
책임편집   신주식
편집   이수경
제작   장성준 박이수
영업   조광진 안재임 강승덕
마케팅   박제연 정지운 전소연
웹홍보   정의범 한설희 이혜미 김성아

펴낸곳   자음과모음
출판등록   2001년 5월 8일 제20-222호
주소   121-753 서울시 마포구 동교동 165-1 미래프라자빌딩 7층
전화   편집부 02) 324-2347 총무부 02) 325-6047
팩스   편집부 02) 324-2348 총무부 02) 2648-1311
이메일   neofiction@jamobook.com
홈페이지   www.jamo21.net

ISBN 978-89-5707-572-2 (03810)

잘못된 책은 교환해드립니다.
저자와의 협의하에 인지는 붙이지 않습니다.